KLEINE FRAUEN

Band 2: Der Ernst des Lebens

Deutsche Neuübersetzung

LOUISA MAY ALCOTT

Kleine Frauen 2, L. May Alcott
Jazzybee Verlag Jürgen Beck
86450 Altenmünster, Loschberg 9
Deutschland

Druck: Bookwire, Kaiserstraße 56, 60329 Frankfurt/M.

ISBN: 9783849654481

www.jazzybee-verlag.de
admin@jazzybee-verlag.de

INHALT:

VORWORT

Louisa May Alcotts Werk "Little Women" gehört zweifellos zu den ganz großen Klassikern amerikanischer, ja sogar weltweiter Literatur. Nachdem Alcott den ersten Teil veröffentlichte, bei uns erschienen unter dem Titel "Kleine Frauen, Band 1: Jugendträume", wurde dieser sofort zu einem riesigen Erfolg. Auf Drängen des Verlags und ihrer vielen Leser machte sich die Autorin an diesen zweiten, hier vorliegenden Teil, der die Geschichte weitererzählt.

Nachdem im ersten Teil über die Jugendjahre der vier March-Schwestern berichtet wurde, setzt dieser Teil drei Jahre später ein. Und wieder möge sich der Vorhang öffnen für Familie March und die Schwestern Meg, Jo, Beth und Amy.

XXIV. KLATSCH UND TRATSCH

Damit wir neu anfangen und mit klarem Kopf auf Megs Hochzeit gehen können, sollten wir mit etwas Klatsch und Tratsch über die Marchs beginnen. Und hier möchte ich vorausschicken, dass ich durchaus befürchte, dass manche der Älteren denken werden, dass es zu viel "Liebesgeplänkel" in dieser Geschichte gibt (ich glaube kaum, dass junge Leute damit Probleme haben). Da kann ich nur mit Mrs. March sagen: "Was soll man erwarten, wenn man vier fröhliche Mädchen im Haus hat und einen schneidigen jungen Nachbarn genau gegenüber?"

Die drei Jahre, die vergangen sind, haben der ruhigen Familie nur wenige Veränderungen beschert. Der Krieg ist vorbei, und Mr. March ist sicher zu Hause. Er beschäftigt sich mit seinen Büchern und der kleinen Pfarrei, die in ihm einen genauso natürlichen wie begabten Diener gefunden hat – einen ruhigen, fleißigen Menschen, reich an der Weisheit, die jede Gelehrtheit aussticht, der Nächstenliebe, die die ganze Menschheit "Bruder" nennt, und der Frömmigkeit, die Charakter formt und sie erhaben und schön macht.

Diese Eigenschaft brachten ihm trotz Armut und der strengen Integrität, die ihm weltlichere Genüsse verwehrte, viele Bewunderer ein. So natürlich wie süße Kräuter Bienen anziehen, so natürlich gab er ihnen den Honig, in den fünfzig Jahre harte Erfahrung keinen einzigen bitteren Tropfen gemischt hatten. Aufrichtige junge Männer fanden den grauhaarigen Weisen so jung im Herzen wie sie selbst; nachdenkliche oder beunruhigte Frauen brachten instinktiv ihre Zweifel und Sorgen zu ihm und waren sicher, das ehrlichste Mitleid und den weisesten Rat zu bekommen; Sünder erzählten dem alten Mann mit dem reinen Herzen ihre Vergehen und wurden sowohl getadelt als auch gerettet; begabte Männer fanden einen Begleiter in ihm; ehrgeizige Männer bekamen Einblicke in edlere Ambitionen als ihre eigenen; und selbst Weltenbummler gestanden, dass sein Glaube schön und wahr war, obwohl er sich "nicht auszahlen würde."

Für Außenstehende schienen die fünf energischen Frauen das Haus zu regieren, und das taten sie auch in vielerlei Hinsicht; aber der stille Gelehrte, der zwischen seinen Büchern saß, war immer noch das Oberhaupt der Familie, das Gewissen des Haushalts, der Anker und der Tröster; denn an ihn wandten sich die beschäftigten, bemühten Frauen immer in unruhigen Zeiten und fanden in ihm im wahrsten Sinne dieser geweihten Wörter, Ehemann und Vater.

Die Mädchen gaben ihre Herzen in die Obhut ihrer Mutter, ihre Seelen in die ihres Vaters; und beiden Eltern, die so treu für sie lebten und arbeiteten, schenkten sie eine Liebe, die mit ihrem Älterwerden wuchs, und banden sich zärtlich an sie durch die süßeste Verbindung, die das Leben segnet und den Tod überlebt.

Mrs. March ist noch genauso lebhaft und fröhlich, wenn auch etwas grauer, als damals, als wir sie zuletzt getroffen haben, und gerade jetzt so sehr in Megs Angelegenheiten vertieft, dass die Krankenhäuser und Heime, immer noch voll von verwundeten "Jungen" und Soldatenwitwen, die Besuche der mütterlichen Missionarin entschieden vermissen.

John Brooke erfüllte mannhaft ein Jahr lang seine Pflicht, wurde verwundet, nach Hause geschickt und durfte nicht zurückkehren. Er erhielt keine Orden oder Ehrungen, aber er hätte sie verdient, denn er riskierte aus vollem Herzen alles, was er besaß; und Leben und Liebe sind sehr wertvoll, wenn beide in voller Blüte stehen. Da ihm seine Entlassung ziemlich gleichgültig war, widmete er sich der Genesung, der Vorbereitung auf das Geschäftsleben und dem Erwerb eines Hauses für Meg. Mit dem gesunden Menschenverstand und der robusten Unabhängigkeit, die ihn kennzeichneten, lehnte er Mr. Laurences großzügige Angebote ab und nahm die Stelle eines Buchhalters an, der sich zunächst mit einem ehrlich verdienten Gehalt zufriedener fühlte, als mit geliehenem Geld Risiken einzugehen.

Meg hatte die Zeit damit verbracht, zu arbeiten und zu warten, weiblicher zu werden, weiser in der Kunst der Hausfrauen und hübscher denn je; denn die wahre Liebe verleiht echte Schönheit. Sie hatte ihre mädchenhaften Ambitionen und Hoffnungen und war etwas enttäuscht über die bescheidene Art und Weise, wie das neue Leben beginnen musste. Ned Moffat hatte gerade Sallie Gardiner geheiratet, und Meg konnte nicht anders, als ihr schönes Haus und ihre Kutsche, ihre vielen Geschenke und ihr prächtiges Gewand mit ihrem eigenen zu vergleichen, und wünschte sich insgeheim, sie könnte dasselbe haben. Aber irgendwie verschwanden Neid und Unzufriedenheit bald, als sie an all die geduldige Liebe und Arbeit dachte, die John in das kleine Heim gesteckt hatte, das sie erwartete; und wenn sie in der Dämmerung zusammensaßen und über ihre kleinen Pläne sprachen, leuchtete die Zukunft immer so schön und hell, dass sie Sallies Pracht vergaß und sich als das reichste, glücklichste Mädchen der Christenheit fühlte.

Jo ging nie zurück zu Tante March, denn die alte Dame fand so viel Gefallen an Amy, dass sie sie mit dem Angebot bestochen hat, Zeichenunterricht bei einem der besten Lehrer zu nehmen; und um dieses Vorteils willen hätte Amy einer weitaus härteren Meisterin gedient. So gab sie ihren Morgen dem Dienst und ihre Nachmittage dem Vergnügen hin und blühte auf. Jo widmete sich in der Zwischenzeit der Literatur und natürlich Beth, die lange Zeit schwächlich war, nachdem das Fieber der Vergangenheit angehörte. Sie war nicht wirklich eine Invalide, aber auch nie wieder das rosige, gesunde Geschöpf, das sie gewesen war; doch immer hoffnungsvoll, glücklich und gelassen, beschäftigt mit den ruhigen Aufgaben, die sie liebte, jedem einzelnen im Haus ein Freund und ein Engel, lange bevor diejenigen, die sie am meisten liebten, dies bemerkt hatten.

Solange der "Spread Eagle" ihr für ihren "Müll", wie sie es nannte, einen Dollar pro Spalte zahlte, fühlte sich Jo als gut bemittelte Frau und spann fleißig ihre kleinen Romanzen. Aber große Pläne wuchsen in ihrem geschäftigen Gehirn und ehrgeizigen Geist, und die alte Blechküche im Dachgeschoss hielt einen langsam wachsenden Haufen befleckter Manuskripte bereit, die eines Tages den Namen March auf die Ruhmesliste setzen sollten.

Laurie, der pflichtbewusst zum College gegangen war, um seinem Großvater einen Gefallen zu tun, kam nun hervorragend damit zurecht und hatte seinen Spaß. Dank seines Geldes, seiner Manieren, viel Talent und dem freundlichsten Herzen, das je einen Besitzer in Schwierigkeiten gebracht hat, indem er versuchte, andere Leute aus genau diesen zu retten, war er überall beliebt; aber genau deswegen stand er auch in großer Gefahr, verzogen zu werden, und genau das wäre wahrscheinlich, wie bei vielen anderen vielversprechende Jungen, auch passiert, wenn er nicht einen Talisman gegen das Böse besessen hätte – nämlich einerseits die Erinnerung an den freundlichen, alten Mann, der nur seinem Erfolg ergeben war, andererseits die mütterliche Freundin, die über ihn wachte, als wäre er ihr Sohn, und nicht zuletzt das Wissen, dass vier unschuldige Mädchen ihn von ganzem Herzen liebten, bewunderten und an ihn glaubten.

Da er nun "ein prächtiger Junge" war, scherzte und flirtete er natürlich, wurde geckenhaft, übermütig, sentimental oder wütend, so wie es halt am College Mode war; man schikaniert und wurde schikaniert, sprach Slang, und mehr als einmal stand er kurz vor der Suspendierung oder einem Rauswurf. Aber da Übermut und die Liebe zum Scherz die Ursachen dieser Streiche waren, gelang es ihm immer, sich durch offene Bekenntnis, ehrenrührige Buße oder die unwiderstehliche Überzeugungskraft, die er in Perfektion besaß, zu retten. Tatsächlich war er sogar stolz auf sein knappes Entkommen und begeisterte die Mädchen gerne mit ausführlichen Berichten über seine Triumphe über wütende Lehrer, würdevolle Professoren und besiegte Feinde. Die "Männer meiner Klasse" waren in den Augen der Mädchen Helden, die der Taten "unserer Gefährten" nie müde wurden, und durften sich häufig im Lächeln dieser großartigen Geschöpfe sonnen, wenn Laurie sie mit nach Hause nahm.

Besonders Amy genoss diese hohe Ehre und entwickelte sich zu einer wahren Schönheit unter ihnen; denn ihre Damenhaftigkeit fühlte und begriff früh, die Gabe der Faszination, mit der sie ausgestattet war, zu nutzen. Meg war zu sehr in ihr Privatleben und besonders in John vertieft, um sich um andere Herren der Schöpfung zu kümmern, und Beth zu schüchtern, um mehr zu tun, als diese anzuschauen, und sich zu fragen, wie Amy es wagen konnte, sie herumzukommandieren; nur Jo fühlte sich ganz in ihrem Element und fand es sehr schwierig, nicht die herrschaftlichen Haltungen, Sätze und Taten der jungen Herren nachzuahmen, die ihr natürlicher erschienen als die für junge Damen vorgeschriebene Anständigkeit. Alle mochten Jo über alles, aber niemand verliebte sich in sie, obwohl nur sehr wenige entkamen, ohne den Tribut eines oder zweier sentimentaler Seufzer an Amys Schrein zu bezahlen. Und wenn wir schon von Gefühlen sprechen, müssen wir natürlich auch über den "Taubenstall" reden.

Das war der Name des kleinen, braunen Hauses, das Mr. Brooke als Megs erstes Heim vorbereitet hatte. Laurie hatte es so getauft und gemeint, der Name sei sehr passend für die zärtlichen Liebenden, die "wie ein Paar Turteltauben miteinander umgingen, zuerst schnäbelnd und dann gurrend". Es war ein winziges Haus, mit einem kleinen Garten dahinter und einem Rasen, der etwa so groß war wie ein Taschentuch, davor. Hier wollte Meg einen Springbrunnen, Strauchwerk und eine Fülle schöner Blumen haben; leider bestand der Springbrunnen gerade durch eine verwitterte Urne, sehr ähnlich einer heruntergekommenen Wasserauffangschale, das Strauchwerk aus mehreren jungen Lärchen, die sich nicht entscheiden konnten, ob sie leben oder sterben wollten, und die Blumenfülle konnte man lediglich durch eine ganze Reihe von Stäben erkennen, die anzeigten, wo Samen gepflanzt worden waren. Aber innen war alles sehr bezaubernd, und die glückliche Braut hatte von der Dachkammer bis zum Keller nichts zu mäkeln. Allerdings war die Diele so schmal, dass sie kein Klavier kaufen konnten, denn das hätte nie ganz hindurchgepasst; das Esszimmer war so klein, dass sechs Personen eine echte Herausforderung waren, und die Küchentreppe schien speziell dafür gebaut worden zu sein, sowohl Diener als auch Porzellan holterdiepolter in den Kohlenkeller zu befördern. Aber hatte man sich einmal an diese leichten Schönheitsfehler gewöhnt, konnte nichts perfekter sein, denn der gesunde Menschenverstand und der gute Geschmack hatten die Einrichtung bestimmt, und das Ergebnis war sehr zufriedenstellend. Es gab keine Marmortische, Bodenspiegel oder Spitzenvorhänge in der kleinen Stube, sondern einfache Möbel, viele Bücher, ein oder zwei schöne Bilder, ein Blumengestell im Erkerfenster und überall verstreut die hübschen Geschenke, die aus wohlgesonnene Händen stammten und die Träger der liebevollen Botschaften waren, die sie überbrachten.

Ich glaube nicht, dass die Marmorbüste des Amor, die Laurie schenkte, etwas von ihrer Schönheit verloren hat, nur weil John die Halterung, auf der sie stand, anderswo einsetzte; dass ein Tapezierer die schlichten Musselinvorhänge anmutiger drapiert haben könnte als Amys künstlerische Hand, oder dass ein Lagerraum jemals besser mit guten Wünschen, lustigen Worten und glücklichen Hoffnungen ausgestattet war, als der, in den Jo und ihre Mutter Megs wenige Kisten, Truhen und Bündel wegräumten; und ich bin moralisch sicher, dass die nagelneue Küche nie so gemütlich und ordentlich ausgesehen hätte, wenn Hannah nicht jeden Topf und jede Pfanne ein Dutzend Mal umgebaut und das Feuer genau in der Minute "in der Miss Brooke nach Hause kam" entzündet hätte. Ich bezweifle auch, ob eine junge Hausbesitzerin jemals ihr Leben mit einem reichhaltigeren Vorrat an Staubwedeln, Bügeln und Nähzeug begonnen hat, denn Beth hatte genug davon gebracht, um die Silberhochzeit zu überstehen, und drei verschiedene Arten von Geschirrtüchern für den Expressdienst des Brautporzellans erfunden.

Menschen, die all diese Dinge für sich anfertigen lassen, wissen gar nicht, was sie verpassen; denn die häuslichsten Aufgaben werden schöner, wenn liebevolle Hände sie tun, und Meg fand für diese These so viele Beweise, dass alles in ihrem kleinen Nest, vom Küchenroller bis zur silbernen Vase auf ihrem Wohnzimmertisch, von heimeliger Liebe und gefühlvoller Planung zeugte.

Wie viel Spaß sie gemeinsam hatten bei der Planung, welche feierlichen Einkaufsausflüge sie unternahmen, welche lustigen Fehler ihnen unterliefen und welche Lachausbrüche es über Lauries lächerliche Feilscherei gab. In seiner Liebe zu Scherzen war dieser junge Gentleman, obwohl er fast das College geschafft hatte, immer noch ein kleiner Junge. Seine aktuelle Marotte war es, bei seinen wöchentlichen Besuchen immer neue, nützliche und geniale Artikel für die junge Hausherrin mitzubringen. Einmal eine Tasche mit außergewöhnlichen Wäscheklammern; als nächstes eine wunderbare Muskatnuss-Reibe, die beim ersten Versuch in Stücke fiel; dann ein Messerschärfer, der alle Messer verhunzte; oder ein Kehrer, der zwar den Flor sauber vom Teppich anhob, aber den Schmutz zurückließ; arbeitssparende Seife, die die Haut von den Händen entfernte; unfehlbarer Kitt, der ausschließlich an den Fingern des getäuschten Käufers kleben blieb; und jede Art von Blechzeug, von einer Spielzeugspardose für Pennys bis hin zu einem wunderbaren Kessel, der Dinge selbständig waschen sollte und jede Aussicht bot, irgendwann zu explodieren.

Vergeblich flehte Meg ihn an, aufzuhören. John lachte ihn aus, und Jo nannte ihn "Mr. Krimskrams". Er war besessen davon, den Einfallsreichtum der Yankees zu fördern und seine Freunde passend ausgestattet zu sehen. So erblickte jede Woche eine neue Absurdität.

Dann war alles fertig, sogar Amys Arrangement von verschiedenfarbigen Seifen, die zu den verschiedenfarbigen Räumen passten, und Beths Eindeckung des Tisches für die erste Mahlzeit.

"Bist du zufrieden? Fühlt sich das wie zu Hause an, und hast du das Gefühl, dass du hier glücklich sein wirst", fragte Mrs. March, als sie und ihre Tochter Arm in Arm durch das neue Königreich gingen; denn gerade jetzt schienen sie mehr aneinander zu hängen, als jemals zuvor.

"Ja, Mutter, vollkommen zufrieden, danke euch allen; ich bin so glücklich, dass ich keine Worte finde", antwortete Meg mit einem Blick, der mehr sagte als Worte.

"Wenn sie nur ein oder zwei Diener hätte, wäre alles in Ordnung", sagte Amy und kam aus der Stube, wo sie versucht hatte zu entscheiden, ob der bronzene Merkur am besten auf dem Kaminsims, oder ganz woanders aussah.

"Mutter und ich haben darüber gesprochen, und ich habe mich entschlossen, es zuerst so wie sie zu versuchen. Es wird so wenig zu tun sein, dass ich mit Lotty, die meine Besorgungen erledigt und mir hier und da hilft, genug damit zu tun haben werde, mich davon abzuhalten, faul zu werden oder Heimweh zu bekommen", antwortete Meg besonnen.

"Sallie Moffat hat vier", begann Amy.

"Wenn Meg vier hätte, würden gar nicht alle ins Haus passen, und Herr und Herrin müssten im Garten schlafen", warf Jo ein, die, eingehüllt in eine große blaue Schürze, den Türgriffen den letzten Schliff gab.

"Sallie ist nicht die Frau eines armen Mannes, und viele Dienstmädchen passen gut zu ihrem Anwesen. Meg und John beginnen bescheiden, aber ich habe das Gefühl, dass es in dem kleinen Haus genauso viel Glück geben wird wie in dem großen. Es ist ein großer Fehler, wenn es für junge Mädchen wie Meg nichts anderes zu tun gibt, als sich anzuziehen, Befehle zu geben und zu tratschen. Als ich frisch verheiratet war, sehnte ich mich danach, dass meine neue Kleidung abgenutzt oder zerrissen wurde, damit ich das Vergnügen hatte, sie zu flicken; ich war es einfach leid, ausgefallene Arbeiten zu verrichten und mich um mein Taschentuch zu kümmern."

"Warum bist du nicht in die Küche gegangen und hast dort Chaos gestiftet, wie Sallie das angeblich tut, um sich zu amüsieren; obwohl sie nicht gut darin ist und die Diener über sie lachen ", sagte Meg.

"Das tat ich nach einer Weile, aber nicht um 'Chaos zu stiften', sondern um von Hannah zu erfahren, wie manche Dinge gemacht werden, damit mich meine Diener nicht auslachen müssen. Es war damals ein Spiel; aber es kam eine Zeit, in der ich wirklich dankbar dafür war, dass ich nicht nur den Willen besaß, sondern auch die Fähigkeit, gesundes Essen für meine kleinen Mädchen zu kochen und mir selbst zu helfen, wenn ich es mir nicht mehr leisten konnte, eine helfende Hand einzustellen. Du fängst am anderen Ende an, Meg, Liebes; aber die Lektionen, die du jetzt lernst, werden dir nach und nach von Nutzen sein, wenn John ein reicherer Mann ist; die Herrin eines Hauses, so großartig sie auch sein mag, sollte wissen, wie die Arbeit zu erledigen ist, wenn sie gut und anständig bedient werden will."

"Ja, Mutter, da bin ich mir sicher", sagte Meg und hörte respektvoll dem kleinen Vortrag zu; denn selbst die besten Frauen setzen sich nur zu gerne über das alles beanspruchende Thema Hauswirtschaft hinweg. "Weißt du, dass ich dieses Zimmer am liebsten in meinem Babyhaus mag?", fügte Meg eine Minute später hinzu, als sie nach oben gingen und in ihren gut bestückten Wäscheschrank schauten.

Beth war da, legte die schneeweißen Stapel sanft auf die Schrankböden und jubelte über die perfekte Ordnung. Alle drei lachten, als Meg sprach; denn dieser Wäscheschrank war ein Witz. Man muss dazu wissen, dass Tante March, nachdem sie gesagt hatte, dass Meg keinen Cent ihres Geldes bekommen würde, wenn sie "diesen Brooke" heiratete, in einer Zwickmühle war, als die Zeit ihren Zorn besänftigt und sie ihren Schwur bereut hatte. Sie brach nie ihr Wort, und grübelte viel darüber, wie sie ihre Worte umgehen konnte, und entwickelte schließlich einen Plan, der für sie befriedigend war. Mrs. Carrol, die Mutter von Florence, wurde angewiesen, einen großzügigen Vorrat an Haus- und Tischwäsche zu kaufen, herzustellen zu lassen, zu kennzeichnen und als Geschenk zu versenden, was alles gewissenhaft erledigt wurde; aber das Geheimnis wurde entdeckt und von der Familie sehr genossen; denn Tante March versuchte, völlig unbewusst zu wirken, und bestand darauf, dass sie nichts als die altmodischen Perlen geben konnte, die sie der ersten Braut schon lange versprochen hatte.

"Das ist genau die Einstellung einer Hausfrau, die ich gerne sehe. Ich hatte eine junge Freundin, die ihren Haushalt mit sechs Laken begann; dafür hatte sie aber Fingerschalen, und das befriedigte sie mehr", sagte Mrs. March und streichelte die Damasttischdecken mit einer wirklich femininen Wertschätzung ihrer Feinheit.

"Ich habe keine einzige Fingerschale, aber das hier ist eine Aussteuer, die alle meine Tage überdauern wird", sagte Hannah", und Meg sah ziemlich zufrieden aus.

"Krimskrams kommt", rief Jo von unten, und alle gingen hinunter, um Laurie zu treffen, dessen wöchentlicher Besuch ein wichtiges Ereignis in ihrem ruhigen Leben war.

Ein großer, breitschultriger junger Mann, mit kurz geschnittenem Kopf, einem Filzbecken als Hut und wehendem Mantel, kam mit großem Tempo die Straße hinunter, stieg ohne anzuhalten, oder das Tor zu öffnen, über den niedrigen Zaun, und lief mit ausgestreckten Händen direkt zu Mrs. March. Aus seinem Mund tönte es herzlich .....

"Hier bin ich, Mutter! Ja, es ist alles in Ordnung."

Die letzten Worte waren die Antwort auf den Blick, den die ältere Dame ihm gab; ein freundlicher, fragender Blick, dem die hübschen Augen so offen begegneten, dass die kleine Zeremonie wie üblich mit einem mütterlichen Kuss endete.

"Für Mrs. John Brooke, mit den Glückwünschen und Komplimenten des Herstellers. Gott segne dich, Beth! Was für ein erfrischendes Schauspiel du bist, Jo. Amy, du wirst langsam zu attraktiv für eine alleinstehende Dame."

Während Laurie sprach, gab er Meg ein Päckchen aus braunem Papier, zog an Beths Haarband, starrte Jos große Schürze an, nahm vor Amy eine Haltung gespielter Verzückung an und schüttelte rundum die Hände. Dann begann jeder zu reden.

"Wo ist John?", fragte Meg besorgt.

"Musste noch die Unterlagen für morgen besorgen, Ma'am."

"Welche Mannschaft hat das letzte Spiel gewonnen, Teddy?", fragte Jo, die trotz ihrer 19 Jahre weiterhin ein Interesse an männlichen Sportarten hatte.

"Unsere natürlich. Ich wünschte, du wärst da gewesen, um es zu sehen."

"Wie geht es der reizenden Miss Randal?", fragte Amy mit einem vielsagenden Lächeln.

"Grausamer denn je; siehst du nicht, wie ich mich nach ihr verzehre?" Dabei gab Laurie seiner breiten Brust einen lauten Klaps und seufzte melodramatisch.

"Um was ging der letzte Witz? Mach das Päckchen auf und sieh rein, Meg", sagte Beth und starrte das unförmige Ding neugierig an.

"Es ist eine nützliche Sache, die man im Haus haben sollte, wenn Feuer ausbricht oder Diebe einsteigen", bemerkte Laurie, als unter dem Lachen der Mädchen die Knarre eines Wächters erschien.

"Jedes Mal, wenn John weg ist und du Angst hast, Mrs. Meg, schwinge das einfach aus dem Fenster, und es wird die ganze Nachbarschaft im Handumdrehen aufwecken. Schön, nicht wahr?" Laurie gab ihnen eine Kostprobe seiner Kräfte, und alle mussten sich die Ohren zuhalten.

"Das nenne ich Dankbarkeit! und da wir gerade von Dankbarkeit sprechen, erinnert mich das daran, zu erwähnen, dass du Hannah dafür danken kannst, dass sie deine Hochzeitstorte vor der Zerstörung bewahrt hat. Ich sah, wie sie in dein Haus getragen wurde, als ich vorbeikam, und wenn Hannah sie nicht mannhaft verteidigt hätte, wäre ich über sie hergefallen, denn sie sah bemerkenswert lecker aus."

"Ich frage mich, ob du jemals erwachsen werden wirst, Laurie", sagte Meg in einem omahaften Tonfall.

"Ich tue mein Bestes, Ma'am, aber ich fürchte, ich kann nicht viel größer werden, denn zwei Meter sind etwa das, was Männer in diesen degenerierten Tagen erreichen können", antwortete der junge Gentleman, dessen Kopf etwa auf gleicher Höhe mit dem kleinen Kronleuchter war. "Ich nehme an, es wäre ein Sakrileg, etwas in dieser blitzblanken, neuen Kemenate zu essen; da ich ungeheuer hungrig bin, schlage ich deswegen vor, dass wir uns woanders hinbegeben", fügte er sofort hinzu.

"Mutter und ich werden auf John warten. Es gibt noch ein paar letzte Dinge zu klären", sagte Meg und rannte davon.

"Beth und ich gehen zu Kitty Bryants, um mehr Blumen für morgen zu holen", fügte Amy hinzu, zog einen malerischen Hut über ihre noch malerischen Locken und genoss die Wirkung so sehr wie jeder andere.

"Komm, Jo, lass einen Kameraden nicht im Stich. Ich bin so erschöpft, dass ich ohne Hilfe nicht nach Hause komme. Aber zieh deine Schürze nicht aus, was auch immer du tust; sie steht dir besonders gut", sagte Laurie, als Jo seine aufgesetzte Unlust in ihrer geräumigen Tasche verstaute und ihm ihren Arm anbot, um seine schwachen Schritte zu stützen.

"Nun, Teddy, ich will ernsthaft mit dir über morgen reden", begann Jo, als sie zusammen weggingen. "Du musst versprechen, dich gut zu benehmen, keine Streiche zu machen und unsere Pläne zu zerstören."

"Keinen einzigen Streich."

"Und sag keine lustigen Dinge, wenn wir ernst sein müssen."

"Das tue ich nie, dafür bist du doch die Richtige."

"Und ich flehe dich an, mich während der Zeremonie nicht anzusehen; ich werde sicher lachen müssen, wenn du das tust."

"Du wirst mich gar nicht sehen; du wirst so heftig weinen, dass der dichte Nebel um dich herum dir die Sicht verdeckt."

"Ich weine nur bei größtem Kummer."

"Wie zum Beispiel, wenn Jungs aufs College gehen, oder?", warf Laurie mit einem vielsagenden Lachen ein.

"Sei kein Pfau. Ich stöhnte nur ein wenig, um es den Mädchen gleichzutun."

"Natürlich. Wie geht es eigentlich Opa diese Woche; ist er sehr liebenswürdig?"

"Sehr; warum, hast du etwas angestellt und willst wissen, wie er es aufnehmen wird?", fragte Jo ziemlich scharf.

"Nun, Jo, glaubst du, ich würde deiner Mutter ins Gesicht schauen und sagen 'in Ordnung', wenn es nicht so wäre?" Laurie blieb kurz stehen und sah beleidigt aus.

"Nein, tue ich nicht."

"Dann sei nicht so misstrauisch; ich brauche nur etwas Geld", sagte Laurie und ging wieder weiter, besänftigt von ihrem herzlichen Ton.

"Du gibst sehr viel aus, Teddy."

"Du lieber Gott, ich gebe es nicht aus; es gibt sich irgendwie selbst aus und ist weg, bevor ich es merke."

"Du bist so großzügig und gutherzig, dass du allen Leuten etwas leihst und zu niemandem Nein sagen kannst. Wir hörten von Henshaw und allem, was du für ihn getan hast. Wenn du dein Geld immer so ausgeben würdest, könnte dir niemand böse sein", sagte Jo herzlich.

"Ach, er hat aus einer Fliege einen Elefanten gemacht. Du willst doch nicht, dass ich diesen feinen Kerl sich zu Tode arbeiten lasse, nur weil er ein wenig Hilfe braucht und ein Dutzend von uns Faulenzern wert ist, oder?"

"Natürlich nicht; aber ich weiß nicht warum du siebzehn Westen, endlose Halstücher und jedes Mal einen neuen Hut brauchst, wenn du nach Hause kommst. Ich dachte, du hättest die Geckenzeit überwunden; aber sie bricht wohl immer wieder an einer neuen Stelle aus. Gerade jetzt ist es Mode, grässlich auszusehen – seinen Kopf wie eine Schrubberbürste aussehen zu lassen, eine Zwangsjacke, orangefarbene Handschuhe und klumpige Quadratlatschen zu tragen. Wenn es billig wäre, grässlich auszusehen, würde ich ja gar nichts sagen; aber es kostet so viel wie alles andere, und ich kann mich damit nicht anfreunden."

Laurie warf seinen Kopf zurück und lachte so herzlich über diese Predigt, dass das Filzbecken herunterstürzte, und Jo darauf trat – was ihm nur die Gelegenheit bot, die Vorteile von zusammengepfuschter Kleidung zu erläutern, als er den misshandelten Hut zusammenfaltete und ihn in seine Tasche stopfte.

"Keine Vorträge mehr, ich bin eine gute Seele! Ich bekomme die ganze Woche genug davon und genieße es sehr, wenn ich nach Hause komme. Ich werde keine Kosten scheuen, mich für morgen neu einzukleiden und meinen Freunden zur Ehre gereichen."

"Ich lasse dich in Ruhe, wenn du nur deine Haare wachsen lässt. Ich bin nicht aristokratisch, aber ich habe etwas dagegen, mit einer Person gesehen zu werden, die wie ein junger Preisboxer aussieht", bemerkte Jo streng.

"Dieser bescheidene Stil fördert das Lernen, deshalb tragen wir ihn", gab Laurie zurück, der sicherlich nicht der Eitelkeit beschuldigt werden konnte, nachdem er freiwillig eine stattliche Lockenpracht der Mode von ein paar Millimeter langen Stoppeln geopfert hatte.

"Übrigens, Jo, ich glaube, der kleine Parker ist wirklich verzweifelt wegen Amy. Er spricht ständig von ihr, schreibt Gedichte und benimmt sich höchst verdächtig. Er sollte besser seine kleine Leidenschaft im Keim ersticken, nicht wahr?", fügte Laurie nach einer Minute des Schweigens im vertraulichen Ton eines älteren Bruders hinzu.

"Natürlich sollte er das; wir wollen die nächsten Jahre keine weiteren Hochzeiten in dieser Familie. Gnade ihnen Gott, was denken sich die Kinder?" Jo sah so empört aus, als wären Amy und der kleine Parker noch nicht mal im Teenageralter.

"Es ist eine schnelllebige Zeit, und ich weiß nicht, was als nächstes passiert, Ma'am. Du bist fast noch ein Kind, aber du wirst als nächstes gehen, Jo, und wir werden jammernd zurückbleiben", sagte Laurie und schüttelte den Kopf über die Entartung seiner Zeit.

"Keine Sorge, ich gehöre nicht zu den verträglichen Leuten. Niemand wird mich haben wollen, und das ist gut so, denn es sollte immer eine alte Jungfer in einer Familie geben."

"Du wirst niemandem eine Chance geben", sagte Laurie mit einem Seitenblick und etwas mehr Farbe als zuvor in seinem sonnenverbrannten Gesicht. "Du wirst nicht die weiche Seite deines Charakters zeigen; und wenn ein Kerl aus Versehen einen Blick darauf wirft und nicht umhinkommt zu zeigen, dass er diese Seite mag, wirst du ihn so behandeln, wie Mrs. Gummidge ihren Schatz – kaltes Wasser über ihm auskippen; und du wirst so kratzbürstig werden, dass niemand es wagen wird, dich zu berühren oder anzusehen."

"Ich mag so etwas nicht; ich bin zu beschäftigt, um mir Sorgen um Unsinn zu machen, und ich finde es schrecklich, Familien so zu trennen. Sag jetzt nichts mehr darüber; Megs Hochzeit hat uns allen die Köpfe verdreht, und wir reden von nichts anderem als Liebhabern und solchen Absurditäten. Ich will mich nicht ärgern , also wechseln wir das Thema" Dabei sah Jo ziemlich entschlossen aus, bei der geringsten Provokation mit kaltem Wasser zu werfen.

Was auch immer seine Gefühle gewesen sein mögen, Laurie ließ ihnen in einem langen, tiefen Pfiff, und der besorgten Vorhersage freien Lauf, als sie sich am Tor trennten: "Merk dir meine Worte, Jo, du gehst als nächstes."

XXV. DIE ERSTE HOCHZEIT

Die Pfingstrosen über der Veranda leuchteten hell und waren schon früh am Morgen offen und freuten sich wie freundliche kleine Nachbarn mit ganzem Herzen über den wolkenlosen Sonnenschein. Ziemlich erregt sahen ihre rötlichen Gesichter aus, als sie im Wind hin und her schwangen und sich gegenseitig zuflüsterten, was sie gesehen hatten; einige lugten an den Fenstern des Esszimmers herein, wo für das Fest gedeckt war, andere kletterten hoch, um sich zuzunicken und die Schwestern anzulächeln, während sie die Braut ankleideten, und wieder andere winkten denen zu, die kamen und verschiedene Erledigungen in Garten, Veranda und Diele machten. Alle Rosen, von der farbenprächtigsten, voll erblühten Blume bis zur blassesten Babyknospe, zollten ihrer sanften Herrin, die sie so lange geliebt und gepflegt hatte, ihren schönsten und wohlriechendsten Tribut.

Auch Meg selbst sah wie eine Rose aus; denn alles Schöne und Süße in ihrem Herz und in ihrer Seele schien an diesem Tag in ihrem Gesicht zu blühen, was sie hübsch und sanft machte, mit einer Anmut, die jede Schönheit übertraf. Sie wollte weder Seide, Spitze noch Orangenblüten haben. "Ich will heute nicht seltsam oder aufgetakelt aussehen", sagte sie. "Ich will keine neumodische Hochzeit, sondern nur die um mich herum, die ich liebe, und für sie möchte ich mein vertrautes Selbst sein."

So fertigte sie ihr Hochzeitskleid selbst und nähte die zarten Hoffnungen und unschuldigen Romanzen eines mädchenhaften Herzens hinein. Ihre Schwestern flochten ihr hübsches Haar hoch, und der einzige Schmuck, den sie trug, waren die Maiglöckchen, die "ihr John" am liebsten von allen Blumen mochte, die draußen wuchsen.

"Du siehst genauso aus wie unsere liebe Meg, so süß und reizend, dass ich dich umarmen würde, wenn ich damit nicht dein Kleid zerknitterte", rief Amy und sah sie freudig von oben bis unten an, als alles fertig war.

"Dann bin ich zufrieden. Aber bitte umarmt und küsst mich, jede einzelne von euch, und kümmert euch nicht um mein Kleid; ich will, dass heute sehr viele Knitterfalten dieser Art hineinkommen." Meg öffnete ihre Arme für ihre Schwestern, die sich eine Minute lang freudestrahlend und in dem Gefühl, dass die neue Liebe die alte nicht verändert hatte, an ihr festhielten.

"Jetzt werde ich Johns Krawatte für ihn binden, und dann ein paar Minuten alleine mit Vater im Arbeitszimmer bleiben", fügte Meg hinzu und lief hinunter, um diese kleinen Zeremonien durchzuführen, und dann ihrer Mutter zu folgen, wohin diese auch ging – immer in dem Bewusstsein, dass trotz des

Lächelns auf dem mütterlichen Gesicht eine stille Trauer in ihrem Herzen versteckt war, da der erste Vogel aus dem Nest flog.

Während die jüngeren Mädchen gerade zusammenstehen und ihrer einfachen Kleidung den letzten Schliff geben, ist dies vielleicht ein guter Zeitpunkt, um von einigen Veränderungen zu erzählen, die in den letzten drei Jahren ihr Aussehen verändert haben; denn gerade jetzt sehen alle am besten aus.

Jos Gang ist viel weicher geworden; sie hat gelernt, sich mit Leichtigkeit zu bewegen, wenn nicht sogar mit Anmut. Die kurze Lockenfrisur ist um einiges länger geworden, und passt nun besser zu dem kleinen Kopf, der als Spitze auf ihrer großen Gestalt sitzt. Ihre braunen Wangen tragen nun eine frische Farbe in sich, ihre Augen verbreiten einen sanften Glanz, und von ihrer scharfen Zunge fallen heute nur sanfte Worte.

Beth ist schlanker, blasser und ruhiger denn je geworden; die schönen, freundlichen Augen sind größer, und in ihnen liegt ein Ausdruck, der einen traurig macht, obwohl er selbst nicht traurig ist. Es ist der Schatten des Schmerzes, der das junge Gesicht immer wieder mit so erbärmlicher Beharrlichkeit berührt; aber Beth beschwert sich selten und spricht immer hoffnungsvoll davon, dass es "bald besser wird".

Amy ist wahrlich "die Blume der Familie"; mit ihren sechzehn Jahren hat sie das Aussehen und die Haltung einer ausgewachsenen Frau – nicht schön, aber ausgefüllt von diesem unbeschreiblichen Charme namens Anmut. Man sieht es in den Konturen ihrer Figur, der Form und Bewegung ihrer Hände, dem Fluss ihres Kleides, dem Fallen ihrer Haare, - unbewusst, aber harmonisch und für viele so attraktiv wie die Schönheit selbst. Amys Nase betrübte sie immer noch, denn sie würde nie griechisch werden; ebenso wenig wie ihr Mund, der zu breit war und darunter ein prominentes Kinn hatte. Diese beleidigenden Gesichtszüge verliehen ihrem Gesicht Charakter, aber das konnte sie nie so sehen, und tröstete sich mit ihrem wunderbar hellen Teint, ihren scharfen blauen Augen und ihren Locken, goldener und reichlicher denn je.

Alle drei trugen dünne, silbergraue Kleider (ihre besten Kleider für den Sommer), mit roten Rosen im Haar und an der Brust; und alle drei strahlten genau das aus, was sie waren, - Mädchen mit unverbrauchten Gesichtern und fröhlichen Herzen, die einen Moment in ihrem geschäftigen Leben innehielten, um mit wehmütigen Augen das süßeste Kapitel im Märchen der Fraulichkeit zu lesen.

Es sollte keine feierlichen Aufführungen geben, alles sollte so natürlich und gemütlich wie möglich sein; als Tante March ankam, war sie empört, dass die Braut angerannt kam, um sie willkommen zu heißen und hereinzuführen, der Bräutigam damit beschäftigt war, eine heruntergefallene Girlande zu befestigen, und der väterliche Priester gerade mit ernstem Gesicht nach oben marschierte, eine Weinflasche unter jedem Arm.

"Ich muss schon sagen, was herrschen denn hier für Zustände", rief die alte Dame, nahm den Ehrenplatz ein, der für sie vorbereitet worden war, und ordnete die Falten ihres lavendelfarbenen Moirés unter großem Rascheln. "Man sollte dich erst in letzter Minute sehen, Kind."

"Ich bin kein Ausstellungsstück, Tantchen, und niemand kommt, um mich anzustarren, mein Kleid zu kritisieren oder die Kosten für das Mittagessen zu berechnen. Ich bin zu glücklich, mich darum zu kümmern, was jemand sagt oder denkt, und ich werde meine kleine Hochzeit feiern, wie es mir gefällt. John, Liebling, hier ist dein Hammer," Damit ging Meg weg, um "diesem Mann" bei seiner höchst unpassenden Beschäftigung zu helfen.

Mr. Brooke sagte nicht einmal "Danke", aber als er sich nach dem unromantischen Werkzeug nach unten beugte, küsste er seine kleine Braut hinter der Falttür mit einem Blick, der Tante March dazu brachte, ihr Taschentuch herauszuholen und einen plötzlichen Tau in ihre scharfen, alten Augen aufsteigen ließ.

Ein Krachen, ein Schrei und Lauries Lachen, begleitet von dem unschuldigen Ausruf "Beim Jupiter! Jo hat schon wieder den Kuchen durcheinandergebracht", sorgte kurz für Aufruhr, die kaum vorbei war, als eine Gruppe von Cousins kam, und "die Party beginnen ließen", wie Beth als Kind zu sagen pflegte.

"Lass diesen jungen Riesen nicht in meine Nähe kommen; er macht mir mehr Sorgen als Moskitos", flüsterte die alte Dame Amy zu, als sich die Räume füllten, und Lauries schwarzer Kopf über den Rest hinausragte.

"Er hat versprochen, heute ganz brav zu sein, und er kann wirklich zuvorkommend sein, wenn er will", antwortete Amy und eilte davon, um Herkules zu warnen, sich vor dem Drachen zu hüten – was diesen dazu veranlasste, die alte Dame mit einer Hingabe zu verfolgen, die sie fast aus dem Konzept gebracht hätte.

Es gab zwar keine Brautprozession, aber eine plötzliche Stille erfüllte den Raum, als Mr. March und das junge Paar ihre Plätze unter dem grünen Bogen einnahmen. Mutter und Schwestern versammelten sich in der Nähe, als ob sie Meg partout nicht hergeben wollten; die väterliche Stimme war mehr als einmal unsicher, was den Gottesdienst nur noch schöner und feierlicher zu machen schien; die Hand des Bräutigams zitterte sichtbar, und niemand hörte seine Antworten; aber Meg blickte ihrem Mann direkt in die Augen und sagte mit so liebevollem Vertrauen in ihrem Gesicht und ihrer eigenen Stimme, dass das Herz ihrer Mutter jauchzte und Tante March hörbar schniefte: "Ich will!"

Jo weinte nicht, obwohl es einmal fast soweit gewesen wäre, und wurde davor nur durch das Bewusstsein bewahrt, dass Laurie sie mit einer merkwürdigen Mischung aus Fröhlichkeit und Gefühlsduselei in seinen verschlagenen, schwarzen Augen unentwegt anstarrte,. Beth hielt ihr Gesicht auf der Schulter ihrer Mutter versteckt, aber Amy stand anmutig da wie eine Statue. Ein Sonnenstrahl, der ihre weiße Stirn und die Blume in ihrem Haar berührte, machte sie nur noch schöner.

Auch wenn es leider überhaupt nicht so üblich ist, aber in der Minute, als sie ordentlich vermählt wurde, weinte Meg. "Der erste Kuss ist für Mami", sagte sie und gab ihn ihr mit ihrem Herzen auf den Lippen. In den nächsten fünfzehn Minuten sah sie noch mehr wie eine Rose aus als zuvor, und jeder drängte sich so gut nach vorne, wie er konnte, von Mr. Laurence bis zur alten Hannah, die einen wunderbaren Kopfschmuck trug und sie in der Diele überfiel und gleichzeitig schluchzend und lachend rief: "Gott segne dich, mein Liebling, hundert Mal! Der Kuchen ist überhaupt nicht beschädigt, und alles sieht wunderbar aus."

Danach entspannten sich alle und sagten irgendetwas Geniales, oder versuchten es zumindest, was genauso gut war, denn wenn die Herzen leicht sind, ist auch ein Lachen nicht weit. Es gab weder eine Ausstellung der Geschenke, denn diese waren bereits in dem kleinen Haus, noch gab es ein ausgedehntes Frühstück. Es folgte ein reichhaltiges Mittagessen mit Kuchen und Obst, inmitten von vielen Blumen. Mr. Laurence und Tante March zuckten mit den Achseln und lächelten einander an, als Wasser, Limonade und Kaffee der einzige Nektar waren, die die drei griechischen Jungfrauen den Gästen reichten. Niemand sagte jedoch etwas, bis Laurie, der darauf bestand, die Braut zu bedienen, sich mit einem beladenen Serviertablett in der Hand und einem verwirrten Ausdruck auf seinem Gesicht vor ihr aufbaute.

"Hat Jo versehentlich alle Flaschen zerschlagen?", flüsterte er, "oder leide ich unter Wahnvorstellungen und habe heute Morgen keine herumliegen sehen?"

"Nein, dein Großvater bot uns freundlicherweise seine beste Auswahl an, und Tante March schickte auch welche; aber Vater legte ein paar Flaschen für Beth weg und schickte den Rest ins Soldatenheim. Du weißt, dass er der Meinung ist, dass man Wein nur bei Krankheit verwenden sollte, und Mutter sagt, dass weder sie noch ihre Töchter ihn jemals irgendeinem jungen Mann unter ihrem Dach anbieten werden."

Meg sprach sehr ernst und erwartete eigentlich, dass Laurie die Stirn runzeln oder lachen würde; aber er tat weder das eine noch das andere, denn nach einem kurzen Blick auf sie sagte er auf seine ungestüme Art und Weise: "Das gefällt mir! Denn ich habe schon genug schlimme Dinge gesehen, um mir zu wünschen, dass auch andere Frauen so denken würden wie du."

"Ich hoffe nicht, dass dich Erfahrung diese Weisheit gelehrt hat?" In Megs Stimme lag ein ängstlicher Akzent.

"Nein, darauf gebe ich dir mein Wort. Denk aber auch nicht zu gut über mich; Wein gehört nicht zu meinen Versuchungen. Dort, wo ich aufgewachsen bin, ist Wein so gewöhnlich wie Wasser und fast genauso harmlos; deswegen mag ich ihn nicht. Aber wenn ein hübsches Mädchen ihn anbietet, möchte man nicht gern ablehnen, verstehst du?"

"Aber du musst es tun, um der anderen willen, wenn nicht um deiner selbst. Komm, Laurie, versprich es und gib mir einen weiteren Grund, dies den glücklichsten Tag meines Lebens zu nennen."

Eine so plötzliche und ernste Forderung ließ den jungen Mann einen Moment zögern, denn Spott ist oft schwerer zu ertragen als Selbstverleugnung. Meg wusste, dass er das Versprechen um jeden Preis halten würde, wenn er es gab; und da sie ihre Macht spürte, nutzte sie sie so, wie es eine Frau zum Wohle eines Freundes tut. Sie sprach nicht, aber sie blickte zu ihm auf mit einem durch ihr Glück sehr ausdrucksstarken Gesicht und einem Lächeln, das sagte: "Niemand kann mir heute etwas verweigern". Laurie konnte es auf jeden Fall nicht; und mit einem Lächeln als Antwort gab er ihr seine Hand und sagte herzlich: "Ich verspreche es, Mrs. Brooke!"

"Ich danke dir sehr – vielmals."

"Und ich möchte anstoßen auf deinen Vorsatz, Teddy", rief Jo und taufte ihn mit einem Spritzer Limonade, als sie ihm mit ihrem Glas zuwinkte und ihn zustimmend anstrahlte.

Damit war der Trinkspruch erledigt, das Versprechen gegeben und es wurde trotz vieler Versuchungen treu gehalten; die Mädchen hatten mit instinktiver Weisheit einen glücklichen Moment genutzt, um ihrem Freund einen Dienst zu erweisen, wofür er ihnen sein ganzes Leben lang dankbar war.

Nach dem Mittagessen schlenderten die Menschen zu zweit und zu dritt durch Haus und Garten und genossen den Sonnenschein drinnen und draußen. Meg und John standen gerade beisammen in der Mitte des Rasens, als Laurie von einer Eingebung ergriffen wurde, die dieser unmodischen Hochzeit den letzten Schliff gab.

"Alle verheirateten Menschen nehmen sich an den Händen und tanzen um das frische Ehepaar, wie es die Deutschen tun, während wir Junggesellen und Fräuleins außerhalb in Paaren umhertollen", rief Laurie, der mit Amy den Weg hinunterging, mit so ansteckendem Esprit und Geschick, dass alle anderen seinem Beispiel ohne zu murren folgten. Mr. und Mrs. March, Tante und Onkel Carrol, begannen; andere schlossen sich schnell an; sogar Sallie Moffat warf nach einem Moment des Zögerns ihre Schleppe über den Arm und zog Ned in den Ring. Aber der krönende Abschluss waren Mr. Laurence und

Tante March; denn als der stattliche, alte Herr feierlich zu der alten Dame hin stolzierte, nahm diese einfach ihren Stock unter den Arm und verdrückte sich eilig, um mit dem Rest um das Brautpaar zu tanzen, während die jungen Leute durch den Garten summten wie Schmetterlinge an einem Mittsommertag.

Allgemeine Atemnot setzte dem improvisierten Ball schließlich ein Ende, und die Leute begannen zu gehen.

"Ich wünsche dir alles Gute, meine Liebe, ich wünsche dir von ganzem Herzen alles Gute; aber ich denke, es wird dir irgendwann leidtun", sagte Tante March zu Meg und fügte dem Bräutigam gegenüber hinzu, als dieser sie zur Kutsche führte: "Du hast einen Schatz, junger Mann, sieh zu, dass du dich ihm würdig erweist."

"Das ist die schönste Hochzeit, auf der ich seit Ewigkeiten war, Ned, und ich verstehe nicht, warum, denn sie hatte kein bisschen Stil", bemerkte Mrs. Moffat zu ihrem Mann, als sie wegfuhren.

"Laurie, mein Junge, wenn du jemals so etwas veranstalten willst, hol dir eines dieser kleinen Mädchen als Hilfe, und ich werde vollkommen zufrieden sein", sagte Mr. Laurence und setzte sich nach der Aufregung des Morgens in seinem Sessel zur Ruhe.

"Ich werde mein Bestes tun, um es Ihnen recht zu machen, Sir", war Lauries ungewöhnlich pflichtbewusste Antwort, als er vorsichtig das Blumensträußchen löste, das Jo in sein Knopfloch gesteckt hatte.

Das kleine Haus lag nicht weit entfernt, und die einzige Brautreise, die Meg unternahm, war der stille Spaziergang mit John – vom alten Haus zum neuen. Als sie herunterkam und in ihrem taubenblauen Anzug und ihrer mit Weiß gebundenen Strohhaube wie eine hübsche Quäkerin aussah, versammelten sich alle um sie herum, um "Lebewohl" zu sagen, so zärtlich, als ob sie auf Weltreise gehen wollte.

"Glaube nicht, dass ich mich von dir getrennt hätte, Mami, oder dass ich dich weniger liebe, weil ich John so sehr liebe", sagte sie und klammerte sich für einen Moment mit Tränen in den Augen an ihre Mutter. "Ich werde jeden Tag kommen, Vater, und erwarte, dass ihr meinen alten Platz in euren Herzen behaltet, obwohl ich verheiratet bin. Beth wird oft bei mir sein, und die anderen Mädchen werden ab und zu vorbeikommen und über meinen Kampf mit dem lieben Haushalt lachen. Ich danke euch allen für meinen schönen Hochzeitstag. Auf Wiedersehen, auf Wiedersehen!"

Alle standen da und sahen ihr mit Gesichtern voller Liebe, Hoffnung und zartem Stolz zu, wie sie wegging und sich auf den Arm ihres Mannes stützte, die Hände voller Blumen, während die Juni-Sonne ihr glückliches Gesicht erhellte – und so begann Megs Eheleben.

XXVI. KÜNSTLERISCHE BESTREBUNGEN

Es dauert lange, bis Menschen den Unterschied zwischen Talent und Genie erkennen, besonders bei ehrgeizigen jungen Männern und Frauen. Amy musste diese Unterscheidung unter vielen Beschwerlichkeiten kennenlernen; denn sie verwechselte ihre Begeisterung mit Inspiration und versuchte so mit jugendlicher Kühnheit jede Variation der Kunst. Lange Zeit herrschte Flaute im "Schlammkuchengeschäft", und sie widmete sich der feinen Kunst der Tuschezeichnungen, in der sie so geschmackvoll und geschickt war, dass sich ihre anmutige Handarbeit als angenehm und auch profitabel erwies. Aber die überbeanspruchten Augen ließen Amy bald Stift und Tusche für einen gewagten Versuch der Brandmalerei beiseitelegen. Während dieser Attacke lebte die Familie in ständiger Angst vor einem Brand, denn der Geruch von brennendem Holz durchdrang das Haus zu jeder Zeit; Rauch drang alarmierend häufig aus dem Dachboden und dem Schuppen, glühend heiße Schürhaken lagen überall herum, und Hannah ging nie ohne einen Eimer Wasser und der Essensglocke an ihrer Tür ins Bett – nur für den Fall eines Brandes. Raffaels Gesicht wurde mutig auf die Unterseite eines Formbrettes und Bacchus auf den Deckel eines Bierfasses gebrannt; ein singender Cherub schmückte die Abdeckung des Zuckereimers und der Versuch, Romeo und Julia darzustellen, resultierte in Kienspänen, die für eine lange Zeit reichten.

Vom Feuer zum Öl war für die verbrannten Finger nur ein folgerichtiger Übergang, und Amy verfiel dem Malen erneut mit unverminderter Leidenschaft. Ein befreundeter Künstler stattete sie mit seinen benutzten Paletten, Pinseln und Farben aus, und sie kleckste munter drauf los und produzierte pastorale und marine Ansichten, wie man sie noch nie auf Land oder Meer gesehen hatte. Für ihre Monstrositäten beim Malen von Vieh hätte sie auf jeder Landwirtschaftsmesse Preise erhalten; und die gefährliche Schieflage ihrer Schiffe hätte bei jedem nautisch versierten Beobachter Seekrankheit hervorgerufen, wenn ihm die völlige Missachtung aller bekannten Regeln des Schiffbaus und der Erstellung einer Takelage nicht schon beim ersten Blick einen Lachanfall beschert hätte. Dunkelhäutige Jungs und dunkeläugige Madonnen, die einen aus einer Ecke des Studios anstarrten, ließen auf Murillo schließen; ölig-braune Schatten von Gesichtern, mit einem grellen Pinselstrich genau am falschen Ort, deuteten auf Rembrandt hin; dralle Damen und feiste Kinder auf Rubens; und Turner erschien ihr in Stürmen mit blauem Donner, orangefarbenem Blitz, braunem Regen und lila Wolken, mit einem tomatenroten Spritzer genau in der Mitte, der die Sonne, eine Boje, ein

Seemannshemd oder ein Königsgewand sein konnte, je nachdem, wie ihn der Betrachter interpretierte.

Es folgten Kohlezeichnungen, bis die ganze Familie in einer Reihe hing und so wild und komisch aussah, als sie gerade einem Kohlenkeller entsprungen. In den Skizzen aus Farbstiften erschienen sie nicht nur weicher, sondern auch besser; denn die jeweilige Ähnlichkeit war gar nicht schlecht, und Amys Haare, Jos Nase, Megs Mund und Lauries Augen waren "wunderbar getroffen." Die Rückkehr zu Ton und Gips war der nächste Schritt, und geisterhafte Güsse von Amys Bekannten suchten die Ecken des Hauses heim oder stürzten von den Regalböden auf die Köpfe der Menschen. Kinder wurden solange als Modelle angeworben, bis ihre unzusammenhängenden Berichte über die seltsamen Erlebnisse dazu führten, dass Miss Amy den Ruf einer jungen Menschenfresserin bekam. Ihre Bemühungen in dieser Richtung wurden jedoch durch einen ungewollten Zwischenfall, der ihre Begeisterung erstickte, abrupt beendet. Nachdem ihr eine Zeit lang keine anderen Modelle zur Verfügung standen, kam Amy auf die Idee, ihren eigenen hübschen Fuß zu gießen; eines Tages wurde die Familie durch ein unheimliches Stampfen und Schreien alarmiert, und als sie zur Rettung kam, fand sie die junge Schwärmerin wild um den Schuppen hüpfend vor, ihren Fuß in einer Gussform aus Gips, der mit unerwarteter Geschwindigkeit ausgehärtet hatte. Mühevoll und ganz und gar nicht ohne Gefahr für Leib und Leben wurde Amy befreit, denn Jo musste bei der Freilegung des Fußes so lachen, dass ihr Messer zu weit vorstieß, den armen Fuß schnitt und zumindest ein bleibendes Andenken an diesen künstlerischen Versuch hinterließ.

Danach unterbrach Amy ihre Bemühungen, bis sie ein Fimmel für Naturskizzen an einen schönen Fluss, ein Feld oder einen Wald zog, um dort malerische Studien zu tätigen oder Ruinen abzuzeichnen. Sie fing sich schier endlose Erkältungen ein, als sie auf dem feuchten Gras saß, um "ein wunderschönes Teil" zu skizzieren, das gerne auch nur ein Stein, ein Baumstumpf, ein Pilz oder eine abgebrochene Königskerze sein konnte, oder auch "ein himmlischer Wolkenhaufen", der bei ihr hinterher wie eine erlesene Anordnung von Federbetten aussah. Sie opferte ihren Teint, als sie in der Mittsommersonne auf dem Fluss dahinglitt, um Licht und Schatten zu studieren, und bekam eine Falte über der Nase, als sie nach "Fluchtpunkten" suchte, oder wie immer man diese merkwürdige Methode bezeichnet, bei der man ständig die Augen zusammenzwicken muss.

Wenn "Genie ewige Geduld ist", wie Michelangelo behauptete, hatte Amy sicherlich einen Anspruch auf dieses göttliche Attribut, denn sie blieb trotz aller Hindernisse, Misserfolge und Entmutigungen am Ball und war fest davon überzeugt, dass ihr mit der Zeit etwas gelingen würde, was es wert war, als "hohe Kunst" bezeichnet zu werden.

Aber in der Zwischenzeit lernte, tat und erfreute sie sich auch an anderen Dingen, denn sie hatte beschlossen, eine attraktive und kultivierte Frau zu werden, auch wenn sie nie eine große Künstlerin wurde. Dies gelang ihr viel besser; denn sie war eines jener glücklich erschaffenen Wesen, die ohne Anstrengung gefallen, überall Freunde finden und das Leben so anmutig und leicht nehmen, dass weniger glückliche Seelen versucht sind zu glauben, dass diese Menschen unter einem Glücksstern geboren werden. Alle mochten sie, denn zu ihren guten Gaben gehörte auch Taktgefühl. Sie hatte ein instinktives Gespür für das, was passend und erbauend war, sagte immer das Richtige zur richtigen Person, tat genau das, was der Zeit und dem Ort entsprach, und war so selbstbeherrscht, dass ihre Schwestern zu sagen pflegten: "Selbst wenn Amy ohne jede vorherige Probe zu Gericht gehen müsste, wüsste sie immer noch genau, was zu tun ist".

Eine ihrer Schwächen war der Wunsch, sich in "bester Gesellschaft" zu bewegen, ohne ganz sicher zu sein, was wirklich "die beste" war. Geld, Rang, modische Errungenschaften und elegante Manieren waren in ihren Augen am begehrtesten, und sie gesellte sich gerne zu denen, die all das besaßen, indem sie oft das Falsche für das Wahre hielt und das bewunderte, was nicht wirklich bewundernswert war. Sie vergaß niemals, dass sie von Geburt an eine vornehme Dame war, und kultivierte ihre aristokratischen Geschmäcker und Gefühle so, so dass sie bereit sein würde, den Platz einzunehmen, von dem die Armut sie momentan ausschloss, wenn sie die Gelegenheit dazu kam.

"Meine Dame", wie ihre Freunde sie nannten, wünschte sich aufrichtig, eine echte Dame zu sein, und war es bereits im Herzen; aber sie musste noch lernen, dass Geld keine Veredelung des Charakters kaufen konnte, dass Rang nicht immer Adel verleiht und dass echte Erziehung auch trotz äußerlicher Nachteile spürbar ist.

"Ich möchte dich um einen Gefallen bitten, Mama", sagte Amy und kam eines Tages mit wichtigem Getue herein.

"Nun, mein kleines Mädchen, was ist los?", antwortete ihre Mutter, in deren Augen die stattliche junge Dame immer noch "das Baby" war.

"Der Zeichenunterricht ist nächste Woche zu Ende, und bevor sich die Mädchen für den Sommer trennen, möchte ich sie für einen Tag hierher einladen. Sie sind ganz wild darauf, den Fluss zu sehen, die zerbrochene Brücke zu skizzieren und einige der Dinge abzuzeichnen, die sie in meinem Buch bewundern. Sie waren in vielerlei Hinsicht sehr freundlich zu mir, und ich bin ihnen dankbar, denn sie sind alle reich und wissen, dass ich arm bin, haben aber nie einen Unterschied daraus gemacht."

"Warum sollten sie das auch?" Mrs. March stellte diese Frage in ihrem "Maria-Theresia-Gehabe", , wie die Mädchen es nannten.

"Du weißt so gut wie ich, dass es bei fast jedem einen Unterschied macht, also plustere dich nicht auf wie eine liebe, mütterliche Henne, wenn deine Hühnchen von eleganteren Vögeln gepickt werden; das hässliche Entlein hat sich nämlich zu einem Schwan entwickelt, weißt du?" Amy lächelte ohne Verbitterung, denn sie besaß ein fröhliches Gemüt und einen hoffnungsvollen Geist.

Mrs. March lachte und besänftigte ihren mütterlichen Stolz, als sie fragte:

"Nun, mein Schwan, was ist dein Plan?"

"Ich möchte die Mädchen nächste Woche zum Mittagessen einladen, um dann mit ihnen zu den Orten zu fahren, die sie sehen wollen; anschließend vielleicht eine Ruderfahrt auf dem Fluss und ein kleines Künstlerfest zum Abschluss."

"Das hört sich machbar an. Was willst du zum Mittagessen? Kuchen, Sandwiches, Obst und Kaffee dürften reichen, nehme ich an?"

"Oh je, nein! Wir brauchen kalten Braten und Hühnchen, französische Schokolade und Eiscreme dazu. Die Mädchen sind an solche Sachen gewöhnt, und ich möchte, dass mein Essen angemessen und erlesen ist, obwohl ich für meinen Lebensunterhalt arbeiten muss."

"Wie viele junge Damen sind es?", fragte ihre Mutter und sah langsam mehr und mehr ernüchtert aus.

"Zwölf oder vierzehn sind in der Klasse, aber ich glaube kaum, dass alle kommen werden."

"Du lieber Gott, Kind, du wirst einen Bus mieten müssen, um sie herumzufahren."

"Ach, Mutter, wie kannst du an so etwas denken? Es werden wahrscheinlich nicht mehr als sechs oder acht Mädchen kommen, also werde ich einen Strandwagen mieten und mir Mr. Laurences Kremser ausleihen." (*ein geräumiger, gefederter Planwagen mit Längsbänken an beiden Seiten; der Übersetzer.*)

"Aber das wird alles sehr teuer, Amy."

"Nicht sehr, ich habe die Kosten berechnet und werde alles selbst bezahlen."

"Denkst du nicht, Liebes, dass diese Mädchen an solche Dinge gewöhnt sind, und das Beste, was wir tun können, nichts Neues für sie sein wird? Wäre ein einfacherer Plan für sie nicht erfreulicher, zumindest als Abwechslung? Und viel besser für uns, als das zu kaufen oder zu leihen, was wir gar nicht brauchen, und einen Lebensstil zu zeigen, der gar nicht unserem entspricht?"

"Wenn ich es nicht so haben kann, wie ich möchte, will ich es überhaupt nicht. Ich weiß, dass es mir perfekt gelingen wird, wenn du und die Mädchen ein wenig helfen, und ich verstehe nicht, warum ich es nicht tun sollte, wenn ich bereit bin, dafür zu bezahlen", sagte Amy mit einer Entschiedenheit, die sich beim nächsten Einspruch in Starrsinn verwandeln würde.

Mrs. March wusste, dass Erfahrung ein ausgezeichneter Lehrer war, und wenn möglich, ließ sie ihre Kinder allein die Lektionen lernen, die sie ihnen gerne erspart hätte, wenn sie nicht ständig gegen die Befolgung gutgemeinter Ratschlägen Einspruch erhoben hätten.

"Na gut, Amy; wenn dein Herz daran hängt und du das Ganze ohne zu großen Aufwand an Geld, Zeit und Einsatz meisterst, werde ich nicht mehr sagen. Sprich mit den Mädchen darüber, und wie auch immer du dich entscheidest, ich werde mein Bestes tun, um dir zu helfen."

"Danke, Mutter; du bist immer so lieb", sagte Amy und ging weg, um ihren Plan ihren Schwestern vorzustellen.

Meg stimmte sofort zu, sagte ihre Hilfe zu und bot gerne alles an, was sie besaß, von ihrem kleinen Haus selbst bis zu ihren besten Salzlöffeln. Aber Jo runzelte die Stirn über das ganze Vorhaben und wollte anfangs nichts damit zu tun haben.

"Warum in aller Welt willst du für einen Haufen Mädchen, die sich nicht für fünf Cent um dich scheren, dein Geld ausgeben, deine Familie aufscheuchen und das Haus auf den Kopf stellen? Ich dachte eigentlich, du hättest zu viel Stolz und Verstand, um vor einer sterblichen Frau im Staub zu kriechen, nur weil sie französische Stiefel trägt und in einem Coupé fährt", sagte Jo, die gerade aus dem tragischen Höhepunkt ihres Romans herausgerissen wurde und deswegen nicht in der besten Stimmung für gesellschaftliche Dinge war.

"Ich krieche nicht, und ich hasse es, so sehr bevormundet zu werden, wie du dies gerade tust!", antwortete Amy empört, denn die beiden zeterten immer noch gerne, wenn solche Fragen auftauchten. "Die Mädchen kümmern sich um mich, und ich mich um sie, und es gibt eine Menge Freundlichkeit, Verstand und Begabung unter ihnen, trotz all dem, was du modischen Unsinn nennst. Dir ist das sowieso egal, in gute Gesellschaft zu kommen und deine Manieren und deinen Geschmack zu kultivieren. Ich tue das, und ich möchte das Beste aus jeder sich bietenden Chance machen. Du kannst wegen mir mit ausgefahrenen Ellbogen und der Nase in der Luft durch die Welt gehen und dies Unabhängigkeit nennen, wenn du willst. Das ist nicht meine Art."

Wenn Amy ihre Zunge schärfte und ihrem Verstand Freiraum ließ, kam sie normalerweise am besten weg, denn sie hatte fast immer den gesunden Menschenverstand auf ihrer Seite, während Jos Liebe zur Freiheit und ihr Hass auf Konventionen solch grenzenlose Ausmaße annehmen konnten, dass sie oft in einem Streit unterlag. Amys Definition von Jos Vorstellung von

Unabhängigkeit war so gut, dass beide lachten, und die Diskussion eine freundlichere Wendung nahm. Widerstrebend stimmte Jo irgendwann zu, einen Tag für Mrs. Grundy zu opfern und ihrer Schwester bei dem zu unterstützen, was sie selbst für "ausgemachten Blödsinn" hielt.

Also wurden die Einladungen verschickt, fast alle angenommen, und der folgende Montag für die große Veranstaltung reserviert. Hannah war nicht bei bester Laune, weil der Ablauf ihrer wöchentlichen Arbeiten gestört war; sie prophezeite, dass "überhaupt nichts mehr in Ordnung wäre, wenn man nicht regelmäßig Waschen und Bügeln würde ". Dieses Problem in der Triebfeder der Haushaltsmaschinerie hatte einen schlechten Einfluss auf das ganze Unternehmen; aber Amys Motto war "Nil desperandum", (*Nicht verzweifeln, Anmerkung des Übersetzers*)und wenn sie sich einmal entschieden hatte, was sie tun sollte, tat sie es trotz aller Hindernisse. Zunächst einmal hat Hannahs Küche versagt: Das Huhn war hart, das Fleisch zu salzig und die Schokolade wollte einfach nicht richtig aufschlagen. Dann kosteten der Kuchen und das Eis mehr, als Amy erwartet hatte, ebenso wie der Wagen; und verschiedene andere Ausgaben, die anfangs unbedeutend erschienen, summierten sich danach zu einer ziemlich alarmierenden Größe. Beth bekam eine Erkältung und musste ins Bett, Meg bekam ungewöhnlich viele Besucher, die sie an ihr Heim banden, und Jo war in einem so verwirrten Geisteszustand, dass ihre Missgeschicke, kleine Unfälle und Fehler ungewöhnlich zahlreich, ernst und herausfordernd waren.

"Wenn Mutter nicht gewesen wäre, hätte ich es nie geschafft", erklärte Amy danach, und erinnerte sich dankbar daran, als "der beste Witz der Saison" bei allen in Vergessenheit geraten war.

Wenn am Montag kein schönes Wetter wäre, sollten die jungen Damen am Dienstag kommen – ein Arrangement, das Jo und Hannah bis zuletzt ärgerte. Am Montagmorgen war das Wetter in diesem unentschlossenen Zustand, der ärgerlicher ist als ein gleichmäßiger Schauer. Es nieselte ein wenig, die Sonne schien ein wenig, der Wind blies ein wenig – und man konnte keine Entscheidung treffen, bis es schließlich dafür zu spät war. Amy stand im Morgengrauen auf und scheuchte die anderen aus ihren Betten und durch ihr Frühstück, damit das Haus in Ordnung gebracht werden konnte. Die Stube wirkte ungewöhnlich heruntergekommen; aber ohne nach dem zu seufzen, was sie nicht hatte, machte sie geschickt das Beste aus dem, was da war, arrangierte Stühle über den abgenutzten Stellen im Teppich, bedeckte Flecken an den Wänden mit in Efeu gerahmten Bildern und füllte leere Ecken mit hausgemachten Statuen, die dem Raum eine künstlerische Atmosphäre gaben, ebenso wie die schönen Blumenvasen, die Jo verteilte.

Das Mittagessen sah bezaubernd aus; und als Amy die Zubereitung überwachte, hoffte sie aufrichtig, dass es gut schmecken und das geliehene Glas, Porzellan und Silber wieder sicher nach Hause kommen würde. Die Kutschen waren auf dem Weg, Meg und Mutter standen bereit, um die Besucher ehrenhaft zu empfangen und Beth konnte Hannah hinter den Kulissen helfen; Jo hatte sich vorgenommen, so munter und liebenswert zu sein, wie dies ein zerstreuter Verstand, ein schmerzender Kopf und eine sehr entschiedene Missbilligung des Ganzen zulassen würden; und Amy, die sich erschöpft in Schale warf, jubelte vor Vorfreude auf den glücklichen Moment, wenn sie nach gelungenem Mittagessen mit ihren Freunden für einen Nachmittag voller künstlerischer Freuden wegfahren würde; denn der Kremser und die zerfallende Brücke waren ihre großen Trümpfe.

Es folgten zwei Stunden voller Spannung, in denen sie ständig von der Stube zur Veranda huschte, während die öffentliche Meinung anscheinend so wechselhaft wie der Wetterhahn war. Eine kurze Dusche um elf Uhr hatte offenbar die Begeisterung der jungen Damen, die um zwölf Uhr ankommen sollten, gründlich gelöscht; niemand kam, und um zwei Uhr setzte sich die erschöpfte Familie in den strahlenden Sonnenschein, um die verderblichen Teile des Festes zu verzehren, damit nichts kaputtgehen konnte.

"Heute gibt es keine Zweifel am Wetter; sie werden sicherlich kommen, also müssen wir loslegen und uns auf sie vorbereiten", sagte Amy, als die Sonne sie am nächsten Morgen weckte. Sie sprach forsch, aber insgeheim wünschte sie sich, sie hätte nichts von Dienstag gesagt, denn ihre Begeisterung hatte sich, genau wie die Essensreste von gestern, deutlich abgekühlt.

"Ich habe keine Hummer bekommen, also wirst du heute auf Salat verzichten müssen", sagte Herr March, der eine halbe Stunde später mit einem verzweifelten Gesichtsausdruck eintrat.

"Dann nehme wir das Huhn; dass es zäh ist, spielt in einem Salat keine Rolle", riet seine Frau.

"Hannah ließ es eine Minute unbeachtet auf dem Küchentisch liegen, und die Kätzchen haben sich daran bedient. Es tut mir sehr leid, Amy", fügte Beth hinzu, die immer noch die Beschützerin der Katzen war.

"Dann brauche ich einen Hummer, denn Fleisch allein reicht nicht", sagte Amy entschieden.

"Soll ich in die Stadt eilen und dort einen holen?" fragte Jo mit der Großherzigkeit eines Märtyrers.

"Du würdest ihn ohne Papier unter deinem Arm nach Hause tragen, nur um mich zu ärgern. Ich werde selbst gehen", antwortete Amy, deren Lust deutlich zu schwinden begann.

In einen dicken Schleier gehüllt und mit einem vornehmen Reisekorb bewaffnet, ging sie los und merkte, dass ein Ausflug in der kühlen Luft ihren erregten Geist beruhigen und sie für die Arbeit des Tages bereit machen würde. Nach einiger Zeit hatte sie das Objekt ihrer Begierde gekauft, dazu eine Flasche Dressing, um weiteren Zeitverlust zu Hause zu vermeiden, und fuhr wieder los, mit ihrer eigenen Voraussicht sehr zufrieden.

Da im Bus nur ein weiterer Passagier saß, eine verschlafene alte Dame, steckte Amy ihren Schleier ein und nutzte die Eintönigkeit des Weges, indem sie versuchte herauszufinden, wohin all ihr Geld gegangen war. Die widerspenstigen Zahlen auf ihrem Papier beschäftigten sie so, dass sie einen Neuankömmling, der eingestiegen war, ohne dass der Bus angehalten hatte, nicht bemerkte, bis eine männliche Stimme sagte: "Guten Morgen, Miss March." Als sie aufblickte, sah sie einen von Lauries elegantesten Studienfreunden. Inbrünstig hoffend, dass er vor ihr aussteigen würde, ignorierte Amy den Korb zu ihren Füßen völlig, gratulierte sich selbst zu ihrem neuen Reisekleid und erwiderte den Gruß des jungen Mannes mit ihrer üblichen Höflichkeit und guten Laune.

Sie kamen gut miteinander aus, denn Amys größte Sorge wurde bald dadurch beruhigt, dass sie erfuhr, dass der junge Herr zuerst aussteigen würde. Amy redete in besonders erhabener Weise auf ihn ein, als die alte Dame ausstieg, zur Tür stolperte, über den Korb fiel, und – oh, Schreck! – den Hummer in all seiner vulgären Größe und Leuchtkraft den hochgeborenen Augen eines Tudor offenbarte.

"Bei Gott, sie hat ihr Abendessen vergessen", rief der nichtsahnende Jugendliche, stieß das scharlachrote Monster mit seinem Stock an seinen Platz zurück und wollte der alten Dame den Korb zurückgeben.

"Bitte nicht – er gehört mir", murmelte Amy, mit einem Gesicht, das fast so rot wie ihr Fisch war.

"Tatsächlich? Ich bitte um Verzeihung; es ist eine ungewöhnlich schönes Tier, nicht wahr?", sagte der Tudor mit großer Geistesgegenwart und einer nüchternen Ausstrahlung, die von seiner guten Erziehung zeugte.

Amy erholte sich im Nu, platzierte ihren Korb kühn auf einem Sitz und sagte lachend:

"Hättest du nicht Lust, etwas von dem Salat zu essen, in den er kommen soll, und die charmanten jungen Damen kennenzulernen, die ihn essen werden?"

Nun, das war Taktgefühl, denn Amy erwischte zwei der größten Marotten des männlichen Geistes auf einen Schlag: nicht nur war der Hummer im selben Moment von einem Heiligenschein angenehmer Erinnerungen umgeben, die

Neugierde auf "die charmanten jungen Damen" lenkte den Geist des jungen Mannes gleichzeitig von dem komischen Missgeschick ab.

"Ich nehme an, er wird mit Laurie darüber lachen und Witze machen; aber ich werde sie nicht mitkriegen, und das ist tröstlich", dachte Amy, als der Tudor sich verbeugte und ging.

Sie erwähnte dieses Treffen zu Hause nicht (obwohl sie bemerkt hatte, dass ihr neues Kleid durch das daran herunterfließende Dressing stark in Mitleidenschaft gezogen worden war), sondern setzte die Vorbereitungen fort, die nun lästiger schienen als jemals zuvor; aber um zwölf Uhr war alles erneut bereit. Da sie das Gefühl hatte, dass die Nachbarn sich für ihre Bemühungen interessierten, wollte sie die Erinnerung an das gestrige Scheitern durch einen großen heutigen Erfolg auslöschen; also beorderte sie den Kremser herbei und fuhr los, um ihre Gäste abzuholen und zum Bankett zu begleiten.

"Ich höre etwas Rumpeln, sie kommen! Ich gehe auf die Veranda, um sie zu begrüßen; das sieht gastfreundlich aus, und ich möchte, dass das arme Kind nach all ihren Schwierigkeiten eine gute Zeit hat", sagte Mrs. March und setzte ihre Worte in die Tat um. Aber nach nur einem kurzen Blick kam sie mit einem unbeschreiblichen Gesichtsausdruck zurück, denn in der großen Kutsche saßen ziemlich verloren nur Amy und eine weitere junge Dame.

"Lauf, Beth, und hilf Hannah, die Hälfte der Dinge vom Tisch zu räumen; es sieht geradezu lächerlich aus, ein Mittagessen für zwölf vor einem einzigen Mädchen aufzubauen", rief Jo und eilte los. Sie war so erregt, dass sie sogar vergaß, zum Lachen anzuhalten.

Herein kam Amy, äußerlich ganz ruhig und ausgesucht herzlich zu dem einen Gast, der sein Versprechen gehalten hatte; der Rest der Familie spielte trotz dieser dramatischen Wendung seine Rolle ebenso gut, und Miss Eliott fand, dass sie ein lustiger Haufen waren; denn es war unmöglich, die Belustigung, die in ihnen allen steckte, gänzlich zu unterdrücken. Das umgemodelte Mittagessen wurde in aller Fröhlichkeit eingenommen, das Atelier und der Garten besucht, und mit Begeisterung über Kunst diskutiert; schließlich bestellte Amy einen Einspänner (wer brauchte noch den eleganten Kremser!) und fuhr ihre Freundin bis zum Sonnenuntergang entspannt durch die Nachbarschaft, bis "die Party zu Ende war".

Als sie wieder hereinkam und sehr müde, aber so gefasst wie immer, aussah, bemerkte sie, dass alle Überreste des misslungenen Festes verschwunden waren – außer einem verdächtigen Kräuseln um Jos Mundwinkel.

"Du hattest einen schönen Nachmittag für deine Fahrt, Liebes", sagte ihre Mutter so respektvoll, als wären die ganzen Zwölf gekommen.

"Miss Eliott ist ein sehr nettes Mädchen und ich glaube, dass sie sich amüsiert hat", bemerkte Beth mit ungewöhnlicher Wärme.

"Könntest du mir etwas von deinem Kuchen mitgeben? Ich habe so viel Besuch, dass ich ihn wirklich brauchen könnte; und ich kann nicht so leckere Sachen wie du", fragte Meg nüchtern.

"Nimm einfach alles, ich bin die Einzige hier, die Süßigkeiten mag, und er wird schlechtwerden, bevor ich ihn essen kann", antwortete Amy und dachte mit einem Seufzer an das viele Geld, das sie für ein solches Ende ausgegeben hatte.

"Es ist schade, dass Laurie nicht hier ist, um uns zu helfen", begann Jo, als sie sich zum zweiten Mal in zwei Tagen am Eis und Salat bediente.

Ein warnender Blick ihrer Mutter ließ alle weiteren Bemerkungen verstummen, und die ganze Familie aß mit heldenhaftem Schweigen, bis Mr. March leise anmerkte: "Salat war eines der Lieblingsgerichte der Vorfahren, und Evelyn" – hier unterbrach, sehr zur Überraschung des gelehrten Herrn, eine allgemeine Lachsalve die "Geschichte der Pickelhauben."

"Pack alles in einen Korb und schicke es den Hummels. Die Deutschen mögen Unordnung. Ich bin es leid, das zu sehen; und es gibt keinen Grund, warum ihr alle an Völlerei sterben solltet, nur weil ich ein Narr war", rief Amy und trocknete sich die Augen.

"Ich glaubte, ich müsste sterben, als ich euch zwei Mädchen sah, wie ihr in diesem Wie-heißt-es-noch hereingerumpelt seid; wie zwei kleine Kerne in einer sehr großen Nussschale, dazu Mutter, die feierlich darauf wartete, die große Menge zu empfangen", seufzte Jo, völlig erschöpft vor Lachen.

"Es tut mir sehr leid, dass du enttäuscht warst, Liebes, aber wir alle haben unser Bestes getan, um es dir rechtzumachen", sagte Mrs. March in einem Ton voll mütterlichen Bedauerns.

"Ich bin zufrieden; ich habe getan, was ich mir vorgenommen habe, und es ist nicht meine Schuld, dass es fehlgeschlagen ist; damit tröste ich mich ", sagte Amy mit einem kleinen Zittern in ihrer Stimme. "Ich danke euch allen sehr, dass ihr mir geholfen habt, und ich wäre noch dankbarer, wenn ihr wenigstens einen Monat lang nicht darauf anspielen würdet."

Niemand tat dies für mehrere Monate; aber das Wort "Feier" zauberte immer ein allgemeines Lächeln hervor, und Lauries Geburtstagsgeschenk für Amy war ein winziger Korallenhummer in Form eines Amuletts für ihre Uhrenkette.

XXVII. LEKTIONEN IN LITERATUR

Plötzlich lächelte das Glück auf Jo herab und ließ ihr einen Glückspenny vor die Füße fallen. Nicht gerade ein goldener Penny, aber ich bezweifle, dass eine halbe Million Dollar mehr echtes Glück gebracht hätten, als die kleine Summe, die auf diese Weise zu ihr kam.

Alle paar Wochen schloss sie sich in ihrem Zimmer ein, zog ihren Kritzelanzug an, "fiel in einen Strudel", wie sie es ausdrückte, und schrieb mit ganzem Herzen und ganzer Seele an ihrem Roman, bis zu dessen Fertigstellung sie keinen Frieden finden würde. Ihr "Kritzelanzug" bestand aus einem schwarzen Wollkittel, an dem sie ihren Stift nach Belieben abwischen konnte, und einer Mütze aus dem gleichen Material, geschmückt mit einer lustige, roten Schleife, in der sie ihr Haar bündelte, wenn den Worten Taten folgen sollten. Diese Mütze war eine Art Leuchtfeuer für die neugierigen Augen ihrer Familie, die zu diesen Zeiten Abstand von ihr hielt und nur manchmal einen Kopf hereinsteckte, um interessiert zu fragen: "Sprüht der Schöpfergeist noch, Jo?" Sie wagten es nicht immer, diese Frage zu stellen, sondern betrachteten einfach nur die Kopfbedeckung und urteilten entsprechend. Wenn dieses ausdrucksstarke Kleidungsstück tief in die Stirn gezogen war, konnte man sicher sein, dass gerade hart gearbeitet wurde; in sehr aufregenden Momenten saß sie salopp schief auf dem Kopf; und wenn gerade die Verzweiflung die Schriftstellerin übermannte, wurde sie abgenommen und auf den Boden geworfen. War dies passiert, zog sich der Eindringling leise zurück; und erst, wenn die rote Schleife fröhlich auf der begabten Stirn aufgerichtet war, traute sich jemand Jo anzusprechen.

Sie hielt sich keineswegs für ein Genie; aber wenn sie einen Schreibanfall bekam, gab sie sich ihm mit völliger Hingabe hin und führte ein glückseliges Leben, unbeeinträchtigt von Not, Sorge oder schlechtem Wetter, während sie sicher und glücklich in einer imaginären Welt saß, voll von Freunden, die ihr fast so real und lieb waren wie die anderen aus Fleisch und Blut. Der Schlaf stand in ihren Augen, die Mahlzeiten standen unberührt da, und Tag und Nacht waren viel zu kurz, um das Glück zu genießen, mit dem sie nur zu solchen Zeiten gesegnet war und das diese Stunden lebenswert machte, auch wenn sie keine anderen Früchte trugen. Die göttliche Inspiration dauerte in der Regel ein bis zwei Wochen, dann tauchte sie aus ihrem "Wirbel" auf, hungrig, schläfrig, nörgelig oder mutlos.

Jo erholte sich gerade von einer dieser Attacken, als man sie davon überzeugte, Miss Crocker zu einem Vortrag zu begleiten, der sie im Gegenzug für ihre Tugend mit einer neuen Idee belohnen sollte. Es war ein öffentlicher Vortrag über die Pyramiden, und obwohl sich Jo eher über die Wahl eines solchen Themas für ein solches Publikum wunderte, war sie davon überzeugt, dass irgendein großer, sozialer Missstand oder eine Notlage behoben werden würde, wenn man die Herrlichkeiten der Pharaonen vor einem Publikum entfaltete, dessen Gedanken eher mit den Preisen von Kohle und Mehl beschäftigt waren, und in dessen Leben härtere Rätsel zu lösen waren als das der Sphinx.

Sie waren früh dran; und während Miss Crocker die Ferse ihres Strumpfes richtete, amüsierte sich Jo, als sie die Gesichter der Leute untersuchte, die sich überall auf die Stühle setzten. Zu ihrer Linken waren zwei alte Schachteln, mit gewaltigen Stirnen und passenden Hauben, die über die Rechte der Frau diskutierten und Frivolitäten austauschten. Weiter weg saß ein demütiges Liebespaar, das sich schlicht und einfach an den Händen hielt, eine düstere Jungfer, die Pfefferminz aus einer Papiertüte aß, und ein alter Herr, der hinter seinem gelben Halstuch eingenickt war. Zu ihrer Rechten war ihr einziger Nachbar ein gelehrt aussehender Junge, der in eine Zeitung vertieft war.

Es war eine Illustrierte, und als Jo das ihr gerade zugewandte Kunstwerk darin betrachtete, fragte sie sich müßig, welche unglückliche Verkettung von Umständen die melodramatische Illustration eines Indianers in voller Kriegsbemalung brauchte, der mit einem Wolf an seiner Kehle vor einem Abgrund taumelte, während zwei wütende, junge Herren mit unnatürlich kleinen Füßen und großen Augen sich in der Nähe gegenseitig abstachen, und eine zerzauste Frau mit weit geöffnetem Mund in den Abgrund stürzte. Der Junge hielt inne, um eine Seite umzublättern, und sah ihren Blick. Mit kindlicher Gutmütigkeit bot er Jo die Hälfte seiner Zeitung an und sagte unverblümt: "Willst du sie lesen? Das ist eine erstklassige Geschichte."

Jo nahm das Angebot lächelnd an, denn sie war ihrer Vorliebe für Jungs nie entwachsen und befand sich bald im üblichen Labyrinth aus Liebe, Geheimnissen und Mord, denn die Geschichte gehörte zu jener Gattung leichter Literatur, in der die Leidenschaften gerade Ferien haben – und wenn die Erfindungsgabe des Schreiberlings gerade erloschen war, räumte eine große Katastrophe die eine Hälfte der handelnden Personen ab und ließ die andere Hälfte über deren Untergang frohlocken.

"Vorzüglich, nicht wahr?", fragte der Junge, als ihre Augen den letzten Absatz ihres Teils der Illustrierten nachverfolgten.

"Ich glaube, du und ich könnten das genauso gut, wenn wir es versuchen würden", antwortete Jo, amüsiert über seine Bewunderung für diesen Müll.

"Ich würde mich glücklich schätzen, wenn ich das könnte. Sie verdient gutes Geld mit solchen Geschichten, sagt man", sagte er und zeigte auf den Namen von Mrs. S. L. A. N. G. Northbury unter dem Titel der Geschichte.

"Kennst du sie?", fragte Jo mit plötzlichem Interesse.

"Nein, aber ich habe alle ihre Geschichten gelesen, und ich kenne einen Kerl, der in dem Büro arbeitet, in dem diese Zeitung gedruckt wird."

"Du sagst, dass sie von solchen Geschichten gut leben kann?", fragte Jo und blickte nun respektvoller auf das turbulente Bild und die dicken und überall verteilten Ausrufezeichen, die die Seite schmückten.

"Ich schätze, das tut sie! Sie weiß genau, was die Leute mögen, und wird gut dafür bezahlt, genau das zu schreiben."

In diesem Moment begann der Vortrag, aber Jo hörte nur sehr wenig davon, denn während Professor Sands über Belzoni, Cheops, Skarabäen und Hieroglyphen philosophierte, notierte sie heimlich die Adresse der Zeitung und beschloss mutig, den in einer Kolumne für eine sensationelle Geschichte versprochenen Preis über hundert Dollar zu erringen. Als der Vortrag endete und das Publikum erwachte, hatte sie sich ein prächtiges Vermögen erträumt (nicht das erste, das auf Papier basierte), steckte bereits tief im Exposé ihrer Geschichte und konnte sich nicht entscheiden, ob das Duell vor der Entführung oder erst nach dem Mord stattfinden sollte.

Sie erzählte zu Hause nichts von ihrem Plan, sondern gab sich am nächsten Tag ganz der Arbeit hin, sehr zur Sorge ihrer Mutter, die immer ein wenig ängstlich aussah, wenn "der Schöpfergeist zu brennen begann". Jo hatte diesen Stil zu schreiben noch nie zuvor ausprobiert und sich mit sehr zärtlichen Romanzen für den "Spread Eagle" begnügt. Ihre Theatererfahrung und ihr vielseitiges Lesen waren nun von großem Nutzen, denn sie gaben ihr eine Vorstellung von dramatischer Wirkung und lieferten Handlung, Sprache und Kostüme. Ihre Geschichte war so voller Verzweiflung und Hoffnungslosigkeit, wie es ihr ihre begrenzte Bekanntschaft mit diesen unbehaglichen Emotionen ermöglichte, und nachdem sie die Geschichte in Lissabon angesiedelt hatte, beendete sie sie mit einem Erdbeben als auffälligen und angemessenen Ausgang. Das Manuskript wurde vertraulich verschickt, begleitet von einer Notiz, die bescheiden mitteilte, dass der Schriftsteller sehr froh wäre, jede als passend dafür erachtete Summe zu erhalten, wenn die Geschichte nicht den Hauptpreis erhalten würde – was der Schriftsteller kaum zu hoffen wagte.

Sechs Wochen sind eine lange Zeit des Wartens und eine noch längere Zeit für ein Mädchen, um ein Geheimnis zu bewahren; aber Jo tat beides und wollte gerade alle Hoffnung aufgeben, ihr Manuskript jemals wiederzusehen, als ein Brief kam, der ihr fast den Atem raubte, denn beim Öffnen fiel ihr ein Scheck über hundert Dollar in den Schoß. Eine Minute lang starrte sie ihn an, als wäre er eine Schlange; dann las sie den Brief und fing an zu weinen. Wenn der liebenswürdige Herr, der diese freundliche Notiz schrieb, gewusst hätte, welches unglaubliche Glück er damit einem Mitmenschen schenkte, denke ich, dass er seine ganze Freizeit, wenn er denn welche hatte, diesem Vergnügen gewidmet hätte; denn für Jo bedeutete der Brief mehr als das Geld, weil er so ermutigend war; und nach Jahren der Anstrengung war es so toll zu sehen, dass sie gelernt hatte, etwas zu tun, obwohl es nur darum gegangen war, eine Sensationsgeschichte zu schreiben.

Selten wurde eine stolzere junge Frau gesehen, als sie, nachdem sie sich etwas gefasst hatte, die Familie elektrisierte, indem sie, mit dem Brief in der einen Hand und dem Scheck in der anderen, vor ihr erschien und verkündete, dass sie den Preis gewonnen hatte. Natürlich brach großer Jubel aus, und als die Geschichte veröffentlicht wurde, las und lobte sie jeder; obwohl ihr Vater, nachdem er ihr gesagt hatte, dass die Sprache gut sei, die Romanze frisch und herzlich und die Tragödie ziemlich aufregend, den Kopf schüttelte und auf seine weltfremde Weise sagte:

"Das kannst du besser, Jo. Richte dein Augenmerk immer auf das Höchste und kümmere dich nicht ums Geld."

"Ich denke, dass Geld das Wichtigste dabei ist. Was wirst du mit einem solchen Vermögen machen?", fragte Amy und betrachtete den magischen Zettel mit ehrfürchtigen Augen.

"Beth und Mutter für ein oder zwei Monate ans Meer schicken", antwortete Jo prompt.

"Oh, wie wunderbar! Nein, das kann ich nicht annehmen, Liebes, es wäre so egoistisch", rief Beth, die in ihre dünnen Hände klatschte und einen tiefen Atemzug nahm, als würde sie nach der frischen Meeresbrise schmachten; dann hielt sie inne und schob den Scheck, den ihre Schwester vor ihr hin- und her schwenkte, zur Seite.

"Nein, ihr müsst gehen, es ist mein Herzenswunsch; darum habe ich es versucht, und deshalb ist es mir auch gelungen. Ich schaffe so etwas nicht, wenn ich an mich allein denke, also hilft es mir, für euch zu arbeiten, versteht ihr? Außerdem braucht Mami einen Tapetenwechsel, und sie geht ja nicht für immer – also müsst ihr gehen. Wäre es nicht schön zu sehen, wie ihr wieder erholt und mit rosigen Wangen nach Hause kommt? Ein Hoch auf Dr. Jo, die ihre Patienten immer heilt!"

Also fuhren sie nach vielen Diskussionen ans Meer; und obwohl Beth nicht so erholt und mit rosigen Wangen wie gewünscht nach Hause kam, ging es ihr viel besser, während Mrs. March erklärte, dass sie sich zehn Jahre jünger fühlte. Jo war mit der Investition ihres Preisgeldes zufrieden und arbeitete fortan mit einem heiteren Gemüt, das darauf bedacht war, mehr von diesen wunderbaren

Schecks zu verdienen. Sie verdiente in diesem Jahr einige mehr und begann, sich als echte Triebkraft im Haus zu fühlen; denn durch die Magie ihres Stiftes verwandelte sich der "Müll" in Komfort für alle. "Die Tochter des Herzogs" bezahlte die Fleischerrechnung, "Die Phantomhand" zahlte einen neuen Teppich an, und der "Fluch der Coventrys" erwies sich als Segen für die Marchs beim Erwerb von Lebensmitteln und neuen Kleidern.

Wohlstand ist sicher eine sehr wünschenswerte Sache, aber auch Armut hat ihre Sonnenseite, und einer der süßen Vorteile von Widrigkeiten ist die echte Befriedigung, die aus der herzlichen Arbeit von Kopf oder Hand entspringt; und der Inspiration, die aus der Notwendigkeit entsteht, verdanken wir die Hälfte der klugen, schönen und nützlichen Segnungen dieser Welt. Jo genoss einen Vorgeschmack auf diese Befriedigung und hörte auf, reichere Mädchen zu beneiden, weil sie sich sehr wohl in dem Wissen fühlte, dass sie ihre eigenen Wünsche erfüllen konnte, und niemanden nach einem Penny fragen musste.

Ihre Geschichten wurden wenig beachtet, aber sie eroberten ihr einen Markt; ermutigt durch diese Tatsache, beschloss sie, endlich einen kühnen Streich nach Ruhm und Reichtum zu unternehmen. Nachdem sie ihren Roman zum vierten Mal abgeschrieben, all ihren intimsten Freunden vorgelesen und ihn zitternd vor Angst bei drei Verlegern eingereicht hatte, brachte sie ihn schließlich unter der Bedingung an den Mann, dass sie ihn um ein Drittel kürzen und alle Teile weglassen musste, die ihr besonders gefielen.

"Jetzt muss ich ihn entweder in meiner Blechküche verschimmeln lassen, ihn selbst drucken, oder ihn für die Käufer zerhacken, um das Möglichste dafür zu erzielen. In einem ruhmreichen Haus zu leben, ist prima, aber Geld ist doch wesentlich angenehmer; deshalb möchte ich dieses wichtige Thema als Grund dieses Treffens benennen", sagte Jo, die einen Familienrat einberufen hatte.

"Lass dir dein Buch nicht verhunzen, mein Mädchen, denn es steckt mehr drin, als du denkst, und die Handlung ist gut ausgearbeitet. Warte und lass es reifen", war der Rat ihres Vaters; und dieser hielt sich grundsätzlich an seine eigenen Prinzipien, nachdem er geduldig dreißig Jahre darauf gewartet hatte, dass seine eigenen Früchte reifen würden – und er hatte keine Eile dabei, sie einzusammeln, auch jetzt nicht, wo sie süß und weich waren.

"Es scheint mir, dass Jo mehr davon profitieren wird, wenn sie den Versuch wagt, als wenn sie wartet", sagte Mrs. March. "Kritik ist der beste Test für ein solches Werk, denn sie wird ihr nicht nur unerwartetes Lob zuteilwerden lassen, sondern ihr auch Fehler zeigen und ihr dabei helfen, es beim nächsten Mal besser zu machen. Wir sind zu befangen; aber Lob und Tadel von Außenstehenden wird sich als nützlich erweisen, auch wenn Jo nur wenig Geld bekommt."

"Ja", sagte Jo und zog ihre Augenbrauen zusammen, "das ist es ja gerade; ich habe mich so lange mit dem Ding beschäftigt, dass ich wirklich nicht mehr weiß, ob ich es gut oder schlecht finden soll, oder es mir schlicht egal ist. Es dürfte eine große Hilfe sein, wenn besonnene, unparteiische Menschen einen Blick darauf werfen und mir sagen, was sie davon halten."

"Ich würde kein Wort davon weglassen; du wirst es verhunzen, wenn du es tust, denn die Haupthandlung der Geschichte findet mehr im Kopf als in den Aktionen der Menschen statt, und es wird alles ein ziemliches Durcheinander werden, wenn du nicht alles erklärst ", sagte Meg, die fest daran glaubte, dass dieses Buch der bemerkenswerteste Roman war, der je geschrieben wurde.

"Aber Mr. Allen sagt: "Lass die Erklärungen weg, mach es kurz und dramatisch und lass die Charaktere die Geschichte erzählen", unterbrach Jo und wandte sich der Notiz des Verlegers zu.

"Tu, was er dir sagt; er weiß, was sich verkaufen wird, und wir nicht. Schreibe ein gutes, beliebtes Buch und erhalte so viel Geld wie möglich. Wenn man einmal einen Namen hat, kann man es sich auch leisten, abzuschweifen und in seinen Romanen philosophische und metaphysische Charaktere spielen zu lassen", sagte Amy, die das Thema rein praktisch betrachtete.

"Nun", sagte Jo lachend, "wenn meine Leute "philosophisch und metaphysisch" sind, ist es nicht meine Schuld, denn ich weiß nichts von solchen Dingen, außer dem, was Vater manchmal sagt. Wenn ich einige seiner weisen Gedanken mit meiner Romanze vermischt habe, umso besser für mich. Also, Beth, was sagst du dazu?"

"Es sollte so bald wie möglich gedruckt werden", war alles, was Beth lächelnd sagte; aber es lag eine unbewusste Betonung auf dem Wort "bald" und in ihren Augen, die nie ihre kindliche Offenheit verloren hatten, lag ein sehnsüchtiger Blick, der Jos Herz für eine Minute mit einer ahnungsvollen Angst erfüllte und sie zu der Entscheidung brachte, ihr kleines Wagnis "bald" zu beginnen.

Also packte die junge Autorin mit spartanischer Entschlossenheit ihr Erstlingswerk an und zerpflückte es so rücksichtslos wie ein Menschenfresser. In der Hoffnung, jedem zu gefallen, nahm sie den Rat eines jeden an; und wie der alte Mann und sein Esel in der Fabel gefiel sie am Ende keinem.

Ihr Vater mochte die metaphysische Ader, die sie sich unbewusst angeeignet hatte; also durfte dieser Stil bleiben, obwohl sie selbst ihre Zweifel daran hatte. Ihre Mutter dachte, dass das Buch eine Kleinigkeit zu viel Beschreibungen enthielt; deshalb kamen diese fast alle heraus, und damit leider auch viele notwendige Verbindungen in der Geschichte. Meg bewunderte die Tragik; also packte Jo viele qualvolle Szenen hinein, um es ihr recht zu machen; Amy hatte Einwände gegen die spaßigen Szenen, weshalb Jo mit den besten Absichten die lustigen Szenen, die den düsteren Charakter der Geschichte auflockerten, löschte. Um die Zerstörung zu vollenden, machte sie das Werk schließlich um ein Drittel kürzer, und schickte die arme, kleine Romanze, die nun wie ein gerupftes Rotkehlchen wirkte, vertrauensvoll hinaus in die große, geschäftige Welt, um dort ihr Schicksal zu suchen.

Nun, das Buch wurde gedruckt, und sie bekam dreihundert Dollar dafür; natürlich auch viel Lob und Tadel, und von beidem so viel mehr, als sie erwartet hatte, dass sie in einen Zustand völliger Verwirrung gestürzt wurde, von dem sie einige Zeit brauchte, um sich zu erholen.

"Du sagtest, Mutter, diese Kritik würde mir helfen; aber wie kann sie das, wenn sie so widersprüchlich ist, dass ich nicht weiß, ob ich ein vielversprechendes Buch geschrieben oder alle zehn Gebote gebrochen habe?", rief die arme Jo und drehte einen Haufen Mitteilungen um, deren Durchsicht sie in einer Minute mit Stolz und Freude, und in der nächsten mit Zorn und schrecklichem Entsetzen erfüllte. "Dieser Mann hier sagt: 'Ein exquisites Buch, voller Wahrheit, Schönheit und Ernst; alles ist süß, rein und wohltuend' ", fuhr die verwirrte Schriftstellerin fort. "Die Nächste scheibt: 'Das Konzept des Buches ist schlecht, voller morbider Fantasien, spiritueller Ideen und unnatürlicher Charaktere.' Da ich überhaupt kein Konzept hatte, nicht an Spiritualismus glaube und meine Figuren aus dem Leben übernommen habe, verstehe ich nicht, wie diese Kritik richtig sein könnte. Ein anderer sagt: 'Es ist einer der, besten amerikanischen Romane, der seit Jahren erschienen ist.' Das weiß ich allerdings besser; und der Nächste behauptet, dass es 'obwohl originell und mit großer Kraft und Gefühl geschrieben, ein gefährliches Buch ist.'. Das ist es nicht! Manche machen sich darüber lustig, manche loben es übermäßig, und fast alle bestehen darauf, dass ich ein großes Konzept darzulegen hatte; dabei habe ich es nur zum Vergnügen und um des Geldes wegen geschrieben. Ich wünschte, ich hätte es ganz oder überhaupt nicht drucken lassen, denn ich hasse es, so verkannt zu werden."

Ihre Familie und Freunde spendeten ihr großzügigen Trost und Anerkennung; dennoch war es eine schwere Zeit für die sensible, temperamentvolle Jo, die es so gut gemeint und anscheinend so schlecht gemacht hatte. Aber es tat ihr auch gut, denn diejenigen, deren Meinung wirklich wertvoll war, lieferten ihr die Kritik, die die beste Ausbildung eines Schriftstellers ist; und als der erste Schmerz vorbei war, konnte sie über ihr armes, kleines Buch lachen, aber dennoch daran glauben und sich ob der Kritiken, die sie erhalten hatte, selbst weiser und stärker fühlen.

"Kein Genie wie Keats zu sein wird mich nicht umbringen", sagte sie entschlossen; "und wer zuletzt lachet, lacht schließlich am besten; denn die Teile, die direkt dem wirklichen Leben entnommen wurden, werden als unmöglich und absurd angeprangert, während die Szenen, die ich in meinem eigenen, dummen Kopf entwickelt habe, als ausgesprochen "charmant, natürlich, zärtlich und echt" betrachtet werden. Also werde ich mich damit trösten; und wenn ich dazu bereit bin, werde ich wieder aufstehen und einen neuen Anlauf nehmen."

XXVIII. HÄUSLICHE ERFAHRUNGEN

Wie die meisten anderen jungen Frauen begann Meg ihr Eheleben mit der Entschlossenheit, eine vorbildliche Hausfrau zu werden. John sollte zu Hause ein Paradies vorfinden; er sollte immer ein lächelndes Gesicht sehen, jeden Tag edel speisen und nie das Fehlen eines Knopfes bemerken. Sie brachte so viel Liebe, Energie und Heiterkeit in ihre Arbeit ein, dass sie trotz einiger Hindernisse nicht anders konnte, als erfolgreich zu sein. Ihr Paradies war kein friedvolles; denn die kleine Frau war aufgewühlt, überängstlich, um zu gefallen, und eilte herum wie eine echte, erfahrene Hausfrau, auf der viele, kleine Sorgen lasteten. Manchmal war sie zu müde, um auch nur zu lächeln; nach einem mehrgängigen Menü mit ausgesuchten Gerichten bekam der undankbare John Verdauungsstörungen und verlangte ordentliche Hausmannskost. Was die Knöpfe betraf, so fragte sie sich bald, wohin diese verschwanden, schüttelte den Kopf über die Nachlässigkeit der Männer und schlug ihrem Exemplar vor, dass er sie selbst annähen solle, um dann zu sehen, ob seine Arbeit ungeduldigem Reißen und ungeschickten Fingern länger standhalten würde als ihre.

Sie waren sehr glücklich, selbst nachdem sie entdeckt hatten, dass sie nicht von der Liebe allein leben konnten. Weder fand John Megs Schönheit weniger beeindruckend, wenn sie ihn hinter der vertrauten Kaffeekanne anstrahlte, noch vermisste Meg irgendwann die Romantik des täglichen Abschieds, wenn ihr Mann seinem Kuss die zärtliche Frage folgen ließ: "Soll ich Kalb oder Hammel zum Abendessen mitbringen, Liebling?" Das kleine Haus war nicht länger eine verklärte Kemenate, sondern wurde zu einem echten Heim, und das junge Paar spürte bald, dass dies eine Veränderung zum Besseren war. Zuerst war der Haushalt für sie wie ein Spiel, und sie gingen damit um wie Kinder; dann widmete sich John immer mehr seiner Arbeit und spürte die Last des Familienoberhaupts auf seinen Schultern, während Meg ihre Batistkleidchen zur Seite legte, eine große Schürze anzog und sich der täglichen Arbeit annahm – wie zuvor gesagt, mit mehr Energie als Besonnenheit.

Während ihre Kochwut andauerte, arbeitete sich Meg durch Mrs. Cornelius' Rezeptbuch, als wäre es eine mathematische Übung, und löste die Probleme mit Geduld und Fürsorge. Manchmal wurde ihre Familie eingeladen, um die Reste eines üppigen und erfolgreichen Festmahles zu vernichten, manchmal wurde aber auch Lotty insgeheim mit einer Reihe von Missgeschicken losgeschickt, die vor allen Augen verborgen in den aufnahmefähigen Mägen der kleinen Hummels landen sollten. Ein mit John über den Haushaltsbüchern verbrachter Abend sorgte in der Regel für eine vorübergehende Flaute in der kulinarischen Begeisterung, und es folgte eine Zeit der Sparsamkeit, während der der arme Mann mit einem Mahl aus Brotpudding, Hackfleisch und aufgewärmtem Kaffee zufrieden sein musste, das er mit lobenswerter Tapferkeit ertrug, obwohl seine Seele in Versuchung geführt wurde. Bevor die goldene Mitte gefunden wurde, ergänzte Meg jedoch ihren häuslichen Besitz um etwas, ohne das junge Paare selten lange auskommen – eine Ausstattung zum Einmachen.

Angetrieben vom Wunsch einer Hausfrau, ihren Vorratsraum voller hausgemachter Konserven zu sehen, machte Meg sich daran, ihr eigenes Johannisbeergelee herzustellen. John wurde gebeten, etwa ein Dutzend kleiner Gefäße und eine gewisse Menge Zucker nach Hause zu bestellen, denn ihre eigenen Johannisbeeren waren reif und wollten sofort versorgt werden. Da John fest daran glaubte, dass "seine Frau" allem gewachsen sei, und auf ihre Fähigkeiten besonders stolz war, beschloss er, sie zu beglücken und ihre einzige Ernte von Früchten besonders schön für den Verzehr im Winter einlegen zu lassen. Nach Hause kamen also vier Dutzend entzückende kleine Gefäße, ein halbes Fass Zucker und ein kleiner Junge, der die Johannisbeeren für sie pflückte. Mit ihren hübschen Haaren, die unter einer kleinen Mütze verschwanden, den Armen, die bis zum Ellenbogen entblößt waren, und einer karierten Schürze, die trotz des Lätzchens einen koketten Look hatte, ging die junge Hausfrau an die Arbeit – ohne Zweifel an ihrem Erfolg; denn hatte sie nicht gesehen, wie Hannah es hunderte Male getan hatte? Die gewaltige Menge an Gefäßen verblüffte sie anfangs ziemlich, aber John war so versessen auf Gelee, und die netten kleinen Gefäße würden so gut im oberen Regal aussehen, dass Meg beschloss, sie alle zu füllen, und einen langen Tag damit verbrachte, für ihr Gelee zu pflücken, es zu kochen, zu sieben und sich die ganze Zeit darum zu kümmern. Sie tat ihr Bestes; sie fragte bei Mrs. Cornelius um Rat; sie zermarterte sich das Gehirn, um sich daran zu erinnern, was Hannah getan hatte und was sie nicht getan hatte; sie kochte erneut, fügte mehr Zucker hinzu und siebte nochmals, aber dieses schreckliche Zeug wollte einfach nicht "gelieren".

Sie sehnte sich danach, so wie sie war nach Hause zu rennen, und Mutter um Hilfe zu bitten, aber John und sie hatten vereinbart, dass sie niemanden mit ihren privaten Sorgen, Experimenten oder Streitigkeiten belästigen würden. Sie hatten über dieses letzte Wort "Streitigkeiten" gelacht, als ob schon der pure Gedanke daran völlig absurd wäre; aber sie hatten an ihrem Entschluss festgehalten, und wann immer sie ohne Hilfe weitermachen konnten, taten sie es, und niemand mischte sich ein, denn Mrs. March hatte ihnen zu diesem Plan geraten. So kämpfte Meg also allein den ganzen heißen Sommertag über mit den widerspenstigen Süßigkeiten, und gegen fünf Uhr setzte sie sich in ihre Küche, die aussah wie ein Schlachtfeld, rang ihre verschmierten Hände und weinte.

Jetzt, in der ersten Blüte ihres neuen Lebens, hatte sie oft gesagt:-

"Mein Mann soll immer gerne einen Freund mit nach Hause bringen, wenn ihm danach ist. Ich werde immer vorbereitet sein; es wird keine Aufregung, keine Schelte, kein Unbehagen geben, sondern ein gepflegtes Haus, eine fröhliche Frau und ein gutes Abendessen. John, Liebling, hör auf, mich um Erlaubnis zu bitten, lade ein, wen du willst, und du kannst dir sicher sein, dass er mir willkommen ist."

Selbstverständlich war das außerordentlich bezaubernd von Meg! John strahlte vor Stolz, als er hörte, wie sie dies sagte, und fühlte sich geehrt, eine so hervorragende Frau zu haben. Aber, obwohl sie von Zeit zu Zeit Besuch hatten, kam dieser nie unerwartet, und Meg hatte bisher nie die Gelegenheit gehabt, sich zu profilieren. Solche Dinge passieren einfach immer im tiefsten Tal der Tränen und mit einer Unvermeidbarkeit, die wir nur bestaunen, bedauern und ertragen können, so gut wir können.

Wenn John nicht das Gelee vollständig vergessen hätte, wäre es wirklich unverzeihlich von ihm gewesen, ausgerechnet an diesem Tag des Jahres einen Freund zum Abendessen mit nach Hause zu bringen. Er gratulierte sich selbst dazu, dass an diesem Morgen ein stattliches Mahl bestellt worden war, war sicher, dass es auf die Minute fertig sein würde, und schwelgte in angenehmer Vorfreude auf die reizende Wirkung, die seine hübsche Frau, die herausrennen und ihn begrüßen würde, auf seinen Besuch hätte. Also begleitete er seinen Freund mit der unbändigen Befriedigung eines jungen Gastgebers und Ehemannes zu seinem Herrenhaus.

Es war eine Welt voller Enttäuschungen, auf die John traf, als er den Taubenschlag erreichte. Die Haustür stand meist gastfreundlich offen; jetzt war sie nicht nur zu, sondern auch noch verschlossen, und der Dreck von gestern schmückte noch die Stufen. Die Fenster der Stube waren geschlossen und verhangen, kein Anzeichen von der hübschen Frau, die auf der Veranda nähte, in Weiß, mit einer schönen, kleinen Schleife im Haar, oder einer Gastgeberin mit leuchtenden Augen, die den Gast schüchtern begrüßte und anlächelte. Nichts dergleichen, nicht eine Seele war zu sehen, nur ein blutbefleckt aussehender Junge, der unter den Johannisbeersträuchern schlief.

"Ich fürchte, es ist etwas passiert. Komm in den Garten, Scott, während ich Mrs. Brooke suche", sagte John, der beunruhigt war über die Stille und Einsamkeit.

Er eilte um das Haus herum, immer dem stechenden Geruch von verbranntem Zucker hinterher, und Mr. Scott folgte ihm mit einem seltsamen

Gesichtsausdruck. Er hielt diskret inne, als Brooke verschwand; aber er konnte sowohl sehen als auch hören, und als Junggeselle genoss er das sich ihm bietende Bild sehr.

In der Küche herrschte Chaos und Verzweiflung; etwas Gelee hatte eine Spur von Gefäß zu Gefäß gezogen, etwas mehr lag auf dem Boden, und der Rest kochte fröhlich auf dem Herd vor sich hin. Lotty aß mit ihrer teutonischen Gemütsruhe gelassen Brot und trank Johannisbeerwein, denn das Gelee war noch in einem hoffnungslos flüssigen Zustand, während Mrs. Brooke mit ihrer Schürze über dem Kopf elendiglich schluchzte.

"Mein geliebtes Mädchen, was ist los?", rief John und stürmte unter schrecklichen Visionen von verbrühten Händen, plötzlichen Nachrichten von Kummer und Leid und heimlicher Bestürzung beim Gedanken an den Gast im Garten, herein.

"O John, ich bin so müde, wütend, verärgert und besorgt! Ich habe bis zur Erschöpfung daran gearbeitet. Komm und hilf mir, oder ich sterbe." Mit diesen Worten warf sich die müde Hausfrau an seine Brust und bereitete ihm im wahrsten Sinne des Wortes eine süße Begrüßung, denn ihre Schürze war gleichzeitig mit dem Boden getauft worden.

"Was beunruhigt dich, Liebes? Ist etwas Schreckliches passiert?", fragte der besorgte John und küsste zärtlich die Spitze der kleinen Mütze, die total schief saß.

"Ja", schluchzte Meg verzweifelt.

"Dann erzähl es mir schnell. Weine nicht, ich kann alles ertragen, nur das nicht. Raus mit der Sprache, Liebes."

"Das – das Gelee will nicht fest werden und ich weiß nicht, was ich tun soll!"

John Brooke lachte, wie er es hinterher nie mehr wagte, und der schadenfrohe Scott lächelte unwillkürlich, als er den Lachanfall hörte, der Megs Leid zum Überlaufen brachte.

"Ist das alles? Wirf es aus dem Fenster und kümmre dich nicht mehr darum. Ich kaufe dir Tonnen davon, wenn du willst; aber um Himmels willen, werde nicht hysterisch, denn ich habe Jack Scott zum Abendessen mit nach Hause gebracht, und – "

John kam nicht weiter, denn Meg stieß ihn weg und rang ihre Hände mit einer tragischen Gestik; dann fiel sie in einen Stuhl und rief in einem Tonfall aus Empörung, Vorwurf und Bestürzung aus:

"Ein Mann zum Abendessen und hier siehts aus wie im Krieg! John Brooke, wie konntest du so etwas tun?"

"Still, er ist im Garten! Ich habe das verdammte Gelee vergessen, aber jetzt kann ich es auch nicht mehr ändern", sagte John und schaute besorgt hinaus in den Garten.

"Du hättest mir zumindest eine Nachricht schicken oder es mir heute Morgen sagen können; und du hättest dich daran erinnern sollen, wie beschäftigt ich war", fuhr Meg gereizt fort; denn selbst Turteltauben picken, wenn sie zerzaust werden.

"Ich wusste es heute Morgen noch nicht, und es blieb einfach keine Zeit, eine Nachricht zu senden, denn ich traf ihn auf dem Weg nach draußen. Es ist mir auch nie in den Sinn gekommen, um Erlaubnis zu bitten, weil du mir immer gesagt hast, ich solle tun, was ich will. Ich habe so etwas noch nie zuvor getan und häng mich auf, wenn ich es jemals wieder tue", fügte John beleidigt hinzu.

"Das hoffe ich auch nicht! Bring ihn sofort weg; ich will ihn nicht sehen und es gibt auch kein Abendessen."

"Na, das ist gut! Wo sind denn das Rindfleisch und das Gemüse, das ich nach Hause geschickt habe, und der Pudding, den du versprochen hast", rief John und eilte zur Speisekammer.

"Ich hatte keine Zeit, etwas zu kochen, ich wollte bei meiner Mutter essen. Es tut mir leid, aber ich war so beschäftigt." Megs Tränen liefen wieder.

John war ein besonnener Mann, aber er war auch nur ein Mensch; und nach einem langen Arbeitstag, müde, hungrig und erwartungsvoll nach Hause zu kommen, um dort ein Chaos, einen leeren Tisch und eine verärgerte Frau vorzufinden, war nicht gerade förderlich, um seine Laune zu besänftigen. Aber er hielt sich zurück, und der kleine Sturm wäre fast vorbeigewesen, wenn nicht ein einziges unglückliches Wort gefallen wäre.

"Das ist alles blöd gelaufen, das gebe ich zu; aber wenn du mithilfst, werden wir das gemeinsam schaffen und uns noch amüsieren. Weine nicht, Liebes, reiß dich einfach ein wenig zusammen und mach uns irgendwas zu Essen. Wir sterben beide vor Hunger, und es ist uns egal, was es gibt. Gib uns das kalte Fleisch, Brot und Käse; wir werden nicht nach dem Gelee fragen."

John meinte dies als gutmütigen Witz; aber dieses eine Wort "Gelee" besiegelte sein Schicksal. Meg empfand es als grausam, dass er noch auf ihr trauriges Scheitern anspielte, und das letzte Fünkchen Langmut verschwand, während er sprach.

"Du ziehst dich ja einfach aus der Affäre; ich bin zu erschöpft, mich für jemanden "zusammenzureißen." Es sieht einem Mann ähnlich, einem Gast ordinäres Brot und Knochen anzubieten. Ich werde nichts dergleichen in meinem Haus zulassen. Bring diesen Scott zu Mutter und sag ihr, dass ich weg bin, krank, tot, - irgendwas. Ich will ihn nicht sehen, und ihr zwei könnt über mich und mein Gelee so viel lachen, wie ihr wollt: ihr werdet hier nichts anderes bekommen." Nachdem Meg ihre Missachtung ohne Atem zu holen ausgedrückt hatte, warf sie ihre Schürze weg und verließ Hals über Kopf das Feld, um sich in ihrem eigenen Zimmer zu bemitleiden.

Was die beiden Herren in ihrer Abwesenheit taten, hat sie nie erfahren; aber Mr. Scott wurde nicht "zu Mutter" gebracht, und als Meg hinabging, nachdem die beiden zusammen weggegangen waren, fand sie Spuren eines eilig zusammengeschusterten Essens, die sie mit Entsetzen erfüllten. Lotty berichtete, dass sie "viel gegessen und viel gelacht hatten, und der Herr sie gebeten hat, all die süßen Sachen wegzuwerfen und die Gefäße zu verstecken".

Meg sehnte sich danach, alles ihrer Mutter zu erzählen; aber ein Gefühl der Scham über ihre eigenen Unzulänglichkeiten, ihrer Loyalität zu John, "der grausam gewesen sein mag, aber niemand es wissen sollte", hielt sie zurück; nachdem sie wieder vollständig bei Sinnen war, zog sie sich hübsch an und setzte sich hin, um darauf zu warten, dass John kam und ihr verzieh.

Unglücklicherweise kam John nicht, da er die Angelegenheit gar nicht in diesem Licht sah. Er hatte die Szene Scott als Scherz verkauft, seine kleine Frau so gut er konnte entschuldigt und einen so zuvorkommenden Gastgeber gespielt, dass sein Freund das spontane Abendessen genossen hat und versprach, wiederzukommen. Aber John war wütend, obwohl er es nicht zeigte; er fühlte, dass Meg ihn in eine missliche Situation gebracht, und ihn dann in seiner Stunde der Not verlassen hatte. "Es war nicht fair, einem Mann zu sagen, er solle jederzeit und nach Lust und Laune Leute mit nach Hause bringen, um ihn dann wutentbrannt zu beschuldigen, ihn im Stich zu lassen und Hohn und Spott preiszugeben, wenn er einen beim Wort nahm. Nein, bei Gott, das war es nicht! Und Meg muss das wissen." Während ihres Mahles hatte er innerlich gekocht, aber als die Aufregung vorbei war und er nach Hause ging, nachdem er Scott verabschiedet hatte, wurde seine Stimmung sanftmütiger. "Armes kleines Ding! Es war hart für sie, da sie so sehr versuchte, mir zu gefallen. Sie hat natürlich falsch reagiert, aber sie ist noch so jung. Ich muss geduldig sein und es ihr beibringen." Er hoffte, sie sei nicht nach Hause gegangen – er hasste Klatsch und Tratsch. Für eine Minute wurde er wieder erregt, als er nur daran dachte; aber dann erweichte die Angst, dass Meg sich selbst krank weinen würde, sein Herz und ließ ihn in schnellerem Tempo gehen. Er beschloss, ruhig und freundlich zu sein, aber gleichzeitig fest, standhaft und ihr zu zeigen, wo sie in ihren Pflichten gegenüber ihrem Ehemann versagt hatte.

Auch Meg beschloss, "ruhig und freundlich, aber standhaft" zu sein und ihm seine Pflichten aufzuzeigen. Sie sehnte sich danach, ihm entgegenzurennen, ihn zu begrüßen und um Verzeihung zu bitten, und geküsst und getröstet zu werden – was er sicher tun würde; aber natürlich tat sie nichts dergleichen, und als sie John kommen sah, begann sie vor sich hin zu summen, im Stuhl zu schaukeln und zu nähen, so wie es eine entspannte Dame in ihrem besten Wohngemach tun würde.

John war ein wenig enttäuscht, keine sanftmütige Niobe vorzufinden; aber da er der Meinung war, dass seine Würde die erste Entschuldigung verdient hatte, ließ er es bleiben, kam nur gemächlich herein und legte sich mit der ziemlich bedeutungsvollen Bemerkung auf das Sofa:

"Wir werden Neumond haben, meine Liebe."

"Dagegen ist nichts einzuwenden", war Megs ebenso ruhige Anmerkung.

Mr. Brooke brachte ein paar andere Themen von allgemeinem Interesse zur Sprache, die von Mrs. Brooke sofort miesgemacht wurden, woraufhin die Unterhaltung einschlief. John ging zu einem Fenster, entfaltete seine Zeitung und wickelte sich darin ein – im übertragenen Sinne, natürlich. Meg ging zum anderen Fenster und nähte, als ob neue Rosetten für ihre Pantoffeln zu den absoluten Notwendigkeiten des Lebens gehörten. Beide sprachen nicht, sahen aber ziemlich "ruhig und standhaft" aus – und beide fühlten sich elend und unwohl.

"Oh je", dachte Meg, "das Eheleben ist wirklich sehr anstrengend und verlangt unendliche Geduld und Liebe, wie Mutter sagt." Das Wort "Mutter" ließ ihr andere mütterliche Ratschläge in den Sinn kommen, die sie vor langer Zeit erhalten und protestierend abgelehnt hatte.

"John ist ein guter Mann, aber auch er hat seine Fehler, und du musst lernen, sie zu sehen und zu ertragen und dich an deine eigenen zu erinnern. Er ist sehr entschlossen, wird aber nie stur sein, wenn du freundlich argumentierst und dich nicht ohne Grund widersetzt. Er ist sehr genau, besonders in Bezug auf die Wahrheit – ein guter Charakterzug, auch wenn du ihn "pingelig" nennst. Enttäusche ihn nie, Meg, und er wird dir das Vertrauen geben, das du verdienst, und den Halt, den du brauchst. Seine Gemütsart ist nicht wie unsere – ein Blitz, und das wars dann; es ist eher die unterschwellige Wut, die selten entfacht wird, aber schwer zu löschen ist, wenn sie einmal brennt. Sei vorsichtig, sehr vorsichtig, und wecke diese Wut nicht gegen dich selbst, denn Frieden und Glück hängen davon ab, dass er dich immer respektiert. Pass immer auf, sei die Erste, die um Verzeihung bittet, wenn ihr beide Fehler gemacht habt, und hüte dich vor den kleinen Stichen, Missverständnissen und hastigen Worten, die oft den Weg für bittere Trauer und Bedauern ebnen."

Diese Worte kamen Meg ins Gedächtnis zurück, als sie im Sonnenuntergang saß und nähte – besonders die letzten. Es war ihre erste, ernsthafte Meinungsverschiedenheit; ihre eigenen hastigen Worte klangen sowohl albern als auch unfreundlich, wenn sie sich jetzt daran erinnerte; ihre eigene Wut sah jetzt kindisch aus, und die Gedanken an den armen John, der zu Hause eine solche Szene vorfand, ließen ihr Herz schmelzen. Sie blickte ihn mit Tränen in den Augen an, aber er sah sie nicht; sie legte ihre Arbeit nieder, stand auf und dachte: "Ich werde die Erste sein, die sagt: 'Verzeih mir' ", aber er schien sie nicht zu hören; sie ging ganz langsam durch den Raum, denn Stolz ist nur schwer zu unterdrücken, und blieb bei ihm stehen, aber er bewegte seinen Kopf nicht. Eine Minute lang fühlte sie sich, als ob sie es wirklich nicht tun könnte, aber dann kam der Gedanke: "Das ist der Anfang, ich werde meinen Teil dafür tun und mir hinterher nichts vorwerfen können." Sie beugte sich nach vorne und küsste ihren Mann sanft auf die Stirn. Mehr hat es nicht gebraucht, denn ein reuiger Kuss ist besser als eine Million Worte, und in weniger als einer Minute saß Meg auf Johns Knie, der zärtlich sagte:

"Es war nicht richtig, über die armen, kleinen Geleegefäße zu lachen. Verzeih mir, Liebling, ich werde es nie wieder tun!"

Aber er hat es immer wieder getan, das hat er wirklich; bestimmt hundert Mal oder mehr, und Meg auch, und beide sagten immer wieder, dass es das süßeste Gelee war, das sie je gemacht haben; denn der Familienfrieden wurde in diesem kleinen Familienglas bewahrt.

Später lud Meg Mr. Scott nochmals mit besonderer Empfehlung zum Abendessen ein und servierte ihm ein perfektes Festmahl – ohne wütende Frau als ersten Gang; bei dieser Gelegenheit war sie so fröhlich und anmutig, und alles lief so bezaubernd ab, dass Mr. Scott zu John sagte, er sei ein glücklicher Mann, und den ganzen Weg nach Hause über seinen Kopf über die Härten des Junggesellenseins schüttelte.

Im Herbst kamen neue Versuchungen und Erfahrungen auf Meg zu. Sallie Moffat erneuerte ihre Freundschaft, kam immer wieder zum Austausch von allerlei Tratsch in das kleine Haus oder lud "die Arme" ein, zu ihr zu kommen und den Tag in ihrem großen Haus zu verbringen. Das war angenehm, denn bei trübem Wetter fühlte sich Meg oft einsam; zu Hause waren alle beschäftigt, John bis spät in die Nacht abwesend, und es war nichts anderes zu tun als zu nähen, zu lesen oder zu töpfern. So war es ganz natürlich, dass Meg sich dem Tratschen und Klatschen mit ihrer Freundin hingab. Als sie Sallies hübsche Sachen sah, erwachte nicht nur ihr eigenes Verlangen danach, sondern auch das Selbstmitleid, weil sie so etwas nicht besaß. Sallie war sehr freundlich und bot ihr oft die begehrten Kleinigkeiten an; aber Meg lehnte immer ab, weil sie wusste, dass es John nicht gefallen würde; und dann tat diese törichte, kleine Frau etwas, was John noch unvergleichlich weniger mochte.

Sie kannte das Einkommen ihres Mannes, und sie liebte das Gefühl über alles, dass er ihr vertraute, nicht nur seines Glückes wegen, sondern auch in dem, was einige Männer mehr zu schätzen scheinen – seinem Geld. Sie wusste, wo es war, durfte sich nehmen, was sie brauchte, und alles, was er verlangte, war, dass sie jeden Penny aufschreiben, einmal im Monat die Rechnungen bezahlen, und sich daran erinnern sollte, dass sie die Frau eines armen Mannes war. Bis dahin hatte sie alles beherzigt, war umsichtig und genau gewesen, führte ihre kleinen Geschäftsbücher ordentlich und zeigte sie ihm jeden Monat ohne schlechtes Gewissen. Aber in diesem Herbst kam die Schlange in Megs Paradies und versuchte sie, wie so manche moderne Eva, nicht mit Äpfeln, sondern mit Kleidern zu locken. Meg mochte es nicht, bemitleidet zu werden und sich arm zu fühlen; es nervte sie, aber sie schämte sich, es einzugestehen, und ab und zu versuchte sie, sich zu trösten, indem sie etwas Hübsches kaufte, so dass Sallie nicht auf die Idee kam, dass sie sparen musste. Sie fühlte sich danach immer schlecht, denn die schönen Dinge waren selten wirklich notwendig; aber sie kosteten auch so wenig, dass es sich nicht lohnte, darüber nachzudenken; und so wurden die Kleinigkeiten unbewusst immer größer, und bei den Einkaufsbummeln war sie schon lange keine passive Zuschauerin mehr.

Aber die Kleinigkeiten kosteten mehr, als man glaubte; und als sie am Ende des Monats ihre Ausgaben summierte, erschreckte sie die Zahl ziemlich. John war in diesem Monat sehr beschäftigt und überließ ihr die Rechnungen; im nächsten Monat war er abwesend; aber im dritten machte er eine große Quartalsabrechnung, die Meg nie mehr vergaß. Ein paar Tage zuvor hatte sie eine schreckliche Dummheit begangen, die ihr Gewissen belastete. Sallie hatte Seide gekauft, und Meg sehnte sich nach einem neuen Kleid, - nur ein schönes, leichtes für Partys, da ihr schwarzes Seidenkleid so gewöhnlich war, und kurze Kleider sich als Abendgarderobe nur für Mädchen schickten. Tante March schenkte den Schwestern normalerweise jeweils fünfundzwanzig Dollar zum Jahreswechsel; der war ja nur noch einen Monat weg, und da gab es eine schöne, violette Seide, die ein echtes Schnäppchen war – und sie hatte das Geld, wenn sie es nur wagte, es zu nehmen. John sagte immer, was ihm gehörte, war auch ihrs; aber würde er es als angemessen empfinden, wenn sie nicht nur die zukünftigen fünfundzwanzig, sondern auch weitere fünfundzwanzig Dollar aus der Haushaltskasse ausgab? Das war die Frage. Sallie hatte sie gedrängt, es zu tun, hatte angeboten, ihr das Geld zu leihen, und sie mit den besten Absichten versucht zu überreden. In einem bösen Moment hielt der Verkäufer die schönen, schimmernden Falten hoch und sagte: "Ein wirkliches Schnäppchen, das versichere ich Ihnen, Ma'am." Meg antwortete: "Ich nehme es." Der Stoff wurde abgeschnitten und bezahlt, und Sallie jubelte. Meg hatte gelacht, als wäre alles eine ziemlich bedeutungslose Sache, aber beim Wegfahren fühlte sie sich, als hätte sie etwas gestohlen, und die Polizei wäre hinter ihr her.

Als sie nach Hause kam, versuchte sie, die Gewissensbisse dadurch zu lindern, dass sie die schöne Seide ausbreitete; aber sie sah jetzt weniger silbrig aus, stand ihr eigentlich gar nicht, und die Worte "fünfzig Dollar" schienen wie ein Muster überall aufgestempelt zu sein. Sie legte den Stoff weg; aber er verfolgte sie, nur leider nicht so entzückend, wie es ein neues Kleid tun sollte, sondern so schrecklich, wie der Geist einer begangenen Torheit, der nicht leicht zu besänftigen war. Als John an diesem Abend seine Bücher herausholte, rutschte Meg das Herz in die Hose, und zum ersten Mal in ihrer Ehe hatte sie Angst vor ihrem Mann. Die freundlichen, braunen Augen sahen aus, als könnten sie auch streng sein; und obwohl er ungewöhnlich fröhlich war, glaubte sie, er hätte sie entdeckt, wollte es ihr aber nicht sagen. Die Rechnungen des Haushalts waren alle bezahlt, die Bücher in Ordnung. John hatte sie gelobt und öffnete gerade das alte Taschenbuch, das sie die "Bank" nannten, als Meg, die wusste, dass diese ziemlich leer war, seine Hand nahm und nervös sagte:

"Du hast mein privates Ausgabenbuch noch nicht gesehen."

John hatte bisher nie darum gebeten, es zu sehen; aber sie bestand immer darauf, dass er es tat, und genoss sein männliches Staunen über die seltsamen Dinge, die Frauen benötigten, und ließ ihn erraten, was "Paspelierung" war, erklärte ausführlich die Wichtigkeit einer kurzen Damenstrickjacke, oder ließ ihn darüber staunen, wie ein kleines Ding, das aus drei Rosenknospen, ein wenig Samt und einem Paar Schnüren bestand, eine Haube sein konnte und fünf oder sechs Dollar kostete. In dieser Nacht sah John aus, als hätte er Spaß daran, ihre Ausgaben zu hinterfragen und vorzutäuschen, dass er entsetzt war über ihre Verschwendungssucht, wie er es oft tat, wenn er tatsächlich besonders stolz auf ihre Besonnenheit war.

Das kleine Buch wurde langsam herausgeholt und vor ihm hingelegt. Meg stand hinter seinem Stuhl unter dem Vorwand, die Falten aus seiner müden Stirn zu massieren, und sagte mit zunehmender Panik in jedem Wort:

"John, Liebling, ich schäme mich, dir mein Buch zu zeigen, denn ich war in letzter Zeit wirklich schrecklich verschwenderisch. Ich gehe so viel raus, dass ich Dinge kaufen muss, weißt du, und Sallie riet mir dieses Mal dazu – also tat ich es; das Geld, das ich an Neujahr bekomme, wird einen Teil davon bezahlen: aber nachdem ich es ausgegeben hatte, tat es mir schon leid, denn ich wusste, dass du es als Fehler betrachten würdest."

John lachte, zog sie an seine Seite und sagte gutgelaunt: "Versteck dich doch nicht. Ich werde dich nicht schlagen, bloß weil du ein Paar modische Stiefel gekauft hast; ich bin ziemlich stolz auf die schönen Füße meiner Frau und es ist mir egal, wenn du acht oder neun Dollar für deine Stiefel bezahlst, wenn sie wirklich gut sind."

Die Stiefel waren eine ihrer letzten "Kleinigkeiten" gewesen, und Johns Blick war darauf gefallen, während er sprach. "Oh, was wird er sagen, wenn er die schrecklichen fünfzig Dollar sieht!", dachte Meg erschaudernd.

"Es ist schlimmer als Stiefel – es ist ein Seidenkleid", sagte sie mit der Ruhe, die manchmal in der Verzweiflung liegt, denn sie wollte das Schlimmste hinter sich bringen.

"Nun, Liebling, wie hoch ist die "verdammte" Summe, wie Mr. Mantalini zu sagen pflegt?"

Das klang nicht nach John, und sie wusste, dass er sie gerade mit dem aufrichtigen Blick anschaute, den sie bisher immer aushalten und mit einem ebenso aufrichtigen Blick beantworten konnte. Gleichzeitig drehte sie die Seite und ihren Kopf um und zeigte auf die Summe, die schon ohne die fünfzig Dollar schlimm genug gewesen wäre, die mit dem Betrag umso entsetzlicher wirkte. Für eine Minute war es sehr still im Zimmer. Meg konnte spüren, dass es John viel Anstrengung kostete, keinen Unmut auszudrücken, als er schließlich langsam sagte:

"Nun, ich weiß nicht, ob fünfzig Dollar viel für ein Kleid sind, mit all den Kinkerlitzchen und Spielereien, die man heutzutage haben muss, um es vollendet zu machen."

"Es ist noch nicht geschnitten oder genäht", seufzte Meg mit schwacher Stimme, denn die plötzliche Erinnerung an die noch anfallenden Kosten überwältigte sie ziemlich.

"Über zwanzig Meter Seide scheinen mir sehr viel zu sein, um eine kleine Frau einzuhüllen, aber ich habe keine Zweifel, dass du genauso gut aussehen wirst wie Ned Moffats Frau, wenn du es anziehst", sagte John trocken.

"Ich weiß, dass du wütend bist, John, aber ich kann es nicht mehr ändern. Ich will dein Geld nicht verprassen, und ich hätte nicht gedacht, dass sich diese kleinen Dinge so aufsummieren würden. Ich kann einfach nicht widerstehen, wenn ich sehe, wie Sallie alles kauft, was sie will, und mich bemitleidet, weil ich dies nicht tue. Ich versuche, glücklich und zufrieden zu sein, aber es ist hart, und ich bin es leid, arm zu sein."

Die letzten Worte wurden so leise gesprochen, dass sie dachte, er würde sie nicht hören; aber da tat er, und die Worte verwundeten ihn tief, denn er hatte sich um Megs willen viele Freuden verwehrt. Sie hätte sich in der Minute, in der sie es gesagt hatte, die Zunge abbeißen können, denn John schob die Bücher weg, stand auf und sagte mit einem leichten Zittern in seiner Stimme: "Davor hatte ich immer Angst; ich tue mein Bestes, Meg." Diese wenigen Worte brachen ihr das Herz, mehr, als wenn er sie ausgeschimpft oder sogar geschüttelt hätte. Sie rannte zu ihm, hielt ihn fest und weinte Tränen der Reue: "O John, mein lieber, sanfter, freundlicher, fleißiger Schatz, ich meinte es nicht so! Es war so böse, so unwahr und undankbar, wie konnte ich das nur sagen! Wie konnte ich das nur sagen!"

John war sehr gütig, verzieh ihr bereitwillig und machte ihr keinen einzigen Vorwurf; aber Meg wusste, dass sie etwas getan und gesagt hatte, das nicht so schnell vergessen sein würde, obwohl er vielleicht nie wieder darauf anspielte. Sie hatte versprochen, ihn in guten wie in schlechten Zeiten zu lieben; und dann hatte sie, seine Frau, ihm seine Armut vorgeworfen, nachdem sie sein Einkommen leichtsinnig ausgegeben hatte. Es war schrecklich; und das Schlimmste daran war, dass John danach so ruhig blieb, als ob nichts geschehen wäre – außer, dass er länger in der Stadt blieb und nachts arbeitete, während sie sich in den Schlaf weinte. Eine Woche der Reue machte Meg fast krank; und die Entdeckung, dass John den Auftrag für seinen neuen Überzieher widerrufen hatte, versetzte sie in einen Zustand der Verzweiflung, der erbärmlich mitanzusehen war. Als Antwort auf ihre überraschten Fragen dazu, hatte er einfach gesagt: "Ich kann ihn mir nicht leisten, meine Liebe."

Meg sagte nichts mehr, aber ein paar Minuten später fand er sie in der Diele. Sie hatte ihr Gesicht in seinem alten Überzieher vergraben und weinte, als ob ihr das Herz brechen würde.

In dieser Nacht führten sie ein langes Gespräch, und Meg lernte, ihren Mann gerade wegen seiner Armut noch mehr zu lieben, denn diese hatte einen Mann aus ihm gemacht, ihm die Kraft und den Mut gegeben, seinen eigenen Weg zu gehen, und ihm eine Sanftheit und einen Langmut gelehrt, durch den er die natürlichen Sehnsüchte und Fehler derer, die er liebte, ertragen konnte.

Am nächsten Tag schluckte Meg ihren Stolz herunter, ging zu Sallie, sagte ihr die Wahrheit und bat sie, ihr einen Gefallen zu tun und die Seide zu kaufen. Die gutmütige Mrs. Moffat tat dies gerne und besaß zudem das Feingefühl, ihr die Seide nicht sofort hinterher zu schenken. Dann bestellte Meg den Überzieher nach Hause, und als John dort ankam, zog sie ihn an und fragte ihn, wie ihm ihr neues Seidenkleid gefiel. Man kann sich leicht vorstellen, welche Antwort er gab, wie er sein Geschenk entgegennahm und was für eine glückselige Zeit folgte. John kam früher nach Hause, Meg trieb sich nicht mehr länger herum, und dieser großartige Überzieher wurde morgens von einem sehr glücklichen Mann angezogen und ihm abends von einer sehr hingebungsvollen, kleinen Frau abgenommen. So endete das Jahr, das neue nahm seinen Lauf, und zur Mittsommerzeit erlebte Meg eine neue Erfahrung, - die tiefste und zärtlichste im Leben einer Frau.

Eines Samstags schlich sich Laurie mit aufgeregtem Gesicht in die Küche des Taubenschlags und wurde mit dem Klang eines Beckens empfangen; denn Hannah klatschte mit einem Topf in der einen Hand und dem dazugehörigen Deckel in der anderen eifrig in die Hände.

"Wie geht es der kleinen Mama? Wo sind die anderen? Warum hast du es mir nicht gesagt, bevor ich nach Hause kam?", sagte Laurie mit einem etwas lauteren Flüstern.

"Glücklich wie eine Königin, die Liebe! Alle sind im Obergeschoss und beten sie an; wir wollten keine Wirbelstürme hier im Haus haben. Geh am besten in die Diele, und ich schicke sie zu dir runter." Mit dieser etwas komplizierten Antwort verschwand Hannah und kicherte ekstatisch.

Kurz danach erschien Jo, die stolz ein in Flanell gewickeltes Bündel trug, das auf einem großen Kissen lag. Jos Gesicht war sehr ernst, aber ihre Augen leuchteten, und in ihrer Stimme waren deutlich unterdrückte Gefühle irgendeiner Art zu hören.

"Schließ die Augen und streck deine Arme aus", sagte sie einladend.

Laurie wich in eine Ecke zurück und legte mit einer flehenden Geste seine Hände auf den Rücken: "Nein, danke, lieber nicht. Ich werde es fallen lassen oder zerbrechen, das ist so sicher wie das Amen in der Kirche."

"Dann darfst du deinen Neffen auch nicht sehen", sagte Jo entschieden und drehte sich um, als ob sie gehen wollte.

"Doch, oh doch! Aber ich werde dich für alle Schäden verantwortlich machen." Laurie schloss heldenhaft die Augen, während ihm etwas in die Arme gelegt wurde. Ein lautes Lachen von Jo, Amy, Mrs. March, Hannah und John veranlasste ihn, sie im nächsten Moment zu öffnen, und zwei Babys anstelle von nur einem zu sehen.

Kein Wunder, dass sie lachten, denn sein Gesichtsausdruck war lustig genug, um einen Quäker zu erschüttern, als er so dastand und hektisch von den ahnungslosen Unschuldigen zu den vergnügten Zuschauern blickte, und das mit solcher Bestürzung, dass Jo sich auf den Boden setzte und schrie.

"Zwillinge, mein Gott", war alles, was er für eine Minute sagen konnte; dann wandte er sich mit einem hilfesuchenden, ja komisch kläglichen Blick an die Frauen und fügte hinzu: "Nehmt sie schnell, irgendjemand! Ich muss lachen und werde sie fallen lassen."

John rettete seine Babys und marschierte auf und ab, eines auf jedem Arm, als wäre er bereits in die Geheimnisse der Säuglingspflege eingeweiht, während Laurie lachte, bis ihm die Tränen über die Wangen liefen.

"Ist das nicht der beste Witz des Jahres? Ich wollte nicht, dass man es dir sagt, denn ich wollte dich unbedingt überraschen, und ich muss sagen, die Überraschung ist mir wirklich gelungen", sagte Jo, als sie wieder bei Atem war.

"Ich war noch nie in meinem Leben so verblüfft. Ist das nicht lustig? Sind das Jungs? Wie sollen sie heißen? Lasst mich noch einmal schauen. Hilf mir, Jo; bei meinem Leben, das ist einer zu viel für mich", antwortete Laurie und betrachtete die Säuglinge mit dem Gehabe eines großen, wohlwollenden Neufundländers, der ein Paar neugeborene Kätzchen betrachtete.

"Junge und Mädchen. Sind sie nicht wunderschön?", sagte der stolze Papa und strahlte die kleinen, zuckenden Bündel an, als wären sie flügellose Engel.

"Die bemerkenswertesten Kinder, die ich je gesehen habe. Wer ist wer?", fragte Laurie verdrehte sich fast den Hals, um die Wunderkinder näher zu untersuchen.

"Amy hat dem Jungen ein blaues Band und dem Mädchen ein rosa Band angelegt, das ist gerade Mode in Frankreich, und man kann sie so immer unterscheiden. Außerdem hat eines blaue Augen und das andere braune. Küss sie, Onkel Teddy", sagte die hinterlistige Jo.

"Ich fürchte, das wird ihnen nicht gefallen", begann Laurie, der in solchen Angelegenheiten ungewöhnlich schüchtern war.

"Natürlich wird es das, sie sind es ja gewohnt. Jetzt sofort, Sir", kommandierte Jo aus Angst, dass er einen Stellvertreter vorschlagen könnte.

Laurie verzog das Gesicht und gehorchte mit zarten Küsschen auf jede kleinen Wange, die ein weiteres Lachen hervorriefen und die Babys zum Schreien brachten.

"Siehst du, ich wusste, dass es ihnen nicht gefällt! Das ist der Junge; seht, wie er ausschlägt; er schlägt mit seinen Fäusten um sich wie ein Großer. Nun denn, junger Brooke, leg dich mit einem Mann deiner Größe an, ja?", rief Laurie, erfreut über den Stoß ins Gesicht, den er von einer ziellos umherirrenden, winzigen Faust erhalten hatte.

"Er soll John Laurence heißen, und das Mädchen Margaret, nach Mutter und Großmutter. Wir werden sie aber Daisy nennen, um nicht zwei Megs zu haben, und ich nehme an, der Junge wird erstmal Jack heißen, es sei denn, wir finden einen besseren Namen", sagte Amy ganz im Stil einer guten Tante.

"Nennt ihn Demijohn, und ruft ihn kurz Demi", schlug Laurie vor.

"Daisy und Demi, das ist es! Ich wusste, dass Teddy es richten würde", rief Jo und klatschte in die Hände.

Teddy hatte es für den Moment wirklich gerichtet, denn bis zum Ende des Kapitels hießen die Babys Daisy und Demi.

XXIX. BESUCHE

"Komm, Jo, es ist Zeit."

"Wofür?"

"Du willst nicht etwa sagen, dass du dein Versprechen vergessen hast, heute mit mir ein halbes Dutzend Besuche zu erledigen?"

"Ich habe in meinem Leben schon viele vorschnelle und dumme Dinge getan, aber ich glaube nicht, dass ich jemals verrückt genug war, dir zu versprechen, dass ich an einem Tag sechs Besuche machen würde, wenn mich schon ein einziger in der Woche auf die Palme bringt."

"Doch, das hast du, es war eine Abmachung zwischen uns. Ich sollte die Zeichnung von Beth für dich fertig machen, und du wolltest mit mir die Besuche unserer Nachbarn erwidern."

"Es musste schönes Wetter sein, das war Teil der Abmachung; und ich stehe dazu, Shylock. Im Osten sehe ich aber einen Haufen Wolken; das nenne ich nicht "schön", und deswegen gehe ich nicht."

"Du Drückeberger!. Es ist ein schöner Tag, überhaupt keine Chance für Regen, und du brüstest dich noch damit, Versprechen einzuhalten; sei ehrenhaft und tue deine Pflicht, dann lasse ich dich für mindestens sechs Monate in Frieden."

In dieser Minute war Jo besonders in ihre Näherei vertieft, denn sie war sozusagen die Hofschneiderin der Familie und war besonders stolz auf sich, weil sie sowohl eine Nadel als auch einen Stift zu nutzen verstand. Es war sehr herausfordernd, kurz vor der ersten Anprobe erwischt zu werden und an einem warmen Julitag im besten Staatsgewand Besuche machen zu müssen. Sie hasste formelle Besuche und machte nie welche, bis Amy sie mit einem kleinen Geschäft, plumper Bestechung oder einem Versprechen dazu verführte. Im vorliegenden Fall gab es leider kein Entrinnen; und nachdem sie aufsässig ihre Schere zusammengeklappt hatte, während sie noch protestierte, dass es nach Gewitter roch, gab sie nach, legte ihre Arbeit zur Seite, nahm resignierend ihren Hut und ihre Handschuhe und sagte Amy, dass "das Opfer bereit sei".

"Jo March, du bist widerborstig genug, um einen Heiligen zu verärgern! Du hast nicht vor, in dieser Laune Besuche zu machen, hoffe ich", rief Amy und betrachtete sie erstaunt.

"Warum nicht? Ich bin sauber gekleidet, ruhig und gelassen; ganz in Ordnung für einen staubigen Spaziergang an einem warmen Tag. Wenn sich die Leute mehr für meine Kleidung interessieren als für mich selbst, will ich sie auch gar nicht sehen. Du kannst dich so anziehen, dass sie beides tun, und so elegant sein, wie du willst. Für dich zahlt es sich aus, schön auszusehen; für mich nicht, und Schickimicki irritiert mich nur."

"Oh je!", seufzte Amy; "jetzt ist sie wieder auf Krawall gebürstet und wird mich noch mit hineinziehen, bevor ich sie befriedet habe. Für mich ist es auch kein Vergnügen, heute zu gehen, aber wir schulden das nun mal der Gesellschaft, und es gibt niemanden, außer uns beiden, der diese Schuld begleichen kann. Ich werde alles für dich tun, Jo, wenn du dich nur nett anziehst und mir hilfst, unsere Pflicht zu erledigen. Du kannst so gut reden, in deinen besten Sachen so aristokratisch aussehen und dich so nett benehmen, wenn du es nur versuchst, dass ich immer stolz auf dich bin. Ich habe Angst, allein zu gehen; komm mit und pass auf mich auf."

"Du bist eine hinterlistige, kleine Mieze, deiner verärgerten, alten Schwester auf diese Weise zu schmeicheln und sie zu beschwatzen. Die Vorstellung, dass ich aristokratisch und gut erzogen bin, während du Angst hast, allein irgendwo hinzugehen! Ich weiß nicht, welche davon absurder ist. Nun denn, ich werde mitkommen, wenn ich muss, und mein Bestes tun. Du wirst der Kommandant dieser Expedition sein, und ich werde blind gehorchen; ist dir das recht?", sagte Jo, die ihre Aufsässigkeit ganz plötzlich gegen lammartige Unterwerfung getauscht hatte.

"Du bist ein echtes Engelchen! Jetzt zieh deine besten Sachen an, und ich werde dir sagen, wie du dich überall zu verhalten hast, damit du einen guten Eindruck machst. Ich möchte, dass die Leute dich mögen, und das würden sie auch, wenn du nur versuchen würdest, ein wenig freundlicher zu sein. Frisiere dich hübsch und steck die rosa Blume in deine Haube; sie steht dir gut, und du siehst in einfacher Kleidung zu ernst aus. Nimm deine leichten Handschuhe und das bestickte Taschentuch mit. Wir gehen bei Meg vorbei und borgen uns ihren weißen Sonnenschirm, dann kannst du meinen taubengrauen haben."

Während Amy sich anzog, erteilte sie weitere Befehle, und Jo gehorchte; nicht ohne immer wieder zu protestieren, denn sie seufzte, als sie ihren neuen Organdy anzog, runzelte die Stirn, als sie die Bänder ihrer Haube zu einer tadellosen Schleife band, rang heftig mit den Nadeln, als sie ihren Kragen anzog, und zog ihr Gesicht in Falten, als sie das Taschentuch ausschüttelte, dessen Stickerei für ihre Nase mindestens so irritierend war wie die gegenwärtige Mission für ihre Gefühle; und als sie ihre Hände in die engen Handschuhe mit den drei Knöpfen und der Quaste gesteckt hatte, sozusagen als letzter Hauch von Eleganz, wandte sie sich mit einem idiotischen Gesichtsausdruck Amy zu und sagte sanftmütig:

"Ich fühle mich völlig daneben; aber wenn du mich für vorzeigbar hältst, werde ich glücklich sterben."

"Du bist sehr zufriedenstellend; dreh dich langsam um und lass mich dich genau betrachten." Jo drehte sich um, während Amy hier und da an etwas rumzupfte. Dann wich sie zurück, legte ihren Kopf auf die Seite, und bemerkte gnädig: "Ja, das ist prima; dein Kopf gefällt mir am besten, denn diese weiße Haube mit der Rose ist einfach hinreißend. Zieh deine Schultern zurück und lass die Hände locker, egal ob deine Handschuhe kneifen oder nicht. Es gibt eine Sache, die dir extrem gut steht, Jo, nämlich ein Umhang – im Gegensatz zu mir; aber dir steht er prima, und ich bin so froh, dass Tante March dir diesen schönen Umhang gegeben hat; er ist einfach, aber schön, und diese Falten über dem Arm sind wirklich künstlerisch. Sitzt mein Mantel mittig, und sind die Falten meines Kleides gleichmäßig? Ich zeige gerne meine Stiefel, denn meine Füße sind hübsch, aber meine Nase nicht."

"Du bist eine echte Schönheit und eine Freude für die Augen", sagte Jo und schaute mit dem Gehabe einer echten Kennerin durch ihre Hand auf die blaue Feder und das goldene Haar. "Soll ich mein bestes Kleid durch den Staub ziehen oder es aufnehmen, Ma'am?"

"Nimm es auf, wenn du gehst, aber lass es fallen, wenn du drinnen bist; der schwungvolle Stil passt am besten zu dir, und du musst lernen, deine Röcke anmutig zu bewegen. Du hast eine der Manschetten noch nicht zugeknöpft, mach das sofort. Du wirst nie ganz fertig aussehen, wenn du nicht auf die kleinen Details achtest, denn sie sind ein wichtiger Bestandteil des erfreulichen Ganzen."

Jo seufzte und sprengte einige Knöpfe von ihrem Handschuh, während sie ihre Manschette richtete; aber schließlich waren beide bereit und schwebten hinfort, "hübsch wie ein Gemälde", wie Hannah bemerkte, die aus dem oberen Fenster schaute, um sie zu beobachten.

"Nun, Jo, meine Liebe, die Chesters halten sich für sehr elegante Leute, also möchte ich, dass du dein Bestes gibst. Lass keine deiner ungeschickten Bemerkungen fallen und tue nichts Seltsames, ja? Sei einfach gelassen, kühl und ruhig – das ist immer sicher und damenhaft; und du wirst es leicht fünfzehn Minuten aushalten", sagte Amy, als sie sich dem ersten Haus näherten. Vorher hatten sie sich den weißen Sonnenschirm geliehen und waren von Meg inspiziert worden, ein Baby auf jedem Arm.

"Lass mich nachdenken. "Gelassen, kühl und ruhig" – ja, ich denke, das kann ich versprechen. Ich habe ja schon die Rolle einer prüden jungen Dame auf der Bühne gespielt, und das kann ich gut. Meine Fähigkeiten sind groß, wie du sehen wirst; also mach dir keine Sorgen, mein Kind."

Amy sah erleichtert aus, aber die verschlagene Jo nahm sie beim Wort; denn während des ersten Besuchs saß sie einfach nur da, jedes Körperglied anmutig ausgerichtet, jede Falte richtig drapiert, gelassen wie ein Meer im

Sommer, kühl wie eine Schneewehe und so ruhig wie eine Sphinx. Mrs. Chester spielte vergeblich auf ihren "bezaubernden Roman" an, und die Misses Chester redeten von Partys, Picknicks, der Oper und Mode; alles wurde mit einem Lächeln, einer Verbeugung und einem gesitteten, sehr kühlen "Ja" oder "Nein" quittiert. Vergeblich telegrafierte Amy das Wort "Rede!", versuchte, Joe aus der Reserve zu locken, und verteilte heimlich Tritte mit ihrem Fuß. Jo saß einfach da, als würde sie nichts davon bemerken.

"Was für ein hochmütiges, teilnahmsloses Geschöpf die ältere Miss March ist", war die leider hörbare Anmerkung eines der Fräuleins, als sich die Tür hinter ihren Gästen schloss. Jo lachte lautlos, während sie durch die Diele gingen, aber Amy dachte angewidert darüber nach, dass all ihre Anweisungen gescheitert waren und gab natürlich Jo die ganze Schuld.

"Wie konntest du mich so blamieren? Ich wollte einfach nur, dass du angemessen würdevoll und gelassen bleibst, aber du bist einfach nur stocksteif dagesessen. Bei den Lambs solltest du versuchen, gesellig zu sein, wie andere Mädchen zu tratschen, und dich für Kleidung, Tändeleien und was sonst noch für einen Unsinn interessieren. Sie sind Teil der besten Gesellschaft, und wir sollten uns glücklich schätzen, sie zu kennen; für nichts auf der Welt möchte ich dort einen schlechten Eindruck hinterlassen."

"Ich werde verträglich sein; ich werde tratschen, kichern und über jede Kleinigkeit erschreckt oder verzückt sein, ganz wie du es magst. Ich genieße das schon, muss ich sagen, und jetzt werde ich das spielen, was man als "bezauberndes Mädchen" bezeichnet; ich kann das, denn ich nehme May Chester als Vorbild, und werde sie sogar noch übertrumpfen. Mal sehen, ob die Lambs nicht sagen: "Was für ein lebhaftes, nettes Geschöpf diese Jo March ist!"".

Amy war sehr besorgt, und das sollte sie auch, denn wenn Jo ausflippte, konnte man nie vorhersagen, wo dies enden würde. Amys Gesicht war vollkommen reglos, als sie sah, wie ihre Schwester in den nächsten Salon flanierte, alle jungen Damen überschwänglich küsste, die jungen Herren anmutig anstrahlte und mit einem Eifer, der jeden Betrachter verblüffte, an der Unterhaltung teilnahm. Amy wurde von Mrs. Lamb, die sie sehr mochte, in Beschlag genommen und gezwungen, einen langen Bericht über Lucretias letzte Krankheit zu hören, während drei entzückende, junge Herren in der Nähe herumlungerten und auf eine Pause warteten, um hereinzustürmen und sie zu retten. So war sie nicht in der Lage, zu überprüfen, was Jo gerade trieb, die geradezu besessen war vom Übermut und genauso redselig dahintratschte wie die alte Dame. Überall um sie herum sah man Köpfe, und Amy strapazierte ihre Ohren, um zu hören, was vor sich ging; einige Bruchstücke aus Sätzen erfüllten sie mit Beunruhigung, große Augen und in die Luft geworfene Hände quälten sie mit Neugierde, und häufige Lachanfälle ließen sie unbedingt an dem Spaß teilhaben wollen. Man kann sich vorstellen, wie Amy litt, als sie zufällig solche Ausschnitte aus der Unterhaltung hörte:

"Sie reitet großartig, wer hat es ihr beigebracht?"

"Niemand; sie übte das Aufsteigen, wie man die Zügel hielt und in einem alten Baum, wie man in einem alten Sattel aufrecht saß. Jetzt reitet sie alles, denn sie kennt keine Angst, und der Stallbursche lässt sie die Pferde fast umsonst haben, weil sie ihnen beibringt, Damen so gut zu tragen. Sie ist so talentiert darin, dass ich ihr oft sage, sie könnte eine Pferdeflüsterin werden und so ihren Lebensunterhalt verdienen, wenn alles andere scheitert."

Bei diesem grässlichen Gerede konnte sich Amy nur unter großen Schwierigkeiten beherrschen, denn es wurde der Eindruck erweckt, dass sie eher eine flotte, robuste junge Dame war, was ihr besonders unangenehm und absolut zu vermeiden war. Aber was sollte sie tun? Die alte Dame war gerade mitten in ihrer Geschichte, und lange bevor sie fertig war, war Jo wieder ganz woanders, machte mehr lustige Enthüllungen und tappte in jedes mögliche Fettnäpfchen.

"Ja, Amy war an diesem Tag ziemlich verzweifelt, denn alle guten Tiere waren weg, und von drei übriggebliebenen war eines lahm, eines blind und das andere so widerspenstig, dass man ihm Dreck ins Maul stecken musste, bevor es lostraben wollte. Nettes Tier für eine ausgelassene Party, nicht wahr?"

"Welche hat sie gewählt?", fragte einer der lachenden Herren, der das Thema sehr genoss.

"Keines davon; sie hörte von einem jungen Pferd auf dem Bauernhof über dem Fluss, und obwohl eine Dame nie darauf geritten war, beschloss sie, es zu versuchen, weil es gut aussah und temperamentvoll war. Sie kämpfte wirklich vorbildlich; es gab niemanden, der das Pferd zum Sattel brachte, also brachte sie den Sattel zum Pferd. Mein lieber Herr Gesangsverein, sie ruderte den Sattel tatsächlich über den Fluss, packte ihn auf ihren Kopf und marschierte zur Scheune, zum allergrößten Erstaunen des alten Mannes!"

"Ist sie das Pferd geritten?"

"Natürlich, und sie hatte viel Spaß dabei. Ich erwartete eher, dass sie in Einzelteilen nach Hause kommen würde, aber sie hatte das Pferd perfekt im Griff und war der Star der Party."

"Nun, das nenne ich mutig", sagte der junge Mr. Lamb und warf Amy einen bewundernden Blick zu; gleichzeitig fragte er sich, was seine Mutter wohl erzählte, damit das Mädchen so errötet war und so unbehaglich aussah.

Einen Moment später, als das Gespräch eine plötzliche Wendung zum Thema Kleidung nahm, war Amys Gesicht sogar noch röter und sie schaute noch unbehaglicher drein. Eine der jungen Damen fragte Jo, wo sie den hübschen, graubraunen Hut gekauft hatte, den sie zum Picknick trug; anstatt das Geschäft zu erwähnen, an dem er vor zwei Jahren gekauft worden war, erwiderte die törichte Jo mit unnötiger Offenheit: "Oh, Amy hat ihn bemalt; man kann diese weichen Farbtöne nicht kaufen, also bemalen wir unsere Hüte in der Farbe, die wir gerade mögen. Es ist sehr hilfreich, eine so künstlerisch talentierte Schwester zu haben."

"Ist das nicht eine originelle Idee?", rief Miss Lamb, die Jo sehr lustig fand.

"Das ist nichts im Vergleich zu einigen ihrer anderen brillanten Leistungen. Es gibt nichts, was das Kind nicht kann. Wisst ihr, sie wollte ein Paar blaue Stiefel für Sallies Party, also bemalte sie ihre schmutzigen weißen mit den schönsten himmelblauen Farben, die man je gesehen hat, und sie sahen wirklich aus wie Satin ", fügte Jo mit einem Anflug von Stolz auf die Leistungen ihrer Schwester hinzu; welcher Amy so verärgerte, dass sie es als eine Erleichterung empfunden hätte, Jo ihr Täschchen an den Kopf zu werfen.

"Wir haben neulich eine deiner Geschichten gelesen und sie sehr genossen", bemerkte die ältere Miss Lamb und wollte der literarisch talentierten Dame damit gratulieren, der das aber zugegebenermaßen gerade gar nicht in den Kram passte.

Jede Erwähnung ihrer "Werke" hatte immer einen negativen Einfluss auf Jo, die entweder bockig wurde und beleidigt aussah oder das Thema mit einer schroffen Bemerkung wechselte, wie in diesem Moment. "Tut mir leid, dass du nichts Besseres zum Lesen finden konntest. Ich schreibe diesen Müll, weil er sich verkauft, und gewöhnliche Menschen mögen ihn. Gehst du diesen Winter nach New York?"

Da Miss Lamb die Geschichte "genossen" hatte, war diese Aussage weder sonderlich dankbar noch höflich. In dem Moment, in dem sie geendet hatte, erkannte Jo ihren Fehler; aus Angst, die Sache noch schlimmer zu machen, erinnerte sie sich überraschend daran, dass es an ihr lag, den ersten Schritt zur Verabschiedung zu machen – und zwar mit einer Plötzlichkeit, die drei Menschen mit halbfertigen Sätzen in ihrem Mund zurückließ.

"Amy, wir müssen gehen. Auf Wiedersehen, meine Lieben; kommt uns besuchen; wir würden uns sehr darüber freuen. Ich wage nicht, zu fragen, Mr. Lamb, aber wenn Sie auch mitkämen, hätte ich wohl nicht den Mut, Sie wegzuschicken."

Jo sagte dies so drollig und imitierte dabei May Chesters überschwänglichen Stil so perfekt, dass Amy so schnell wie möglich den Raum verließ und den starken Wunsch verspürte, gleichzeitig zu lachen und zu weinen.

"Habe ich das nicht gut gemacht?", fragte Jo, die sehr zufrieden aussah, als sie weggingen.

"Nichts hätte schlimmer sein können", war Amys erdrückende Antwort. "Was ist in dich gefahren, diese Geschichten über meinen Sattel, die Hüte und Stiefel und den ganzen Rest zu erzählen?"

"Es ist lustig und es amüsiert die Leute. Sie wissen, dass wir arm sind, also ist es sinnlos, so zu tun, als hätten wir Stallburschen, würden drei oder vier Hüte pro Saison kaufen und es so leicht und gut haben wie sie selbst."

"Du musst aber nicht hingehen und ihnen alle unsere kleinen Pannen erzählen und unsere Armut auf diese völlig unnötige Art und Weise zur Schau stellen. Du hast kein bisschen echten Stolz und wirst nie lernen, wann du deine Zunge halten und wann du sprechen musst", sagte Amy verzweifelt.

Die arme Jo sah verlegen aus und rieb schweigend mit dem steifen Taschentuch an ihrer Nasenspitze, als ob sie gerade eine Buße für ihre Vergehen leisten würde.

"Wie soll ich mich hier verhalten?", fragte sie, als sie sich dem dritten Herrenhaus näherten.

"Ganz wie du willst; ich wasche meine Hände in Unschuld", war Amys kurze Antwort.

"Dann werde ich mich einfach amüsieren. Die Jungs sind daheim und es wird bestimmt lustig werden. Meine Güte, ich brauche echt eine kleine Veränderung, diese Eleganz hat einen schlechten Einfluss auf meine Verfassung", antwortete Jo schroff, weil sie ihr Versagen zu gefallen mächtig störte.

Ein begeisterter Empfang durch drei große Jungs und mehrere hübsche Kinder beruhigte ihre aufgebrachten Gefühle tatsächlich sehr schnell; während sich Amy mit der Gastgeberin und dem jungen Mr. Tudor, der zufällig ebenfalls vorbeigekommen war, unterhielt, widmete sich Jo den jungen Leuten und war froh über die erfrischende Veränderung. Sie hörte mit großem Interesse College-Geschichten zu, streichelte ohne zu murren Hühnerhunde und Pudel, stimmte herzlich zu, als es hieß, "Tom Brown sei ein Pfundskerl", was allerdings ein ziemlich übertriebenes Lob war; als einer der Jungs vorschlug, sein Schildkrötenbecken anzuschauen, ging Jo so bereitwillig mit, dass die Mama unweigerlich lächeln musste. Die mütterliche Dame richtete sogar ihre Mütze aus, die sich durch unzählige Umarmungen in einem ruinösen Zustand befand, und ihr lieber war als die makelloseste Frisur aus den Händen einer begabten Französin.

Amy überließ ihre Schwester sich selbst und genoss ihre Unterhaltung nach Herzenslust. Mr. Tudors Onkel hatte eine englische Dame geheiratet, die eine Cousine dritten Grades eines lebenden Lords war, was Amy mit Respekt für die ganze Familie erfüllte; trotz ihrer amerikanischen Geburt und Erziehung hatte sie diese Ehrfurcht vor Titeln, die das Beste aus uns herausholen – jene vormalige, unausgesprochene Loyalität in Könige, die vor einigen Jahren in der demokratischsten Nation der Welt zu gären begann, und die noch immer etwas mit der Liebe zu tun hat, die das junge Land gegenüber dem alten empfindet, wie die eines großen Sohnes für eine herrische kleine Mutter, die ihn aufzog, solange sie konnte, und ihn mit einer ordentliche Schelte ziehen ließ, als er rebellierte. Aber selbst die Genugtuung, mit einer entfernten Verwandtschaft britischen Adels zu sprechen, ließ Amy nicht die Zeit vergessen; und als die entsprechenden Minuten vergangen waren, riss sie sich widerwillig von dieser aristokratischen Gesellschaft los und suchte nach Jo, in der festen Hoffnung, dass sie ihre unverbesserliche Schwester nicht wieder in einem Fettnäpfchen finden würde, das Schande über den Namen "March" brachte.

Es hätte schlimmer kommen können, aber für Amy war es schlimm genug; denn Jo saß im Gras, mit einem Rudel Jungs um sie herum, und einem Hund, dessen schmutzige Füße auf dem Rock ihres Gala- und Festkleides ruhten, während sie ihrem bewundernden Publikum einen von Lauries Streichen erzählte. Ein kleines Kind stupfte mit Amys geliebtem Sonnenschirm nach Schildkröten, ein zweites aß Lebkuchen über Jos bester Haube und ein drittes spielte mit ihren Handschuhen Ball. Aber alle amüsierten sich; und als Jo ihr beschädigtes Eigentum zusammensammelte, um zu gehen, begleitete sie eine veritable Eskorte und flehte sie an, wiederzukommen. "Es war so lustig, Lauries Späßchen zuzuhören."

"Tolle Jungs, nicht wahr? Jetzt fühle ich mich wieder ziemlich jung und munter", sagte Jo und schlenderte neben Amy her, die Hände hinter sich, teils aus Gewohnheit, teils um den dreckigen Sonnenschirm zu verstecken.

"Warum vermeidest du immer, mit dem jungen Mr. Tudor zu reden?", fragte Amy und verzichtete klugerweise auf jeden Kommentar bezüglich Jos ruiniertem Äußeren.

"Ich mag ihn nicht; er rüffelt seine Schwestern, betrübt seinen Vater und spricht respektlos von seiner Mutter. Laurie sagt, er ist tüchtig, aber ich halte ihn nicht für einen begehrenswerten Bekannten; deswegen lasse ich ihn in Ruhe."

"Du könntest ihn wenigstens höflich behandeln. Du hast ihm nur ein kühles Kopfnicken geschenkt; und gerade jetzt hast du dich auf die höflichste Weise vor Tommy Chamberlain verbeugt, dessen Vater einen Lebensmittelladen führt, und ihn angelächelt. Wenn du das Kopfnicken und die Verbeugung gerade umgekehrt gemacht hättest, wäre es richtig gewesen", sagte Amy zurechtweisend.

"Nein, das wäre es nicht", erwiderte Jo; "weder mag, respektiere oder bewundere ich Tudor, obwohl die Nichte des Neffen des Onkels seines Großvaters Cousine dritten Grades eines Lords war. Tommy ist arm, schüchtern, nett und sehr klug; ich denke gut über ihn und möchte gerne zeigen, dass ich das tue, denn trotz der vielen braunen Pakete ist er ein Gentleman."

"Es hat keinen Sinn, mit dir zu streiten", meinte Amy.

"Überhaupt nicht, meine Liebe", antwortete Jo; "also lass uns liebenswürdig aussehen und hier eine Karte hinterlassen, da die Kings offenbar nicht da sind, wofür ich sehr dankbar bin."

Nachdem damit auch das Kartenetui der Familie seine Pflicht getan hatte, gingen die Mädchen weiter, und Jo schickte ein weiteres Dankeschön in Richtung Himmel, als sie das fünfte Haus erreichten und erfuhren, dass die jungen Damen beschäftigt waren.

"Gehen wir nach Hause und vergessen Tante March für heute. Da können wir jederzeit hingehen, und es ist wirklich schade, wenn wir in unseren besten Klamotten durch den Staub pilgern, wenn wir eigentlich müde und unlustig sind."

"Sprich für dich selbst, bitteschön. Tante March mag es, wenn wir ihr den Gefallen tun, stilvoll zu kommen und einen formalen Besuch zu machen; es ist nur ein kleiner Gefallen, aber es macht ihr Freude, und ich glaube nicht, dass er deine Sachen halb so sehr verschandeln wird wie schmutzige Hunde und bröselnde Jungs. Bück dich mal und lass mich die Krümel von deiner Haube wischen."

"Was für ein liebes Mädchen du bist, Amy", sagte Jo mit einem reuigen Blick von ihrem eigenen, schmutzigen Kostüm zu dem ihrer Schwester, das noch frisch und makellos war. "Ich wünschte mir, es wäre für mich genauso einfach wir für dich, kleine Dinge zu tun, um Menschen zu gefallen. Ich denke oft daran, aber sie benötigen zu viel Zeit; also warte ich auf die Chance, einen großen Gefallen zu erweisen, und lasse die kleinen einfach durchrutschen; aber am Ende sind diese aussagekräftiger, schätze ich."

Amy lächelte, war sofort besänftigt und sagte mit mütterlicher Stimme:

"Frauen sollten lernen, gefällig zu sein, besonders arme; denn sie haben keine andere Möglichkeit, die Freundlichkeiten, die sie erhalten, zurückzuzahlen. Wenn du dich daran erinnerst und dies praktizierst, wirst du mehr geschätzt werden als ich, weil du authentischer bist."

"Ich bin ein schrulliges, altes Ding, und das werde ich immer sein, aber ich muss zugeben, dass du recht hast; nur ist es für mich halt einfacher, mein Leben für jemanden zu riskieren, als gefällig zu sein, wenn ich keine Lust dazu habe. Es ist großes Pech, so starke Vorlieben und Abneigungen zu haben, nicht wahr?"

"Das Pech ist umso größer, wenn man sie nicht verstecken kann. Es macht mir nichts aus zuzugeben, dass ich Tudor genauso wenig leiden kann wie du;

aber ich bin nicht berufen, dies ihm zu sagen; du auch nicht, und es hat keinen Sinn, dich unsympathisch zu machen, bloß weil er es ist."

"Ich denke, Mädchen sollten zeigen, wenn ihnen junge Männer nicht gefallen; und wie sollten sie das sonst tun, außer durch ihre Manieren? Predigen nützt nichts, wie ich zu meinem Bedauern weiß, da ich das schon bei Teddy versucht habe; aber es gibt viele kleine Möglichkeiten, wie ich ihn ohne Worte beeinflussen kann, und ich denke, das sollten wir auch bei anderen tun, wenn wir können."

"Teddy ist ein bemerkenswerter Junge und kann nicht als Vorbild für andere Jungs herhalten", sagte Amy in einem Ton feierlicher Überzeugung, der den "bemerkenswerten Jungen" erschüttert hätte, wenn er Zeuge gewesen wäre. "Wenn wir Grazien oder reiche Frauen irgendeines Standes wären, könnten wir vielleicht etwas tun; aber einen Typ junger Herren zu verachten, weil wir ihn nicht gutheißen, und einen anderen anzulächeln, weil wir es tun, würde überhaupt nichts ändern, außer dass man uns als seltsam und puritanisch abtäte."

"Also sollen wir Dinge und Menschen billigen, die wir verabscheuen, nur weil wir keine Grazien und Millionäre sind, richtig? Das ist eine tolle Art von Moral."

"Ich will darüber nicht streiten, ich weiß nur, dass es der Lauf der Welt ist; und Menschen, die sich dagegenstellen, werden nur ausgelacht. Ich mag keine Weltenveränderer, und ich hoffe, du wirst nie versuchen, einer zu sein."

"Ich schon, und ich möchte einer werden, wenn ich kann; denn trotz des Auslachens würde die Welt sich ohne sie nicht weiterdrehen. Wir werden hier nie einer Meinung sein, denn du gehörst zum alten Schlag und ich zum neuen: du möchtest zu den Besten gehören, und ich nur Spaß haben."

"Jetzt beruhig dich und bring Tantchen mit deinen neuen Ideen nicht durcheinander."

"Ich werde es versuchen, aber gerade bei ihr bin ich besonders besessen davon, besonders unverblümt zu reden oder irgendwelche revolutionären Ideen auszubreiten; das ist mein Schicksal, und ich kann nicht anders."

Tante Carrol war gerade bei der alten Dame zu Besuch, und beide waren in ein sehr interessantes Thema vertieft; als die Mädchen hereinkamen, ließen sie dieses allerdings sofort fallen. Der schuldbewusste Blick verriet, dass sie über ihre Nichten gesprochen hatten. Jo war nicht besonders gut gelaunt und ihre Aufsässigkeit war zurückgekehrt; aber Amy, die ihre Pflicht bisher tugendhaft gemeistert hatte, behielt die Beherrschung und befand sich geradezu in einer engelsgleichen Stimmung. Diese Liebenswürdigkeit war sofort spürbar, und beide Tanten herzten sie überschwänglich und sagten hinterher begeistert: "Das Kind wird jeden Tag besser".

"Wirst du beim Markt mithelfen, Liebes?", fragte Mrs. Carrol, als Amy sich mit der vertrauensseligen Art, die ältere Menschen so sehr an der Jugend mögen, neben sie setzte.

"Ja, Tante. Mrs. Chester fragte mich bereits, ob ich helfen würde, und ich bot an, einen Tisch zu betreuen, da ich nichts anderes zu geben habe als meine Zeit."

"Ich nicht", stellte Jo entschieden fest. "Ich hasse es, bevormundet zu werden, und die Chesters denken, dass sie uns einen großen Gefallen damit tun, wenn sie uns erlauben, bei ihrem wahnsinnig wichtigen Markt zu helfen. Ich frage mich, warum du zugestimmt hast, Amy: sie wollen nur, dass du für sie arbeitest."

"Ich bin bereit zu arbeiten: es geht sowohl um die aus der Gefangenschaft Freigelassenen als auch um die Chesters, und ich finde es sehr nett von ihnen, die Arbeit und den Spaß mit mir zu teilen. Die Bevormundung stört mich nicht, wenn sie gut gemeint ist."

"Gut und schön. Ich mag deine dankbare Haltung, meine Liebe; auch mir ist es eine Freude, Menschen zu helfen, die unsere Bemühungen zu schätzen wissen: einige tun das nicht, und das ist beschwerlich", bemerkte Tante March und blickte über ihre Brille hinweg auf Jo, die etwas abseits saß und mit einem etwas verdrießlichen Gesichtsausdruck in ihrem Stuhl schaukelte.

Wenn Jo nur gewusst hätte, welch großes Glück für eine von ihnen in der Waagschale lag, wäre sie in Sekunden sanftmütig gewesen; aber leider haben wir keine Fenster in unserem Busen und können nicht sehen, was in den Köpfen unserer Freunde vor sich geht; besser für uns, dass wir dies nicht ständig können, aber ab und zu wäre es ein echter Trost und würde nicht nur Zeit sparen, sondern auch manch schlechte Laune verhindern. Ihre nächsten Worte beraubten Jo mehrerer äußerst vergnüglicher Jahre und das Mädchen erhielt eine lange fällige Lektion in der Kunst, ihre Zunge im Zaum zu halten.

"Ich mag keine Gefälligkeiten, sie bedrücken mich und geben mir das Gefühl, ein Sklave zu sein. Ich würde lieber alles allein tun und völlig unabhängig sein."

"Ahem!", hustete Tante Carrol leise und warf einen Blick auf Tante March.

"Ich habe es dir gesagt", sagte Tante March und nickte Tante Carrol vielsagend zu.

Ohne zu merken, was sie getan hatte, saß Jo da, die Nase hoch in der Luft, auf dem Gesicht ein aufsässiger Ausdruck, der alles andere als einladend war.

"Sprichst du Französisch, Liebes?", fragte Mrs. Carrol und nahm Amys Hand.

"Ziemlich gut, dank Tante March, die Esther so oft mit mir reden lässt, wie ich will", antwortete Amy mit dankbarem Blick, der der alten Dame ein freundliches Lächeln entlockte.

"Wie steht es bei dir mit den Sprachen?", wollte Mrs. Carrol von Jo wissen.

"Keine Ahnung davon; ich bin zu doof, um etwas zu lernen; Französisch kann ich nicht ausstehen, es ist eine so glitschige, blöde Sprache", lautete die schroffe Antwort.

Die Damen tauschten einen weiteren Blick und Tante March sagte zu Amy: "Du bist gesund und es geht dir gut, Liebes, nicht wahr? Deine Augen sind doch wieder in Ordnung, oder?"

"Alles wunderbar, danke, Ma'am. Es geht mir sehr gut und ich habe vor, im nächsten Winter Großes zu leisten, damit ich bereit bin für Rom, wann immer diese freudige Zeit kommen wird."

"Braves Mädchen! Du verdienst es, dorthin zu gehen, und ich bin sicher, dass es dir eines Tages gelingen wird", sagte Tante March mit einem aufmunternden Klaps auf Amys Kopf.

"Mürrisches Mädchen, eins-zwei-drei.
Sitz ans Feuer und mach dich frei,"

rief Polly und beugte sich von ihrer Stange hinter Jos Stuhl herunter, um in ihr Gesicht zu schauen. Dabei sah der Papagei so unverschämt fragend aus, dass es unmöglich war, nicht zu lachen.

"Höchst aufmerksamer Vogel", sagte die alte Dame.

"Machen wir einen Spaziergang, meine Liebe?", rief Polly und hoppelte auf den Porzellanschrank zu, offenbar auf der Suche nach einem Stückchen Zucker als Belohnung.

"Danke, das werden wir. Komm, Amy." Damit beendete Jo den Besuch und war mehr denn je der Meinung, dass Besuche einen schlechten Einfluss auf ihre Verfassung hatten. Sie schüttelte zuvorkommend die Hände der beiden Tanten, aber Amy küsste beide herzlich, und als die Mädchen gingen, hinterließen sie sowohl Schatten als auch Sonnenschein; auch Tante March hatte genau diesen Eindruck, als sie nach ihrem Weggehen sagte:

"Du solltest es tun, Mary, ich werde das Geld dafür geben."

Tante Carrol antwortete sehr entschieden: "Das werde ich ganz sicher, wenn ihr Vater und ihre Mutter zustimmen."

XXX. KONSEQUENZEN

Mrs. Chesters Markt war so elegant und erlesen, dass es die jungen Damen der Nachbarschaft als große Ehre empfanden, eingeladen worden zu sein und einen Tisch übernehmen zu dürfen; alle waren mit Feuereifer dabei. Amy wurde gefragt, Jo nicht – was für alle Parteien ein Segen war, da sie ihre Arme in dieser Lebensphase gerade mächtig in die Seiten stemmte und es viele harte Schläge benötigte, um ihr beizubringen, wie man auch ohne überall anzuecken im Leben zurechtkam. Das "hochmütige, uninteressierte Geschöpf " wurde schmählich allein gelassen; aber Amys Talent und Geschmack wurden dem Angebot des Kunsttisches gebührend gerecht, und sie bemühte sich, angemessene und wertvolle Beiträge dafür vorzubereiten und zu sichern.

Bis zum Tag vor der Eröffnung des Marktes verlief alles reibungslos; dann passierte jedoch eines der kleinen Scharmützel, die man kaum vermeiden kann, wenn etwa fünfundzwanzig Frauen, alte und junge, mit all ihren Eigenheiten und Vorurteilen versuchen zusammenzuarbeiten.

May Chester war ziemlich eifersüchtig auf Amy, weil letztere beliebter war als sie selbst, und gerade zu diesem Zeitpunkt passierten mehrere Kleinigkeiten, die dieses Gefühl noch verstärkten. Amys anmutige Arbeiten mit Tinte und Feder liefen Mays bemalten Vasen völlig den Rang ab – das war der erste Dorn; dann hatte der über alles begehrte Tudor neulich auf einer Party viermal mit Amy und nur einmal mit May getanzt – das war Dorn Nummer zwei; aber der Hauptgrund, der auf ihrer Seele lastete und ihr eine Entschuldigung für ihr unfreundliches Verhalten lieferte, war ein Gerücht, das ihr einige äußerst zuvorkommende Klatschmäuler zugeflüstert hatten – dass die March-Mädchen sich bei den Lambs über sie lustig gemacht hätten. Die ganze und alleinige Schuld daran hatte natürlich Jo, denn ihre freche Nachahmung war zu lebensecht gewesen, um nicht entdeckt zu werden, und die ausgelassenen Lambs hatten den Spaß gerne weitererzählt. Die Angeklagte selbst hatte überhaupt nichts davon mitbekommen, und man kann sich Amys Bestürzung vorstellen, als sie am Vorabend des Markts ihrem Tisch den letzten Schliff gab, und Mrs. Chester, die ihr die vermeintliche Verhöhnung ihrer Tochter übel nahm, in höflichem Ton, aber mit abschätzigem Blick, zu ihr sagte:

"Ich höre, meine Liebe, dass unter den jungen Damen ein gewisser Unfrieden darüber herrscht, dass ich diesen Tisch jemand anderem als meinen eigenen Mädchen gebe. Da dies von manchen als der herausragendste und attraktivste Tisch überhaupt bezeichnet wird und da sie der Blickfang des

Marktes sind, ist es wohl am besten, wenn sie diesen Platz einnehmen. Es tut mir leid, aber ich weiß, dass du der Sache zu sehr zugetan bist, um persönlich enttäuscht zu sein, und du kannst natürlich einen anderen Tisch haben, wenn du willst."

Mrs. Chester hatte sich vorher ausgemalt, dass es einfacher sein würde, diese kleine Ansprache zu halten; aber als die Zeit dafür kam, fiel es ihr ziemlich schwer, die Worte auszusprechen, da sie Amys arglose Augen überrascht und voller Sorge direkt anblickten.

Amy fühlte, dass irgendetwas dahintersteckte, konnte aber nicht erraten, was. Sie war verletzt und zeigte dies auch, indem sie sagte:

"Vielleicht wäre Ihnen lieber, wenn ich überhaupt keinen Tisch übernehme?"

"Nun, meine Liebe, sei bitte nicht böse auf mich; es ist nur eine Frage der Schicklichkeit, weißt du; meine Mädchen sollen natürlich im besten Licht erscheinen, und an diesem Tisch ist dafür der richtige Platz. Er wäre auch für dich angemessen gewesen und ich bin dir sehr dankbar für deine Bemühungen, ihn so schön zu gestalten; aber wir müssen natürlich unsere privaten Wünsche hintenanstellen, und ich werde dafür sorgen, dass du anderswo einen guten Platz bekommst. Möchtest du vielleicht den Blumentisch? Die kleinen Mädchen hatten ihn eigentlich übernommen, aber sie sind etwas demotiviert. Du könntest etwas Bezauberndes daraus machen, und der Blumentisch ist immer eine Attraktion, musst du wissen."

"Besonders für junge Herren", fügte May mit einem Blick hinzu, der Amy zumindest über eine Ursache für ihren plötzlichen Fall in Ungnade aufklärte. Obwohl ihr die Zornesröte ins Gesicht stieg, nahm sie sonst keinerlei Notiz von diesem unterschwelligen Sarkasmus und antwortete mit unerwarteter Freundlichkeit:

"Wir machen es so, wie Sie wollen, Mrs. Chester. Selbstverständlich gebe ich meinen Platz hier sofort frei und kümmere mich um die Blumen, wenn Sie wollen."

"Du kannst auch deine eigenen Sachen auf deinen Tisch stellen, wenn du willst", begann May und bekam ein paar Gewissensbisse, als sie die hübschen Gestelle, die bemalten Muscheln und die malerischen Illuminationen betrachtete, die Amy so sorgfältig hergestellt und so anmutig arrangiert hatte. Sie meinte es freundlich, aber Amy bekam die Bemerkung in den falschen Hals und sagte hastig:

"Oh, sicher, wenn sie dir im Weg sind." Mit diesen Worten fegte sie ihre Werke blindlings in ihre Schürze, und ging in dem Gefühl davon, dass sie und ihre Kunst bis in alle Ewigkeit beleidigt worden waren.

"Jetzt ist sie sauer. Oh, je, ich wünschte, ich hätte dich nicht gebeten, etwas zu sagen, Mama", sagte May und blickte untröstlich auf ihren leeren Tisch.

"Streitigkeiten unter Mädchen sind bald vorbei", antwortete ihre Mutter und schämte sich ein wenig für ihre eigene Rolle in diesem Fall, was durchaus angemessen war.

Die kleinen Mädchen begrüßten Amy und ihre Schätze mit Freude, und der herzliche Empfang besänftigte ihre schlechte Laune etwas; sofort ging sie an die Arbeit, fest entschlossen, mit Blumen erfolgreich zu sein, wenn es schon nicht mit Kunst ging. Aber alles schien irgendwie gegen sie zu sein: es war schon spät, und sie war müde; jeder war zu sehr mit seinen eigenen Angelegenheiten beschäftigt, um ihr zu helfen; und die kleinen Mädchen waren nur hinderlich, denn sie machten viel Theater und waren so geschwätzig wie Elstern in ihren fruchtlosen Bemühungen, die vollkommene Ordnung herzustellen. Der immergrüne Bogen wollte nicht festbleiben, nachdem sie ihn hochgezogen hatte, sondern wackelte und drohte, ihr auf den Kopf zu fallen, als die daran hängenden Körbe gefüllt waren; ihr schönster Ziegel bekam einen Wasserspritzer ab, der eine hellbraune Träne auf der Wange des Amors hinterließ; sie schlug sich mit dem Hammer auf die Hände und ihr wurde in der Zugluft kalt, was sie für den morgigen Tag mit größten Befürchtungen erfüllte. Jede Leserin, die schon einmal ähnliche Leiden wie Amy durchlitten hat, wird mit ihr mitfühlen und ihr alles Gute für ihre Aufgabe wünschen.

Zu Hause herrschte große Empörung, als sie an diesem Abend ihre Geschichte erzählte. Ihre Mutter sagte, es sei eine Schande, aber sie sagte ihr auch, dass sie richtig reagiert hatte; Beth erklärte, dass sie überhaupt nicht auf den Markt gehen würde; und Jo wollte wissen, warum sie nicht alle ihre schönen Sachen mitgenommen und diese gemeinen Leute zurückgelassen hatte, damit diese ohne sie weitermachen konnten.

"Nur weil sie gemein sind, ist das kein Grund dafür, warum ich es auch sein sollte. Ich hasse solche Dinge, und obwohl ich glaube, dass ich ein Recht darauf habe, gekränkt zu sein, will ich es ihnen nicht zeigen. Das werden sie mehr spüren als wütende Worte oder beleidigtes Gehabe, nicht wahr, Mami?"

"Das ist die richtige Haltung, meine Liebe; ein Kuss statt einem Hieb ist immer die bessere Lösung, auch wenn es manchmal nicht ganz einfach ist, ihn zu geben", sagte ihre Mutter, die gelernt hatte, was es hieß, das zu beherzigen, was man selbst predigte.

Trotz verschiedener, äußerst natürlicher Versuchungen, zu grollen und Vergeltung zu üben, hielt sich Amy den ganzen nächsten Tag an ihren Vorsatz und wollte ihren Feind durch Freundlichkeit besiegen. Zu Anfang klappte das gut, dank einer stillen Erinnerung, die unerwartet, aber im richtigen Moment zu ihr kam. Als sie an diesem Morgen ihren Tisch arrangierte, während die kleinen Mädchen in einem Vorraum dabei waren, die Körbe zu füllen, nahm sie ihr Lieblingswerk auf – ein kleines Buch, dessen uralter Einband ihr Vater unter seinen Schätzen gefunden hatte und in dem sie auf Pergamentblättern verschiedene Texte in Bilderhandschrift gemalt hatte. Als sie die Seiten mit entschuldbarem Stolz umblätterte, die reich mit zierlichen Ornamenten verziert waren, fiel ihr Auge auf einen Vers, der sie zum Nachdenken anregte. Umrahmt von einem leuchtenden Zierrahmen aus Dunkelrot, Blau und Gold, auf dem sich kleine Geister des guten Willens tummelten, standen die Worte: "Du sollst deinen Nächsten lieben wie dich selbst".

"Das sollte ich, tue ich aber nicht", dachte Amy, als ihr Auge von der leuchtenden Seite zu Mays unzufriedenem Gesicht hinter den großen Vasen schweifte, welche die leeren Stellen, die ihre schönen Arbeiten einmal gefüllt hatten, nicht verbergen konnten. Amy stand eine Minute lang da, blätterte mit ihrer Hand die Seiten durch und las auf jeder Seite eine zärtliche Anmahnung für jede Art von Herzschmerz und Lieblosigkeit. Ohne es zu merken, halten uns jeden Tag Menschen auf der Straße, in der Schule, im Büro oder zu Hause weise und wahre Predigen; selbst ein Tisch auf einem Markt kann zur Kanzel werden, wenn er die guten und hilfreichen Worte ins Gedächtnis zurückbringt, die nie außer Mode kommen. Amys Gewissen hielt ihr genau in diesem Moment eine kleine Predigt, und sie tat, was viele von uns nicht immer tun – sie nahm sich diese Predigt zu Herzen und setzte sie sofort in die Praxis um.

Eine Gruppe von Mädchen stand um Mays Tisch herum, bewunderte die schönen Dinge und unterhielt sich über den Austausch der Verkäuferinnen. Sie redeten leise, aber Amy wusste, dass sie von ihr sprachen, gerade eine Version der Geschichte hörten und entsprechend urteilten. Das war nicht angenehm, aber sie hatte sich selbst eines Besseren belehrt, und bald bot sich die Gelegenheit, dies zu beweisen. Sie hörte May traurig sagen:

"Es ist zu schade, aber es ist keine Zeit mehr, andere Dinge zu machen, und ich will nicht allerlei Krimskrams dahinstellen, nur um den Tisch vollzubekommen. Er war einfach perfekt: jetzt ist er ruiniert."

"Ich schätze, dass sie sie zurückstellen würde, wenn du sie fragst", schlug jemand vor.

"Wie könnte ich nach all dem Ärger?", begann May, aber sie beendete den Satz nicht, denn aus der Diele hörte sie Amys Stimme, die freundlich sagte:

"Du kannst sie gerne und bereitwillig haben, wenn du sie willst. Ich dachte gerade, ich sollte dir anbieten, sie zurückzustellen, denn sie gehören eher zu deinem Tisch als zu meinem. Hier sind sie; bitte nimm sie und verzeih mir, wenn ich sie gestern Abend voreilig weggetragen habe."

Während sie sprach, gab Amy lächelnd und mit einem Kopfnicken ihre Werke zurück, und eilte wieder in dem Gefühl davon, dass es einfacher war, etwas Nettes zu tun, als zu bleiben und dafür Dank zu erhalten.

"Wenn das nicht nett von ihr ist, nicht wahr?", rief ein Mädchen.

Mays Antwort war nicht mehr zu hören, aber eine andere junge Dame, deren Laune offensichtlich ein wenig angesäuert war, weil sie Limonade machen musste, fügte mit einem verdrießlichen Lachen hinzu: "Sehr nett; sie wusste ganz sicher, dass sie die Sachen an ihrem eigenen Tisch nicht verkaufen würde".

Nun, das war hart; wenn wir kleine Opfer bringen, wollen wir zumindest, dass sie geschätzt werden; und für eine Minute bedauerte Amy, dass sie es getan hatte, und merkte, dass Tugend sich nicht immer lohnte. Aber sie tat gut, wie sie bald erkannte, denn ihre Laune wurde besser, und ihr Tisch blühte unter ihren geschickten Händen auf; die Mädchen waren sehr freundlich, und diese eine kleine Tat schien die dicke Luft erstaunlich gereinigt zu haben.

Es war ein sehr langer und harter Tag für Amy, als sie hinter ihrem Tisch saß und oft ganz allein war, denn die kleinen Mädchen hatten sie sehr bald verlassen. Nur wenige interessierten sich dafür, im Sommer Blumen zu kaufen, und ihre Sträuße begannen lange vor Einbruch der Nacht ihre Köpfe hängen zu lassen.

Der Kunsttisch war die Attraktion der Veranstaltung; den ganzen Tag über stand eine Menschenmenge um ihn herum, und ständig rannten Interessenten mit wichtigen Gesichtern und klappernden Geldbörsen hin und her. Amy blickte oft wehmütig hinüber und sehnte sich danach, dort zu sein, wo sie sich zu Hause und glücklich fühlte, anstatt in einer Ecke, in der nichts zu tun war. Dies mag einigen von uns nicht schwer erscheinen, aber für ein hübsches, fröhliches, junges Mädchen war es nicht nur langweilig, sondern auch sehr anstrengend; und der Gedanke, dort abends von ihrer Familie, Laurie und all seinen Freunden vorgefunden zu werden, machte das Ganze zu einem echten Martyrium.

Sie ging erst nachts nach Hause, und sah so blass und still aus, dass alle wussten, dass es ein harter Tag gewesen war, obwohl sich Amy nicht beschwerte und nicht einmal sagte, was sie getan hatte. Am nächsten Morgen schenkte ihr ihre Mutter besonders herzlich eine Tasse Tee ein, Beth half ihr beim Anziehen und machte einen bezaubernden, kleinen Kranz für ihr Haar, während Jo ihre Familie damit verblüffte, dass sie ungewöhnlich pünktlich aufstand und grimmig andeutete, dass sie nun den Spieß umdrehen würde.

"Sei nicht unhöflich, bitte, Jo. Ich möchte kein Aufhebens machen, also lass es so, wie es ist, und benimm dich", flehte Amy, als sie schon früh in der

Hoffnung losging, etwas Verstärkung für ihre Blumen zu finden und ihrem armen kleinen Tisch zu neuem Leben zu verhelfen.

"Ich beabsichtige nur, zu jedem, den ich kenne, hinreißend freundlich zu sein und alle so lange wie möglich in deiner Ecke zu halten. Teddy und seine Jungs werden dabei helfen, und wir werden sicher eine Menge Spaß haben", antwortete Jo und lehnte sich über das Tor, um nach Laurie Ausschau zu halten. Bald hörte man in der Dämmerung das vertraute Trampeln, und sie rannte hinaus, um ihm entgegenzugehen.

"Ist das mein Junge?"

"So sicher wie das mein Mädchen ist!", sagte Laurie und hakte ihre Hand unter seinen Arm, ganz mit dem Gehabe eines Mannes, der wunschlos glücklich war.

"Oh Teddy, was alles passiert ist!", erwiderte Jo und erzählte mit schwesterlicher Inbrunst von Amys Nöten.

"Nach und nach wird heute eine ganze Schar meiner Freunde kommen, und erschieß mich, wenn ich sie nicht dazu bringe, jede einzelne Blume zu kaufen, die sie hat, und hinterher ihren Tisch zu umlagern", sagte Laurie, der ihre Sache mit allem unterstützte, was er aufzubieten hatte.

"Die Blumen sind überhaupt nicht mehr schön, sagt Amy, und die frischen werden vielleicht nicht rechtzeitig ankommen. Ich möchte nicht ungerecht oder argwöhnisch sein, aber ich würde mich nicht wundern, wenn sie überhaupt nie kämen. Wenn Menschen einmal gemein sind, sind sie es wahrscheinlich auch ein zweites Mal", bemerkte Jo in angewidertem Tonfall.

"Hat Hayes dir nicht das Beste aus unseren Gärten gegeben? Ich habe es ihm gesagt."

"Das wusste ich nicht; ich nehme an, er hat es vergessen, und da es deinem Opa schlecht ging, wollte ich ihn nicht noch mit Fragen belästigen, obwohl ich das vielleicht hätte tun sollen."

"Jo, wie bist du nur auf die Idee gekommen, dass du fragen musstest! Die Blumen gehören genauso dir wie mir. Machen wir nicht immer halbe-halbe?", sagte Laurie in dem Tonfall, bei dem sich Jo immer die Haare sträubten.

"Meine Güte, ich hoffe nicht! Die Hälfte einiger deiner Sachen würden mir überhaupt nicht passen. Aber wir sollten hier nicht herumstehen und schäkern; ich muss Amy helfen, also geh los und mach dich nützlich; und wenn du so freundlich wärst, Hayes ein paar schöne Blumen bringen zu lassen, wird mein Dank dir ewig nachschleichen."

"Könntest du das nicht übernehmen?", fragte Laurie so zweideutig, dass Jo ihm mit ungastlicher Eile das Tor vor der Nase zuhaute, und durch die Gitter rief: "Geh schon los, Teddy, ich bin beschäftigt."

Dank der Verschwörer wurde der Spieß nun tatsächlich umgedreht; Hayes schickte eine Wagenladung Blumen, zusammen mit einem schönen Korb, der so perfekt arrangiert war, dass er einen wunderbaren Mittelpunkt darstellte; dann zog die Familie March mit allen Mitgliedern los, und selbst Jo gab sich dem guten Zweck hin, denn die Leute kamen nicht nur vorbei, sondern blieben stehen, lachten über ihren Unsinn, bewunderten Amys Geschmack und amüsierten sich scheinbar sehr. Laurie und seine Freunde warfen sich galant in die Bresche, kauften alle Sträuße auf, belagerten den Tisch und machten diese Ecke zum lebendigsten Ort im ganzen Raum. Amy war jetzt in ihrem Element, und war aus Dankbarkeit, wenn nicht sogar aus anderen Gründen, so lebhaft und anmutig wie möglich – und kam schließlich zu der Weisheit, dass sich Tugend doch selbst belohnte.

Jo benahm sich vorbildlich anständig; und während Amy glücklich und von ihrer Ehrengarde umgeben war, schlenderte Jo durch die Diele und hörte verschiedenem Tratsch und Klatsch zu, aus dem sie schließlich auch erfuhr, warum der Wechsel der Tische stattgefunden hatte. Sie machte sich Vorwürfe, weil sie ihren Anteil daran hatte, und beschloss, Amy so schnell wie möglich zu entlasten; sie fand auch heraus, was Amy morgens mit ihren eigenen Sachen gemacht hatte, und fand, dass sie ein Vorbild an Großherzigkeit war. Als sie den Kunsttisch passierte, blickte sie über ihn hinweg, um die Sachen ihrer Schwester zu betrachten, fand aber keine Anzeichen davon. "Außer Sichtweite versteckt, schätze ich", dachte Jo, die zwar ihre eigenen Fehler verzeihen konnte, aber jede Beleidigung ihrer Familie gegenüber aufs Schärfste verurteilte.

"Guten Abend, Miss Jo. Wie macht sich Amy?", fragte May versöhnlich, denn sie wollte zeigen, dass auch sie großzügig sein könnte.

"Sie hat alles verkauft, was zu verkaufen war, und jetzt amüsiert sie sich. Der Blumentisch ist immer äußerst attraktiv, weißt du, besonders für junge Herren."

Jo konnte nicht widerstehen, ihr diese kleine Retourkutsche zu erteilen, aber May nahm sie so sanftmütig hin, dass Jo sie schon eine Minute später bereute und darauf verfiel, die großartigen Vasen zu loben, die immer noch nicht verkauft waren.

"Hast du noch irgendwo Amys Bilderhandschrift? Ich habe mir überlegt, sie für Vater zu kaufen", sagte Jo, die sehr gespannt war, etwas über das Schicksal der Arbeiten ihrer Schwester zu erfahren.

"Alles, was Amy mitgebracht hatte, wurde schon vor langer Zeit verkauft; ich habe dafür gesorgt, dass die richtigen Leute die Werke sahen, und sie haben uns eine schöne, kleine Summe Geld eingebracht", erwiderte May, die an diesem Tag, genau wie Amy, allerlei kleine Versuchungen zu meistern hatte.

Jo eilte sehr erfreut zurück, um die gute Nachricht zu erzählen; Amy war sowohl berührt als auch überrascht darüber, was May gesagt und wie sie sich benommen hatte.

"Nun, meine Herren, ich möchte, dass ihr losgeht und eure Pflicht an den anderen Tischen genauso großzügig erfüllt, wie ihr es bei mir getan habt – vor allem am Kunsttisch", sagte sie und meinte damit "Teddys Meute", wie die Mädchen seine College-Freunde nannten.

" 'Je mehr, je besser' ist das Motto für diesen Tisch; tut eure Pflicht wie Männer, und ihr werdet im wahrsten Sinne des Wortes den Gegenwert eures Geldes in Kunst bekommen", sagte die unbändige Jo, als die ergebene Phalanx bereit war, das Feld zu stürmen.

"Ich höre und gehorche, aber der März ist schöner als der Mai", sagte der kleine Parker, der sich verzweifelt bemühte, witzig und liebevoll zu sein, und prompt von Laurie in die Schranken gewiesen wurde, der sagte: "Sehr gut, mein Sohn, für einen so kleinen Jungen." Mit einem väterlichen Klaps auf den Kopf gingen sie los.

"Kauft die Vasen", flüsterte Amy Laurie zu, sozusagen als letztes Schäufelchen glühender Kohlen auf den Kopf ihrer Gegnerin.

Zu Mays großer Freude kaufte Mr. Laurence nicht nur die Vasen, sondern marschierte mit jeweils einer unter jedem Arm durch die Diele. Die anderen Herren legten ihr Geld gleichermaßen unüberlegt in allen möglichen Tand an und wanderten danach ziellos herum, belastet mit Wachsblumen, bemalten Fächern, filigranen Mappen und anderen nützlichen und passenden Käufen.

Tante Carrol war auch dort, hörte die Geschichte, sah erfreut aus und sagte in einer Ecke etwas zu Mrs. March, was diese zufrieden strahlen und Amy mit einem stolzen und gleichzeitig besorgten Gesicht anblicken ließ – obwohl sie die Ursache für ihre Freude erst einige Tage später verriet.

Der Markt wurde zu einem vollen Erfolg erklärt; und als May Amy eine gute Nacht wünschte, "blubberte" sie nicht daher wie sonst üblich, sondern gab ihr einen liebevollen Kuss und warf ihr einen Blick zu, der sagte: "Verzeih und vergib mir". Das war Wasser auf Amys Mühle; und als sie nach Hause kam, sah sie auf dem Regal über der Feuerstelle die Vasen stehen, jede gefüllt mit einem tollen Blumenstrauß. "Der verdiente Lohn für eine großherzige March", wie Laurie mit einem Tusch verkündete.

"Du hast ein viel prinzipientreueres, großzügigeres und edleres Wesen, als ich je bei dir vermutet habe, Amy. Du hast dich toll verhalten, und ich respektiere dich von ganzem Herzen", sagte Jo warmherzig, als sie in dieser Nacht gemeinsam ihre Haare bürsteten.

"Ja, das tun wir alle und wir lieben sie dafür, weil sie so bereitwillig vergibt. Es muss schrecklich hart gewesen sein, nachdem man so lange und mit ganzem Herzen daran gearbeitet hat, seine eigenen schönen Dinge zu verkaufen. Ich glaube nicht, dass ich es so freimütig hätte tun können wie du", fügte Beth aus ihrem Kissen hinzu.

"Nun, Mädchen, ihr solltet mich nicht so loben; ich habe nur getan, was nötig war. Ihr lacht mich aus, wenn ich sage, dass ich eine Dame sein möchte, aber damit meine ich ein Vorbild an Betragen und Manieren, und ich versuche diesem so nahe zu kommen wie möglich. Ich kann es nicht genau erklären, aber ich möchte über den kleinen Gemeinheiten, Verrücktheiten und Fehlern stehen, die so viele Frauen verderben. Ich bin noch weit davon entfernt, aber ich tue mein Bestes und hoffe, irgendwann so zu sein wie Mutter."

Amy sprach sehr leidenschaftlich, und Jo umarmte sie herzlich und sagte:

"Jetzt verstehe ich, was du meinst, und ich werde nie wieder über dich lachen. Du wirst dein Ziel schneller erreichen, als du denkst, und ich werde dich mir zum Vorbild nehmen, was wahre Höflichkeit angeht, denn du hast das Geheimnis erkannt, glaube ich. Mach so weiter, Liebes; du wirst eines Tages deine Belohnung dafür bekommen, und niemand wird sich mehr freuen als ich."

Eine Woche später bekam Amy diese Belohnung, und der armen Jo fiel es sehr schwer, sich zu freuen. Tante Carrol hatte einen Brief geschickt, und Mrs. Marchs Gesicht strahlte so sehr, als sie ihn las, dass Jo und Beth, die bei ihr waren, wissen wollten, wie die frohe Botschaft lautete.

"Tante Carrol geht nächsten Monat ins Ausland und will ——"

"Dass ich mit ihr gehe!", platzte es aus Jo heraus, die vollkommen verzückt aus ihrem Stuhl hüpfte.

"Nein, Liebes, nicht du; es ist Amy."

"Oh, Mutter! Sie ist noch zu jung, ich bin zuerst dran. Ich wollte dies so lange – es würde mir so guttun und wäre einfach wunderbar – ich muss gehen."

"Ich fürchte, das ist unmöglich, Jo. Tantchen will Amy, und zwar ganz entschieden; es steht uns nicht zu, über sie zu bestimmen, wenn sie uns eine solche Gunst erweist."

"Es ist immer das Gleiche. Amy hat den ganzen Spaß und ich habe die ganze Arbeit. Es ist nicht fair, oh, es ist überhaupt nicht fair", rief Jo leidenschaftlich.

"Ich fürchte, es ist teilweise deine eigene Schuld, Liebes. Als Tante neulich mit mir sprach, bedauerte sie deine plumpen Manieren und deine sehr eigenwillige Haltung; und hier schreibt sie, als ob sie etwas zitieren würde, das du gesagt hast: 'Ich hatte zuerst vor, Jo zu fragen; aber da sie 'Gefälligkeiten belasten' und sie 'Französisch hasst', denke ich, dass ich sie nicht einladen sollte. Amy ist fügsamer und wird Flo eine gute Begleiterin sein und dankbar sein für jede Hilfe, die ihr so eine Reise geben kann."

"Oh, meine Zunge, meine abscheuliche Zunge! Warum kann ich nicht lernen, sie im Zaum zu halten?", stöhnte Jo und erinnerte sich an die Worte, die nun ihr Verderben waren. Als sie die Erklärung für die zitierten Sätze gehört hatte, sagte Mrs. March traurig:

"Ich wünschte, du hättest gehen dürfen, aber diesmal gibt es keine Hoffnung; versuche, es fröhlich zu ertragen, und trübe Amys Freude nicht durch Vorwürfe oder Bedauern."

"Ich werde es versuchen", sagte Jo und verdrückte eine Träne, als sie sich niederkniete, um den Korb aufzuheben, den sie vor Freude umgestoßen hatte. "Ich werde mir eines der Blätter aus ihrem Buch zu Herzen nehmen und nicht nur versuchen, mich mit ihr zu freuen, sondern ihr nicht mal eine Minute ihr Glück zu missgönnen; aber es wird nicht einfach sein, denn es ist eine schreckliche Enttäuschung." Die arme Jo benetzte das kleine, dicke Nadelkissen mit einigen sehr bitteren Tränen.

"Jo, Liebes, ich bin sehr egoistisch, aber ich könnte dich jetzt nicht entbehren und bin froh, dass du noch nicht an der Reihe bist", flüsterte Beth und umarmte sie mitsamt dem Korb. Sie drückte ihre Schwester so herzlichst und mit einem so liebevollen Gesicht, dass Jo sich trotz des tiefen Bedauerns und des Wunsches, Tante Carrol demütig darum zu bitten, ihr diese Gunst aufzubürden und zu sehen, wie dankbar sie dafür sein würde, getröstet fühlte.

Als Amy hereinkam, konnte Jo ihren Teil zum Jubel der Familie beitragen; vielleicht nicht ganz so herzlich wie sonst, aber ohne jedes Murren über Amys Glück. Die junge Dame selbst nahm die Nachricht überaus freudig auf und ging in einer Art feierlicher Verzückung hin und her. Noch an diesem Abend begann sie, ihre Farben zu sortieren und ihre Stifte zu packen, wobei sie Kleinigkeiten wie Kleidung, Geld und Pässe denjenigen überließ, die weniger in Visionen von Kunst schwelgten als sie selbst.

"Das ist für mich nicht nur eine Vergnügungsreise, liebe Mädchen", sagte sie eindrucksvoll, während sie ihre beste Palette abkratzte. "Sie wird über meine Karriere entscheiden; denn, wenn ich Talent habe, werde ich es in Rom herausfinden und dort unter Beweis stellen müssen."

"Angenommen, du hast keines?", fragte Jo, die mit roten Augen an den neuen Krägen nähte, die Amy mitnehmen sollte.

"Dann werde ich nach Hause kommen, Zeichenunterricht geben und damit meinen Lebensunterhalt verdienen", antwortete die mögliche, zukünftige Berühmtheit mit philosophischer Gelassenheit; als Amy dies sagte, verzog sie gleichzeitig das Gesicht und kratzte an ihrer Palette, als ob sie ihr Leben einsetzen würde, bevor sie alle Hoffnungen fahren ließ.

"Nein, das wirst du nicht; du hasst harte Arbeit, also wirst du einen reichen Mann heiraten, nach Hause kommen, und die ganze Zeit inmitten deines Luxus verbringen", sagte Jo.

"Deine Vorhersagen treffen ja manchmal ein, aber bei dieser glaube ich das nicht. Wenn ich selbst nicht zur Künstlerin tauge, möchte ich denen helfen können, die es tun", sagte Amy lächelnd, als ob die Rolle der guten Fee ihr besser stehen würde als die einer schlechten Zeichnerin.

"Hmm!", seufzte Jo; "wenn du dir das wünschst, wird es so kommen, denn deine Wünsche werden immer erfüllt – meine nie."

"Möchtest du lieber gehen?", fragte Amy und klopfte nachdenklich mit dem Messer auf ihre Nase.

"Schon!"

"Nun, in ein oder zwei Jahren lade ich dich ein, und dann graben wir im Forum nach Reliquien und verwirklichen all die Pläne, die wir so oft gemacht haben."

"Danke; ich werde dich an dein Versprechen erinnern, wenn dieser freudige Tag kommt – falls er überhaupt kommt", antwortete Jo und nahm das ungewisse, aber großzügige Angebot so dankbar wie möglich an.

Es blieb nicht mehr viel Zeit für Vorbereitungen, und das Haus befand sich im Ausnahmezustand, bis Amy schließlich weg war. Jo hielt sich sehr gut, bis das letzte Flattern des blauen Bandes in der Ferne verschwunden war; dann zog sie sich in ihre Zuflucht, die Dachkammer, zurück und weinte, bis sie nicht mehr weinen konnte. Auch Amy hielt sich tapfer, bis der Dampfer ablegte; dann, als die Laufbrücke im Begriff war, zurückgezogen zu werden, wurde ihr plötzlich klar, dass bald ein ganzer Ozean zwischen ihr und denen, die sie am meisten liebten, sein würde. Sie klammerte sich an Laurie, der bis zum Schluss bleiben wollte, und sagte schluchzend:

"Oh, kümmere dich für mich um sie; und wenn etwas passieren sollte —— "

"Das werde ich, meine Liebe, ganz sicher; und wenn etwas passiert, werde ich kommen und dich trösten", flüsterte Laurie und träumte ein wenig davon, dass er vielleicht sein Wort halten musste.

So fuhr Amy weg, um die alte Welt zu besuchen, die für junge Augen immer neu und schön war, während ihr Vater und ihr Freund ihr vom Ufer aus nachschauten, immer in der Hoffnung, dass dem fröhlichen Mädchen, das ihnen zuwinkte, nichts als die Sommersonne, die auf dem Meer schimmerte, widerfahren würde.

XXXI. UNSERE AUSLANDSKORRESPONDENTIN

"London.

"Liebe Familie,

"ich sitze hier wirklich an einem der Fenster des Bath Hotels, Piccadilly. Es ist kein sehr moderner Ort, aber Onkel hat hier vor einigen Jahren übernachtet und wollte nirgendwo anders mehr hin; wir wollen allerdings nicht lange bleiben, also ist es egal. Oh, ich kann euch gar nicht genug sagen, wie sehr ich das alles genieße! Und weil ich das nicht kann, schicke ich euch einfach ein paar Brocken aus meinem Notizbuch, denn seit wir weg sind, habe ich kaum etwas anderes getan als zu zeichnen und zu schreiben.

"Ich habe euch ein paar Zeilen aus Halifax geschickt, wo es mir ziemlich elend ging, aber danach wurde es ständig besser, ich fühlte mich selten krank, war oft an Deck, mit vielen lustigen Leuten, die mich unterhalten haben. Alle waren sehr nett zu mir, besonders die Offiziere. Lach nicht, Jo; Gentlemen sind an Bord eines Schiffes wirklich immens wichtig, um sich an ihnen festzuhalten oder jemanden zu haben, der auf einen wartet; und da sie sonst nichts zu tun haben, ist es ihnen eine Erleichterung, wenn sie sich nützlich machen können; ich befürchte, sonst würden sie sich zu Tode rauchen.

"Tantchen und Flo ging es die ganze Reise über schlecht und sie wollten in Ruhe gelassen werden; nachdem ich sie also versorgt hatte, ging ich los und hatte viel Spaß. Die Spaziergänge an Deck, die Sonnenuntergänge, die herrliche Luft und die Wellen! Es war fast so aufregend, wie auf einem schnellen Pferd zu reiten, als wir so schnell dahinfuhren. Ich wünschte, Beth hätte mitkommen können, es hätte ihr wirklich gutgetan; und was Jo angeht, sie wäre hochgeklettert und hätte sich auf diesen Segeldingsausleger gesetzt, oder wie auch immer dieses hohe Ding genannt wird, hätte sich mit den Ingenieuren angefreundet und in das Sprechrohr des Kapitäns reingetrötet – sie wäre vollkommen verzückt gewesen.

"Es war wirklich himmlisch, aber ich war froh, die irische Küste zu sehen, und fand sie sehr schön, so grün und sonnig, mit braunen Hütten hier und da, Ruinen auf einigen der Hügel, und herrschaftlichen Landsitzen in den Tälern und Hirschen, die in den Parks ästen. Es war früh am Morgen, aber ich bereute es nicht, aufgestanden zu sein, um alles zu sehen, denn die Bucht war voll von kleinen Booten, das Ufer so malerisch und ein rosiger Himmel über uns. Ich werde es nie vergessen.

"In Queenstown verließ uns einer meiner neuen Bekannten, Mr. Lennox, und als ich etwas über die Seen von Killarney sagte, seufzte er, blickte mich an und sang:

' Oh, kennst du nicht Kate Kearney?
Sie lebt am Ufer von Killarney;
Ihr Blick ist gefährlich,
Renn, wenn du kannst,
denn tödlich ist der Blick von Kate Kearney.'
Ist das nicht unsinnig?

"Wir hielten nur ein paar Stunden in Liverpool. Es ist ein schmutziger, lauter Ort, und ich war froh, ihn wieder zu verlassen. Onkel eilte hinaus und kaufte ein Paar Lederhandschuhe, hässliche, klobige Schuhe, einen Regenschirm und ließ sich zuerst seinen Backenbart rasieren. Dann brüstete er sich damit, dass er wie ein echter Brite aussah; aber als er zum ersten Dreck den Schlamm von seinen Schuhen putzen ließ, wusste der kleine Schuhputzer sofort, dass ein Amerikaner vor ihm stand, und sagte grinsend: 'Los gehts, Sir. Ich verpasse ihnen den schönsten Yankee-Glanz'. Das amüsierte Onkel sehr. Oh, ich muss euch noch erzählen, was dieser verrückte Lennox getan hat! Er ließ seinen Freund Ward, der ebenfalls mit uns reiste, Blumen für mich kaufen, und das erste, was ich in meinem Zimmer sah, war ein schöner Strauß mit einer Karte, auf der 'Mit besten Wünschen von Robert Lennox' stand. Ist das nicht lustig, Mädels? Ich reise so gerne.

"Ich werde nie nach London kommen, wenn ich mich nicht beeile. Die Reise war wie eine Fahrt durch eine riesige Bildergalerie, voller schöner Landschaften. Die Bauernhäuser waren eine Wucht; mit Strohdächern, Efeu bis zur Traufe, vergitterten Fenstern und kräftigen Frauen mit rosigen Kindern an den Türen. Das Vieh sah gemütlicher aus als unseres, als es knietief im Klee stand, und die Hühner gluckten so zufrieden, als ob sie nichts aus der Ruhe bringen könnte. So perfekte Farben habe ich noch nie gesehen, — das Gras so grün, der Himmel so blau, das Getreide so gelb, die Wälder so dunkel; ich war die ganze Fahrt über begeistert. Flo ging es genauso; wir sprangen ständig von einer Seite auf die andere und versuchten, alles zu sehen, während wir mit einer Geschwindigkeit von 60 Meilen pro Stunde dahinrasten. Tante war müde und schlief ein, aber Onkel las in seinem Reiseführer und wäre über nichts verwundert gewesen. So ging es die ganze Zeit: Amy, die aufsprang: 'Oh, das muss Kenilworth sein, dieser graue Ort zwischen den Bäumen!' Dann Flo, die zu meinem Fenster huschte: 'Wie süß! Da müssen wir irgendwann hingehen, nicht wahr, Papa?' Dann Onkel, der still seine Stiefel bewunderte: 'Nein, meine Liebe, nicht, wenn du kein Bier willst; das ist eine Brauerei.'

"Kurze Pause, dann rief Flo: 'Um Gottes Willen, da steht ein Galgen und ein Mann klettert hinauf.' 'Wo, wo, wo?', kreischte Amy und starrte auf zwei hohe Pfosten mit einem Querbalken und daran herunterhängenden Ketten. 'Ein Kohlenbergwerk', bemerkte Onkel mit einem Augenzwinkern. 'Da ist eine Schafherde mit Lämmern, die alle liegen', sagte Amy. 'Schau, Papa, sind sie nicht hübsch?', fügte Flo sentimental hinzu. 'Das sind Gänse, junge Damen', erwiderte Onkel in einem Ton, der uns still sein ließ, bis Flo sich setzte, um 'Die Liebeleien des Hauptmanns Cavendish' zu genießen und ich die Landschaft ganz für mich allein hatte.

"Natürlich regnete es, als wir nach London kamen, und es gab nichts zu sehen außer Nebel und Regenschirmen. Wir haben uns ein Hotel gesucht, ausgepackt und zwischen den Schauern ein wenig eingekauft. Tante Mary kaufte mir ein paar neue Sachen, denn es ging ja alles so schnell, dass ich noch nicht mal halb fertig war. Ein weißer Hut mit einer blauen Feder, ein dazu passendes Musselinkleid und den schönsten Mantel, den man je gesehen hat. Einkaufen in der Regent Street ist einfach perfekt; die Dinge scheinen so billig zu sein – schöne Bänder für nur sechs Pence den Meter. Ich habe mir einen Vorrat zugelegt, die Handschuhe soll ich aber in Paris bekommen. Klingt das nicht irgendwie elegant und reich?

"Flo und ich haben uns zum Spaß ein Droschkentaxi bestellt, während Tante und Onkel unterwegs waren; wir machten eine Ausfahrt, haben aber hinterher erfahren, dass es sich für junge Damen nicht schickt, allein darin zu fahren. Es war so skurril! Als wir endlich in dieser Holzkiste saßen, fuhr der Mann so schnell, dass Flo Angst hatte und mich bat, ihn halten zu lassen. Aber er war irgendwo hinter und über mir, und ich konnte ihn nicht erreichen. Weder hörte er mich rufen, noch sah er mich mit meinem Sonnenschirm winken, und so waren wir ziemlich hilflos, ratterten los und wirbelten in halsbrecherischem Tempo um die Kurven. Schließlich fand ich in meiner Verzweiflung eine kleine Luke im Dach, und als ich sie aufstieß, erschien ein rotes Auge, und eine tiefe Stimme sagte:

" 'Was gibts, Mam?'

"Ich gab meine Anweisung so nüchtern wie möglich und als der Mann die Luke mit einem 'Aye, aye, Mam' zuschlug, ließ der Mann sein Pferd nur noch traben, als würde er zu einer Beerdigung fahren. Ich stieß die Luke wieder auf und sagte: "Etwas schneller, bitte"; dann ging es wieder los, holterdiepolter wie zuvor, und wir ergaben uns unserem Schicksal.

"Der heutige Tag war schön und wir waren im Hyde Park, ganz in der Nähe, denn wir sind aristokratischer, als wir aussehen. Der Herzog von Devonshire lebt in der Nähe. Ich sehe oft seine Lakaien, die am hinteren Tor herumlungern; und das Haus des Herzogs von Wellington ist auch nicht weit entfernt. Welche Sehenswürdigkeiten ich gesehen habe, mein Gott! Das war fast wie im Kasperletheater, denn ich sah fette Witwen, die in ihren roten und gelben Kutschen herumrollten, mit toll aussehenden Dienern in Seidenstrümpfen und Samtmänteln hinten, und gepuderten Kutschern vorne. Elegante Jungfern, mit den rosigsten Kindern, die ich je gesehen habe; hübsche Mädchen, die aussahen, als ob sie noch halb schliefen; Schönlinge, mit seltsamen englischen Hüten und lavendelfarbigem Glacé, die sich überall herumtrieben, und große Soldaten, in kurzen roten Jacken und mit Mützen, die schief auf ihren Köpfen saßen und so lustig aussahen, dass ich mich danach sehnte, sie zu zeichnen.

" 'Rotten Row' bedeutet 'Route de Roi', oder 'Weg des Königs'; aber heute ist es mehr eine Reitschule als alles andere. Die Pferde sind prächtig, und die Männer, besonders die Stallburschen, reiten gut; aber die Frauen sind steif und hüpfen in die Sättel, was gar nicht unseren Regeln entspricht. Ich hätte ihnen gerne einen mitreißenden, amerikanischen Galopp gezeigt, aber sie trabten nur feierlich auf und ab, in ihren knappen Reiteranzügen und hohen Hüten, und sahen aus wie die Frauen in einer Spielzeug-Arche Noah. Jeder reitet, — alte Männer, beleibte Damen, kleine Kinder, — und die jungen Leute schäkern hier; ich sah, wie ein Paar Rosenknospen tauschte, denn es ist gerade angesagt, eine im Knopfloch zu tragen, und ich fand es eine sehr nette, kleine Idee.

"Am Nachmittag waren wir in der Westminster Abbey; aber erwartet nicht, dass ich sie euch beschreibe, das ist unmöglich – also werde ich nur sagen, dass es großartig war! Am Abend werden wir Fechter sehen (*engl. Theaterdarsteller, der Übersetzer*), was ein angemessenes Ende für den glücklichsten Tag meines Lebens sein wird.

"Mitternacht.
"Es ist schon sehr spät, aber ich kann meinen Brief morgen früh nicht losschicken, ohne euch zu erzählen, was gestern Abend passiert ist. Was glaubt ihr, wer reinkam, als wir beim Tee saßen? Lauries englische Freunde, Fred und Frank Vaughn! Ich war so überrascht und hätte sie fast nicht erkannt. Beide

sind große Kerle geworden und tragen Schnurrbärte; Fred ist wirklich gutaussehend für einen Engländer, und Frank geht es viel besser, denn er humpelt nur noch leicht und braucht keine Krücken. Sie hatten von Laurie gehört, wo wir waren, und wollten uns zu ihnen nach Hause einladen; aber Onkel will nicht, also werden wir den Besuch erwidern und sie irgendwo treffen. Sie gingen mit uns ins Theater, und wir hatten so viel Spaß, denn Frank widmete sich Flo, während Fred und ich uns über vergangene, gegenwärtige und zukünftige Erlebnisse unterhielten, als würden wir uns schon Jahre kennen. Sag Beth, dass Frank nach ihr gefragt hat, und dass es ihm sehr leid tat zu hören, dass es ihr schlecht ging. Fred lachte, als ich von Jo erzählte, und schickt "dem großen Hut seine besten Wünsche." Keiner hat jemals Camp Laurence oder den Spaß vergessen, den wir dort hatten. Scheint Ewigkeiten her zu sein, nicht wahr?

"Tante klopft gerade zum dritten Mal an die Wand, also muss ich aufhören. Ich fühle mich wirklich wie eine der prunksüchtigen feinen Damen Londons, wenn ich hier so spät noch schreibe, in meinem Zimmer, das voller hübscher Dinge ist, und in meinem Kopf ein Durcheinander von Parks, Theatern, neuen Kleidern und galanten, männlichen Wesen, die Ah! sagen und mit echter englischer Würde ihre blonden Schnurrbärte zwirbeln. Ich sehne mich danach, euch alle zu sehen, und trotz meiner ganzen Flausen verbleibe ich, wie immer, eure euch liebende,

Amy."

"Liebe Mädels, —

"Paris.

"In meinem letzten Brief habe ich euch von unserem London-Besuch erzählt, — wie freundlich die Vaughns waren und welch tolle Partys sie für uns veranstaltet haben. Ich genoss die Ausflüge nach Hampton Court und ins Kensington Museum mehr als alles andere, denn in Hampton sah ich Raffaels Zeichnungen und im Museum Räume voller Bilder von Turner, Lawrence, Reynolds, Hogarth und den anderen großen Malern. Der Tag in Richmond Park war bezaubernd, denn wir machten ein echtes englisches Picknick, und ich sah mehr prächtige Eichen und Hirschrudel, als ich zeichnen konnte; ich hörte auch eine Nachtigall und sah, wie Lerchen hochflogen. Dank Fred und Frank haben wir London nach Herzenslust "erlebt", und es tat uns leid, wegzugehen; denn obwohl die Engländer nur langsam Freundschaft schließen: wenn sie sich einmal dafür entschieden haben, können sie an Gastfreundschaft nicht übertroffen werden, denke ich. Die Vaughns hoffen, uns nächsten Winter in Rom zu treffen, und ich wäre schrecklich enttäuscht, wenn es nicht klappen würde, denn Grace und ich sind gute Freundinnen geworden und die Jungs sehr nette Kerle, — besonders Fred.

"Nun, wir waren kaum hier angekommen, als er schon wiederauftauchte und sagte, er wolle Urlaub machen und in die Schweiz gehen. Tantchen schien das nicht zu gefallen, aber er war so lässig, dass sie nichts dagegen sagen konnte; und jetzt klappt es eigentlich prima und wir sind sehr froh, dass er gekommen ist, denn er spricht Französisch wie ein Muttersprachler, und ich weiß nicht, was wir ohne ihn machen würden. Onkel kennt keine zehn Worte und besteht darauf, sehr laut Englisch zu sprechen, als ob die Leute ihn dadurch verstehen würden. Tantchens Aussprache ist altmodisch, und Flo und ich, obwohl wir uns gebrüstet haben, dass wir Französisch ganz gut sprachen, bemerkten schnell, dass dem nicht so war, und sind jetzt sehr dankbar, dass Fred das 'Parlez-Vouzen' übernimmt, wie Onkel das nennt.

"Wir haben so eine herrliche Zeit hier! Sightseeing von morgens bis abends, unterbrochen für tolle Mittagessen in den fröhlichen Cafés und immer wieder alle möglichen skurrilen Abenteuer. Regentage verbringe ich im Louvre und schwelge in den Bildern. Flo rümpft ihre ungezogene Nase über einige der schönsten Werke, weil sie keine Ahnung von Kunst hat; aber ich habe sie, und ich kultiviere mein Auge und meinen Geschmack so schnell ich kann. Die Überbleibsel großer Menschen gefallen ihr besser, denn ich habe ihr Napoleons Dreispitz, seinen grauen Mantel, die Wiege seines Babys und seine alte Zahnbürste gezeigt; ebenso den kleinen Schuh von Marie Antoinette, den Ring des Heiligen Dionysius, das Schwert von Karl dem Großen und viele andere interessante Dinge. Ich werde viel mehr davon erzählen, wenn ich daheim bin, denn ich habe kaum Zeit zu schreiben.

"Das Palais Royale ist ein himmlischer Ort, so voller Bijouterie und schöner Dinge, dass ich fast traurig wurde, dass ich nichts kaufen konnte. Fred wollte mir einige davon schenken, aber natürlich habe ich das abgelehnt. Der Bois und die Champs Elysées sind 'très magnifique'. Ich habe mehrmals die kaiserliche Familie gesehen, — der Kaiser ist ein hässlicher, hart aussehender Mann, die Kaiserin blass und hübsch, dafür aber sehr geschmacklos gekleidet, dachte ich, — lila Kleid, grüner Hut und gelbe Handschuhe. Der kleine Napoleon ist ein gutaussehender Junge, der mit seinem Hauslehrer plaudert und den Leute Kusshände zuwirft, während er in seiner vierspännigen Kutsche vorbeifährt, mit Postillions in roten Satinjacken und einer berittenen Garde davor und dahinter.

"Wir gehen oft in den Tuilerien spazieren, denn sie sind wunderschön, obwohl mir die alten Luxemburger Gärten besser gefallen. Père-Lachaise (größter Friedhof in Paris, der Übersetzer) ist sehr merkwürdig, denn viele der Gräber sind wie kleine Zimmer, und wenn man hineinschaut, sieht man einen Tisch mit Bildern oder Zeichnungen der Toten und Stühle, auf denen die Trauernden sitzen können, wenn sie herkommen. Das ist echt Französisch.

"Unsere Zimmer befinden sich in der Rue de Rivoli, und wenn wir auf dem Balkon sitzen, schauen wir die lange, toll beleuchtete Straße auf und ab. Es ist so angenehm, wenn wir unsere Abende dort verbringen, weil wir von den vielen Unternehmungen am Tag zu müde sind, um nochmal rauszugehen. Fred ist sehr unterhaltsam und insgesamt der sympathischste junge Mann, den ich je kannte, — außer Laurie, der bessere Manieren hat. Ich wünschte, Fred wäre dunkelhäutig, denn mir gefallen keine weißen Männer; allerdings sind die Vaughns sehr reich und entstammen einer ausgezeichneten Familie, so dass ich an ihren blonden Haaren nichts Schlimmes finde, zumal meine eigenen blonder sind.

"Nächste Woche geht es nach Deutschland und in die Schweiz; und da wir schnell reisen werden, kann ich nur ab und zu ein paar Zeilen schicken. Ich führe mein Tagebuch und versuche, 'mich gut zu erinnern und alles, was ich sehe und bewundere, deutlich zu beschreiben', wie Vater riet. Es ist eine gute Übung für mich und zusammen mit meinem Skizzenbuch wird es euch eine bessere Vorstellung von meiner Reise vermitteln als diese Kritzeleien.

"Adieu, ich umarme euch zärtlich.

Votre Amie."

"Meine liebe Mama, —

Heidelberg."

"Es ist gerade etwas ruhiger, bevor wir nach Bern aufbrechen, und ich werde versuchen, euch zu erzählen, was alles passiert ist, denn einiges davon ist sehr wichtig, wie ihr gleich sehen werdet.

"Die Schifffahrt den Rhein hinauf war perfekt, und ich saß einfach nur da und genoss sie in vollen Zügen. Hole Vaters alte Reiseführer raus und lies darüber; ich finde keine schönen Worte, um alles zu beschreiben. In Koblenz hatten wir viel Spaß, denn einige Studenten aus Bonn, die Fred auf dem Schiff kennengelernt hatte, gaben uns ein Ständchen. Es war eine Mondscheinnacht, und gegen ein Uhr wurden Flo und ich von der schönsten Musik unter unseren Fenstern geweckt. Wir sprangen auf und versteckten uns hinter den Vorhängen; aber ein paar heimliche Blicke offenbarten uns Fred und die

Studenten, die unten sangen. Es war das Romantischste, das mir je passiert ist, — der Fluss, die vielen Schiffe, die große Festung gegenüber, überall Mondlicht überall, und eine dazu passende Musik, die ein Herz aus Stein erweicht hätte.

"Als sie fertig waren, warfen wir ein paar Blumen hinunter und sahen, wie sie sie aufhoben, den unsichtbaren Damen Kusshände zuwarfen und lachend weggingen, — vermutlich, um irgendwo zu rauchen und Bier zu trinken. Am nächsten Morgen zeigte mir Fred mit sentimentalem Blick eine der zerknitterten Blumen im Knopfloch seiner Weste. Ich lachte ihn aus und sagte, dass ich sie nicht geworfen hatte, sondern Flo, was ihn anzuwidern schien, denn er warf sie aus dem Fenster und war gleich wieder bei Sinnen. Ich fürchte, dass ich Probleme kriegen werden mit dem Jungen, es sieht langsam so aus.

"Die Bäder in Nassau waren toll, ebenso Baden-Baden, wo Fred etwas Geld verlor, wofür ich ihn ausschimpfte. Er braucht jemanden, der sich um ihn kümmert, wenn Frank nicht bei ihm ist. Kate sagte einmal, dass sie hoffte, dass er bald heiraten würde, und ich stimme ihr völlig zu, dass es gut für ihn wäre. Frankfurt war entzückend; ich sah Goethes Haus, Schillers Statue und Danneckers berühmte "Ariadne". Sie war sehr schön, und ich hätte sie mehr genossen, wenn ich die Geschichte dazu besser gekannt hätte. Ich wollte nicht fragen, da jeder sie kannte, oder zumindest so tat. Ich wünschte, Jo hätte mir alles darüber erzählt; ich hätte sowieso mehr lesen sollen, denn ich kenne so gut wie nichts, und das beschämt mich.

"Jetzt kommt der ernste Teil, — denn es ist hier passiert, und Fred ist gerade weg. Er war so freundlich und fröhlich, dass wir ihn alle sehr liebgewonnen haben; bis zu der Nacht mit dem Ständchen, habe ich das Ganze immer nur für eine Freundschaft gehalten. Seitdem habe ich aber das Gefühl, dass die Spaziergänge im Mondschein, die Gespräche auf dem Balkon und unsere täglichen Erlebnisse für ihn mehr waren als nur Spaß. Ich habe nicht geflirtet, Mutter, wirklich, aber ich habe mich daran erinnert, was du mir gesagt hast, und mein Bestes getan. Ich kann nichts dafür, wenn die Leute mich mögen; ich versuche nicht, sie dazu zu bringen, und es tut mir fast leid, wenn ich sie ignoriere, obwohl Jo sagt, dass ich kein Herz habe. Jetzt wird Mutter den Kopf schütteln, und die Mädchen sagen: "Oh, die kleine, geldgierige Schurkin!", aber ich habe mich entschieden, und wenn Fred mich fragt, werde ich nicht 'Nein' sagen, obwohl ich nicht über beide Ohren verliebt bin. Ich mag ihn, und wir kommen gut miteinander aus. Er ist gutaussehend, jung, ziemlich klug und sehr reich, —viel reicher als die Laurences. Ich glaube nicht, dass seine Familie etwas dagegen hätte, und darüber wäre ich sehr glücklich, denn sie sind alle freundliche, gut erzogene, großzügige Menschen, und sie mögen mich. Fred wird als ältester Zwilling das Anwesen bekommen, nehme ich an, und das ist wirklich prächtig! Ein Stadthaus in einer schicken Straße, nicht so auffällig wie unsere großen Häuser, aber doppelt so komfortabel und voller Luxus, wie es reichen Engländern gefällt. Ich mag es, denn es ist authentisch. Ich habe die Bildtafel, die Familienjuwelen, die alten Diener und Bilder vom Landgut, mit dem Park, dem tollen Haus, dem schönen Gelände und den wundervollen Pferden gesehen. Oh, es wäre alles, was ich mir je gewünscht habe! und es wäre mir lieber, als ein Titel, nach dem sich viele Mädchen sehnen, aber bald nichts dahinter finden. Ich mag geldgierig sein, aber ich hasse Armut und will sie nicht eine Minute länger ertragen als ich muss. Eine von uns muss gut heiraten; Meg hat es nicht, Jo wird es nicht, Beth kann noch nicht, also muss ich es tun und alles gutwerden lassen. Ich würde niemals einen Mann heiraten, den ich hasste oder verachtete. Da könnt ihr sicher sein; und obwohl Fred nicht mein Traummann ist, macht er sich sehr gut, und mit der Zeit werde ich mich richtig in ihn verlieben, so wie er sich in mich, und er wird mich tun lassen, was ich will. Ich habe letzte Woche die ganze Zeit darüber nachgedacht, denn es war unmöglich, zu übersehen, dass Fred mich mag. Er sagt nichts, aber die kleinen Dinge zeigen es; er geht nie mit Flo, sitzt immer auf meiner Seite der Kutsche oder des Tisches, geht neben mir spazieren, sieht traurig aus, wenn wir getrennt sind, und sieht jeden böse an, der es wagt, mit mir zu sprechen. Gestern, beim Abendessen, als uns ein österreichischer Offizier anstarrte und dann zu seinem Freund — einem verwegen aussehenden Baron — etwas sagte über "ein wunderschönes Blondchen", sah Fred so wütend aus wie ein Löwe und schnitt so heftig an seinem Fleisch herum, dass es fast von seinem Teller gefallen wäre. Er ist nicht einer dieser kühlen, steifen Engländer, sondern eher feurig, denn er hat schottisches Blut in sich, wie man an seinen hübschen blauen Augen erkennen kann.

"Nun, gestern Abend sind wir gegen Sonnenuntergang zum Schloss hinaufgegangen – das heißt, alle außer Fred, der uns dort treffen sollte, nachdem er zur Post gegangen war, um dort Briefe abzuholen. Es war bezaubernd, in den Ruinen herumzustöbern, in den Gewölben, in denen sich riesige Fässer befinden, und die schönen Gärten zu betrachten, die der Kurfürst vor langer Zeit für seine englische Frau anlegen hat lassen. Mir gefiel die große Terrasse am besten, denn die Aussicht von dort war göttlich; während der Rest die Zimmer im Inneren besichtigte, saß ich dort und versuchte, den Kopf des grauen Steinlöwen an der Wand zu skizzieren, um den sich scharlachrote Geißblattranken wanden. Ich fühlte mich, als wäre ich mitten in einer Romanze; ich saß dort, beobachtete den Neckar, der durch das Tal floss und hörte der Musik der österreichischen Kapelle unten zu, während ich auf meinen Geliebten wartete – wie ein Mädchen aus einem Märchen. Ich hatte das Gefühl, dass etwas passieren würde, und ich war bereit dafür. Ich war nicht außer mir oder zitterte, sondern ziemlich gelassen und nur ein wenig aufgeregt.

"Irgendwann hörte ich Freds Stimme und sah, wie er durch den großen Bogen eilte und mich bemerkte. Er sah so beunruhigt aus, dass ich alles, was ich im Kopf hatte, vergaß und ihn fragte, was los sei. Er sagte, er hätte gerade einen Brief erhalten, der in dringend dazu aufforderte, nach Hause zu kommen, denn Frank war sehr krank geworden; er ging sofort, nahm den Nachtzug, und hatte nur noch Zeit, kurz Abschied zu nehmen. Es tat mir sehr leid für ihn und natürlich war ich selbst auch enttäuscht, aber nur für eine Minute, denn er sagte, als er mir die Hände schüttelte – und das sagte er auf eine Art und Weise, die ich nicht missverstehen konnte: 'Ich werde bald wiederkommen; du wirst mich nicht vergessen, Amy?'

"Ich habe es ihm nicht versprochen, aber ich habe ihn angeschaut, und das schien ihn zu beruhigen; es blieb keine Zeit mehr für große Abschiedsszenen, denn er war schon eine Stunde später weg, und wir alle vermissen ihn sehr. Ich weiß, dass er mit mir sprechen wollte, aber er hat einmal etwas in der Art angedeutet, dass er seinem Vater versprochen hatte, nichts zu überstürzen, denn er war ein voreiliger Junge, und der alte Herr wollte keine ausländische Schwiegertochter. Wir werden uns bald in Rom treffen, und wenn ich meine Meinung bis dahin nicht ändere, werde ich sagen: 'Ja, ich will', wenn er mich fragt: 'Willst du'?

"Natürlich ist das alles sehr privat, aber ich wollte, dass du weißt, was los ist. Sei nicht besorgt um mich; denk daran, dass ich deine "besonnene Amy" bin, und sei sicher, dass ich nichts Überstürztes tun werde. Schick mir so viele Ratschläge, wie du willst; ich werde sie befolgen, wenn möglich. Ich wünschte, ich könnte mit dir richtig darüber reden, Mami. Vertraue mir.

"In Liebe, deine Amy."

XXXII. ZÄRTLICHE TRAUER

"Jo, ich mache mir Sorgen um Beth."

"Warum, Mutter? Es scheint ihr außergewöhnlich gut zu gehen, seit die Babys da sind."

"Es ist nicht ihre Gesundheit, die mich beunruhigt, es ist ihre Stimmung. Ich bin sicher, dass ihr etwas auf dem Herzen liegt, und ich möchte, dass du herausfindest, was es ist."

"Wie kommst du darauf, Mutter?"

"Sie sitzt viel allein und redet nicht mehr so viel mit ihrem Vater, wie sie es sonst getan hat. Ich habe sie neulich wegen der Babys weinen sehen. Wenn sie singt, sind ihre Lieder immer traurig, und ab und zu sehe ich einen Blick in ihrem Gesicht, den ich nicht verstehe. Das passt nicht zu Beth, und es macht mir Sorgen."

"Hast du sie danach gefragt?"

"Ich habe es ein- oder zweimal versucht, aber entweder wich sie meinen Fragen aus oder sah so verzweifelt aus, dass ich damit aufhörte. Ich erzwinge nie das Zutrauen meiner Kinder, aber ich muss auch selten lange darauf warten."

Mrs. March blickte Jo an, während sie sprach, aber das Gesicht gegenüber schien sich keiner heimlichen Unruhe bewusst zu sein, was Beth anging; und nachdem sie eine Minute lang nachdenklich genäht hatte, sagte Jo:

"Ich glaube, sie wird einfach erwachsen und beginnt zu träumen; sie hat Hoffnungen, Ängste und ist schusselig, ohne zu wissen, warum, oder es erklären zu können. Mutter, Beth ist achtzehn, aber wir haben das noch nicht kapiert, behandeln sie wie ein Kind und vergessen dabei, dass sie eine Frau ist."

"Das stimmt. Lieber Gott, wie schnell ihr alle erwachsen geworden seid", antwortete ihre Mutter, gleichzeitig seufzend und lächelnd.

"Du kannst es ja nicht ändern, Mami, also musst du dich mit allen möglichen Sorgen abfinden und deine Vögel eine nach der anderen aus dem Nest hüpfen lassen. Ich verspreche, nicht allzu weit zu springen, wenn das tröstlich für dich ist."

"Das ist sehr tröstlich, Jo; ich fühle mich immer stark, wenn du zu Hause bist, jetzt wo Meg weg ist. Beth ist zu schwach und Amy zu jung, um sich auf sie zu verlassen; aber wenn es ans Eingemachte geht, bist du immer bereit."

"Du weißt, dass mir harte Arbeit nichts ausmacht, und es muss in jeder Familie eine Kratzbürste geben. Amy ist großartig in Kunst, aber ich nicht; dafür fühle ich mich in meinem Element, wenn alle Teppiche ausgeklopft werden müssen, oder die Hälfte der Familie auf einmal krank wird. Amy profiliert sich im Ausland; aber wenn zu Hause etwas nicht stimmt, bin ich dein 'Mann'. "

"Dann überlasse ich Beth dir, denn sie wird ihr zartes kleines Herz für ihre Jo früher öffnen als für jede andere. Sei sehr liebevoll und lass sie nicht denken, dass jemand sie beobachtet oder über sie spricht. Wenn sie nur wieder stark und fröhlich werden würde, wäre das mein einziger Wunsch auf der Welt."

"Glückliche Frau! Davon habe ich haufenweise."

"Meine Liebe, was sind das für welche?"

"Erst werde ich Beths Probleme lösen, und dann erzähle ich dir meine. Sie sind nicht sehr schwerwiegend, deswegen können sie gut warten." Damit nähte Joe mit einem vielsagenden Nicken, welches das Herz ihrer Mutter zumindest für den Moment beruhigte, fleißig weiter.

Während Jo so tat, als sei sie in ihre eigenen Angelegenheiten vertieft, beobachtete sie Beth; und nach vielen widersprüchlichen Vermutungen entschied sie sich schließlich für eine, die die Veränderung in ihrer Schwester am besten zu erklären schien. Ein kleiner Vorfall gab Jo den Hinweis auf das Rätsel und ihre lebhafte Fantasie und ihr liebevolles Herz erledigten den Rest – dachte sie. Eines Samstagnachmittags, als sie mit Beth allein war, gab sie vor, sehr mit Schreiben beschäftigt zu sein; doch sie kritzelte nur und behielt ihre Schwester im Auge, die ungewöhnlich ruhig wirkte. Während Beth am Fenster saß, ließ sie ihre Arbeit oft in den Schoß fallen, stützte niedergeschlagen ihren Kopf auf ihre Hand und betrachtete die eintönige, herbstliche Landschaft. Plötzlich ging jemand unten vorbei, pfiff wie eine Amsel, und eine Stimme rief:

"Sie stützte ihren Kopf auf ihre Hände.
Alles ruhig! Komm zu mir heute Nacht."

Beth zuckte zusammen, lehnte sich nach vorne, lächelte und nickte, während sie dem Vorübergehenden nachschaute, bis sein schnelles Trampeln verhallt war. Dann sagte sie leise, wie zu sich selbst:-

"Wie stark und gesund und glücklich dieser liebe Junge aussieht."

"Hmmm!", sagte Jo, immer noch auf das Gesicht ihrer Schwester fixiert; denn die Fröhlichkeit darin verblasste so schnell, wie sie gekommen war, das Lächeln verschwand, und bald lag eine Träne auf dem Fensterbrett. Beth wischte sie ab und blickte ängstlich auf Jo; aber diese kritzelte mit ungeheurer Geschwindigkeit dahin, scheinbar vertieft in "Olympias Eid". In dem Moment, als Beth sich umdrehte, begann Jo wieder zu beobachten, sah, wie Beths Hand mehr als einmal heimlich über ihre Augen fuhr, und las in ihrem halb abgewandten Gesicht eine zärtliche Trauer, die ihr selbst die Tränen in die Augen trieb. Um sich nicht zu verraten, huschte sie hinaus und murmelte etwas darüber, dass sie mehr Papier benötigte.

"Gnade mir Gott, Beth liebt Laurie!", sagte sie und setzte sich in ihr eigenes Zimmer, blass vom Schock der Entdeckung, die sie vermutlich gerade gemacht hatte. "Das hätte ich mir nie träumen lassen. Was wird Mutter sagen? Ich frage mich, ob er –"Jo hielt inne und wurde ob eines plötzlichen Gedankens puterrot. "Wie schrecklich wäre es, wenn er ihre Liebe nicht erwidert?. Er muss, dafür werde ich sorgen!" Sie schüttelte bedrohlich ihren Kopf in Richtung des Bildes des schelmisch aussehenden Jungen, das sie von der Wand aus anlachte. "Oh je, wir werden mit aller Macht erwachsen. Meg ist verheiratet und eine Mama, Amy macht Paris unsicher, und Beth ist verliebt. Ich bin die Einzige, die genug Verstand hat, um sich vor solchem Unsinn zu bewahren." Jo dachte eine Minute lang aufmerksam nach, ihre Augen auf das Bild fixiert; dann glättete sie die Falten auf ihrer Stirn, nickte dem Gesicht an der Wand entschieden zu und sagte: "Nein, danke, Sir; du bist sehr charmant, aber nicht beständiger als ein Wetterhahn; du brauchst gar nicht erst irgendwelche anrührende Bemerkungen zu schreiben und so anzüglich zu lächeln, denn es wird dir nicht helfen, dafür werde ich sorgen".

Dann seufzte sie und verfiel in Tagträume, aus denen sie erst in der frühen Abenddämmerung erwachte und neue Beobachtungen aufnahm, die ihren Verdacht nur weiter bestätigten. Obwohl Laurie mit Amy flirtete und mit Jo scherzte, war er Beth gegenüber immer besonders freundlich und sanft gewesen – wie jeder andere auch; deshalb dachte niemand ernsthaft daran, dass er sich mehr aus ihr machte als aus den anderen. Tatsächlich hatte die Familie in letzter Zeit eher den Eindruck gewonnen, dass "unser Junge" sich mehr und mehr für Jo interessierte, die jedoch kein Wort über dieses Thema hören wollte, und heftig schimpfte, wenn jemand es zur Sprache brachte. Hätte jemand die paar liebevollen Gespräche des vergangenen Jahres mitgehört, bzw. die liebevollen Gespräche, die im Keim erstickt worden waren, hätte dieser Jemand die große Genugtuung gehabt, zu sagen: "Ich habe es euch ja gesagt". Aber Jo hasste "Flirten" und unterband es konsequent, indem sie immer einen Witz oder ein Lächeln bereit zu haben schien, wenn diesbezüglich Gefahr drohte.

Als Laurie neu auf dem College war, verliebte er sich etwa einmal pro Monat; aber diese kleinen Liebesfeuer waren genauso kurz wie heiß, hinterließen keinen Schaden und amüsierten Jo, die sich sehr für diese Wechselfieber aus Hoffnung, Verzweiflung und Resignation interessierte, die ihr in ihren wöchentlichen Unterhaltungen aufgedrängt wurden. Aber es kam eine Zeit, als Laurie aufhörte, zu viele Schreine gleichzeitig zu verehren, düster eine alles verschlingende Leidenschaft andeutete und sich gelegentlich regelrechten Anfällen von Niedergeschlagenheit hingab. Dann vermied er dieses empfindliche Thema, schrieb Jo philosophische Mitteilungen, wurde lernbegierig und gab vor, dass er "schuften" müsse, um seinen Abschluss mit Glanz und Gloria zu vollenden. Dies gefiel der jungen Lady besser als irgendwelche zwielichtigen Zutraulichkeiten und vielsagende Blicke; denn bei Jo entwickelten sich Gefühle im Gehirn schneller als in ihrem Herz, und sie zog imaginäre Helden den echten vor, denn wenn sie diesen müde geworden war, konnte sie die Erstgenannten bis auf weiteres in der Blechküche wegschließen, während die Letztgenannten eher schlecht kontrollierbar waren.

So lagen also die Dinge, als die große Entdeckung gemacht wurde, und an diesem Abend beobachtete Jo Laurie, wie sie es noch nie zuvor getan hatte. Wenn sie diese neue Theorie nicht im Kopf gehabt hätte, wäre nichts Ungewöhnliches an der Tatsache gewesen, dass Beth sehr ruhig und Laurie sehr nett zu ihr war. Aber nachdem sie ihrer lebhaften Fantasie Freilauf gelassen hatte, galoppierte diese mit ihr in einem unglaublichen Tempo davon, und der gesunde Menschenverstand, der durch das Schreiben vieler Romanzen eher geschwächt worden war, kam nicht zu ihrer Rettung. Wie üblich lag Beth auf dem Sofa, während Laurie auf einem Hocker in der Nähe saß und sie mit allerlei Klatsch unterhielt; denn Beth war geradezu süchtig nach ihrer wöchentlichen "Spritztour", und Laurie enttäuschte sie nie. Aber an diesem Abend meinte Jo zu erkennen, dass Beths Augen seltsam erfreut auf dem lebhaften, dunklen Gesicht neben ihr ruhen würden, und dass sie intensiv und sehr interessiert einem Bericht über ein aufregendes Cricket-Match zuhörte, wobei die Beschreibungen des Spielverlaufs für sie so verständlich waren wie Sanskrit. Jo glaubte auch, nachdem sie das unbedingt sehen wollte, dass sie ein gewisses Mehr an Liebenswürdigkeit in Lauries Art sah, dass er ab und zu leiser sprach, weniger als sonst lachte, ein wenig abwesend war und die Afghanendecke mit einer Hingabe, die man wirklich fast zärtlich nennen konnte, über Beths Füßen platzierte.

"Wer weiß? Es sind schon merkwürdigere Dinge passiert", dachte Jo, als sie im Zimmer hin und herging. "Sie wird einen ziemlichen Engel aus ihm machen, und er ihr das Leben wunderbar einfach und angenehm – wenn sie sich nur lieben. Ich glaube, er würde es heute wagen, wenn der Rest von uns aus dem Weg wäre."

Da jeder außer ihr selbst bereits "aus dem Weg war," bemerkte Jo, dass auch sie sich schnellstens aus dem Staub machen sollte. Aber wohin sollte sie gehen? Da sie darauf brannte, dem Schrein schwesterlicher Hingabe zu frönen, setzte sie sich hin, um genau diesen Punkt zu klären.

Nun, man muss wissen, dass das alte Sofa ein echter Patriarch von einem Sofa war, lang, breit, gut gepolstert und niedrig; ein wenig schäbig aussehend, was ganz natürlich war, da die Mädchen dort als Babys geschlafen hatten, sich als Kinder darauf ausgestreckt, über den Rücken gelehnt, auf den Armen geritten und Menagerien darunter gebaut haben, und heute, als junge Frauen, ihre müde Köpfe darauf betteten, sich ihren Träumen hingaben und zärtlichen Reden zuhörten. Sie alle liebten es, denn es war ein Familienrefugium, und eine der Ecken war schon immer Jos Lieblingsplatz gewesen. Unter den vielen Kissen, die die ehrwürdige Couch schmückten, befand sich eines, hart, rund, mit stacheligem Rosshaar bedeckt und an jedem Ende mit einem Knopf versehen; dieses abstoßende Kissen war ihr besonderes Eigentum und konnte sowohl als Verteidigungswaffe, Barrikade oder Schutz vor zu viel Schlaf verwendet werden.

Laurie kannte dieses Kissen gut und hatte Grund, es mit tiefer Abneigung zu betrachten, da es ihm früher unbarmherzig nachgeworfen worden war, als man noch herumtoben durfte; heute hielt es ihn meist davon ab, den Platz einzunehmen, der ihm am meisten gefiel – neben Jo in der Sofaecke. Wenn "die Wurst", wie sie das Kissen nannten, senkrecht stand, war das ein Zeichen dafür, dass man sich nähern und entspannen durfte; aber wenn es flach auf dem Sofa lag, wehe dem Mann, der Frau oder dem Kind, das es wagte, Jo zu stören! An diesem Abend vergaß Jo, ihre Ecke zu verbarrikadieren, und war noch keine fünf Minuten auf ihrem Lieblingsplatz gesessen, als sich eine massive Gestalt neben sie setzte, beide Arme über die Rückenlehne hängen ließ und die langen Beine vor sich ausstreckte. Laurie machte einen erleichterten Seufzer und sagte:

"Wenn das mal nicht saubillig ist."

"Kein Slang", schnappte Jo und wollte das Kissen platzieren. Aber es war zu spät, und es war kein Platz mehr dafür; es trudelte auf den Boden und verschwand auf geheimnisvolle Weise.

"Komm, Jo, sei nicht biestig. Nachdem er die ganze Woche an einem Skelett herumstudiert hat, verdient ein Kumpel ein paar Streicheleinheiten."

"Beth wird dich streicheln; ich bin beschäftigt."

"Nein, ich will ihr nicht auf die Nerven gehen; aber du magst doch so etwas, es sei denn, du hast plötzlich deinen Geschmack geändert. Hast du? Hasst du deinen Jungen jetzt und willst Kissen auf ihn werfen?"

Solch ein anrührender und bettelnder Appell war selten von Laurie zu hören, aber Jo kühlte "ihren Jungen" erstmal ab, indem sie sich mit der strengen Frage an ihn wandte:

"Wie viele Sträuße hast du Miss Randal diese Woche geschickt?"

"Nicht einen, Ehrenwort. Sie ist verlobt. Das war's."

"Darüber bin ich auch sehr froh; das ist einer deiner dummen verschwenderischen Spleens, Blumen und andere Dinge an Mädchen zu schicken, die dich nicht für zwei Cent interessieren", fuhr Jo tadelnd fort.

"Die Mädchen, für die ich mich für viele hundert Cents interessiere, erlauben mir nicht, dass ich ihnen Blumen und andere Dinge schicke, also was soll ich tun? Meine Gefühle müssen irgendwo hin."

"Mutter mag Flirten nicht, auch nicht aus Spaß; und du flirtest hoffnungslos, Teddy."

"Ich würde alles dafür geben, wenn ich darauf antworten könnte: 'Du auch.' Aber da ich das nicht kann, sage ich nur, dass ich dieses nette, kleine Spiel als unschädlich empfinde, solange alle Teilnehmer verstehen, dass es nur ein Spiel ist."

"Nun, es fühlt sich nett an, aber ich verstehe nicht, wie es geht. Ich habe es versucht, weil man sich in Gesellschaft blöd fühlt, wenn man nicht das tut, was alle anderen tun; aber ich scheine nicht besser darin zu werden", sagte Jo und vergaß ganz, weiter ihren Lehrmeister zu spielen.

"Nimm Unterricht bei Amy, sie hat ein echtes Talent dafür."

"Ja, sie ist sehr gut darin und scheint nie zu weit zu gehen. Ich nehme an, es ist einfach so, dass einige Menschen gefallen, ohne dies zu beabsichtigen, während andere immer das Falsche an der falschen Stelle sagen."

"Ich bin froh, dass du nicht flirten kannst; es ist wirklich erfrischend, ein vernünftiges, ehrliches Mädchen zu sehen, das fröhlich und freundlich sein kann, ohne sich zum Idioten zu machen. Unter uns, Jo, einige der Mädchen, die ich kenne, übertreiben das dermaßen, dass ich mich für sie schäme. Sie meinen es nicht böse, da bin ich mir sicher; aber wenn sie wüssten, wie wir Kerle danach über sie reden, würden sie aufpassen, wie sie sich verhalten, denke ich."

"Sie tun doch dasselbe; und da ihre Zungen schärfer sind als eure, bekommt ihr mehr ab, denn ihr seid genauso doof wie sie, zu hundert Prozent. Wenn ihr euch richtig benehmen würdet, täten sie es auch; aber da sie wissen, dass ihr ihren Unsinn mögt, machen sie damit weiter, und dann gebt ihr ihnen die Schuld."

"Du kennst dich gut aus, Ma'am", sagte Laurie in etwas hochnäsigem Tonfall. "Wir mögen keine Wildfänge und kokettierende Mädchen, aber manchmal tun wir so. Über die hübschen, bescheidenen Mädchen wird nie geredet, außer respektvoll unter Gentlemen. Gott segne deine unschuldige Seele! Wenn du einen Monat lang an meiner Stelle wärst, könntest du Dinge sehen, die dich über alle Maßen erstaunen würden. Wenn ich eines dieser Holterdiepolter-Mädchen sehe, fällt mir dieser alte Kinderreim ein:

'Ich pfeif auf dich, du Bösewicht,
führe mich in Versuchung nicht!'

Es war unmöglich, über den lustigen Konflikt zwischen Lauries ritterlicher Zurückhaltung, schlecht über die Frauenwelt zu sprechen, und seiner Abneigung gegen die unweibliche Torheit, die ihm die moderne Gesellschaft so oft aufzeigte, nicht zu lachen. Jo wusste, dass "der junge Laurence" von den weltlichen Mamas als sehr gute und wünschenswerte "Partie" betrachtet, von ihren Töchtern viel angelächelt und von Damen jeden Alters genug geschmeichelt wurde, um aus ihm einen echten Geck zu machen; so wachte sie ziemlich eifersüchtig über ihn, hatte Angst, dass man ihn verderben würde, und freute sich sehr, als er ihr gestand, dass er immer noch an bescheidene und einfache Mädchen glaubte. Dann kehrte sie plötzlich zu ihrem mahnenden Ton zurück und sagte mit leiserer Stimme: "Wenn deine Gefühle 'irgendwo hin müssen', Teddy, dann geh und widme dich einem der 'hübschen, bescheidenen Mädchen', die du respektierst, und verschwende deine Zeit nicht mit den dummen Exemplaren."

"Du rätst mir das wirklich?", erwiderte Laurie und sah sie mit einer seltsamen Mischung aus Angst und Belustigung in seinem Gesicht an.

"Ja, das tue ich; aber du wartest besser, bis du weitestgehend fertig bist mit dem College bist und feilst in der Zwischenzeit weiter an dir. Du bist nicht halbwegs gut genug für – naja, wer auch immer das bescheidene Mädchen sein mag", meinte Jo und sah selbst ein wenig merkwürdig aus, denn fast wäre ihr der Name rausgerutscht.

"Das bin ich wirklich nicht", gab Laurie mit einem demütigen Gesichtsausdruck, der für ihn ganz neu war, bereitwillig zu, schlug seine Augen nieder und wickelte geistesabwesend den Gürtel von Jos Schürze um seinen Finger.

"Gott erbarme dich meiner, das wird nie funktionieren", dachte Jo und fügte laut hinzu: "Komm, sing etwas für mich. Ich sehne mich nach etwas Musik und mochte deine immer."

"Ich würde lieber gerne hier sitzenbleiben, danke."

"Nun, das kannst du nicht, da ist ja gar kein Platz für dich. Geh und mach dich nützlich, denn du bist zu groß, um als Verzierung durchzugehen. Ich dachte, du hasst es, an die Schürze einer Frau gefesselt zu sein?", antwortete Jo und zitierte einige seiner rebellischen Worte.

"Naja, das kommt darauf an, wer die Schürze trägt!", sagte Laurie und zog kühn an dem Gürtel.

"Gehst du jetzt bitte?", forderte Jo und bückte sich nach dem Kissen.

Laurie floh sofort vom Sofa, und in derselben Minute verdrückte sich auch Jo, um nicht mehr zurückzukehren, bis der sehr empörte junge Herr gegangen war.

Jo lag in dieser Nacht lange wach und war gerade am Einschlafen, als der Klang eines erstickten Schluchzers sie mit der ängstlichen Frage "Was ist los, Liebes?" an Beths Bett eilen ließ.

"Ich dachte, du schläfst", schluchzte Beth.

"Sind es die alten Schmerzen, mein Schatz?"

"Nein, es sind neue, aber ich kann sie ertragen", antwortete Beth und versuchte, ihre Tränen zu unterdrücken.

"Erzähl mir alles darüber und lass mich dich heilen, wie ich es früher getan habe."

"Das kannst du nicht, es gibt keine Heilung dafür." In diesem Moment gab Beths Stimme nach, und als sie sich an ihre Schwester klammerte, weinte sie so verzweifelt, dass Jo Angst bekam.

"Was ist los? Soll ich Mutter rufen?"

Die erste Frage ignorierte Beth; aber im Dunkeln führte sie eine Hand unwillkürlich zu ihrem Herzen, als ob der Schmerz dort wäre; mit der anderen hielt sie Jo fest und flüsterte nachdrücklich: "Nein, nein, ruf sie nicht, sag ihr nichts. Es wird mir bald besser gehen. Leg dich hier hin und halte meinen Kopf. Ich werde still liegen und bald einschlafen, ganz sicher."

Jo gehorchte; aber als ihre Hand sanft über Beths heiße Stirn und ihre nassen Augenlider streichelte, war ihr Herz übervoll, und sie sehnte sich danach zu sprechen. Aber obwohl sie noch jung war, hatte Jo gelernt, dass Herzen, wie Blumen, nicht grob behandelt werden dürfen, sondern sich von selbst öffnen müssen; obwohl sie glaubte, die Ursache für Beths neue Schmerzen zu kennen, sagte sie in ihrem zärtlichsten Tonfall nur: "Bedrückt dich etwas, Liebling?".

"Ja, Jo," antwortete Beth nach einer langen Pause.

"Würde es dich nicht trösten, mir zu sagen, was es ist?"

"Nicht jetzt, noch nicht."

"Dann werde ich nicht fragen; aber denk daran, Beth, dass Mutter und Jo immer froh sind, wenn sie dir zuhören und helfen können."

"Das weiß ich. Ich werde es dir irgendwann erzählen."

"Ist der Schmerz jetzt besser?"

"Oh, ja, viel besser; du bist so tröstlich, Jo!"

"Geh schlafen, Liebes; ich bleibe bei dir."

So schliefen sie Wange an Wange ein, und morgens schien Beth wieder ganz die Alte zu sein; denn mit achtzehn Jahren schmerzen weder Kopf noch Herz lange, und ein liebevolles Wort kann die meisten Schmerzen heilen.

Nach einigen Tagen des Nachdenkens hatte sich Jo entschieden, sich ihrer Mutter anzuvertrauen.

"Du hast mich neulich danach gefragt, welche Wünsche ich habe. Ich sage dir einen davon, Mami", begann sie, als sie zu zweit zusammensaßen. "Ich möchte diesen Winter zur Abwechslung mal irgendwo hingehen."

"Warum, Jo?", fragte ihre Mutter sah kurz auf, als ob Jos Worte zweideutig gewesen wären.

Die Augen auf ihre Arbeit gerichtet, antwortete Jo nüchtern: "Ich möchte etwas Neues sehen; ich fühle mich ruhelos und bin begierig darauf, mehr zu sehen, zu tun und zu lernen als ich hier kann. Ich brüte viel zu viel über meinen eigenen, kleinen Angelegenheiten und brauche etwas Trubel um mich, also möchte ich, da ihr mich diesen Winter vermutlich nicht brauchen werdet, ein wenig aus dem Nest hüpfen und meine Flügel ausprobieren."

"Wo willst du hin?"

"Nach New York. Ich hatte gestern eine gute Idee, und zwar folgende: Du weißt, dass Mrs. Kirke dich nach einer seriösen, jungen Person gefragt hat, die ihre Kinder unterrichtet und für sie näht. Es ist ziemlich schwer, beides in einem Menschen zu finden, aber ich denke, ich würde ganz gut passen, wenn ich mich anstrenge."

"Meine Liebe, du willst gehen, um in diesem vornehmen Haus Dienste zu verrichten?" sagte Mrs. March, die zwar überrascht, aber nicht unzufrieden aussah.

"Es ist nicht wirklich ein Dienst, der zu verrichten ist; Mrs. Kirke ist deine Freundin, — die freundlichste Seele, die je gelebt hat —, und würde es mir sehr angenehm machen, das weiß ich. Ihre Familie lebt vom Rest etwas getrennt, und niemand kennt mich dort. Aber das wäre mir auch egal; es ist ehrliche Arbeit, und ich schäme mich nicht dafür."

Ich auch nicht; und was ist mit deiner Schriftstellerei?"

"Die Veränderung wird ihr guttun. Ich werde neue Dinge sehen und hören, neue Ideen bekommen, und selbst wenn ich dort nicht viel Zeit habe, werde ich Unmengen an Material für mein Gekritzel mit nach Hause bringen."

"Daran habe ich keinen Zweifel; aber sind das deine einzigen Gründe für diese plötzliche Eingebung?"

"Nein, Mutter."

"Darf ich die anderen auch wissen?"

Jo blickte auf, dann wieder nach unten, und sagte schließlich bedächtig, mit einer plötzlichen Farbe auf ihren Wangen: "Es mag eitel und falsch sein, das zu sagen, aber – ich fürchte – ich gefalle Laurie etwas zu sehr."

"Dann interessierst du dich nicht so für ihn, wie er es offensichtlich gerade für dich tut?" Mrs. March sah besorgt aus, als sie diese Frage stellte.

"Du lieber Gott, nein! Ich mag den lieben Kerl, so wie ich es immer getan habe, und bin sehr stolz auf ihn; aber mehr kommt für mich nicht in Frage."

"Darüber bin ich sehr froh, Jo."

"Warum, bitte?"

"Weil, meine Liebe, ich nicht glaube, dass ihr zueinander passen würdet. Als Freunde kommt ihr sehr gut miteinander zurecht, und eure häufigen Streitigkeiten vergehen immer recht schnell; aber ich fürchte, ihr würdet beide rebellieren, wenn man euch ein Leben lang zusammenstecken würde. Ihr seid zu ähnlich und zu freiheitsliebend, ganz zu schweigen von euren Launen und eurem starken Willen, um in einer Beziehung, die unendliche Geduld, Nachsicht und Liebe erfordert, zurechtzukommen."

"Das ist genau, was ich achte, obwohl ich es nicht ausdrücken konnte. Ich bin froh, dass du denkst, dass er gerade erst anfängt, sich für mich zu interessieren. Es würde mich traurig machen, wenn er wegen mir unglücklich wäre; ich kann mich schließlich nicht aus Dankbarkeit in den lieben Kerl verlieben, oder?"

"Bist du sicher, dass er so für dich empfindet?"

Jos Wangen wurden noch röter, als sie mit diesem Blick aus vermischter Freude, Stolz und Schmerz, den junge Mädchen tragen, wenn sie von ihren ersten Liebhabern sprechen, antwortete:

"Ich fürchte, es ist so, Mutter; er hat noch nichts gesagt, aber es sieht alles danach aus. Ich denke, ich gehe erstmal weg, bevor etwas passiert."

"Da stimme ich dir zu, und wenn wir es möglich machen können, darfst du gehen."

Jo sah erleichtert aus und sagte lächelnd nach einer kurzen Pause: "Mrs. Moffat würde sich sehr darüber wundern, wie du gewisse Dinge regelst, wenn sie das wüsste; und sie würde sich freuen, dass Annie immer noch hoffen darf."

"Ach, Jo, Mütter mögen manche Dinge unterschiedlich regeln, aber die Hoffnung ist überall die gleiche, — der Wunsch, ihre Kinder glücklich zu sehen. Meg ist es, und deswegen bin ich mit ihrer Entscheidung sehr zufrieden. Ich lasse dich gehen, damit du deine Freiheit genießen kannst, bis du ihrer müde wirst; nur dann wirst du erkennen, dass es etwas noch Schöneres gibt. Amy ist jetzt meine Hauptaugenmerk, aber ihr gesunder Menschenverstand wird ihr helfen. Bei Betty gebe ich mich keiner Hoffnung hin, außer der, dass es ihr gut gehen soll. Übrigens, sie scheint mir in diesen letzten Tagen etwas heiterer zu sein. Hast du mit ihr gesprochen?"

"Ja, sie hatte wohl Probleme und versprach, sie mir irgendwann zu erzählen. Ich habe nicht weiter gefragt, denn ich glaube, ich kenne sie." Nun erzählte Jo ihre kleine Geschichte.

Mrs. March schüttelte den Kopf. Sie sah das Ganze nicht durch Jos romantische Brille, sondern wirkte ernst und wiederholte ihre Meinung, dass Jo um Lauries willen für eine Weile weggehen sollte.

"Lass uns ihm nichts darüber sagen, bis der Plan steht; dann werde ich gehen, bevor er merkt, was los ist, und in Wehmut verfallen kann. Beth muss denken, dass ich eine Vergnügungsreise mache, denn ich kann nicht mit ihr über Laurie reden; aber sie kann ihn verhätscheln und trösten, nachdem ich weg bin, und ihn so von seinen romantischen Ambitionen heilen. Er hat schon so viele kleine Prüfungen dieser Art bestanden, dass er daran gewöhnt ist und bald über seinen Liebeskummer hinwegkommen wird."

Jo sprach hoffnungsvoll, konnte sich aber nicht von der bedrückenden Angst befreien, dass diese "kleine Prüfung" härter sein würde als die anderen, und dass Laurie seinen Liebeskummer nicht so leicht überwinden würde wie bisher.

Der Plan wurde im Familienrat besprochen und alle stimmten zu; Mrs. Kirke nahm Jo gerne auf und versprach, ihr ein schönes Zuhause zu bieten. Der Unterricht würde sie unabhängig machen; und die Freizeit würde sich sicher gewinnbringend auf das Schreiben auswirken, während der Ortswechsel und die neue Gesellschaft sowohl nützlich als auch angenehm wären. Jo mochte die Vorstellung und war begierig darauf, wegzugehen, denn das heimelige Nest wurde langsam zu eng für ihr rastloses und abenteuerlustiges Wesen. Als alles geklärt war, sagte sie es Laurie, leicht zitternd vor Angst; aber zu ihrer Überraschung nahm er es sehr gefasst auf. Er war in letzter Zeit ernster als sonst gewesen, aber immer sehr freundlich; und als er scherzhaft beschuldigt wurde, ein neues Blatt umdrehen zu müssen, antwortete er nüchtern: "So bin ich nun mal; und ich denke, dieses hier wird umgedreht bleiben."

Jo war sehr erleichtert, dass gerade dann einer seiner tugendhaften Anfälle einsetzte, und traf ihre Reisevorbereitungen mit erleichtertem Herzen, — denn auch Beth wirkte fröhlicher —, und hoffte, dass sie das Beste für alle tat.

"Eine Sache überlasse ich deiner besonderen Fürsorge", sagte sie in der Nacht vor ihrer Abreise.

"Du meinst deine Papiere?", fragte Beth.

"Nein, meinen Jungen. Bitte sei sehr gut zu ihm."

"Natürlich werde ich das; aber ich kann nicht deinen Platz einnehmen, und er wird dich sehr vermissen."

"Es wird ihm nicht schaden; also denk daran, ich überlasse ihn deiner Verantwortung. Geh ihm auf die Nerven, verhätschle ihn und halte ihn auf dem richtigen Weg."

"Ich werde mein Bestes tun, um deinetwillen", versprach Beth und fragte sich, warum Jo sie so seltsam ansah.

Als Laurie "Auf Wiedersehen" sagte, flüsterte er vielsagend: "Es wird nicht ein bisschen guttun, Jo. Mein Auge ruht auf dir; also achte darauf, was du tust, oder ich komme und bringe dich nach Hause."

XXXIII. JOS TAGEBUCH

"New York, November.

"Liebe Mami und Betty,

"ich glaube, das wird jetzt ein echtes Buch werden, denn ich habe jede Menge zu erzählen, obwohl ich nicht die edle junge Dame bin, die auf dem Kontinent reist. Als ich Vaters liebes, altes Gesicht aus den Augen verlor, fühlte ich mich ein wenig verlassen und hätte vielleicht ein oder zwei salzige Tränchen vergossen, wenn mich nicht eine irische Dame mit ihren vier kleinen Kindern, die alle durcheinander schrien, mich nicht abgelenkt hätte; ich amüsierte mich so, als ich jedes Mal, wenn sie ihre Münder zum Schreien öffneten, Pfefferkuchenstückchen auf den Sitz fallen ließ.

"Bald kam die Sonne heraus, und da ich das als gutes Zeichen nahm, hellte es in mir ebenfalls auf und ich genoss meine Reise von ganzem Herzen.

"Mrs. Kirke begrüßte mich so freundlich, dass ich mich sofort zu Hause fühlte, sogar in dem großen Haus voller fremder Menschen. Sie gab mir eine lustige, kleine Stube – alles, was sie hatte; aber es steht ein Ofen darin und ein schöne Tisch an einem sonnigen Fenster, so dass ich hier sitzen und schreiben kann, wann immer ich will. Eine schöne Aussicht und ein Kirchturm gegenüber entschädigen mich für die vielen Treppenstufen, und sofort fiel mir mein geliebter Dachboden ein. Das Spielzimmer, in dem ich unterrichten und nähen soll, ist ein sehr freundlicher Raum direkt neben dem Sprechzimmer von Mrs. Kirke, und die beiden kleinen Mädchen sind hübsche Kinder, - eher verwöhnt, wie ich finde, aber sie mochten mich bereits, nachdem ich ihnen "Die drei kleinen Schweinchen" erzählt hatte; ich werde zweifellos eine vorbildliche Gouvernante sein.

"Ich darf meine Mahlzeiten mit den Kindern einnehmen, wenn ich dies dem großen Tisch gegenüber vorziehe, was momentan der Fall ist; denn ich bin ja schüchtern, obwohl mir das niemand glaubt.

" 'Nun, meine Liebe, fühl dich wie zu Hause', sagte Mrs. K. auf ihre mütterliche Art und Weise; 'ich bin von morgens bis abends unterwegs, wie du dir bei einer solchen Familie sicher vorstellen kannst; aber ich habe eine große Sorge weniger, wenn ich weiß, dass die Kinder bei dir sicher sind. Meine Räumlichkeiten stehen dir immer offen, und deine eigenen sollen so bequem wie möglich sein. Es sind einige nette Leute im Haus, wenn dir nach Gesellschaft ist, und abends hast du immer frei. Komm zu mir, wenn etwas schiefgeht, und sei einfach so glücklich wie möglich. Ich höre die Teeglocke;

ich muss los.' Damit eilte sie hinweg und ließ mich in meinem neuen Nest allein.

"Als ich nach unten ging, sah ich kurz darauf etwas, das mir gefiel. Die Treppenabgänge sind in diesem riesigen Haus sehr lang, und als ich an einem davon stand, sah ich, wie weiter unten ein kleines Dienstmädchen heraufkeuchte; dann bemerkte ich einen Herrn, der hinter ihr herkam, ihr den schweren Kohleneimer aus der Hand nahm, ihn den ganzen Weg nach oben trug, an einer nahen Tür abstellte, wegging und mit einem freundlichen Nicken und fremdem Akzent sagte:

" 'So geht es besser. Der kleine Rücken ist zu jung, um so schwer zu tragen.

"War das nicht nett von ihm? Ich mag solche Dinge, denn, wie Vater sagt, die Kleinigkeiten zeigen den wahren Charakter. Als ich es Mrs. K. an diesem Abend erzählte, lachte sie und sagte:

" 'Das muss Professor Bär gewesen sein, er macht immer solche Sachen.'

"Mrs. K. erzählte mir, dass er aus Berlin kam und sehr gelehrt und nett war; aber er war ach arm wie eine Kirchenmaus und gibt Unterricht, um sich und zwei kleine Waisenneffen, die unter seinen Schülern sind, nach dem Wunsch seiner Schwester, die einen Amerikaner geheiratet hat, zu unterstützen. Keine sehr romantische Geschichte, aber sie interessierte mich, und ich war froh zu hören, dass Mrs. K. ihm ihre Stube für einige seiner Stunden zur Verfügung stellt. Zwischen der Stube und dem Spielzimmer befindet sich eine Glastür, und ich möchte mal ein bisschen spionieren und euch erzählen, wie er aussieht. Er ist fast vierzig, also ist das kein Problem, Mami.

"Nach dem Tee und etwas Herumgetolle mit den kleinen Mädchen vor dem Schlafengehen, machte ich mich an den großen Nähkorb und hatte einen ruhigen Abend im Gespräch mit meiner neuen Freundin. Ich werde eine Art Tagebuchbrief führen und euch diesen einmal pro Woche schicken, also gute Nacht und morgen mehr."

"Dienstagabend.

"Heute Morgen ging es richtig rund im Spielzimmer, denn die Kinder waren total aufgedreht; einmal dachte ich wirklich, ich müsste sie alle schütteln. Ein guter Engel riet mir zu etwas Gymnastik, und die machte ich so lange mit ihnen, bis sie froh waren, hinsitzen und still bleiben zu dürfen. Nach dem Mittagessen ging das Mädchen mit ihnen spazieren, und ich machte mich an meine Handarbeit, "mit großem Arbeitseifer", wie die kleine Mabel. [*Eine Anspielung auf das Gedicht "Mabel on a Midsummer Day" von Mary Botham Howitt*] Ich dankte gerade dem lieben Gott, dass ich gelernt hatte, wie man schöne Knopflöcher macht, als sich die Tür zur Stube öffnete und wieder schloss, und jemand anfing zu summen:

" 'Kennst du das Land ....'

"Hörte sich an wie eine große Hummel. Es war nicht gerade wohlerzogen, ich weiß, aber ich konnte der Versuchung nicht widerstehen und hob ein Ende des Vorhangs vor der Glastür hoch und schaute hinein. Professor Bär war dort; und während er seine Bücher ordnete, sah ich ihn mir genauer an. Ein echter Deutscher – eher stämmig, mit braunen Haaren, die sich über den ganzen Kopf verteilten, einem buschigen Bart, einer ordentlichen Nase, den freundlichsten Augen, die ich je gesehen habe, und einer herrlich klingenden Stimme, die einem nach unserem scharfen und schluderigen amerikanischen Geschwätz in den Ohren gut tat. Seine Kleidung war fleckig, seine Hände groß, und er hatte kein wirklich schönes Merkmal im Gesicht – außer seinen weißen Zähnen; dennoch mochte ich ihn; sein Leinen war sehr schön, und er sah aus wie ein Gentleman, obwohl an seinem Mantel zwei Knöpfe fehlten, und einer seiner Schuhe geflickt war. Obwohl er summte, sah er ernst aus, bis er zum Fenster ging, um die Hyazinthen in Richtung Sonne zu drehen und die Katze zu streicheln, die ihn wie ein alter Freund empfing – da lächelte er; und als ein Klopfen an der Tür zu hören war, rief er mit lauter, lebhafter Stimme:

" 'Herein!'

"Ich wollte gerade weglaufen, als ich ein entzückendes, kleines Kind mit einem großen Buch sah und innehielt, um herauszufinden, was es wollte.

" 'Ich will meinen Bär', sagte der Winzling, knallte das Buch auf den Boden und rannte zu ihm.

"Du sollst deinen Bär bekommen; komm her, liebe Tina, und lass dich von ihm umarmen", sagte der Professor, fing sie lachend auf und hob sie so hoch über seinen Kopf, dass sie ihr kleines Gesicht beugen musste, um ihn zu küssen.

"Jetzt muss ich mein Unt'richt lernen", fuhr das kleine, lustig Ding fort; also setzte er sie an den Tisch, öffnete das große Wörterbuch, das sie mitgebracht hatte, gab ihr Papier und Bleistift, und sie kritzelte los. Ab und zu drehte sie eine Seite um und führte ihren kleinen Finger an ihr herunter, als ob sie ein Wort suchen würde, so ernsthaft, dass ich mich fast durch ein Lachen verraten hätte, während Mr. Bär dastand und ihr schönes Haar streichelte – mit einem so väterlichen Blick, dass ich glaubte, sie müsse seine eigene Tochter sein, obwohl sie mehr Französisch als Deutsch aussah.

"Ein weiteres Klopfen und das Erscheinen von zwei jungen Damen ließ mich wieder an die Arbeit gehen, und dort blieb ich tugendhaft trotz all des

Lärms und des Schnatterns, das nebenan stattfand. Eines der Mädchen lachte immer wieder lauthals und sagte in einem koketten Tonfall "Jetzt, Professor", und das andere sprach ihr Deutsch mit einem solchen Akzent, dass es ihm schwergefallen sein muss, ernst zu bleiben.

"Beide schienen seine Geduld sehr auf die Probe zu stellen; mehr als einmal hörte ich ihn nachdrücklich sagen: "Nein, nein, das stimmt so nicht; du hast nicht richtig zugehört, was ich gesagt habe." Einmal gab es einen lauten Knall, als ob er mit seinem Buch auf den Tisch gehauen hatte, gefolgt von dem verzweifelten Ausruf: "Mann! Heute geht aber alles schief."

"Armer Mann, ich bemitleidete ihn sehr; und als die Mädchen weg waren, wagte ich nochmals einen weiteren Blick, um zu sehen, ob er es überlebt hatte. Er schien müde in seinen Stuhl gefallen zu sein und saß dort mit geschlossenen Augen. Als die Uhr zwei schlug, stand er auf, steckte die Bücher in seine Tasche steckte, als ob er sie für eine weitere Stunde brauchte, nahm die kleine Tina, die auf dem Sofa eingeschlafen war, in seine Arme und trug sie leise weg. Ich denke, es war hart für ihn.

"Mrs. Kirke fragte mich, ob ich nicht zum Abendessen um fünf Uhr herunterkommen wolle; und da ich ein wenig Heimweh hatte, dachte ich, es würde mir guttun, zu sehen, welche Art von Menschen unter dem gleichen Dach mit mir lebten. Also richtete ich mich her und versuchte, hinter Mrs. Kirke hereinzuschlüpfen; aber da sie klein ist und ich groß, waren meine Bemühungen, mich zu verstecken, ein ziemlicher Misserfolg. Sie setzte sich neben mich, und nachdem sich mein Gesicht etwas abgekühlt hatte, nahm ich meinen Mut zusammen und sah mich um. Der lange Tisch war voll, und jeder darauf bedacht, etwas vom Abendessen abzubekommen, - vor allem die Herren, die anscheinend pünktlich essen wollten, denn sobald sie fertig waren, rasten sie im besten Sinne des Wortes hinaus und verschwanden. Die jungen Männer waren, wie üblich, ganz mit sich selbst beschäftigt, junge Paare im Zwiegespräch vertieft; verheiratete Damen mit ihren Babys befasst und alte Herren redeten über Politik. Ich glaube nicht, dass ich etwas verpassen werde, wenn ich nicht viel mit ihnen zu tun habe – außer bei einem netten Fräulein, das so aussah, als ob etwas in ihr schlummerte.

"Ganz unten am Tisch saß der Professor, der auf die Fragen eines sehr neugierigen, tauben alten Herrn auf der einen Seite antwortete, und ein philosophisches Gespräch mit einem Franzosen auf der anderen Seite führte. Wäre Amy hier gewesen, wäre er für sie für immer gestorben gewesen, denn er hatte einen großen Appetit und schaufelte sein Abendessen auf eine Weise in sich hinein, die 'ihre Ladyschaft' grenzenlos entsetzt hätte – traurig, aber wahr. Mir machte es nichts aus, denn ich mag es, 'wenn die Leute mit vollem Appetit essen', wie Hannah sagt; und der arme Mann musste offensichtlich viel

Nahrung zu sich nehmen, nachdem er den ganzen Tag über Idioten unterrichtet hatte.

"Als ich nach dem Abendessen nach oben ging, richteten zwei der jungen Männer gerade ihre Hüte vor dem Spiegel in der Diele, und ich hörte, wie der eine sagte: 'Wer ist die Neue in unserer Gesellschaft?'

" 'Gouvernante, oder so was in der Art.'

" 'Warum zum Teufel sitzt sie bei uns am Tisch?'

" 'Freundin der alten Dame.'

" 'Schönes Gesicht, aber nicht sehr stilvoll.'

" 'Nicht ein bisschen. Gib uns Feuer und dann los.'

"Zuerst war ich wütend, und dann war es mir egal, denn eine Gouvernante ist so gut wie ein Angestellter, und wenn ich schon nicht stilvoll bin, habe ich wenigstens Grips, was einigen Leute hier komplett fehlt, wenn man den Bemerkungen der eleganten Geschöpfe lauscht, die überall herumtrampeln und wie die Schornsteine rauchen. Ich hasse gewöhnliche Menschen!"

"Donnerstag.

"Gestern war ein ruhiger Tag, den ich mit Unterricht, Nähen und etwas Schreiben in meinem kleinen Raum, der sehr gemütlich ist, verbracht habe. Ich hörte ein paar Neuigkeiten und wurde dem Professor vorgestellt. Es scheint, dass Tina das Kind der Französin ist, die hier in der Wäscherei das Feinbügeln macht. Der kleine Zwerg hat sein Herz an Mr. Bär verloren und folgt ihm wie ein Hündchen durch das Haus, wenn er zu Hause ist – was ihn sehr freut, da er sehr kinderlieb ist, obwohl er noch Junggeselle ist. Kitty und Minnie Kirke sind ihm ebenfalls sehr zugeneigt und erzählen alle möglichen Geschichten über die von ihm erfundenen Spiele, die Geschenke, die er mitbringt, und die tollen Geschichten, die er erzählt. Die jungen Männer fragen ihn aus, wie es scheint, nennen ihn den Alten Fritz, Lagerbier, Ursa Major, und machen alle möglichen Witze über seinen Namen. Aber er nimmt es wie ein Gleichaltriger, sagt Mrs. K., und ist so gutmütig, dass ihn alle mögen, trotz seiner absonderlichen Art.

"Das Fräulein ist eine Miss Norton – reich, kultiviert und freundlich. Sie sprach heute mit mir beim Abendessen (denn ich ging wieder zu Tisch, es macht so viel Spaß, Leute zu beobachten) und bat mich, sie in ihrem Zimmer zu besuchen. Sie hat schöne Bücher und Bilder, kennt interessante Menschen und wirkt freundlich; also werde ich liebenswürdig sein, denn ich will ja in gute Gesellschaft kommen, auch wenn es nicht die gleiche ist, die Amy mag.

"Ich war gestern Abend in unserer Stube, als Mr. Bär mit ein paar Zeitungen für Mrs. Kirke kam. Sie war nicht da, aber Minnie, eine kleine alte Frau, stellte mich sehr elegant vor: 'Das ist Mamas Freundin, Miss March.'

" 'Ja; sie ist mopsfidel und wir mögen sie sehr', fügte Kitty hinzu, die ein echtes 'enfant terrible' ist.

"Wir verbeugten uns beide und lachten, denn die formelle Vorstellung und der eher ungeschliffene Zusatz standen in komischem Gegensatz.

" 'Ah, ja, ich habe schon gehört, dass diese unartigen Mädchen Sie ärgern, Miss March. Wenn das wieder passiert, dann rufen Sie nach mir und ich komme", sagte er mit einem bedrohlichen Stirnrunzeln, das die kleinen Schurkinnen zum Schmunzeln brachte.

"Als ich es ihm versprochen habe, ist er gegangen; aber es scheint, als wäre ich dazu verdammt, ihn noch öfter zu treffen, denn als ich heute auf dem Weg nach draußen an seiner Tür vorbeikam, klopfte ich unabsichtlich mit meinem Regenschirm dagegen. Sie flog auf, und da stand er nun in seinem Morgenmantel, mit einer großen blauen Socke in der einen Hand und einer Stopfnadel in der anderen; er schämte sich überhaupt nicht dafür, denn als ich ihm mein Missgeschick erklärte und weiterlief, winkte er mir mit der Hand, einschließlich der Socke, nach und sagte auf seine laute, fröhliche Art:

" 'Da haben Sie sich einen schönen Tag für Ihren Spaziergang rausgesucht. Bon voyage, Mademoiselle.

"Ich lachte den ganzen Weg nach unten, aber es war auch ein wenig armselig, als ich an den armen Mann dachte, der seine Kleider selbst flicken musste. Die deutschen Herren sticken, ich weiß; aber etwas zu stopfen ist eine andere Sache, und bei weitem nicht so hübsch."

"Samstag.

"Nichts passiert, über das es sich lohnen würde zu schreiben, außer einem Besuch bei Miss Norton, die einen Raum voller schöner Dinge besitzt und sehr liebenswürdig war, denn sie zeigte mir all ihre Schätze und fragte mich, ob ich sie manchmal zu Vorträgen und Konzerten begleiten würde – falls mir so etwas gefiel. Sie hat es als Gefallen dargestellt, aber ich bin sicher, dass Mrs. Kirke ihr von uns erzählt hat, und dass sie es aus Freundlichkeit tut. Ich bin stolz wie Oskar, und da mich Gefälligkeiten von solchen Menschen nicht weiter belasten, habe ich dankend angenommen.

"Als ich zurück ins Spielzimmer kam, war ein solcher Aufruhr in der Stube nebenan, dass ich hineinschaute; ich sah Mr. Bär auf Händen und Knien, Tina auf seinem Rücken, und Kitty, die ihn mit einem Springseil durch den Raum führte, während Minnie zwei kleine Jungen, die in aus Stühlen gemachten Käfigen brüllten und tobten, mit Kümmelkuchen fütterte.

" 'Wir spielen Sirkus', erklärte Kitty.

" 'Das ist mein Effelant!', fügte Tina hinzu und hielt sich an den Haaren des Professors fest.

" 'Mamma erlaubt uns Samstagnachmittag, wenn Franz und Emil kommen, immer das zu tun, was wir mögen, nicht wahr, Mr. Bär?', sagte Minnie.

"Der 'Effelant' setzte sich auf, sah mich so ernst wie alle anderen an und sagte nüchtern:

" 'Ich gebe Ihnen mein Wort, so ist es. Wenn wir zu viel Lärm machen, sagen Sie bitte 'Pssst!' und wir spielen leiser.

"Ich versprach ihm das, aber ließ die Tür offen und genoss den Spaß genauso sehr wie sie, denn ein herrlicheres Toben habe ich noch nie gesehen. Sie spielten Fangen und Soldaten, tanzten und sangen, und als es dunkel wurde, stapelten sich alle auf dem Sofa auf dem Professor, während er reizende Märchen von den Störchen auf den Schornsteinspitzen und den kleinen Kobolden erzählte, die auf Schneeflocken reiten, wenn sie herunterfallen. Ich wünschte, die Amerikaner wären so einfach und natürlich wie die Deutschen, ihr nicht auch?

"Ich schreibe so gerne, dass ich das für immer tun könnte, wenn mich nicht wirtschaftliche Beweggründe einschränken würden, denn obwohl ich dünnes Papier verwendet und klein geschrieben habe, graust es mir, wenn ich an die Briefmarken denke, die dieser lange Brief brauchen wird. Bitte schickt mir Amys Briefe, sobald ihr sie entbehren könnt. Meine kleinen Neuigkeiten werden nach ihren prächtigen Erzählungen ziemlich langweilig klingen, aber ihr werdet sie trotzdem mögen, das weiß ich. Lernt Teddy so viel, dass er nicht mal Zeit findet, seinen Freunden zu schreiben? Kümmere dich gut um ihn, Beth, und erzähl mir alles von den Babys und drück jeden ganz fest von mir.

"Deine getreue Jo.

"P. S. Beim Lesen meines Briefes fällt mir auf, dass er ziemlich 'bärig' ist; aber ich interessiere mich nun mal für seltsame Leute, und ich hatte wirklich nichts anderes zu schreiben. Gott segne dich!"

"Dezember.

"Meine liebste Bethy,

"da dies ein echter Flickenbrief werden wird, richte ich ihn an dich, denn er wird dich nicht nur amüsieren, sondern dir auch eine Vorstellung davon vermitteln, was hier so los ist; es ist manchmal ruhig, ab und zu ziemlich amüsant, und oft sehr fröhlich hier! Nach dem, was Amy Herkules-Bemühungen nennen würde, sowohl mental als auch moralisch, beginnen meine Ideen richtiggehend zu sprießen und meine kleinen Schutzbefohlenen machen das, was ich ihnen sage. Sie sind für mich nicht so interessant wie Tina und die Jungs, aber ich tue meine Pflicht, und sie mögen mich. Franz und Emil sind fröhliche kleine Jungs, ganz nach meinem Geschmack; die Mischung aus deutschem und amerikanischem Temperament lässt sie wirklich ständig übersprudeln. Die Samstagnachmittage sind unruhige Zeiten, sowohl im Haus als auch draußen, denn an schönen Tagen gehen wir alle spazieren, die ganze Meute, und der Professor und ich sorgen für Ordnung; und wir haben so viel Spaß!

"Wir sind sehr gute Freunde geworden, und ich habe angefangen, Unterricht zu nehmen. Ich konnte wirklich nicht anders, und das Ganze begann so komisch, dass ich es dir einfach von Anfang an erzählen muss. Also, eines Tages kam ich an Mr. Bärs Zimmer vorbei, als mich Mrs. Kirke, die darin herumstöberte, hereinrief.

" 'Hast du jemals eine solche Räuberhöhle gesehen, meine Liebe? Komm und hilf mir, diese Bücher wieder richtig hinzustellen, denn ich habe alles auf den Kopf gestellt und versucht herauszufinden, was er mit den sechs neuen Taschentüchern gemacht hat, die ich ihm vor kurzem gegeben habe.'

"Ich ging hinein, und während wir arbeiteten, schaute ich mich um, denn es war wirklich eine Räuberhöhle, im wahrsten Sinne des Wortes. Überall Bücher und Papiere; eine zerbrochene Meerschaumpfeife und eine alte Flöte über dem Kaminsims, die eigentlich in den Müll gehörte; ein zerzauster Vogel ohne Schwanz, der auf dem einen Fensterbrett zirpte und eine Schachtel mit weißen Mäusen, die das andere schmückten; halbfertige Boote und Schnurfetzen lagen zwischen den Manuskripten; schmutzige kleine Stiefel standen zum Trocknen vor dem Feuer; und überall im Raum sah man Spuren der geliebten Jungen, für die er sich zum Sklaven machte. Nachdem wir alles durchstöbert hatten, fanden wir drei der fehlenden Gegenstände, ein Taschentuch über dem Vogelkäfig, eines mit Tinte befleckt, und ein drittes, das braun angekokelt war, weil es zu nah über dem Feuer gehangen hatte.

" 'Was für ein Mannsbild', lachte die gutmütige Mrs. K., als sie die Reliquien in den Wäschebeutel packte. 'Ich nehme an, dass er die anderen zerrissen hat, um Schiffe aufzutakeln, Finger zu verbinden oder Schwänze für seine Papierdrachen herzustellen. Es ist schrecklich, aber ich kann ihn nicht deswegen ausschimpfen. Er ist so zerstreut und gutmütig, dass er diese Jungs alles mit sich machen lässt. Ich habe mit ihm vereinbart, seine Sachen zu waschen und zu flicken, aber er vergisst, die Sachen herauszugeben, und ich vergesse, sie mir anzusehen – deswegen muss ich manchmal alles durchwühlen.'

" 'Lassen Sie mich das Zeug flicken', sagte ich. 'Es macht mir nichts aus, und er braucht es ja nicht zu wissen. Ich würde gerne, — er ist so freundlich zu mir, nimmt meine Briefe mit und leiht mir Bücher.'

"Also habe ich seine Sachen in Ordnung gebracht und in zwei Paar Socken neue Fersen gestrickt, denn die waren dank seiner merkwürdigen Flickarbeiten total außer Form. Wir sagten nichts und ich hoffte, dass er es nicht herausfinden würde; aber eines Tages letzte Woche erwischte er mich. Seinem Unterricht, den er anderen gibt, zuzuhören, hat mich so sehr interessiert und amüsiert, dass ich einfach Lust hatte etwas zu lernen; denn Tina läuft ständig rein und raus und lässt die Tür offen, so dass ich zuhören kann. Ich hatte in der Nähe dieser Tür gesessen, gerade die letzte Socke repariert und versucht zu verstehen, was er zu einer neuen Schülerin sagte, die so doof ist wie ich. Dann war das Mädchen weg, und ich dachte, er wäre es auch, denn es war so still; ich plapperte gedankenverloren ein Verb vor mich hin und schaukelte ziemlich irrwitzig hin und her, als mich eine kleine Krähe aufschauen ließ – und da stand Mr. Bär, der mich anschaute und leise lachte, während er Tina ein Zeichen gab, ihn nicht zu verraten.

" 'So!', sagte er, als ich innehielt und ihn wie eine dumme Gans anstarrte. 'Du linst nach mir, ich linse nach dir, und das ist ja nicht schlecht; aber ich möchte dich fragen, hast du den Wunsch Deutsch zu lernen?'

" 'Ja; aber Sie sind zu beschäftigt und ich bin zu doof, um es zu lernen', rutschte es aus mir heraus, so rot wie eine Pfingstrose.

" 'Ach was! Wir werden uns die Zeit nehmen, und wir werden es dir lernen. Heute Abend werde ich dir mit Vergnügen die erste Lektion geben; denn weißt du, Miss March, ich habe ja auch eine Schuld zu begleichen.' Er zeigte auf meine Arbeit. ' 'Ja', sagen sie zueinander, diese so freundlichen Damen, 'er ist ein dummer alter Mann; er wird nicht herausfinden, was wir tun; es wird ihm nicht auffallen, dass seine Socken keine Löcher mehr haben; er wird denken, dass seine Knöpfe neu aus dem Stoff herauswachsen, wenn sie abgefallen sind, und glauben, dass sich Schnürsenkel von selbst machen.' Aha! aber ich habe ein Auge, und das sieht alles. Und ich habe ein Herz, und darin fühle ich Dankbarkeit. Na komm, eine kleine Lektion hier und da, oder die kleine Fee darf nicht mehr für mich gute Werke tun.'

"Natürlich konnte ich danach nichts mehr sagen, und da es wirklich eine großartige Gelegenheit war, habe ich in den Handel eingewilligt, und wir haben angefangen. Ich hatte bereits vier Lektionen bekommen, als ich im grammatikalischen Sumpf stecken blieb. Der Professor war sehr geduldig mit mir, aber innerlich muss es ihn gequält haben, und ab und zu sah er mich mit einem solch verzweifelten Ausdruck an, dass ich wirklich nicht wusste, ob ich lachen oder weinen sollte. Ich versuchte beides; und wenn ich vor lauter Demütigung und Leid schniefen musste, warf er einfach das Grammatikbuch auf den Boden und marschierte aus dem Raum. Ich fühlte mich für immer entehrt und verlassen, aber ich gab ihm daran nicht ein bisschen Schuld, kramte meine Unterlagen zusammen und wollte gerade nach oben eilen und mich ausweinen, als er wieder hereinkam, so agil und strahlend, als hätte ich mich gerade mit Ruhm bekleckert.

" 'Jetzt werden wir es anders versuchen. Du und ich werden diese netten, kleinen Märchen zusammen lesen und uns nicht mehr hinter diesem trockenen Buch verstecken, das jetzt in die Ecke fliegt, da es dir so viel Kummer macht.'

"Er sprach so freundlich und öffnete Hans Christian Andersens Märchen so einladend vor mir, dass ich mich mehr denn je schämte und meinen Unterricht in einem Alles-oder-Nichts-Stil anging, der ihn immens zu amüsieren schien. Ich vergaß meine Schüchternheit und ließ einfach nicht locker (kein anderes Wort kann es ausdrücken), stolperte immer wieder über lange Worte, sprach die Wörter so aus, wie es mir in der Sekunde einfiel und tat wirklich mein Bestes. Als ich die erste Seite fertiggelesen hatte und Atem holen musste, klatschte er in die Hände und rief auf seine herzliche Art: 'Das ist gut! Jetzt wird es besser! Ich bin dran. Ich lese ihn auch auf Deutsch, leih mir dein Ohr.' Damit legte er los und drosch die Worte mit seiner starken Stimme und einem Genuss, der gleichermaßen zu sehen und zu hören war, aus sich heraus. Glücklicherweise war die Geschichte 'Der kleine Zinnsoldat', die so drollig ist, dass ich lachen musste, — was ich auch tat, — obwohl ich nicht mal die Hälfte von dem, was er gelesen hatte, verstanden habe; ich konnte nicht anders, er war so ernst, ich war so aufgeregt und die ganze Sache so komisch.

"Danach kamen wir besser voran, und mittlerweile lese ich meine Lektionen ziemlich gut; diese Art zu lernen passt gut zu mir, und ich sehe, wie die Grammatik in die Geschichten und die Poesie eingepasst wurde, so wie man Pillen in Marmelade gibt. Ich mag es sehr, und er scheint meiner nicht müde zu werden, — was sehr nett von ihm ist, nicht wahr? Ich will ihm zu Weihnachten etwas geben, denn ich wage es nicht, Geld anzubieten. Vielleicht weißt du etwas Nettes, Mami.

"Ich bin froh, dass Laurie so glücklich und beschäftigt zu sein scheint, dass er das Rauchen aufgegeben hat und sein Haar wachsen lässt. Du siehst, Beth hat ihn besser im Griff als ich. Ich bin nicht eifersüchtig, Liebes; tu dein Bestes, aber mach ihn nicht zu einem Heiligen. Ich fürchte, ich würde ihn nicht mehr mögen, wenn er sein gewisses Maß an menschlicher Unanständigkeit verlöre. Lies ihm ein bisschen aus meinen Briefen vor. Ich habe nicht viel Zeit zum Schreiben, also muss das reichen"

"Januar.

"Ein frohes neues Jahr euch allen, meine liebe Familie, zu der natürlich auch Mr. L. und ein junger Mann namens Teddy gehören. Ich kann euch nicht sagen, wie sehr mir euer Weihnachtspaket gefallen hat, denn ich habe es erst nachts bekommen und die Hoffnung schon aufgegeben. Euer Brief kam morgens, aber ihr habt nichts von einem Paket gesagt, da es ja eine Überraschung sein sollte; also war ich etwas enttäuscht, denn ich hatte das 'Gefühl' gehabt, dass ihr mich nicht vergessen würdet. Ich war ein wenig trübselig, als ich nach dem Tee in meinem Zimmer war; und als mir das große, schmutzige und mitgenommen aussehende Päckchen gebracht wurde, umarmte ich es und trug es stolz durch den Raum. Es war so heimelig und aufmunternd, dass ich mich auf den Boden setzte, las, alles betrachtete, aß und lachte und weinte, so wie es halt meine Art ist. Die Dinge darin waren genau, was ich wollte, und gefielen mir umso besser, da sie selbstgemacht und nicht gekauft waren. Beths neues 'Tintenlätzchen' ist großartig; und Hannas Schachtel mit den Lebkuchen werde ich hüten wie meinen Augapfel. Ganz sicher werde ich das schöne Flanellkleid tragen, das du geschickt hast, Mami, und sorgfältig die Stellen in den Büchern lesen, die Vater markiert hat. Ich danke euch allen, tausend und abertausend Dank!

"Wo wir gerade von Büchern sprechen: ich wurde in dieser Hinsicht bereits reich beschenkt, denn am Neujahrstag gab mir Mr. Bär einen schönen Shakespeare. Es ist eine Ausgabe, die er sehr schätzt, und ich habe sie oft bewundert, als sie zusammen mit seiner deutschen Bibel, Platon, Homer und Milton an ihrem Ehrenplatz stand; Ihr könnt euch sicher vorstellen, wie ich mich gefühlt habe, als er sie ohne ihren Schutzumschlag heruntergebracht und mir meinen Namen darin gezeigt hat, 'von deinem Freund Friedrich Bär.'

" 'Du sagst oft, dass du dir eine Bibliothek wünschst. Hier schenke ich dir eine; denn zwischen diesen Klappen (er meinte die Deckel) sind viele Bücher in einem. Lies es gut, und es wird dir viel helfen; denn das Studium der Figuren in diesem Buch wird dir helfen, sie in der Welt zu sehen und mit deinem Stift zu verewigen.'

"Ich dankte ihm vielmals und spreche jetzt über 'meine Bibliothek', als hätte ich hundert Bücher. Ich wusste nie, wie toll Shakespeare ist; aber da hatte ich auch noch keinen Bär, der mir alles erklärte. Ich bin froh, dass euch beiden gefällt, was ich über ihn erzähle, und hoffe, dass ihr ihn eines Tages kennenlernen werdet. Mutter würde sein warmes Herz bewundern, Vater seinen weisen Kopf. Ich bewundere beides und fühle mich geehrt mit meinem neuen 'Freund Friedrich Bär.'

"Da ich nicht viel Geld habe, und nicht wusste, was er mochte, besorgte ich einige kleine Dinge und platzierte sie in seinem Zimmer, wo er sie unverhofft finden würde. Sie waren nützlich, hübsch oder lustig – eine neue Schreibtischgarnitur auf seinem Tisch, eine kleine Vase für seine Blume, – er hat immer eine oder ein wenig Grün in einem Glas, das ihn frisch hält, sagt er,

– und einen Halter für seinen Blasebalg, damit er das nicht verbrennen muss, was Amy 'Mouchoirs' nennt. Ich habe ihn so gemacht, wie Beth es erfunden hat – ein großer Schmetterling mit einem fetten Körper, schwarzen und gelben Flügeln, Fühlern aus Kammgarn und Perlen als Augen. Er war total begeistert davon und stellte ihn als eines seiner liebsten Stücke auf seinen Kaminsims; also doch eher ein Fehlschlag. So arm er auch ist, er hat keinen Diener und kein Kind im Haus vergessen; ebenso hat ihn keine Seele hier vergessen, von der französischen Wäscherin bis zu Miss Norton. Ich war so froh darüber.

"Wir haben eine Maskerade gemacht und so war es eine lustige Silvesternacht. Da ich kein Kleid hatte, wollte ich nicht hinuntergehen; aber in letzter Minute fielen Mrs. Kirke einige alte Brokatkleider ein, und Miss Norton lieh mir etwas Spitze und Federn; also verkleidete ich mich als Mrs. Malaprop und tänzelte unter einer Maske in den Raum. Niemand erkannte mich, denn ich verstellte meine Stimme, und kaum jemand hätte sich erträumt, dass die stille, hochmütige Miss March (die meisten denken, dass ich sehr steif und unterkühlt bin; und den jungen Dachsen gegenüber bin ich das auch) tanzen und sich verkleiden konnte. Ich hatte riesigen Spaß; und als wir unsere Masken abnahmen, war es lustig, wie mich alle anstarrten. Ich hörte, wie einer der jungen Männer zu einem anderen sagte, dass er immer gewusst habe, dass ich Schauspielerin bin; tatsächlich, so dachte er, hatte er mich bereits in einem der kleinen Theater gesehen. Meg wird dieser Witz gefallen. Mr. Bär war Nick Bottom, und Tina war Titania – eine wunderschöne, kleine Fee in seinen Armen. Sie tanzen zu sehen, war eine "ziemliche Wucht", um einen von Teddys Ausdrücken zu verwenden.

"Insgesamt war es ein tolles Neujahrfest; und als ich in meinem Zimmer so darüber nachdachte, hatte ich den Eindruck, als würde ich trotz meiner vielen kleinen Fehlerchen vorankommen; ich bin mittlerweile die ganze Zeit fröhlich, arbeite mit viel Einsatz und interessiere mich mehr für andere Menschen als früher, was ich sehr gut finde. Gott segne euch alle! Eure euch liebende Jo.

XXXIV. EIN FREUND.

Obwohl sie sich in der sie umgebenden Gesellschaft sehr wohl fühlte und mit ihrer täglichen Arbeit, mit der sie ihr Brot verdiente, sehr beschäftigt war, fand Jo immer noch Zeit für ihre Schriftstellerei. Der Zweck, der nun von ihr Besitz ergriffen hatte, war ein sehr natürlicher für ein armes und ehrgeiziges Mädchen; aber die Mittel, die sie zur Erreichung ihrer Ziele einsetzte, waren nicht die besten. Sie sah, dass Geld Macht verlieh: deswegen beschloss sie für sich, Geld und Macht haben zu wollen; nicht für sie allein, sondern für diejenigen, die sie mehr liebte als sich selbst.

Der Traum, das Haus mit allerlei Bequemlichkeiten zu füllen, Beth alles zu geben, was sie wollte, von Erdbeeren im Winter bis zu einer Orgel in ihrem Schlafzimmer, selbst ins Ausland zu gehen und immer mehr als genug zu haben, damit sie sich dem Luxus der Nächstenliebe hingeben konnte, war seit Jahren Jos allergrößtes Luftschloss.

Das Erlebnis mit der preisgekrönten Geschichte schien ihr einen Weg gezeigt zu haben, der nach langen Reisen und vielen Bergaufpassagen zu diesem reizvollen Schloss in Spanien führen könnte. Aber die Katastrophe mit ihrem Roman hatte Jos Mut für eine Weile gekühlt, denn die öffentliche Meinung ist ein Riese, die schon unerschrockenere Helden mit schärferen Schwertern als ihren erschreckt hat. Genau wie es einer dieser Helden getan hätte, ruhte sie sich eine Weile aus nach diesem ersten Versuch, der zu einem Desaster geworden war. Aber der Geist des "Wiederaufstehens und einen neuen Anlauf nehmen" war bei Jo genauso ausgeprägt; also machte sie sich auf, diesmal auf die schattige Seite der Literatur, und ergatterte mehr Beute – hätte aber fast das hinter sich gelassen, was viel kostbarer ist als Säcke voller Geld.

Sie begann, Sensationsgeschichten zu schreiben, denn in diesen dunklen Zeiten las selbst das perfekte Amerika fast nur noch Müll. Sie erzählte es niemandem, sondern erfand eine "spannende Geschichte" und trug sie mutig zu Mr. Dashwood, dem Herausgeber des "Weekly Volcano". Sie hatte "Sartor Resartus" nie selbst gelesen, aber sie hatte diesen gewissen weiblichen Instinkt, dass Kleidung einen stärkeren Einfluss auf viele hat als ein guter Charakter oder ausgezeichnete Manieren. So zog sie ihr bestes Kleid an, versuchte sich selbst einzureden, dass sie weder aufgeregt noch nervös war und stieg tapfer zwei Stockwerke dunkler und schmutziger Treppenstufen hinauf, um sich in einem unordentlichen Raum wiederzufinden, inmitten einer Wolke aus Zigarrenrauch und direkt vor drei Herren, die ihre Füße auf dem Tisch vor sich abgelegt hatten und sich keinerlei Mühe machten, diese bei ihrem Eintreten zu entfernen. Etwas irritiert von diesem Empfang, zögerte Jo an der Schwelle und murmelte etwas verlegen:

"Entschuldigung, ich suche nach dem Büro des 'Weekly Volcano'; ich wollte zu Mr. Dashwood."

Zwei der Füße wurden vom Tisch heruntergehoben, und der am meisten qualmende Gentleman, der seine Zigarre sorgfältig zwischen den Fingern liebkoste und in dessen Gesicht ein ausgeprägtes Schlafbedürfnis stand, trat mit einem leichten Kopfnicken vor. Jo fühlte, dass sie die Sache irgendwie durchstehen musste, holte ihr Manuskript hervor, und wurde mit jedem Satz rot und röter, während Bruchstücke der kleinen Rede, die sie sorgfältig für diesen Anlass vorbereitet hatte, aus ihr heraussprudelten.

"Eine meiner Freundinnen bat mich – eine Geschichte anzubieten – so eine Art Experiment – würde gerne Ihre Meinung hören – würde gerne mehr schreiben, wenn Ihnen das gefällt."

Während Jo errötete und durch ihre Rede stolperte, hatte Mr. Dashwood das Manuskript an sich genommen, blätterte die Seiten mit einem Paar ziemlich schmutziger Finger um und warf kritische Blicke auf die sauber geschriebenen Zeilen.

"Nicht der erste Versuch, nehme ich an?", fragte er. Dashwood hatte bemerkt, dass die Seiten nummeriert, jedes Blatt nur auf einer Seite beschrieben und nicht zusammengebunden waren – alles sichere Zeichen für einen Neuling.

"Nein, Sir, sie hat bereits einige Erfahrung und auch einen Preis für eine Geschichte im 'Blarneystone Banner' erhalten."

"Oh, hat sie das?" Mr. Dashwood warf Jo einen kurzen Blick zu, der alles zu erfassen schien, was sie anhatte, von der Schleife an ihrer Haube bis zu den Knöpfen an ihren Stiefeln. "Nun, Sie können es hierlassen, wenn Sie wollen. Wir haben gerade mehr von diesen Dingern hier, als wir im Moment verarbeiten können; aber ich werde es mir ansehen und Ihnen nächste Woche eine Antwort zukommen lassen."

Jo wollte ihr Werk nicht gerne hergeben, denn Mr. Dashwood gefiel ihr überhaupt nicht; aber unter den gegebenen Umständen blieb ihr nichts übrig, als sich zu verbeugen, wegzugehen und besonders groß und würdevoll auszusehen, wie sie es gerne tat, wenn sie nervös oder verlegen war. In diesem Moment war sie beides; denn aus den vielsagenden Blicken, die sich die Herren zuwarfen, war zu lesen, dass sie ihren kleinen Schwindel von "ihrer Freundin" als guten Witz erachteten; ein Lachen, offensichtlich durch eine unhörbare Bemerkung des Herausgebers hervorgerufen, als er hinter ihr die Tür schloss, vollendete ihr Unbehagen. Fast schon entschlossen, nie wieder zurückzukehren, ging sie nach Hause und baute ihre Verärgerung ab, indem sie wie besessen an einer Schürze nähte; nach ein oder zwei Stunden war sie nicht nur locker genug, um über die Szene zu lachen, sondern schon gespannt auf die nächste Woche.

Als sie in Dashwoods Büro zurückkehrte, war dieser allein, worüber sie sich sehr freute; Mr. Dashwood war viel wacher als beim letzten Termin, was ebenfalls angenehm war; und er war nicht allzu sehr in eine Zigarre vertieft, um sich noch an seine Manieren zu erinnern. So wurde das zweite Gespräch viel netter als das erste.

"Wir nehmen es, (Herausgeber sagen nie 'ich') wenn Sie ein paar Änderungen zustimmen. Es ist zu lang, aber wenn wir die von mir markierten Passagen weglassen, hat es die richtige Länge", sagte er in sachlichem Ton.

Jo erkannte ihr eigenes Manuskript kaum wieder, so zerknittert und unterstrichen waren die Seiten und Absätze; obwohl sie sich wie ein liebevoller Elternteil fühlte, der gebeten wurde, die Beine seines Babys abzuschneiden, damit es in eine neue Wiege passen würde, sah sie sich die markierten Passagen an und war überrascht, als sie feststellte, dass all die moralischen Betrachtungen – die sie sorgfältig als Ballast für zu viel Romantik eingebaut hatte – gestrichen worden waren.

"Aber, Sir, ich dachte, jede Geschichte sollte eine Art Moral haben, also habe ich darauf geachtet, dass ein paar meiner Sünder Buße tun."

Mr. Dashwoods berufsbedingte Ernsthaftigkeit entspannte sich zu einem Lächeln, denn Jo hatte gerade ihre "Freundin" vergessen und gesprochen, wie es nur ein Autor konnte.

"Die Leute wollen unterhalten werden, keine Predigt bekommen, wissen Sie. Moral verkauft sich heutzutage nicht mehr." – was übrigens keine ganz richtige Aussage war.

"Denken Sie, diese Änderungen würden ausreichen?"

"Ja, es ist eine neue Handlung, und ziemlich gut ausgearbeitet – gute Sprache, und so weiter", war Mr. Dashwoods freundliche Antwort.

"Was wollen Sie – also, welche Vergütung –", begann Jo, ohne genau zu wissen, wie sie sich ausdrücken soll.

"Ach ja, nun, wir zahlen fünfundzwanzig bis dreißig Dollar für solche werke. Fällig bei Erscheinen", gab Mr. Dashwood zurück, als ob ihm dieser Punkt entgangen wäre; man sagt, dass dem redaktionellen Hirn solche Kleinigkeiten oft entgehen.

"Sehr gut, es gehört Ihnen", sagte Jo und gab die Geschichte zufrieden zurück, denn nach der "Einen-Dollar-pro-Spalte-Arbeit" schienen sogar fünfundzwanzig eine gute Entlohnung zu sein.

"Soll ich meiner Freundin sagen, dass Sie weitere Werke nehmen werden, wenn sie noch bessere als dieses hat?", fragte Jo, ermutigt von ihrem Erfolg und sich ihres kleinen Versprechers nicht bewusst.

"Nun, wir werden sie uns ansehen; ich kann nicht versprechen, sie zu nehmen. Sagen Sie ihr, in der Kürze liegt die Würze, und sie soll sich nicht um die Moral kümmern. Welchen Namen möchte Ihre Freundin denn gedruckt sehen?", erwiderte Mr. Dashwood achtlos.

"Überhaupt keinen, wenn das in Ordnung ist; sie will nicht, dass ihr Name erscheint, und sie hat auch keinen Künstlernamen", sagte Jo und errötete unwillkürlich.

"Ganz wie sie will, natürlich. Die Geschichte wird nächste Woche erscheinen; wollen Sie das Geld abholen, oder soll ich es schicken?", fragte Mr. Dashwood, der den natürlichen Wunsch verspürte, wissen zu wollen, wer seine neue Mitarbeiterin war.

"Ich werde es abholen. Guten Morgen, Sir."

Als sie ging, legte Mr. Dashwood seine Füße mit der anmutigen Bemerkung auf den Tisch: "Arm und stolz, wie immer, aber sie kann es."

Jo befolgte Mr. Dashwoods Rat, nahm sich Mrs. Northbury zum Vorbild und tauchte übereilt in das schäumende Meer der Sensationsliteratur ab; aber dank des Rettungsringes, der ihr von einem Freund zugeworfen wurde, kam sie auch wieder an die Oberfläche und musste darin nicht untergehen.

Wie die meisten jungen Schreiberlinge suchte sie ihre Charaktere und ihrer Szenerie ins Ausland; Banditen, Grafen, Zigeuner, Nonnen und Herzoginnen erschienen auf ihrer Bühne und spielten ihre Rollen mit so viel Detailschärfe und Esprit, wie man es von Jo erwarten durfte. Ihre Leser kümmerten sich nicht so sehr um Kleinigkeiten wie Grammatik, Interpunktion und Realitätsnähe, und Mr. Dashwood war froh darüber, seine Spalten zu den niedrigsten Marktpreisen füllen zu können, ohne es für nötig zu halten, Jo die wahre Ursache seiner Freundlichkeit zu nennen – nämlich die Tatsache war, dass ihn einer seiner Autoren, der woanders mehr Geld verdienen konnte, schmählich im Stich gelassen hatte.

Bald fand sie echten Gefallen an ihrer Arbeit, denn ihre ständig leere Geldbörse wuchs kräftig, und der kleine Schatz, den sie hortete, um mit Beth im nächsten Sommer in die Berge zu fahren, wuchs langsam, aber sicher, als die Wochen vergingen. Eine Sache störte allerdings ihre Zufriedenheit, nämlich, dass sie zu Hause nicht davon erzählte. Sie hatte das Gefühl, dass es Vater und Mutter nicht gefallen würde, und zog es vor, zuerst ihren Willen durchzusetzen und danach um Verzeihung zu bitten. Es war einfach, ihre Tätigkeit geheim zu halten, denn unter ihren Geschichten tauchte kein Name auf; Mr. Dashwood hatte es natürlich sehr bald herausgefunden, stellte sich aber dumm; und, welch ein Wunder, er hielt sein Wort.

Jo war der Meinung, es würde ihr nicht schaden, denn sie wollte absolut nichts schreiben, wofür sie sich hinter schämen musste, und beruhigte alle Gewissensbisse durch ihre Träumereien von der glücklichen Minute, in der sie ihren Verdienst zeigen und über ihr gut gehütetes Geheimnis lachen konnte.

Aber Mr. Dashwood lehnte alle Geschichten ab, die nicht irgendwie spannend waren; und da sich Nervenkitzel nur erzeugen lässt, indem man die Seelen der Leser quält, mussten Geschichte und Romantik, Land und Meer, Wissenschaft und Kunst, Polizeiberichte und Irrenhäuser zu diesem Zweck durchforstet werden. Jo fand bald heraus, dass ihre bisherige Arglosigkeit ihr nur wenige Einblicke in die tragische Welt geboten hatte, die der Gesellschaft zugrunde liegt; so machte sie sich, wenn man es geschäftlich betrachtete, daran, ihre Mängel mit charakteristischer Energie zu versorgen. Mit der Absicht, gutes Material für ihre Geschichten zu finden und deren Handlungen so originell wie möglich zu machen, wenn nicht sogar meisterhaft in der Ausführung suchte sie in Zeitungen nach Unfällen, Zwischenfällen und Verbrechen; sie erregte den Verdacht der Bibliothekare, als sie nach Werken über Gifte fragte; sie studierte Gesichter auf der Straße und Charaktere, gut, schlecht und desinteressiert, alles, was um sie herum unterwegs war; sie forschte im Staub der Antike nach Fakten oder Fiktionen, die so alt waren, dass man sie gleichzeitig als brandneu verkaufen konnte, und befasste sich mit Torheit, Sünde und Elend, soweit ihr dies ihre begrenzten Möglichkeiten erlaubten. Sie dachte, dass es ihr gut ging; aber unbewusst begann sie, einige der weiblichsten Attribute des Charakters einer Frau zu entweihen. Sie lebte in schlechter Gesellschaft; und, so imaginär diese auch war, sie geriet mehr und mehr unter ihren Einfluss, denn sie fütterte ihr Herz und ihre Lust mit gefährlicher und gehaltloser Nahrung und fegte gleichzeitig durch diese vorzeitige Bekanntschaft mit der dunklen Seite des Lebens, der wir uns alle früh genug stellen müssen, die Unschuld aus ihrem Charakter.

Sie begann, dies zu fühlen, anstatt es zu sehen, denn die viele Beschreibungen der Leidenschaften und Gefühle anderer Menschen brachten sie dazu, über ihre eigenen nachzudenken und zu spekulieren – ein morbides Vergnügen, dem gesunde, junge Menschen nicht freiwillig frönen sollten. Unrecht lässt immer eine Strafe folgen; und als Jo ihre am meisten brauchte, bekam sie sie.

Ich weiß nicht, ob ihr das Studium Shakespeares geholfen hat, Charaktere zu lesen, oder ob ihr eher der natürliche Instinkt einer Frau aufzeigte, was ehrlich, mutig und stark war; aber während Jo ihre imaginären Helden mit jeder Perfektion unter der Sonne ausstattete, entdeckte sie einen lebenden

Helden, der sie trotz vieler menschlicher Unvollkommenheiten interessierte. Mr. Bär hatte ihr in einem ihrer Gespräche geraten, einfache, echte und schöne Charaktere zu studieren, wo immer sie sie fand. Er meinte, das sei eine gute Ausbildung für einen Schriftsteller. Jo nahm ihn beim Wort, denn sie drehte sich kühl um und studierte ihn – hätte er diese Vorgehensweise bemerkt, wäre er sehr überrascht gewesen, denn der würdige Professor sah sich selbst sehr bescheiden.

Jo fragte sich zunächst, warum ihn alle mochten. Er war weder reich noch wichtig, weder jung noch gutaussehend; in keiner Weise das, was man als faszinierend, imposant oder brillant bezeichnen konnte; und doch war er so attraktiv wie ein wohltuendes Feuer, und die Menschen schienen sich um ihn zu versammeln, so natürlich wie um einen warmen Kamin. Er war arm, schien aber immer etwas zu verschenken zu haben; ein Fremder, doch jeder war sein Freund; nicht mehr jung, aber so fröhlich wie ein Junge; schlicht und eigenartig, und doch war sein Gesicht für viele schön, und seine Merkwürdigkeiten wurden ihm um seinetwillen vergeben. Jo beobachtete ihn oft, versuchte, den Zauber zu entdecken, und kam irgendwann zu dem Schluss, dass es die Güte war, die das Wunder vollbrachte. Wenn ihn Trauer überkam, "versteckte er diese wie Vögel ihren Kopf unter seine Fittiche", und zeigte der Welt nur seine Sonnenseite. Es gab Falten auf seiner Stirn, aber die Zeit war freundlich mit ihm umgegangen und hatte sich wohl daran erinnert, wie freundlich er zu anderen war. Die angenehmen Kurven um seinen Mund herum waren die Abbilder vieler freundlicher Worte und fröhlichen Lachens; seine Augen waren nie kalt oder hart, und seine große Hand hatte einen warmen, starken Griff, der viel mehr sagte als Worte.

Seine Kleidung schien von der Gastfreundlichkeit ihres Trägers zu profitieren. Sie sah aus, als ob sie sich an ihm wohlfühlte und es ihm gerne bequem machte; seine geräumige Weste war ein Zeichen für ein großes Herz darunter; sein befleckter Mantel wirkte gesellig, und die bauschigen Taschen bewiesen eindeutig, dass kleine Hände oft leer hineingriffen und voll wieder herauskamen; schon allein seine Stiefel waren wohlwollend, und seine Krägen nie steif und rau wie die anderer Leute.

"Das ist es", sagte Jo zu sich selbst, als sie schließlich entdeckt hatte, dass echtes Wohlwollen gegenüber seinen Mitmenschen sogar einen kräftigen Deutschlehrer, der sein Abendessen hineinschaufelte, seine eigenen Socken stopfte und den vielsagenden Namen "Bär" tragen musste, verschönern und ehren konnte.

Jo schätzte Güte sehr, aber sie besaß auch einen höchst weiblichen Respekt vor dem Intellekt, und eine kleine Entdeckung über den Professor trug viel zu ihrer Achtung vor ihm bei. Er sprach nie von sich selbst, und niemand wusste jemals, dass er in seiner Heimatstadt ein Mann gewesen war, der für seine Gelehrtheit und seine Rechtschaffenheit sehr geehrt und geschätzt wurde, bis ihn ein Landsmann besuchte und in einem Gespräch mit Miss Norton diese erfreuliche Tatsache preisgab. Von ihr hat Jo es schließlich erfahren und die Geschichte gefiel ihr umso besser, da Mr. Bär sie ihr nie erzählt hatte. Sie war stolz darauf zu wissen, dass er wohl ein verehrter Professor in Berlin war, aber mit der amerikanischen Sprache seine liebe Not hatte; und sein häusliches, fleißiges Leben wurde durch die Würze der Romantik, die ihm diese Entdeckung verlieh, ausgeschmückt.

Eine andere und noch bessere Gabe als Intelligenz wurde ihr auf höchst unerwartete Weise aufgezeigt. Miss Norton hatte Zugang zu den literarischen Kreisen, die für Jo ohne sie unerreichbar geblieben wären. Die einsame Frau interessierte sich für das ehrgeizige Mädchen und gewährte Jo und dem Professor freundlicherweise viele solcher Gefälligkeiten. Eines Abends nahm sie die beiden mit zu einer erlesenen Tagung, die zu Ehren mehrerer Prominenter stattfand.

Jo bereitete sich darauf vor, sich vor den Mächtigen, die sie mit ihrem jugendlichen Enthusiasmus jahrelang angehimmelt hatte, zu verbeugen und sie anzuhimmeln. Aber ihre Ehrfurcht vor der Genialität erhielt in dieser Nacht einen schweren Schlag, und es dauerte einige Zeit, bis sie sich von ihrer Entdeckung, dass diese großartigen Geschöpfe auch nur Männer und Frauen waren, erholt hatte. Man stelle sich ihre Bestürzung vor, als sie einen schüchternen Blick auf den Dichter warf, dessen Zeilen ein ätherisches Wesen suggerierten, das von "Geist, Feuer und Tau" gespeist wurde, um zu sehen, wie er sein Abendessen mit einer Leidenschaft verschlang, die im krassen Gegensatz zu seinem intellektuellen Antlitz stand. Als sie sich von diesem gefallenen Götzen abwandte, machte sie andere Entdeckungen, die ihre romantischen Illusionen gänzlich zerstreuten. Der große Romanautor schwirrte mit der Regelmäßigkeit eines Pendels zwischen zwei Wein-Dekantern hin und her; der berühmte Göttliche flirtete offen mit einer der damaligen Madame de Staëls, die einer anderen Corinne, die sie liebevoll verspottete, Dolche aus den Augen zuwarf, nachdem diese sie in dem Bemühen, den eloquenten Philosophen, der den Tee in Johnson-Manier trank und fast einzuschlafen schien, für sich einzunehmen, ausmanövriert hatte. Die prominenten Wissenschaftler vergaßen ihre Weichtiere und Eiszeiten und klatschten über Kunst, während sie sich mit charakteristischer Energie Austern und Eis widmeten; der junge Musiker, der die Stadt wie ein zweiter Orpheus bezauberte, sprach über Pferde; und der Vertreter des anwesenden britischen Adels war zufällig der ordinärste Mann der Gesellschaft.

Bevor der Abend halb vorbei war, fühlte sich Jo so völlig *désillusionée*, dass sie sich in eine Ecke setzte, um sich zu erholen. Mr. Bär, der sich offensichtlich überhaupt nicht wohlfühlte, schloss sich ihr bald an, und kurz darauf kamen mehrere der Philosophen, jeder auf sein eigenes Hobby spezialisiert, zu einem intellektuellen Meinungsaustausch in ihre Nische. Das Gespräch ging weit über Jos Verständnis hinaus, aber sie genoss es, obwohl Kant und Hegel für sie unbekannte Götter und Subjektive und Objektive unverständlichen Begriffe waren; das Einzige, was sich "aus ihrem inneren Bewusstsein entwickelte", waren starke Kopfschmerzen, nachdem alles vorbei war. Es dämmerte ihr allmählich, dass die Welt gerade in Stücke gerissen und neu zusammengesetzt wurde, und, wenn man den Worten der Redner glaubte, aufgrund unendlich besserer Prinzipien als zuvor; dass Religion auf bestem Wege war, zerpflückt zu werden, und Verstand der einzige Gott sein sollte. Jo wusste nichts von Philosophie oder Metaphysik jeglicher Art, aber eine seltsame Aufregung, halb vergnüglich, halb schmerzhaft, kam über sie, als sie mit dem Gefühl zuhörte, wie ein kleiner Ballon im Urlaub durch Zeit und Raum getrieben zu werden.

Sie sah sich um, um herauszufinden, wie es dem Professor gefiel, und dieser sah sie mit dem grimmigsten Gesichtsausdruck an, den sie je bei ihm gesehen hatte. Er schüttelte den Kopf und gab ihr Zeichen, dass sie gehen sollten; aber Jo war gerade fasziniert von der Freiheit der spekulativen Philosophie und blieb sitzen, um herauszufinden, worauf sich die weisen Herren verlassen wollten, nachdem sie alle alten Überzeugungen über Bord gekippt hatten.

Nun muss man wissen, dass Mr. Bär ein zurückhaltender Mann war, und seine eigenen Meinungen nicht immer gerne darlegte – nicht weil sie nicht belegbar waren, sondern zu seriös und aufrichtig, um im Vorbeigehen darüber zu reden. Als er von Jo zu mehreren anderen jungen Menschen blickte, die ebenfalls von der Brillanz der philosophischen Pyrotechnik angezogen wurden, kniff er seine Augenbrauen zusammen und wünschte sich mitzureden. Er hatte einfach Angst, dass sich eine leicht entflammbare junge Seele von diesen Raketen in die Irre führen lassen würde, nur um nach der Vorstellung festzustellen, dass sie nur noch den leeren Stock hielt oder eine verbrannte Hand hatte.

Er ertrug es so lange er konnte; aber als er schließlich um seine Meinung gebeten wurde, entflammte er selbst in aufrichtiger Empörung auf und verteidigte die Religion mit all der Wortgewalt der Wahrheit – eine Wortgewalt, die seinem gebrochenen Englisch Musikalität und seinem einfachen Gesicht Schönheit verlieh. Er hatte keinen leichten Stand, denn die weisen Männer argumentierten gut; er bemerkte nicht, wenn er geschlagen war, und verteidigte seine Meinung bis zuletzt. Während er sprach, fand Jo irgendwie wieder in ihre eigene Welt; der alte Glaube, der schon so lange Bestand hatte, schien doch besser zu sein als der neue; Gott war keine blinde Macht, und Unsterblichkeit war keine schöne Fabel, sondern eine gottgewollte Tatsache. Sie fühlte sich, als hätte sie wieder festen Boden unter ihren Füßen; und als Mr. Bär innehielt, überredet, aber mitnichten überzeugt, wollte Jo in ihre Hände klatschen und ihm danken.

Sie tat weder das Eine noch das Andere; aber sie erinnerte sich an diese Szene und zollte dem Professor ihren tiefsten Respekt, denn sie wusste, dass es ihn viel Anstrengung kostete, sich hin und wieder zu äußern, weil sein Gewissen ihn nicht schweigen ließ. Sie erkannte langsam, dass Charakter ein besserer Besitz war als Geld, Rang, Intellekt oder Schönheit; und sie spürte, dass ihr Freund Friedrich Bär nicht nur gut, sondern großartig war, wenn Größe das war, was ein weiser Mensch als "Wahrheit, Ehrfurcht und guten Willen" definiert hat.

Diese Überzeugung wurde täglich größer. Sie schätzte sein Ansehen, sie begehrte seinen Respekt, sie wollte seiner Freundschaft würdig sein; und in dem Moment, als dieser Wunsch am größten war, hätte sie fast alles verloren. Und der Grund dafür war ein einfacher Dreispitz, denn eines Abends kam der Professor zu ihr, um Jo Unterricht zu erteilen, und trug eine Soldatenkappe aus Papier auf dem Kopf, die ihm Tina aufgesetzt und die er vergessen hatte.

"Offensichtlich sieht er nicht in den Spiegel, bevor er herunterkommt", dachte Jo lächelnd, als er "Guten Abend" sagte, und sich ernst hinsetzte. Bär war sich des lächerlichen Gegensatzes zwischen "Wallensteins Tod", den er ihr vorlesen wollte, und seiner Kopfbedeckung nicht bewusst.

Sie sagte anfangs nichts, denn es gefiel ihr, wenn sein großes, herzliches Lachen ausbrach, wenn etwas Lustiges geschah; also überließ sie es ihm, das Malheur zu entdecken, und vergaß es für den Moment – denn einem Deutschen beim Lesen von Schiller zuzuhören, ist eine ziemlich anstrengende Beschäftigung. Auf das Lesen folgte der Unterricht, der zur Abwechslung äußerst lebhaft war, denn Jo hatte an diesem Abend allerbeste Laune und ihre Augen sprühten vor Freude über die außergewöhnliche Kopfbedeckung. Der Professor wusste nicht, was er von Jo halten sollte, und hielt schließlich inne, um mit einem Anflug leichter und unwiderstehlicher Überraschung zu fragen:

"Mees Marsch, warum grinst du deinem Lehrer ins Gesicht? Hast du keinen Respekt vor mir, dass du dich so schlecht benimmst?"

"Wie kann ich respektvoll sein, Sir, wenn Sie vergessen, den Hut abzunehmen?", antwortete Jo.

Der zerstreute Professor führte seine Hand an den Kopf, fühlte und entfernte schließlich den kleinen Dreispitz. Nachdem er ihn eine Minute lang angesehen hatte, warf er seinen Kopf zurück und lachte wie eine fröhliche Bassgambe.

"Ah! Jetzt verstehe ich; dieser Wichtel Tina machte mich mit dieser Mütze zum Narren. Nun, das macht nichts; aber weißt du, wenn dieser Unterricht nichts bringt, wirst du sie tragen müssen."

Aber der Unterricht ging erstmal überhaupt nicht weiter, denn Herr Bär fand ein Bild auf dem Hut, entfaltete es und sagte sichtlich angeekelt:

"Ich wünschte, diese Zeitungen würden gar nicht erst ins Haus kommen; Kinder dürfen sie nicht sehen und Jugendliche sollten sie nicht lesen. Sie sind nicht gut, und ich habe kein Verständnis für die, die diesen Schaden anrichten."

Jo blickte auf das Blatt und sah eine ansprechende Illustration, die aus einem Irren, einer Leiche, einem Bösewicht und einer Viper bestand. Sie gefiel ihr nicht; aber der Impuls, der sie dazu brachte, sie umzudrehen, war nicht Unmut, sondern Angst, denn für eine Minute glaubte sie, dass die Zeitung der "Volcano" sei. Dem war aber nicht so, und ihre Panik ließ nach, als sie sich daran erinnerte, dass man keinen Namen gefunden hätte, der sie verraten konnte, selbst wenn es besagte Zeitung und eine ihrer eigenen Geschichten gewesen wäre. Sie hatte sich jedoch durch ihren Blick und die frische Röte im Gesicht verraten; denn obwohl der Professor oft geistesabwesend war, sah er viel mehr, als die Menschen glaubten. Er wusste, dass Jo schrieb und hatte sie mehr als einmal in Zeitungsbüros getroffen; aber da sie nie davon sprach, stellte er auch keine Fragen, trotz des starken Wunsches, ihre Arbeiten zu sehen. Nun kam ihm in den Sinn, dass sie etwas tat, wofür sie sich schämte, und dies bereitete ihm Sorgen. Er sagte nicht zu sich selbst: "Das geht mich nichts an; ich habe kein Recht, etwas zu sagen", wie es viele Menschen getan hätten; er erinnerte sich daran, dass sie jung und arm war, ein Mädchen weit weg von der Liebe der Mutter und der Fürsorge des Vaters; und er war kurz davor, ihr aus einem Impuls heraus zu helfen, der so schnell und natürlich war wie der, der ihn veranlassen würde, seine Hand auszustrecken, um ein Kleinkind vor einer Pfütze zu retten. All dies schoss ihm in einer Minute durch den Kopf, aber nicht eine Spur davon erschien ihm im Gesicht; und als die Zeitung umgedreht, Jo die Nadel eingefädelt und ihre Fassung wiederhergestellt hatte, sagte Mr. Bär ganz gelassen, aber sehr ernst:

"Ja, du tust gut daran, die Zeitung umzudrehen. Ich glaube nicht, dass liebe, junge Mädchen solche Dinge sehen sollten. Sie sind schön aufgemacht, aber lieber würde ich meinen Jungs Schießpulver zum Spielen geben als diesen üblen Müll."

"Nicht alles muss schlecht sein – nur albern, wissen Sie; und wenn es eine Nachfrage gibt, sehe ich keinen Schaden darin, sie zu befriedigen. Viele sehr respektable Menschen leben von so genannten Sensationsgeschichten", sagte

Jo und nahm ihre Raffung so energisch auf, dass ihre Nadel einige Löcher produzierte.

"Es gibt auch eine Nachfrage nach Whiskey, aber ich glaube, wir beide würden ihn dennoch nicht verkaufen. Wenn die respektablen Menschen wüssten, was sie anrichten, würden sie nicht das Gefühl haben, dass ihr Leben ehrlich ist. Sie haben kein Recht, Gift in die süßen Pflaumen zu träufeln, und sie die Kleinen essen zu lassen. Nein, sie sollten vorher ein wenig nachdenken und lieber die Straße kehren, bevor sie so etwas tun."

Mr. Bär sprach herzlich, ging zum Feuer und zerknitterte das Papier in seinen Händen. Jo saß ruhig da und sah aus, als wäre das Feuer zu ihr gekommen; denn ihre Wangen brannten noch lange, nachdem der Dreispitz in Rauch aufgegangen und harmlos im Schornstein verschwunden war.

"Ich hätte gute Lust, den ganzen Rest hinterher zu schicken", murmelte der Professor und kam erleichtert zu Jo zurück.

Jo dachte daran, was für eine Flamme ihr Papierstapel oben erzeugen würde, und ihr hart verdientes Geld lastete in dieser Minute ziemlich schwer auf ihrem Gewissen. Aber dann dachte sie tröstlich für sich: "Meine sind nicht so; sie sind nur albern, nie schlecht, also muss ich mir keine Sorgen machen." Damit nahm sie ihr Buch auf und sagte mit lernbegierigem Gesicht:-

"Sollen wir weitermachen, Sir? Ich werde jetzt sehr gut und ordentlich mitarbeiten."

"Ich hoffe es", war alles, was Bär sagte, aber er dachte wohl an etwas ganz anderes, und der ernste, aber wohlwollende Blick, den er ihr zuwarf, vermittelte ihr ein Gefühl, als ob die Worte "Weekly Volcano" in großer Schrift auf ihre Stirn gedruckt worden wären.

Sobald sie in ihr Zimmer gegangen war, holte sie ihre Werke heraus und las jede ihrer Geschichten sorgfältig von vorne bis hinten. Da Mr. Bär ein wenig kurzsichtig war, benutzte er manchmal eine Brille, die Jo auch einmal ausprobiert hatte und lächelte, als sie sah, wie sich das Kleingedruckte ihres Buches vergrößerte; auch jetzt schien sie die moralische Brille des Professors aufzuhaben, denn die Macken in diesen armseligen Geschichten traten ihr grausam vor Augen und erfüllten sie mit Entsetzen.

"Sie sind wirklich Müll und werden bald noch schlimmer werden, wenn ich so weitermache; jede einzelne ist sensationeller aufgemacht als die vorhergehende. Ich habe einfach blind weitergemacht, habe mich und andere Menschen um des Geldes willen verletzt; ich weiß, dass es so ist, denn ich kann dieses Zeug nicht wirklich ernsthaft lesen, ohne mich schrecklich dafür zu schämen; und was soll ich tun, wenn sie es zu Hause bemerken oder Mr. Bär sie in die Finger bekommt?"

Schon bei der Vorstellung wurde Jo heiß und kalt. Schnell stopfte das ganze Bündel in ihren Ofen und setzte mit dem Feuer fast den Schornstein in Brand.

"Ja, das ist der beste Ort für leicht brennbaren Unsinn; lieber würde ich das Haus niederbrennen, schätze ich, als dass sich andere Leute durch mein Schießpulver in die Luft jagen", dachte Jo, als sie zusah, wie der "Dämon des Juras" in den Flammen zu ein wenig schwarzer Schlacke mit feurigen Augen wurde.

Als von ihrer Arbeit von drei Monaten nichts außer einem Haufen Asche und dem Geld auf ihrem Schoß übrig war, saß Jo ernüchtert auf dem Boden und fragte sich, was sie mit ihrem Lohn anfangen sollte.

"Ich glaube, ich habe noch nicht allzu viel Schaden angerichtet und darf das behalten, um mich für meine Zeit zu entschädigen", sagte sie nach reiflicher Überlegung und fügte ungeduldig hinzu: "Ich wünschte fast, ich hätte kein Gewissen – es ist so unangenehm. Wenn es mir egal wäre, das Richtige zu tun, und ich mich nicht unwohl fühlte, wenn ich etwas falsch gemacht habe, würde es mir prächtig gehen. Manchmal wünsche ich mir wirklich, dass Vater und Mutter bei solchen Dingen nicht so eigen gewesen wären."

Ach, Jo, anstatt dir das zu wünschen, solltest du lieber Gott dafür danken, dass "Vater und Mutter eigen waren", und von Herzen diejenigen bedauern, die keine solchen Wächter haben, die ihnen Prinzipien beibringen, die für ungeduldige Jugendliche wie Gefängnismauern erscheinen mögen, aber sichere Fundamente für die Entwicklung des Charakters einer Frau sein werden.

Jo schrieb keine Sensationsgeschichten mehr und entschied, dass Geld ihren Teil daran nicht aufwiegen würde; aber, wie es Menschen dieser Ausprägung gerne tun, verfiel sie sofort ins andere Extrem und besuchte einen Kurs über Mrs. Sherwood, Miss Edgeworth und Hannah More; danach schrieb sie eine Geschichte, die man besser als Aufsatz oder Predigt bezeichnen konnte, so ausgesprochen moralisch war sie. Sie hatte von Anfang an ihre Zweifel daran; denn ihre lebhafte, ausgefallene und mädchenhafte Romanze fühlte sich stilistisch so schwerfällig an, als ob sie sich in einem der steifen und sperrigen Kostüme des letzten Jahrhunderts verkleidet hätte. Sie schickte dieses lehrhafte Juwel an mehrere Abnehmer, aber es fand keinen Käufer; und sie kam mehr und mehr zu Mr. Dashwoods Meinung, dass sich Moral nicht verkaufen ließ.

Dann versuchte sie sich an einer Kindergeschichte, die sie gerne sofort entsorgt hätte, wenn sie nicht geldgierig genug gewesen wäre, um damit schmutzige Gewinne zu erzielen. Die einzige Person, die genug Geld bot, damit es sich für sie lohnte, Jugendliteratur auszuprobieren, war ein würdiger Gentleman, der es für seine Mission hielt, die ganze Welt zu seinem besonderen Glauben zu bekehren. Aber obwohl sie gerne für Kinder schrieb, konnte Jo nicht einfach alle ihre bösen Jungs so darstellen, dass sie von Bären gefressen oder von wütenden Bullen geworfen wurden, nur weil sie nicht in eine bestimmte Sabbatschule gegangen waren; noch alle guten Kinder, die früh sterben mussten, als würden diese von jeder möglichen Art von Glückseligkeit belohnt, von vergoldeten Lebkuchen bis zu sie begleitenden Engeln, wenn sie dieses Leben mit Psalmen oder Bibelzeilen auf ihren Zungen verließen. So wurde also nichts aus diesen Versuchen; Jo verkorkte ihr Tintenfass und sagte in einem Anfall von sehr heilsamer Demut:

"Ich weiß nichts mehr; ich werde warten, bis mir wieder irgendetwas einfällt, bevor ich es noch einmal versuche, und in der Zwischenzeit 'die Straße kehren', wenn ich es nicht besser kann; das ist wenigstens ehrlich." Diese Entscheidung bewies, dass ihr der Sturz aus dem literarischen Himmel zumindest ein bisschen gutgetan hatte.

Während in ihr drin diese Revolutionen abliefen, war ihr Leben nach außen hin so geschäftig und ereignislos wie sonst; und wenn sie manchmal ernst oder ein wenig traurig aussah, bemerkte es niemand außer Professor Bär. Er tat dies so still, dass es Jo nie auffiel, dass er sie beobachtete, um herauszufinden, ob sie seinen Vorwurf annehmen und davon profitieren würde; aber sie bestand den Test und er war zufrieden; denn obwohl sie nie darüber sprachen, wusste er, dass sie das Schreiben aufgegeben hatte. Er merkte es nicht nur daran, dass der Zeigefinger ihrer rechten Hand nicht mehr voller Tinte war, sie verbrachte auch ihre Abende jetzt unten, wurde nicht mehr in Zeitungsbüros gesehen und lernte mit einer Hartnäckigkeit und Geduld, die ihn davon überzeugte, dass sie entschlossen war, ihren Geist mit etwas Nützlichem, wenn nicht sogar Angenehmem zu beschäftigen.

Er half ihr in vielerlei Hinsicht, bewies sich als wahrer Freund, und Jo war glücklich; denn während ihr Stift untätig herumlag, lernte sie neben Deutsch auch andere Lektionen und legte damit den Grundstein für die Sensationsgeschichte ihres eigenen Lebens.

Es war ein angenehmer und ein langer Winter, und sie verließ Mrs. Kirke erst im Juni. Als die Zeit kam, schien dies jeder zu bedauern; die Kinder waren untröstlich, und Mr. Bärs Haare standen in alle Himmelsrichtungen, denn er raufe sie immer wie wild, wenn er berührt war.

"Geht es nach Hause? Ah, du kannst froh sein, dass du ein Zuhause hast, zu dem du zurückkannst", sagte er, als sie es ihm sagte. Er saß ruhig in einer Ecke und zupfte an seinem Bart, während sie am letzten Abend ihre Tränen in Schach hielt.

Sie ging früh am nächsten Morgen und verabschiedete sich am Vorabend; als Mr. Bär an die Reihe kam, sagte sie herzlich:

"Nun, Sir, Sie werden nicht vergessen, uns zu besuchen, wenn Sie jemals des Weges kommen, oder? Ich würde es Ihnen nie verzeihen, denn ich möchte, dass alle meinen Freund kennenlernen."

"Möchtest du das? Soll ich kommen?", fragte er und sah sie mit einem sehnlichen Gesichtsausdruck an, den sie nicht bemerkte.

"Ja, kommen Sie nächsten Monat; Laurie macht da seinen Abschluss, und Sie würden in den Genuss einer akademischen Feier kommen."

"Das ist dein bester Freund, von dem du gerade sprichst?", sagte er in verändertem Tonfall.

"Ja, mein Junge Teddy; ich bin sehr stolz auf ihn und möchte, dass Sie ihn kennenlernen."

Jo blickte auf zu ihm, ganz beseelt von ihrem eigenen Vergnügen und der Hoffnung, sie sich gegenseitig vorstellen zu können. Etwas in Mr. Bärs Gesicht erinnerte sie plötzlich daran, dass sie in Laurie vielleicht doch mehr sah als einen "besten Freund", und genau weil sie gerade nicht so aussehen wollte, als wäre etwas nicht in Ordnung, fing sie unwillkürlich an zu erröten; und je mehr sie versuchte, dies zu verheimlichen, desto röter wurde sie. Wenn Tina nicht auf ihrem Knie gesessen hätte, wüsste sie nicht, was aus ihr geworden wäre. Glücklicherweise war das Kind gerade dabei, sie zu umarmen; so gelang es ihr, ihr Gesicht einen Moment lang zu verstecken, in der Hoffnung, dass der Professor es nicht sehen würde. Aber er tat es dennoch, und sein eigener Gesichtsausdruck änderte sich wieder von dieser momentanen Besorgnis zu seinem sonst üblichen Ausdruck, als er herzlich sagte:

"Ich fürchte, ich werde dafür keine Zeit haben, aber ich wünsche deinem Freund viel Erfolg und euch beiden alles Glück. Gott segne dich." Damit schüttelte er ihr herzlich die Hände, nahm Tina auf seine Schulter und ging davon.

Aber nachdem die Jungs im Bett waren, saß er noch lange vor seinem Feuer. In seinem Blick lag Trauer und auf seinem Herzen lastete schweres Heimweh. Einmal, als er sich an Jo erinnerte, wie sie mit dem kleinen Kind auf dem Schoß dagesessen hatte und diese neue Sanftheit in ihrem Gesicht stand, legte er seinen Kopf eine Minute lang in seine Hände und wanderte ziellos durch den Raum, als ob er nach etwas suchen würde, das er nicht finden konnte.

"Ich bin noch nicht dran; ich darf jetzt nicht hoffen", sagte er zu sich selbst und ließ einen Seufzer, der fast ein Stöhnen war; dann ging er los, als ob er sich Vorwürfe machte für die Sehnsucht, die er nicht unterdrücken konnte, küsste die beiden Wuschelköpfe auf den Kissen, nahm seine selten benutzte Meerschaumpfeife vom Sims und öffnete seinen Platon.

Er tat sein Bestes und tat es männlich; aber ich glaube nicht, dass ihm ein Paar wilder Jungs, eine Pfeife oder der göttliche Platon, ein zufriedenstellender Ersatz für Frau, Kind und Zuhause gewesen waren.

Obwohl es sehr früh war, erschien er am nächsten Morgen am Bahnhof, um Jo zu verabschieden; und dank ihm begann sie ihre einsame Reise mit der angenehmen Erinnerung an ein vertrautes Gesicht, das beim Abschied lächelte, einem Haufen Veilchen, die ihr Gesellschaft leisteten, und vor allem den glücklichen Gedanken:-

"Nun, der Winter ist vorbei; ich habe keine Bücher geschrieben, kein Vermögen verdient; aber ich habe einen Freund gefunden, der es wirklich wert ist, so genannt zu werden, und ich werde versuchen, ihn mein ganzes Leben lang zu behalten."

XXXV. HERZSCHMERZ

Was auch immer sein Motiv gewesen sein mag, Laurie lernte wie ein Besessener in diesem Jahr und schloss mit Auszeichnung ab; seine Freunde sagten, dass er seine lateinische Rede mit der Anmut eines Phillips und der Wortgewandtheit eines Demosthenes hielt. Und alle waren da, sein Großvater – ach, wie stolz! – , Mr. und Mrs. March, John und Meg, Jo und Beth, und alle jubelten ihm mit der aufrichtigen Bewunderung zu, die Jungs an diesem Tag gerne herunterspielen, aber hinterher oft nie wieder bekommen.

"Ich muss für dieses verdammte Abendessen bleiben, aber ich komme morgen früh nach Hause; ihr werdet mich doch wie immer besuchen, Mädchen?", sagte Laurie, als er die Schwestern in die Kutsche setzte, nachdem die Freuden des Tages vorbei waren. Er sagte "Mädchen", aber er meinte Jo, denn sie war die Einzige, die den alten Brauch beibehalten hatte; sie hatte nicht das Herz, ihrem prächtigen, erfolgreichen Jungen irgendetwas zu verweigern, und antwortete herzlich:

"Ich komme, Teddy, bei Regen oder Sonnenschein, marschiere vor dir her und spiele 'Heil dem siegreichen Helden, der da kommt' auf einer Maultrommel."

Laurie dankte ihr mit einem Blick, der sie mit plötzlicher Panik erfüllte und zum Nachdenken brachte: "Oh, mein Gott! Ich weiß, dass er etwas sagen wird, was soll ich dann nur tun?"

Das abendliche Gebet und die morgendliche Arbeit linderten ihre Ängste etwas, und nachdem sie beschlossen hatte, dass sie nicht so eitel sein und denken sollte, dass er gleich um ihre Hand anhalten würde, wo sie ihm doch allen Grund gegeben hatte, ihre Antwort zu erahnen, machte sie sich zur vereinbarten Zeit auf den Weg und hoffte, dass Teddy nichts tun würde, woraufhin sie seine armen, kleinen Gefühle verletzen musste. Ein Besuch bei Meg und ein bisschen Spielen mit Daisy und Demijohn stärkten sie weiter für das bevorstehende Tête-à-tête, aber als sie dann eine mächtige Gestalt in der Ferne auftauchen sah, bekam sie den starken Wunsch, sich umzudrehen und wegzulaufen.

"Wo ist die Maultrommel, Jo?", rief Laurie, sobald er in Rufweite war.

"Ich habe sie vergessen", rief Jo zurück, die wieder Mut fasste, da diese Begrüßung überhaupt nicht wie die Eröffnung einer Liebeserklärung klang.

Sie nahm bei solchen Gelegenheiten immer seinen Arm, nur heute nicht – und er beschwerte sich nicht mal darüber, was ein schlechtes Zeichen war, sondern sprach hastig über alle möglichen abstrusen Themen, bis sie von der

Straße in den kleinen Pfad abbogen, der nach Hause durch den Hain führte. Dann ging er langsamer, verlor plötzlich seinen feinen Sprachfluss, und ab und zu kam es sogar zu einer grässlichen Pause. Um das Gespräch aus einem der stillen Brunnen zu retten, in die es immer wieder zu fallen schien, sagte Jo hastig:

"Jetzt wirst du sicher einen schönen, langen Urlaub machen!"

"Das habe ich vor."

Etwas in diesem entschlossenen Ton ließ Jo aufblicken; und da sah sie ihn, wie er sie mit einem Ausdruck anblickte, der ihr anzeigte, dass der gefürchtete Moment gekommen war, und sie dazu brachte, ihre Hand zu erheben und zu flehen:

"Nein, Teddy, bitte nicht!"

"Doch, und du musst mich anhören. Es hat keinen Sinn, Jo; es muss irgendwann raus, und je früher, desto besser für uns beide", antwortete er und errötete vor Erregung.

"Dann sag, was du willst; ich höre dir zu", sagte Jo verzweifelt, aber geduldig.

Laurie war ein junger Galan, aber er meinte es ernst und wollte es "raushaben", selbst wenn er beim Versuch sterben würde; also stürzte er sich mit seiner charakteristischen Impulsivität in das Thema und sagte mit einer Stimme, die trotz mannhafter Bemühungen, sie ruhig zu halten, hin und wieder erstickte:

"Ich liebe dich, seit ich dich kenne, Jo; ich kann nichts dafür, du warst immer so gut zu mir. Ich habe versucht, es zu zeigen, aber du wolltest es nicht; jetzt wirst du mir zuhören und mir eine Antwort geben, denn so kann es nicht länger weitergehen."

"Ich wollte dir das ersparen; ich dachte, du würdest verstehen –", begann Jo, der das Ganze viel schwieriger fiel, als sie erwartet hatte.

"Das weiß ich; aber Mädchen sind manchmal so merkwürdig, dass man nie weiß, was sie wirklich meinen. Sie sagen 'Nein', wenn sie 'Ja' meinen, und treiben einen Mann nur so aus Spaß zum Wahnsinn", erwiderte Laurie und verschanzte sich so hinter dieser für ihn unbestreitbaren Tatsache.

"Das tue ich nicht. Ich wollte nie, dass du dich so für mich interessierst, und ich ging weg, um dich möglichst davon abzubringen."

"Das dachte ich mir; das sah dir ähnlich, aber es nutzte nichts. Ich liebte dich nur noch mehr, und ich arbeitete hart an mir, um dir zu gefallen, gab Billard und alles andere, was du nicht mochtest, auf und wartete und beschwerte mich nie, denn ich hoffte, du würdest mich auch lieben, obwohl ich sicher nicht gut genug bin – ." Hier versagte ihm die Stimme so, dass er sie nicht mehr kontrollieren konnte, und er enthauptete erstmal einige Butterblumen, während er seine "verdammte Kehle" räusperte.

"Doch, das bist du; du bist viel zu gut für mich, und ich bin dir so dankbar, und so stolz und versessen auf dich; ich verstehe wirklich nicht, warum ich dich nicht so liebe, wie du mich. Ich habe es versucht, aber ich kann es nicht ändern, und es wäre eine Lüge zu sagen, dass ich es tue, wenn es nicht so ist."

"Wirklich, ehrlich, Jo?"

Er blieb stehen und ergriff ihre Hände, als er diese Frage mit einem Blick stellte, den sie nicht so schnell vergaß.

"Wirklich, ehrlich, mein Lieber."

Sie waren jetzt im Hain, in der Nähe des Zaunübertritts; und als die letzten Worte widerwillig über Jos Lippen kamen, ließ Laurie ihre Hände fallen und drehte sich um, als ob er weitergehen wolle, aber heute war dieser Zaun zu viel für ihn; er legte einfach seinen Kopf an einen der moosigen Pfosten und stand so still, dass Jo es mit der Angst bekam.

"O Teddy, es tut mir so leid, so unendlich leid, ich könnte mich ohrfeigen, wenn es etwas nützen würde! Ich wünschte, du würdest es nicht so schwernehmen. Ich kann nicht anders; du weißt, dass es unmöglich ist, Menschen dazu zu bringen, einen zu lieben, wenn sie es nicht tun", sagte Jo unbeholfen, aber reumütig, klopfte ihm sanft auf die Schulter und erinnerte sich an die Zeit, als er sie vor so langer Zeit getröstet hatte.

"Doch, manchmal geht das", sagte eine gedämpfte Stimme vom Pfosten her.

"Ich glaube nicht, dass dies die richtige Art Liebe ist, und ich möchte es lieber nicht versuchen", war die entschiedene Antwort.

Es folgte eine lange Pause, während der eine Amsel fröhlich auf der Weide am Fluss sang und das hohe Gras im Wind raschelte. Bald sagte Jo nüchtern, als sie sich vor dem Zaun auf den Tritt setzte:

"Laurie, ich möchte dir etwas sagen."

Er zuckte zusammen, als hätte man auf ihn geschossen, warf seinen Kopf nach hinten und rief laut:

"Sag mir das jetzt nicht, Jo; ich würde es nicht ertragen!"

"Was soll ich nicht sagen?", fragte sie, verwundert über seine Heftigkeit.

"Dass du diesen alten Mann liebst."

"Welchen alten Mann?", fragte Jo nachdrücklich und dachte, er würde seinen Großvater meinen.

"Dieser verfluchte Professor, von dem du immer geschrieben hast. Wenn du jetzt sagst, dass du ihn liebst, werde ich etwas ganz Verzweifeltes tun." Laurie, der seine Hände fest zusammendrückte und dieses zornige Funkeln in den Augen hatte, sah aus, als würde er seine Worte wahrmachen.

Jo wollte loslachen, hielt sich aber zurück und sagte herzlich, denn auch sie wurde langsam erregt:

"Nicht fluchen, Teddy! Er ist weder alt noch schlecht, sondern gut und nett, und der beste Freund, den ich habe, außer dir natürlich. Bitte, werde jetzt nicht wütend; ich möchte nett zu dir sein, aber ich weiß, dass ich wütend werde, wenn du meinen Professor schlechtmachst. Ich habe nicht die leiseste Absicht, ihn oder sonst jemanden zu lieben."

"Aber das wirst du irgendwann, und was wird dann aus mir werden?"

"Auch du wirst jemand anders lieben, wie jeder vernünftige Junge, und all diese Probleme vergessen."

"Ich kann niemanden sonst lieben; und ich werde dich nie vergessen, Jo, nie! nie!" Laurie stampfte auf, um seine leidenschaftlichen Worte zu unterstreichen.

"Was soll ich nur mit ihm machen?", seufzte Jo und merkte, dass Gefühle unkontrollierbarer waren, als sie es erwartet hatte. "Du hast nicht gehört, was ich dir sagen wollte. Setz dich hin und hör mir zu; denn ich will wirklich das Richtige tun und dich glücklich machen", sagte sie und hoffte, ihn mit etwas Verstand zu besänftigen, was wiederum bewies, dass sie nichts von Liebe wusste.

Da Laurie in diesen letzten Worten einen Lichtblick sah, warf er sich zu ihren Füßen aufs Gras, lehnte seinen Arm auf die unterste Stufe des Übertritts und sah mit erwartungsvollem Gesicht zu ihr auf. Nun, dieses Arrangement war nicht gerade förderlich für besonnene Worte oder klare Gedanken; wie sollte Jo ihrem Jungen gegenüber so hart sein, während er sie mit Augen ansah, in denen Liebe und Sehnsucht standen, und seine Wimpern noch nass waren von den ein oder zwei bitteren Tränen, die ihm ihre Herzenshärte abgerungen hatte? Sanft drehte sie seinen Kopf weg und sagte, als sie die lockigen Haare streichelte, die um ihretwillen gewachsen waren – wie rührend das von ihm war!:

"Ich stimme Mutter zu, dass du und ich nicht zusammenpassen, denn unsere hitzigen Temperamente und unsere starken Willen würden uns wahrscheinlich sehr unglücklich machen, wenn wir so dumm wären und – " Jo hielt ein wenig inne, aber Laurie äußerte diese fehlenden Worte mit entzücktem Gesichtsausdruck:

"Heiraten würden – nein, das sollten wir nicht! Wenn du mich lieben würdest, Jo, wäre ich sanft wie ein Lamm, und du könntest alles mit mir machen, was du willst."

"Nein, das könnte ich nicht. Ich habe es ja probiert und bin gescheitert, und ich würde unser Glück nicht durch ein solches Experiment riskieren. Wir sind nie einer Meinung und das werden wir auch nie sein; also werden wir unser Leben lang gute Freunde bleiben, und wir sollten jetzt nicht losgehen und etwas Überstürztes tun."

"Doch, das sollten wir, wenn wir die Gelegenheit dazu hätten", murmelte Laurie rebellisch.

"Sei jetzt bitte vernünftig und sieh das Ganze mal realistisch", drängte Jo an, die fast am Ende ihres Lateins war.

"Ich will nicht vernünftig sein; und das Ganze auch nicht 'realistisch sehen', wie du das nennst; es würde mir nicht helfen, und dich nur noch härter machen. Ich glaube nicht, dass du ein Herz hast."

"Ich wünschte, dem wäre tatsächlich nicht so!"

Laurie hörte, dass Jos Stimme etwas zitterte, und da er dies für ein gutes Omen hielt, drehte er sich um und brachte all seine Überzeugungskraft zum Tragen, indem er diesen bettelnden Tonfall anschlug, der noch nie so gefährlich gewesen war wie heute:

"Enttäusche mich nicht, Liebes! Jeder erwartet es doch. Großvaters Herz hängt daran, deine Familie wird es mögen, und ich kann ohne dich nicht sein. Sag ja, und lass uns glücklich sein. Bitte, bitte!"

Erst viele Monate später begriff Jo, warum sie die Kraft hatte, an dem Vorsatz festzuhalten, den sie mit der Entscheidung, dass sie ihren Jungen nicht liebte und nie lieben würde, getroffen hatte. Es war sehr schwer, aber sie tat es, weil sie wusste, dass jeder Aufschub nicht nur sinnlos, sondern auch grausam war.

"Ich kann nicht aus ganzem Herzen 'Ja' sagen, also werde ich es überhaupt nicht tun. Du wirst irgendwann begreifen, dass ich recht habe, und mir dafür danken", begann sie ernst.

"Den Teufel werde ich!", rief Laurie und sprang vom Gras auf, schon beim Gedanken an diese Vorstellung in Wut geratend.

"Doch, das wirst du", beharrte Jo; "du wirst nach einer Weile darüber hinwegkommen und ein reizendes, vollendetes Mädchen finden, das dich anbeten und eine gute Frau für dein schönes Haus sein wird. Ich werde das nicht sein. Ich bin schlicht, unbeholfen, seltsam und alt, und du würdest dich für mich schämen, und wir würden streiten, — wir tun es ja sogar jetzt, wie du siehst; ich würde keine elegante Gesellschaft wollen, du schon; du würdest meine Schreiberei hassen, aber ich nicht ohne sie leben, und wir wären unglücklich und würden uns wünschen, wir hätten es nicht getan — und alles wäre schrecklich!"

"Sonst noch etwas?", fragte Laurie, dem es schwerfiel, diesem prophetischen Ausbruch geduldig zuzuhören.

"Nichts weiter, außer, dass ich nicht glaube, dass ich überhaupt jemals heiraten werde. Ich bin glücklich, wie es ist, und liebe meine Freiheit zu sehr, um sie voreilig für irgendeinen Sterblichen aufzugeben."

"Das weiß ich besser!", warf Laurie ein. "Jetzt denkst du so; aber es wird eine Zeit kommen, in der dir jemand nicht egal ist, und du wirst ihn wahnsinnig lieben und für ihn leben und sterben. Ich weiß, dass du das wirst, denn du bist so, und ich muss zusehen." Damit warf der verzweifelte

Liebhaber seinen Hut zu Boden, und seine Gestik hätte sogar etwas Komisches gehabt, wenn ihm nicht die Tragik im Gesicht gestanden wäre.

"Ja, ich werde für ihn leben und sterben, wenn er jemals kommt und mich dazu bringt, ihn trotz allem zu lieben, und du musst das Beste daraus machen", schrie Jo, die langsam die Geduld mit dem armen Teddy verlor. "Ich habe mein Bestes gegeben, aber du willst einfach nicht vernünftig sein, und es ist egoistisch von dir, immer weiter das zu fordern, was ich dir nicht geben kann. Du wirst mir immer viel bedeuten, sehr viel sogar, aber als Freund, und ich werde dich nie heiraten; und je eher du das kapierst, desto besser für uns beide, — am besten jetzt gleich!"

Jos Worte waren wie Feuer, das auf Schießpulver fiel. Laurie sah sie eine Minute lang an, als ob er nicht wüsste, was er mit sich anfangen sollte. Dann drehte er sich abrupt um und sagte mit verzweifelter Stimme:

"Das wird dir eines Tages leidtun, Jo."

"He, wo gehst du hin?", rief sie, denn sein Gesicht machte ihr Angst.

"Zum Teufel!", war die äußerst tröstende Antwort.

Eine Minute lang stand Jos Herz still, als er zum Fluss hinunter in Richtung Ufer eilte; aber es benötigt schon etwas mehr Torheit, Sünde oder Elend, um einen jungen Mann in einen gewaltsamen Tod zu treiben, und Laurie gehörte nicht gerade zu den Schwachen, die ein einziger Fehlschlag aus der Bahn warf. Er beabsichtigte gar keinen melodramatischen Abgang, aber irgendein blinder Instinkt bewegte ihn dazu, Hut und Mantel in sein Boot zu werfen, mit aller Kraft davon zu rudern und sich auf dem Fluss etwas Abkühlung zu verschaffen, wie er es bei manchem Rennen getan hatte. Jo atmete hörbar durch löste die Umklammerung ihrer Hände, als sie zusah, wie der arme Kerl versuchte, seinen Herzschmerz hinter sich zu lassen.

"Das wird ihm guttun, und er wird so sanftmütig und reuig heimkehren, dass ich ihm besser nicht unter die Augen komme", sagte sie und ging langsam nach Hause. Jo fühlte sich, als hätte sie irgendeine unschuldige Kreatur ermordet und sie unter den Blättern vergraben, als sie für sich hinzufügte:

"Ich werde Mr. Laurence darauf vorbereiten, dass er sehr nett zu meinem armen Jungen sein muss. Ich wünschte, er würde Beth lieben; vielleicht wird er das ja irgendwann, aber ich glaube langsam, dass ich mich in Bezug auf sie geirrt habe. Oh je! Wie können sich Mädchen gleichzeitig nach Verehrern sehnen und sie gleichzeitig zurückweisen. Ich finde das schrecklich."

Im Bewusstsein, dass niemand dies so gut konnte wie sie selbst, ging sie direkt zu Mr. Laurence, erzählte ihm tapfer die ganze Geschichte, und brach schließlich zusammen; Jo weinte so bitterlich über ihre eigene Unempfindsamkeit, dass der zutiefst enttäuschte, nette alte Herr, ihr trotzdem keine Vorwürfe machte. Es war für ihn schwierig zu verstehen, wie ein

Mädchen Laurie nicht lieben konnte, und er hoffte, dass sie ihre Meinung ändern würde; aber er wusste noch besser als Jo, dass Liebe nicht erzwungen werden kann, schüttelte traurig den Kopf und beschloss, seinen Jungen vor Schaden zu bewahren; denn die ungestümen Worte bei Lauries Abschied verunsicherten ihn doch mehr, als er sich eingestehen wollte.

Als Laurie todmüde, aber sehr gefasst nach Hause kam, begrüßte ihn sein Großvater, als ob er von nichts wüsste, und hielt diese Täuschung für ein oder zwei Stunden sehr erfolgreich aufrecht. Aber als sie in der Dämmerung, der Zeit, die sie früher so sehr genossen hatten, zusammensaßen, war es für den alten Mann schwer, wie üblich weiter zu plaudern, und für den jungen Mann noch schwerer, die Lobgesänge auf das erfolgreiche letzte Jahr zu hören, das ihm nun wie vergebliche Liebesmüh schien. Er ertrug es so lange wie möglich, ging dann an sein Klavier und begann zu spielen. Die Fenster waren offen; und Jo, die mit Beth im Garten spazieren ging, verstand den Grund für diese Musik ausnahmsweise besser als ihre Schwester, denn Laurie spielte die "Sonate Pathétique" – und er spielte sie so, wie er es noch nie zuvor getan hatte.

"Ich muss sagen, das hört sich toll an, aber es ist auch traurig genug, um einen zum Weinen zu bringen; spiel uns etwas Lustigeres, Junge", sagte Mr. Laurence, dessen freundliches, altes Herz vor Mitleid überquoll, von dem er aber nicht wusste, wie er es zeigen sollte.

Laurie stürzte sich in eine lebhaftere Melodie und spielte diese mehrere Minuten lang wie losgelassen; und er hätte sie auch tapfer durchgestanden, wenn er nicht plötzlich die Stimme von Mrs. March gehört hätte, die rief: "Jo, Liebes, komm rein; ich brauche dich."

Genau das, was Laurie auch sagen wollte, wenn auch mit einer anderen Bedeutung! Als er ihre Worte hörte, war es um ihn geschehen; die Musik endete mit einem gebrochenen Akkord, und der Musiker saß still im Dunkeln.

"Ich kann das nicht ertragen", murmelte der alte Herr. Er stand auf, tastete sich vor zum Klavier, legte besänftigend jeweils eine Hand auf jede der breiten Schultern und sagte, so sanft wie eine Frau:

"Ich weiß, mein Junge, ich weiß."

Einen Moment lang hätte man eine Stecknadel fallen hören können; dann fragte Laurie scharf:

"Wer hat es dir gesagt?"

"Jo selbst."

"Dann hör bitte auf damit." Mit einer ungeduldigen Bewegung schüttelte er die Hände seines Großvaters ab; obwohl er für das Mitgefühl dankbar war, konnte sein männlicher Stolz kein männliches Mitgefühl ertragen.

"Gleich; erst möchte ich noch etwas sagen, und dann werde ich aufhören", erwiderte Mr. Laurence ungewöhnlich sanft. "Du willst jetzt vielleicht nicht mehr zu Hause bleiben, oder?"

"Ich habe nicht vor, vor einem Mädchen wegzulaufen. Jo kann nicht verhindern, dass ich sie sehe, und das werde ich so lange tun, wie es mir beliebt", unterbrach ihn Laurie in trotzigem Ton.

"Nicht, wenn du der Gentleman bist, für den ich dich halte. Ich bin enttäuscht, aber das Mädchen kann nichts dafür; und das Einzige, was dir übrigbleibt, ist für eine Weile wegzugehen. Wo willst du hin?"

"Irgendwohin. Es ist mir egal, was aus mir wird." Laurie stand mit einem verwegenen Lachen auf, das im Ohr seines Großvaters schmerzte.

"Nimm es wie ein Mann und tu nichts Überstürztes, um Himmels willen. Warum gehst du nicht ins Ausland, wie du es geplant hast, und vergisst das alles?"

"Ich kann nicht."

"Aber du warst ganz versessen darauf, und ich habe es dir versprochen, wenn du das College bestehst."

"Ach, aber ich wollte doch nicht alleine gehen", erwiderte Laurie und stapfte mit einem Gesichtsausdruck, den sein Großvater besser nicht sah, durch den Raum.

"Ich will ja gar nicht, dass du alleine gehst; es gibt jemanden, der bereit ist und froh wäre, mit dir zu gehen, egal wohin auf der Welt."

"Wer, Sir?", fragte Laurie und hielt an, um zuzuhören.

"Ich selbst."

Laurie ging so schnell er konnte zu ihm hin, streckte seine Hand aus und sagte heiser:

"Ich bin ein egoistischer Grobian – aber – du weißt schon, Großvater ..."

"Herr, hilf mir, ja, natürlich weiß ich, denn ich habe das alles schon einmal durchgemacht, einmal, als ich selbst noch jung war und dann mit deinem Vater. Nun, mein lieber Junge, setz dich einfach hier hin und höre dir meinen Plan an. Es ist alles geregelt und es kann sofort losgehen", sagte Mr. Laurence und hielt den jungen Mann fest, als ob er Angst hätte, dass dieser abhauen würde, wie es sein Vater vor ihm getan hatte.

"Gut, Sir, wie lautet der Plan?" Laurie setzte sich hin, aber weder sein Gesicht noch seine Stimme zeigten irgendein Interesse.

"Es gibt in London einige Dinge, die geregelt werden müssen; ich dachte eigentlich, du könntest dich darum kümmern; aber ich selbst wäre vermutlich noch besser, und Brooke kann die hiesigen Angelegenheiten sehr gut allein verwalten. Meine Partner erledigen fast alles, ich stehe einfach nur an ihrer Seite, bis du meinen Platz einnimmst, und wir können jederzeit los."

"Aber du hasst doch das Reisen, Sir; ich kann so etwas nicht von dir verlangen, nicht in deinem Alter", begann Laurie, der wohl dankbar für das Opfer war, aber viel lieber allein gehen würde, wenn überhaupt.

Der alte Herr wusste das sehr wohl und wollte genau das verhindern, denn die Stimmung, in der sich sein Enkel gerade befand, vermittelte ihm deutlich, dass es nicht klug wäre, ihn sich selbst zu überlassen. Trotz eines verständlichen Bedauerns bei dem Gedanken an die hiesigen Bequemlichkeiten, die er hinter sich lassen würde, sagte er bestimmt:

"Du lieber Gott, ich gehöre doch noch nicht zum alten Eisen. Der Gedanke daran gefällt mir ganz gut, die Reise wird mir guttun, und meine alten Knochen werden auch nicht leiden, denn Reisen ist heutzutage fast so bequem wie das Sitzen auf diesem Stuhl."

Eine rastlose Bewegung deutete darauf hin, dass Laurie gerade gar nicht so bequem auf seinem Stuhl saß, oder dass ihm der Plan nicht gefiel, und ließ den alten Mann hastig hinzufügen:-

"Aber ich will kein Störenfried oder gar eine Last sein; ich gehe mit, weil ich denke, dass du dich glücklicher fühlen würdest, als wenn ich hierbleiben würde. Ich habe nicht vor, mit dir herumzuziehen, sondern lasse dir die Freiheit, dorthin zu gehen, wo du willst, während ich mich auf meine eigene Art amüsiere. Ich habe Freunde in London und Paris und möchte sie gerne besuchen; in der Zwischenzeit kannst du nach Italien, Deutschland oder in die Schweiz reisen, wo du Bilder, Musik, Landschaften und Abenteuer nach Herzenslust genießen kannst."

In diesem Augenblick fühlte sich Laurie, als ob sein Herz völlig gebrochen und die Welt eine riesige Wüstenei wäre; aber der Klang bestimmter Worte, die der alte Herr kunstvoll in seinen Schlusssatz eingearbeitet hatte, ließ das gebrochene Herz einen unerwarteten Sprung machen, und in der riesigen Wüstenei erschien plötzlich die eine oder andere grüne Oase. Er seufzte und sagte dann lustlos:

"Ganz wie du wünschst, Sir; es spielt sowieso keine Rolle, wohin ich gehe oder was ich tue."

"Für mich schon, denk immer daran, mein Junge; ich lasse dir alle Freiheiten, und ich vertraue dir, dass du sie rechtschaffen nutzt. Versprich mir das, Laurie."

"Alles, was du willst, Sir."

"Gut", dachte der alte Herr. "Jetzt ist es dir egal, aber es wird eine Zeit kommen, in der dich dieses Versprechen vor Schaden bewahren wird, wenn ich mich nicht sehr irre."

Da er ein sehr energisches Individuum war, schmiedete Mr. Laurence das Eisen, so lange es noch heiß war; und noch bevor die gepeinigte Seele wieder genug Kraft getankt hatte, um zu rebellieren, waren sie auch schon weg. Während der Zeit der Vorbereitungen betrug sich Laurie, wie es junge Herren in solchen Fällen normalerweise tun. Er war launisch, gereizt, manchmal nachdenklich; hatte keinen Appetit, vernachlässigte sein Äußeres und widmete dem stürmischen Klavierspiel viel Zeit; er mied Jo, tröstete sich aber, indem er sie von seinem Fenster aus mit einem tragischen Gesicht anstarrte, das ihre Träume bei Nacht heimsuchte, und ihr tagsüber ein starkes Schuldgefühl auferlegte. Im Gegensatz zu anderen Leidenden sprach er nie von seiner unerwiderten Leidenschaft und erlaubte niemandem, nicht einmal Mrs. March, ihm Trost zu spenden oder Mitleid zu vermitteln. Einerseits war dies eine Erleichterung für seine Freunde; aber die Wochen vor seiner Abreise waren sehr unbehaglich, und jeder freute sich darüber, dass der "arme, liebe Kerl wegging, um seine Schwierigkeiten zu vergessen und glücklich nach Hause zurückzukommen". Insgeheim und im Verborgenen lächelte er über diese irrige Annahme, aber er ging mit der traurigen Überheblichkeit eines Menschen, der wusste, dass seine Redlichkeit, wie auch seine Liebe, unveränderlich war, darüber hinweg.

Als der Abschied kam, tat Laurie übertrieben gut gelaunt, und wollte so bestimmte lästige Emotionen verbergen, die sich zu diesem Zeitpunkt immer mehr durchsetzten. Diese Fröhlichkeit beeindruckte wohl niemanden, jeder tat aber seinetwillen so, als ob es so wäre; und das Ganze ging auch gut, bis Mrs. March ihn zum Abschied küsste und ihn voller mütterlicher Fürsorge umarmte; da spürte Laurie, dass es mit ihm dahinging. Er umarmte hastig alle Anwesenden, nicht zu vergessen die betrübte Hannah, und rannte die Treppe hinunter, als ob es um sein Leben ging. Jo folgte eine Minute später und winkte ihm hinterher, falls er sich umblicken würde. Laurie sah sich tatsächlich um, ging zurück, legte seine Arme um sie, als sie auf der Treppe über ihm stand, und betrachtete sie mit einem Gesicht, das seiner kurzen Bitte sowohl Wortgewalt als auch Pathos verlieh:

"Oh Jo, willst du nicht doch?"

"Teddy, mein Lieber, ich wünschte, es wäre so!"

Das war alles. Es folgte eine kleine Pause; dann richtete sich Laurie auf und sagte: "Das ist in Ordnung, mach dir nichts daraus." Ohne ein weiteres Wort ging er weg. Aber es war eben nicht in Ordnung, und Jo machte sich sehr wohl etwas daraus; denn während der Lockenkopf noch eine Minute nach ihrer harten Antwort auf ihrem Arm lag, fühlte sie sich, als hätte sie ihren liebsten Freund erstochen, und als er sie ohne weiteren Blick verließ, wusste sie, dass der Junge Laurie nie wiederkommen würde.

XXXVI. BETHS GEHEIMNIS

Als Jo in diesem Frühjahr nach Hause kam, war sie von Beths Veränderung sehr betroffen. Niemand sprach darüber oder schien sich dessen bewusst zu sein, denn sie war zu allmählich gekommen, um diejenigen, die sie täglich sahen, zu erschrecken; aber für die durch Abwesenheit geschärften Augen war es sehr deutlich; und Jos Herz wurde unglaublich schwer, als sie das Gesicht ihrer Schwester sah. Es war nicht nur blasser und ein wenig dünner als im Herbst, sondern sah auch seltsam transparent aus, als ob das Sterbliche langsam ausradiert werden und das Unsterbliche mit einer unbeschreiblich herzergreifenden Schönheit durch das schwache Fleisch leuchten würde. Jo sah und fühlte es, sagte aber nichts, und schon bald verlor dieser erste Eindruck viel von seiner Kraft; denn Beth schien glücklich zu sein, und niemand schien daran zu zweifeln, dass es ihr besser ging; und da sie mit anderen Dingen beschäftigt war, vergaß Jo für eine Weile ihre Angst.

Aber als Laurie weg war und wieder Frieden herrschte, kehrte diese unbestimmte Angst zurück und verfolgte sie. Sie hatte ihre Sünden bereut und ihr war vergeben worden; aber als sie ihre Ersparnisse zeigte und die Reise in die Berge vorschlug, hatte Beth ihr wohl herzlich dafür gedankt, sie aber gleichzeitig angefleht, nicht so weit von zu Hause weg zu gehen. Ein weiterer, kurzer Besuch an der Küste wäre ihr lieber, und da sich die Großmutter nicht dazu durchringen konnte, die Babys alleine zu lassen, brachte Jo Beth alleine an den ruhigen Ort, wo sie viel unter freiem Himmel leben konnte, und ihr die frische Meeresbrise etwas Farbe in ihre fahlen Wangen blies.

Es war kein eleganter Ort, aber selbst unter den netten Leuten dort fanden die Mädchen nur wenige Freunde und zogen es vor, für sich zu bleiben. Beth war zu schüchtern, um etwas Gesellschaft zu genießen, und Jo zu sehr mit ihr befasst, um sich um irgendjemand anderen zu kümmern; also waren die beiden Schwestern alles füreinander und verlebten ihre Tage für sich. Ihre Mitmenschen beobachteten die beiden Schwestern, die starke und die schwache, die immer zusammen waren, mit mitleidigen Augen, als ob sie instinktiv fühlten, dass eine sehr lange Trennung nicht weit weg sei – aber weder Jo noch Beth bemerkten ihre Blicke.

Aber auch sie spürten die bevorstehende Veränderung, sprachen jedoch nicht darüber, denn oft gibt es zwischen uns und den uns Nächsten und Liebsten eine Zurückhaltung, die nur sehr schwer zu überwinden ist. Jo fühlte sich, als wäre ein Schleier zwischen ihr und Beths Herz gefallen; aber jedes Mal, wenn sie ihre Hand ausstreckte, um ihn hochzuheben, schien in der Stille etwas Heiliges zu sein, und sie wartete darauf, dass Beth sprechen würde. Sie wunderte sich darüber und war gleichzeitig dankbar dafür, dass ihre Eltern nicht zu sehen schienen, was sie sah; und während der ruhigen Wochen, als der Schatten für sie so deutlich wurde, sagte sie denen zu Hause dennoch nichts davon in dem Glauben, dass er sich von selbst offenbaren würde, wenn es Beth bei ihrer Rückkehr nicht besser ging. Aber sie fragte sich noch mehr, ob ihre Schwester wirklich die nackte Wahrheit erahnte, und welche Gedanken ihr durch den Kopf gingen während der langen Stunden, in denen sie auf den warmen Felsen lag, den Kopf in Jos Schoß, und die Winde über sie hinwegwehten und das Meer zu ihren Füßen Musik machte.

Eines Tages sagte Beth es ihr. Jo dachte, dass sie schlief, da sie so still dalag, und als sie ihr Buch niederlegte, blickte sie Beth mit wehmütigen Augen an und versuchte, die leichte Farbe auf Beths Wangen als Zeichen der Hoffnung zu interpretieren. Aber selbst diese war nicht ausreichend, um Jo zu beruhigen, denn die Wangen waren sehr dünn, und die Hände schienen zu schwach, um selbst die rosigen, kleinen Muscheln zu halten, die sie gemeinsam gesammelt hatten. In diesem Moment traf es sie härter als jemals zuvor, dass Beth sich langsam von ihr entfernte, und ihre Arme erhöhten instinktiv ihren Griff auf den liebsten Schatz, den sie besaß. Eine Minute lang waren ihre Augen zu trüb, um etwas zu sehen, aber als sie sich aufhellten, sah Beth sie so zärtlich an, dass sie kaum noch etwas sagen musste:

"Jo, Liebes, ich bin froh, dass du es weißt. Ich habe versucht, es dir zu sagen, aber ich konnte es nicht."

Es folgte keine Antwort, außer, dass die Wange ihrer Schwester ihre eigene berührte – nicht einmal Tränen; als sie am tiefsten bewegt war, weinte Jo nicht. Sie war in diesem Augenblick die Schwächere, und Beth versuchte, sie zu trösten und zu stützen, hatte ihre Arme um sie geschlungen und flüsterte ihr beruhigend ins Ohr:

"Ich weiß es schon seit einer guten Weile, Liebes, und jetzt habe ich mich damit abgefunden; es fällt mir nicht mehr schwer, daran zu denken oder es zu ertragen. Versuche, es genauso zu sehen, und mach dir keine Sorgen um mich, denn es ist das Beste so, ja, ganz bestimmt."

"War es das, was dich im Herbst so unglücklich gemacht hat, Beth? Du hast es damals noch nicht gespürt und so lange für dich behalten, oder?", fragte Jo, die sich weigerte, es als "das Beste" zu sehen, aber froh war zu wissen, dass Laurie nicht der Grund für Beths Sorgen gewesen war.

"Ja, ich habe damals die Hoffnung aufgegeben, wollte es mir aber nicht eingestehen. Ich glaubte an irgendeine merkwürdige Laune und wollte nicht, dass sich jemand deswegen Sorgen machte. Aber als ich euch alle sah, so gesund, stark und voller freudiger Pläne sah, war es schwer damit umzugehen, dass ich nie genauso sein würde, und da fühlte ich mich elend, Jo."

"Oh, Beth, und du hast mir nichts gesagt, hast mich nicht trösten und dir helfen lassen! Wie konntest du mich davon ausschließen und alles ganz allein ertragen?"

In Jos Stimme lagen viele zärtliche Vorwürfe, und ihr Herz schmerzte, als sie an den einsamen Kampf dachte, der in Beth getobt haben muss, während sie sich von Gesundheit, Liebe und Leben verabschiedete und dennoch ihr Kreuz mit Freuden trug.

"Vielleicht war es falsch, aber ich versuchte, das Richtige zu tun; ich war mir nicht sicher, niemand sagte etwas, und ich hoffte, dass ich mich irrte. Es wäre egoistisch gewesen, euch allen Angst einzujagen, wo doch Mami so besorgt war um Meg, Amy auf Reisen und du so glücklich mit Laurie – zumindest dachte ich das damals."

"Und ich dachte, dass du ihn liebst, Beth, und ich ging weg, um nicht im Weg zu sein", rief Jo und war froh, endlich die ganze Wahrheit sagen zu können.

Die Vorstellung erstaunte Beth so, dass Jo trotz ihrer Pein lächeln musste und leise hinzufügte:

"Dann warst du gar nicht verliebt, Schatz? Ich war mir dessen sicher, und stellte mir ständig dein armes kleines Herz vor, das vor lauter Liebeskummer verging."

"Aber Jo, wie hätte ich das können, wo er dich so sehr mochte?", fragte Beth unschuldig wie ein kleines Kind. "Ich mag ihn sehr; er tut mir so gut, aber er wird für mich immer nur wie ein Bruder sein. Ich hoffe, dass er dies eines Tages wirklich sein wird."

"Von mir aus gerne", sagte Jo entschieden. "Amy ist noch übrig, und sie würden hervorragend zueinander passen; aber ich habe jetzt kein Herz für solche Dinge. Es ist mir egal, was aus irgendjemand wird, außer dir, Beth. Du musst wieder gesund werden."

"Ich will es ja, oh, ich will es so sehr! Ich versuche es, aber jeden Tag geht es ein wenig schlechter und ich begreife immer mehr, dass ich nie wieder ganz gesund werde. Es ist wie bei den Gezeiten, Jo, jedes Mal, wenn sie sich drehen, geht es langsamer voran, aber man kann sie nicht aufhalten."

"Wir werden sie aufhalten, deine Gezeiten dürfen sich nicht so schnell wenden, Neunzehn ist viel zu jung. Beth – ich kann dich nicht gehen lassen. Ich werde dafür beten und hart darum kämpfen. Ich werde dich bei mir behalten; es muss einen Ausweg geben, es kann noch nicht zu spät sein. Gott wird nicht so grausam sein, dass er dich mir wegnimmt", rief die arme Jo rebellisch, denn ihr Gemüt war weit weniger fromm und unterwürfig als Beths.

Einfache, aufrichtige Menschen sprechen selten groß über ihre Frömmigkeit, sie zeigt sich eher in Taten als in Worten und hat mehr Einfluss als Sonntagsreden oder Proteste. Beth konnte den Glauben, der ihr das Vertrauen und die Langmut gab, das Leben aufzugeben und fröhlich auf den Tod zu warten, nicht begründen oder erklären. Wie ein vertrauensvolles Kind stellte sie keine Fragen, sondern überließ alles Gott und der Natur, unser aller Vater und Mutter, im Vertrauen darauf, dass sie, und nur sie, Herz und Geist für dieses und das kommende Leben lehren und stärken konnten. Sie tadelte Jo nicht mit irgendwelchem scheinheiligen Gerede, sondern liebte sie nur noch mehr wegen ihrer leidenschaftlichen Zuneigung und klammerte sich noch stärker an die innige, menschliche Liebe, von der wir nie entwöhnt werden sollten, sondern durch die unser Vater uns näher zu sich selbst heranführt. Sie konnte nicht sagen: "Ich bin froh zu gehen", denn das Leben war ihr sehr kostbar; sie konnte nur schluchzen, "Ich gebe mein Bestes", während sie sich an Jo festhielt, als die erste, bittere Welle dieses großen Kummers über sie hereinbrach.

Irgendwann sagte Beth, nachdem sie sich etwas gefasst hatte:

"Wirst du es ihnen sagen, wenn wir heimkehren?"

"Ich denke, sie werden es auch ohne Worte bemerken", seufzte Jo; denn jetzt sah auch sie, wie sich Beth Tag für Tag veränderte.

"Vielleicht nicht; ich habe gehört, dass die Menschen, die einen am meisten lieben, oft blind für solche Dinge sind. Wenn sie es nicht sehen, sollst du es ihnen an meiner Stelle sagen. Ich mag keine Geheimnisse, und es ist ehrlicher, sie vorzubereiten. Meg hat John und die Babys, die sie trösten können, aber du musst zu Vater und Mutter stehen, nicht wahr, Jo?"

"Wenn ich kann; aber, Beth, ich gebe noch nicht auf; ich möchte auch glauben, dass es eine krankhafte Einbildung ist, und dich nicht denken lassen, dass es wahr ist", sagte Jo, die versuchte, aufmunternde Worte zu finden.

Beth lag eine Minute nachdenklich da und sagte dann auf ihre stille Art:

"Ich weiß nicht, wie ich das ausdrücken soll, und vielleicht sollte ich das ja gar nicht, außer dir gegenüber, meiner lieben Jo. Ich will damit nur sagen, dass ich das Gefühl habe, dass es nie geplant war, dass ich lange leben sollte. Ich bin nicht wie der Rest von euch; ich habe nie Pläne gemacht, was ich als Erwachsener tun würde; ich habe nie daran gedacht zu heiraten, wie ihr alle. Ich konnte mir nie etwas anderes vorstellen als die dumme kleine Beth, die zu Hause herumtrabte und nirgendwo anders als dort nützlich war. Ich wollte nie weggehen, und der schwierige Teil ist jetzt der Abschied von euch. Ich habe keine Angst, aber es scheint, als würde ich sogar im Himmel Heimweh nach euch haben."

Jo konnte nichts sagen; und einige Minuten lang hörte man kein Geräusch außer dem Seufzen des Windes und dem Plätschern der Flut. Eine weiß geflügelte Möwe flog vorbei, das Leuchten der Sonne auf ihrer silbernen Brust;

Beth beobachtete sie, bis sie verschwand, und in ihren Augen stand unendliche Traurigkeit. Ein kleiner, grauer Sandvogel hüpfte über den Strand und blinzelte vor sich hin, als ob er Sonne und Meer genießen würde; er kam ganz nah an Beth heran, betrachtete sie mit einem freundlichen Auge, setzte sich wie selbstverständlich auf einen warmen Stein und richtete seine nassen Federn an. Beth lächelte und fühlte sich getröstet, denn das kleine Ding schien ihr seine Freundschaft anzubieten und erinnerte sie daran, dass man diese schöne Welt doch noch genießen konnte.

"Lieber kleiner Vogel! Sieh mal, Jo, wie zahm er ist. Ich mag diese hier viel lieber als Möwen: Sie sind nicht so wild und schön, aber sie sind so zufriedene und vertrauenswürdige kleine Dinger. Ich nannte sie meine Vögel, letzten Sommer; und Mutter sagte, dass sie sie an mich erinnerten, fleißige, unscheinbare Geschöpfe, immer in der Nähe des Ufers und immer dieses zufriedene kleine Lied zwitschernd. Du bist wie die Möwe, Jo, stark und wild, liebst den Sturm und den Wind, fliegst weit hinaus aufs Meer und bist auch ganz allein glücklich. Meg ist wie die Turteltaube, und Amy wie die Lerche, über die sie schreibt, versucht ständig, zwischen die Wolken aufzusteigen, fällt aber immer wieder in ihr Nest zurück. Liebes kleines Mädchen! Sie ist so ehrgeizig, aber ihr Herz ist gut und liebevoll; und egal wie hoch sie fliegt, sie wird ihr Zuhause nie vergessen. Ich hoffe, ich sehe sie wieder, aber sie scheint so weit weg zu sein."

"Sie kommt im Frühjahr, und ich bin sicher, dass ihr sie alle sehen und willkommen heißen werdet. Ich werde dich bis dahin gesundpflegen", begann Jo, die bemerkt hatte, dass von allen Veränderungen Beths Wortwahl die größte war.

"Jo, Liebes, hoffe nicht länger; es wird uns nichts nützen, da bin ich mir sicher. Wir werden nicht unglücklich sein, sondern unser Zusammensein genießen, während wir warten. Wir werden eine schöne Zeit haben, denn ich leide nicht sehr, und ich denke, die Flut wird leichter auslaufen, wenn du mir hilfst."

Jo beugte sich über sie, um das friedvolle Gesicht zu küssen; und mit diesem stillen Kuss widmete sie sich Beth mit Seele und Körper.

Und Jo hatte recht. Es bedurfte keiner Worte, als sie nach Hause kamen, denn Vater und Mutter sahen jetzt deutlich, was sie in all ihren Gebeten verhindern wollten zu bemerken. Müde von ihrer kurzen Reise ging Beth sofort zu Bett und sagte, wie froh sie war, zu Hause zu sein; als Jo wieder hinunterging, merkte sie sofort, dass ihr die schwere Aufgabe erspart bleiben würde, Beths Geheimnis zu erzählen. Ihr Vater stand da, hatte seinen Kopf an den Kaminsims gelehnt und drehte sich nicht mal um, als sie hereinkam; aber ihre Mutter streckte ihre Arme aus, als ob sie um Hilfe bitten wollte, und Jo ging zu ihr, um sie wortlos zu trösten.

XXXVII. NEUE EINDRÜCKE

Um drei Uhr nachmittags kann man die ganze Modewelt Nizzas auf der Promenade des Anglais sehen – ein bezaubernder Ort; denn der breite Fußweg, der von Palmen, Blumen und tropischen Sträuchern gesäumt ist, wird auf der einen Seite vom Meer, auf der anderen von der großen, von Hotels und Villen eingerahmten Straße, begrenzt, während jenseits Orangenhaine und Hügeln liegen. Viele Nationen sind dort vertreten, viele Sprachen werden gesprochen, viele Kostüme getragen; und an einem sonnigen Tag ist das Schauspiel so grell und brillant wie der Karneval. Hochmütige Engländer, lebhafte Franzosen, nüchterne Deutsche, stattliche Spanier, hässliche Russen, demütige Juden, lebenslustige Amerikaner, alle fahren, sitzen oder schlendern hier, plaudern über Neuigkeiten und bekritteln die neueste Berühmtheit, die gerade angekommen ist – Ristori, Dickens, Victor Emmanuel oder die Königin der Sandwichinseln. Die Fuhrwerke sind so vielfältig wie die Menschen selbst und erregen viel Aufmerksamkeit, vor allem die niedrigen Kaleschen, welche die Damen selbst fahren, mit einem Paar schneidiger Ponys, bunten Netzen, die verhindern sollen, dass ihre voluminösen Volants über die kleinen Fahrzeuge hinausfluten, und kleinen Stallburschen auf der Sitzstange dahinter.

Diesen Fußweg ging am Weihnachtstag ein großer, junger Mann entlang; er ging langsam, hatte die Arme hinter sich verschränkt und sah etwas geistesabwesend aus. Er sah aus wie ein Italiener, war gekleidet wie ein Engländer und hatte die unabhängige Ausstrahlung eines Amerikaners – eine Kombination, die diverse Paare weiblicher Augen veranlasste, ihm anerkennend nachzuschauen, und verschiedene Dandys in schwarzen Samtkombinationen, mit rosa Krawatten, Lederhandschuhen und Orangenblüten in den Knopflöchern, mit den Schultern zu zucken und ihn dann um seine stattliche Größe zu beneiden. Es gab viele schöne Gesichter zu bewundern, aber der junge Mann bemerkte sie kaum, wenn er nicht gerade ab und zu einem blonden Mädchen oder einer Dame in Blau einen kurzen Blick zuwarf. Bald schlenderte er aus der Promenade heraus und stand einen Moment an einer Kreuzung, als ob er unentschlossen wäre, ob er der Kapelle im Jardin Publique zuhören oder am Strand entlang in Richtung Kastell wandern sollte. Der schnelle Trab eines Ponys ließ ihn aufblicken, als eine der kleinen Kutschen mit einer einzelnen Dame schnell die Straße herunterkam. Die Dame war jung, blond und blau gekleidet. Er blickte sie eine Minute lang an, dann erhellte sich sein Gesicht. Wie ein kleiner Junge winkte er mit seinem Hut und eilte nach vorne, um sie zu begrüßen.

"Oh, Laurie, bist du es wirklich? Ich dachte, du würdest nie kommen", rief Amy, ließ die Zügel fallen und streckte ihm beide Hände entgegen, sehr zum Entsetzen einer französischen Mutter, die die Schritte ihrer Tochter beschleunigte, damit diese nicht durch die freizügigen Manieren dieser "verrückten Engländer" demoralisiert werden würde.

"Ich wurde auf dem Weg hierher aufgehalten, aber ich habe versprochen, Weihnachten mit dir zu verbringen, und hier bin ich."

"Wie geht es deinem Großvater? Wann bist du angekommen? Wo wohnt ihr?"

"Sehr gut – letzte Nacht – im Chauvain. Ich war schon in deinem Hotel, aber ihr wart alle weg."

"Ich habe so viel zu erzählen, ich weiß nicht, wo ich anfangen soll! Steig ein, und wir können entspannt plaudern; ich wollte gerade eine Ausfahrt machen und sehne mich nach Gesellschaft. Flo spart sich ihre Energie für heute Nacht auf."

"Was ist dann? Ein Ball?"

"Eine Weihnachtsfeier in unserem Hotel. Es sind viele Amerikaner dort, und sie ehren damit diesen besonderen Tag. Du kommst natürlich mit, oder? Tante wird begeistert sein."

"Danke. Wohin jetzt?", fragte Laurie, lehnte sich zurück und verschränkte seine Arme – was Amy hervorragend passte, denn sie zog es vor, selbst zu fahren; ihre sonnengelbe Peitsche und die blauen Zügel über dem Rücken der weißen Ponys gefielen ihr ungemein.

"Ich muss nach Briefen schauen, und fahre dann zum Kastell; die Aussicht ist so schön, und ich füttere gerne die Pfauen. Warst du schon mal dort?"

"Oft, vor vielen Jahren; aber ich schaue es mir gerne noch mal an."

"Aber jetzt erzähl mir alles über dich. Das letzte Mal, als ich von dir hörte, schrieb dein Großvater, dass er dich aus Berlin zurückerwartete."

"Ja, ich habe dort einen Monat verbracht und bin dann zu ihm zurück nach Paris gegangen, wo er sich über den Winter niedergelassen hat. Er hat dort Freunde und jede Menge Unterhaltung; also bin ich hin und wir sind hervorragend miteinander ausgekommen."

"So lässt es sich aushalten", sagte Amy, die irgendetwas in Lauries Verhalten vermisste, obwohl sie nicht genau sagen konnte, was.

"Naja, er hasst es, zu reisen, und ich hasse es, irgendwo zu bleiben; also machen wir das Beste daraus und es gibt keinen Ärger. Ich bin oft bei ihm, und er hört gerne von meinen Abenteuern, während ich das Gefühl mag, dass jemand froh ist, mich zu sehen, wenn ich von meinen Ausflügen zurückkomme. Dreckiges altes Loch, nicht wahr?", fügte er angewidert hinzu, als sie über den Boulevard zum Place Napoleon in der Altstadt fuhren.

"Der 'Dreck' ist aber auch sehr malerisch, also stört er mich auch nicht. Der Fluss und die Hügel sind wundervoll, und diese flüchtigen Blicke in die engen Querstraßen sind eine echte Freude. Jetzt müssen wir warten, bis diese Prozession vorbei ist; sie geht zur Johanniskirche."

Während Laurie stumpf die Prozession der Priester unter ihren Vordächern beobachtete, auf die weiß verschleierte Nonnen mit leuchtenden Wachskerzen und irgendeine singende Bruderschaft in Blau folgten, beobachtete Amy ihn und fühlte, wie eine ungekannte Art von Zurückhaltung von ihr Besitz ergriff; er hatte sich verändert, und sie konnte den fröhlichen Jungen, dem sie einst Adieu gesagt hatte, in dem mürrisch aussehenden Mann neben ihr nicht finden. Er war hübscher denn je, fand sie; aber jetzt, wo die erste Freude, sie zu treffen, vorbei war, sah er müde und lustlos aus – nicht krank oder etwa unglücklich, dafür älter und ernster, als ein oder zwei Jahre Leben in Wohlstand ihn hätten machen dürfen. Sie konnte es nicht verstehen und wagte es nicht, Fragen zu stellen; also schüttelte sie den Kopf und richtete ihre Ponys aus, während sich die Prozession über die Bögen der Paglioni-Brücke hinwegbewegte und in der Kirche verschwand.

"Que pensez vous?", sagte sie und testete damit ihr Französisch, das sich in Quantität, wenn nicht sogar in Qualität stark verbessert hatte, seit sie im Ausland war.

"Diese Mademoiselle hat ihre Zeit gut genutzt, und das Ergebnis ist bezaubernd", antwortete Laurie, und verbeugte sich mit der Hand auf dem Herzen und einem bewundernden Blick vor ihr.

Sie errötete vor Freude, aber irgendwie gefiel ihr dieses Kompliment viel weniger als das ungeschliffene Lob, das er ihr zu Hause gab, wenn er bei Festen um sie herumging und ihr mit einem herzlichen Lächeln und einem wohlwollenden Klaps auf den Kopf sagte, sie sei "ausgesprochen mopsfidel." Sie mochte den neuen Tonfall nicht; denn obwohl er mitnichten blasiert war, klang er trotz der Mimik gleichgültig.

"Wenn er *so* erwachsen wird, wünschte ich, er würde ein Junge bleiben", dachte sie mit einem seltsamen Gefühl aus Enttäuschung und Unbehagen, obwohl sie versuchte, trotzdem gelassen und fröhlich zu wirken.

In Avigdor erhielt sie die sehnsüchtig erwarteten Briefe von zuhause und las sie genießerisch, während sie Laurie die Zügel übergab und sie die schattige Straße zwischen grünen Hecken hinauffuhren, wo Teerosen so frisch blühten wie im Juni.

"Beth geht es sehr schlecht, sagt Mutter. Ich denke oft, dass ich nach Hause gehen sollte, aber alle sagen "bleibe", also tue ich es, denn ich werde nie wieder eine Chance wie diese bekommen", sagte Amy und betrachtete traurig eine der Seiten.

"Ich denke, da hast du recht, du könntest zu Hause sowieso nichts tun, und es ist ein großer Trost für sie zu wissen, dass du gesund und glücklich bist und so viel Spaß hast, meine Liebe."

Er kam ein wenig näher und als er das sagte, sah er ein bisschen wie früher aus; die Angst, die manchmal auf Amys Herz lastete, wurde ein wenig leichter, denn der Blick, die Handlung und das brüderliche "meine Liebe", schienen ihr zu versichern, dass sie, wenn sie in Schwierigkeiten kommen sollte, nicht allein in einem fremden Land sein würde. Bald lachte sie und zeigte ihm eine kleine Skizze von Jo, die sie in ihrem Kritzelanzug zeigte, wobei die Schleife auf ihrer Mütze vehement aufgerichtet war und aus ihrem Mund die Worte "Genie brennt" kamen.

Laurie lächelte, nahm sie, steckte sie in seine Westentasche, "damit sie nicht wegfliegen konnte", und hörte interessiert dem munteren Brief zu, den Amy ihm vorlas.

"Das ist ein richtiges, fröhliches Weihnachtsfest für mich, mit Geschenken am Morgen, dir und den Briefen am Nachmittag und einer nächtlichen Party ", sagte Amy, als sie sich zwischen den Ruinen der alten Festung niederließ, und sich eine Schar prächtiger Pfauen um sie scharte und anständig darauf wartete, gefüttert zu werden. Während Amy auf der Bank über ihm lachte und den herrlichen Vögeln Krümel hinstreute, sah Laurie sie genauso an, wie sie ihn angesehen hatte – mit der natürlichen Neugierde, die herausfinden wollte, was Zeit und Abwesenheit von daheim verändert hatten. Er fand nichts zu bemängeln und schon gar nichts Enttäuschendes, aber viel zu bewundern und gutzuheißen; denn wenn man über ein bisschen Gehabe bei Sprache und Manieren hinwegsah, war sie so lebhaft und anmutig wie eh und je – aber in Verbindung mit diesem unbeschreiblichen Etwas an Kleidung und Haltung, das wir Eleganz nennen. Immer schon reif gewesen für ihr Alter, hatte sie nun eine gewisse Souveränität in der Unterhaltung und ihrem Gebaren erlangt, dass man sie für eine Frau von Welt halten konnte, die sie aber nicht war; nur ihre alte Gereiztheit zeigte sich hin und wieder, ihr starker Wille war immer noch vorhanden, und ihre angeboren Offenheit hatte auch den ausländischen Schliff unbeschadet überstanden.

Laurie sah nicht alles, während er zusah, wie sie die Pfauen fütterte, aber er sah genug, was ihm gefiel und was ihn interessierte, und er trug in sich ein hübsches, kleines Bild von einem hellhäutigen Mädchen, das in der Sonne stand, die den weichen Farbton ihres Kleides, die frische Farbe ihrer Wangen und den goldenen Glanz ihres Haares hervorhob und sie zu einer prominenten Figur an einem schönen Platz machte.

Als sie das Steinplateau erreichten, das den Hügel krönt, winkte Amy mit ihrer Hand, als ob sie Laurie an ihrem Lieblingsort willkommen heißen wollte, zeigte hierhin und dahin und sagte:

"Erinnerst du dich an die Kathedrale und den Corso während des Karnevals, die Fischer, die ihre Netze in der Bucht schleppen, und die schöne Straße nach Villefranche-sur-Mer, den Bellanda-Turm direkt darunter, und vor allem an den kleinen Fleck weit draußen auf See, von dem sie sagen, er sei Korsika?"

"Ich erinnere mich gut; es hat sich nicht viel geändert", antwortete er ziemlich lustlos.

"Was Jo wohl für einen Blick auf dieses berühmte Fleckchen Erde geben würde", sagte Amy, die gut gelaunt war und dafür sorgen wollte, dass es ihm genauso ging.

"Ja," war alles, was er sagte, aber er drehte sich um und strengte seine Augen an, um die Insel zu sehen, die ein größerer Thronräuber als selbst Napoleon es war, jetzt für seine Augen interessant machte.

"Schau dir um ihretwillen alles genau an, und dann erzähle mir, was du die ganze Zeit so alleine gemacht hast", sagte Amy und setzte sich, bereit für ein ausführliches Gespräch.

Aber dieses entwickelte sich nicht; denn obwohl er sich zu ihr setzte und alle Fragen bereitwillig beantwortete, konnte sie ihm nur entlocken, dass er durch den Kontinent gereist und in Griechenland war. Nachdem sie so eine Stunde verbummelt hatten, fuhren sie wieder nach Hause; nachdem Laurie Mrs. Carrol begrüßt hatte, verließ er die Damen wieder und versprach, am Abend zurückzukehren.

Man sollte an dieser Stelle festhalten, dass sich Amy an diesem Abend ganz bewusst "herausgeputzt" hat. Zeit und Trennung hatten beide junge Menschen verändert; Amy hatte ihren alten Freund in einem neuen Licht gesehen, nicht als "ihren Jungen", sondern als einen gutaussehenden und freundlichen Mann, und sie war sich des sehr natürlichen Wunsches bewusst, vor seinen Augen Gefallen zu finden. Amy kannte ihre guten Seiten und machte das Beste daraus, und zwar mit dem Geschmack und der Geschicklichkeit, die für eine arme, aber hübsche Frau wahre Segen sind.

Da Steifgaze und Tüll billig zu haben waren in Nizza, hüllte sich Amy bei solchen Gelegenheiten darin ein, und nach der vernünftigen, englischen Mode der einfachen Kleidung für junge Mädchen, veredelte sie ihre Kleidung mit charmanten, kleinen Kostbarkeiten wie frischen Blumen, ein paar Schmuckstücken und allen möglichen filigranen Dingen, die sowohl preiswert als auch wirksam waren. Man muss allerdings sagen, dass die Künstlerin in ihr manchmal Besitz ergriff von der jungen Frau und sie sich antiken Frisuren, statuenhaften Haltungen und klassischen Drapierungen hingab. Aber, du liebe Zeit, wir alle haben doch unsere kleinen Schwächen und sind gerne bereit, diese bei der Jugend zu vergeben, die unsere Augen mit ihrer Anmut und unsere Herzen mit ihren schlichten Eitelkeiten erfreuen.

"Er soll denken, dass ich gut aussehe, und er soll es denen zu Hause sagen", dachte Amy bei sich selbst, als sie Flos altes, weißes, seidenes Ballkleid anzog und es mit einer Wolke aus frischem, illusionierendem Zierrat bedeckte, aus dem ihre weißen Schultern und ihr goldener Kopf höchst künstlerisch hervorstanden. Ihr Haar überließ sie weitestgehend sich selbst, nachdem sie die dicken Wellen und Locken zu einer Art Dutt an ihrem Hinterkopf gebunden hatte.

"Es ist nicht der letzte Schrei, aber es steht mir, und ich kann es mir nicht leisten, dass ich mich zur Vogelscheuche mache", sagte sie oft, wenn es angesagt gewesen wäre, noch etwas zu kräuseln, zu puffen oder zu flechten, wie es gerade die letzte Mode war.

Da sie keinen Schmuck besaß, der fein genug für diesen wichtigen Anlass gewesen wäre, raffte Amy ihre flockigen Röcke mit rosigen Azalee-Büscheln und umrahmte ihre weißen Schultern mit zarten grünen Weinranken. Als sie sich an ihre bemalten Stiefel erinnerte, überprüfte sie ihre weißen Satinpantoffeln mit mädchenhafter Begeisterung, flanierte durch den Raum und bewunderte ziemlich selbstverliebt ihre aristokratischen Füße.

"Mein neuer Fächer passt genau zu den Blumen, meine Handschuhe sitzen perfekt, und die echte Spitze auf Tantchens Taschentuch verleiht meinem ganzen Kleid eine gewisse Note. Wenn ich nur eine klassische Nase und einen klassischen Mund hätte, wäre ich vollkommen glücklich", sagte sie und betrachtete sich mit kritischem Auge und einer Kerze in jeder Hand.

Trotz dieses Kummers sah sie ungewöhnlich vergnügt und anmutig aus, als sie dahinschwebte; sie rannte selten – es passte nicht zu ihrem Stil, fand Amy, denn da sie groß war, stand ihr Herrschaftliche und Junonische besser als das Sportliche oder Pikante. Sie ging den langen Salon auf und ab, während sie auf Laurie wartete, und stelle sich unter den Kronleuchter, was ihre Frisur trefflich betonte; dann überlegte sie es sich anders und ging ans andere Ende des Raumes, als ob sie sich schämte für den mädchenhaften Wunsch, dass der erste Eindruck der Beste sein sollte. Aber sie hätte nichts Besseres tun können, denn Laurie kam so leise herein, dass sie ihn überhaupt nicht hörte; und während sie am fernen Fenster stand, mit halb abgewandtem Kopf und einer Hand, die ihr Kleid hob, war ihre schlanke, weiße Gestalt gegen die roten Vorhänge genauso wirkungsvoll wie eine gut platzierte Statue.

"Guten Abend, Diana!", sagte Laurie mit genau dem zufriedenen Blick, den sie so gerne in seinen Augen sah, wenn sie auf ihr ruhten.

"Guten Abend, Apollo", antwortete sie und lächelte ihn an, denn auch er sah ungewöhnlich elegant aus, und der Gedanke, den Ballsaal am Arm eines so stattlichen Mannes zu betreten, gab Amy jetzt schon Anlass, die vielen einfachen Fräuleins von ganzem Herzen zu bedauern.

"Hier sind deine Blumen; ich habe sie selbst arrangiert und mich daran erinnert, dass dir das, was Hannah immer "Bukett" nannte, nicht gefiel", sagte Laurie und überreichte ihr ein zartes Biedermeiersträußchen in einem Halter, den sie schon lange begehrt hatte, wenn sie täglich an Cardiglias Schaufenstern vorbeiging.

"Wie freundlich du bist!", rief sie dankbar. "Ich wusste nicht, ob du heute kommst, sonst hätte auch ich etwas für dich vorbereitet, wenn auch kaum etwas so Schönes wie das hier, fürchte ich."

"Danke, aber die Blumen sind trotzdem lange nicht so schön, wie sie sein sollten, aber du machst sie nur noch schöner", fügte er hinzu, als sie das silberne Armband um ihr Handgelenk schloss.

"Bitte nicht."

"Ich dachte, du magst so etwas?"

"Nicht von dir; es klingt nicht natürlich – deine alte Unverblümtheit ist mir lieber."

"Darüber bin ich froh ", antwortete er erleichtert, knöpfte ihre Handschuhe für sie zu und fragte, ob seine Krawatte gerade sei, wie er es immer tat, wenn sie zusammen zuhause auf Partys gingen.

Die Gesellschaft, die sich an diesem Abend im langen Speisesaal versammelte, war so, wie man es nur auf dem Kontinent sieht. Die gastgebenden Amerikaner hatten alle Bekannten, die sie in Nizza hatten, eingeladen und sich, ohne jedes Vorurteil gegen Titel, einige gesichert, die ihrem Weihnachtsball enormen Glanz verliehen.

Ein russischer Prinz ließ sich dazu herab, eine Stunde lang in einer Ecke zu sitzen und mit einer übergewichtigen Dame zu sprechen, die wie Hamlets Mutter gekleidet war, in schwarzem Samt und mit einer Perlenkette unter ihrem Kinn. Ein polnischer Graf, achtzehn Jahre alt, widmete sich den Damen, die ihn für "einen faszinierenden Schatz" hielten, und ein deutscher, heiterer Irgendetwas, der allein zum Abendessen gekommen war, wanderte ziellos herum und suchte etwas, das ihm gefallen konnte. Baron Rothschilds Privatsekretär, ein Jude mit einer großen Nase, gekleidet in enge Stiefel, strahlte freundlich auf die Welt herab, als würde ihm der Name seines Meisters einen goldenen Heiligenschein verleihen; ein stämmiger Franzose, der den Kaiser kannte, war gekommen, um seiner Tanzwut nachzugeben, und Lady de Jones, eine britische Matrone, schmückte die Gesellschaft mit ihrer kleinen, achtköpfigen Familie. Natürlich gab es auch viele leichtfüßige, schrille, stimmlose, amerikanische Mädchen, ein gutaussehendes, lebloses, englisches Ebenstück und ein paar schlichte, aber kokette französische Fräuleinchen; ebenso anwesend waren die üblichen, herumreisenden jungen Herren, die fröhlich unter sich blieben, während Mamas aller Nationen die Wände säumten und sie freundlich anlächelten, wenn sie mit ihren Töchtern tanzten.

Jedes junge Mädchen kann sich Amys Aufregung vorstellen, als sie in dieser Nacht "die Bühne betrat" und sich auf Lauries Arm stützte. Sie wusste, dass sie gut aussah, sie liebte es, zu tanzen; sie fühlte, dass ihr Fuß in einem Ballsaal auf vertrautem Boden stand; und sie genoss das wunderbare Gefühl der Macht, das entsteht, wenn junge Mädchen zum ersten Mal das neue und schöne Königreich entdecken, in das sie hineingeboren wurden, um es aufgrund ihrer Schönheit, Jugend und Weiblichkeit zu regieren. Sie bemitleidete die Davis-Mädchen, die ungeschickt, schlicht und ohne Begleitung waren, wenn man von einem grimmigen Papa und drei noch grimmigeren, unverheirateten Tanten absah, und sie verbeugte sich vor ihnen auf ihre freundlichste Art und Weise, als sie vorbeikam; das war gut ausgeklügelt von ihr, da es ihnen erlaubte, ihr Kleid zu betrachten, und sie vor Neugierde fast verbrennen ließ, wer ihr vornehmer, gut aussehender Freund sein könnte. Mit dem ersten musikalischen Streich der Kapelle begann Amys Gesicht zu leuchten, ihre Augen zu funkeln, und ihre Füße ungeduldig auf den Boden zu klopfen; denn sie tanzte gut und wollte, dass Laurie dies bewunderte. Deshalb kann man sich den Schock, den sie bekam, besser vorstellen als beschreiben, als er in völlig ruhigem Ton sagte:

"Möchtest du tanzen?"

"Tut man das üblicherweise nicht auf einem Ball?"

Ihr verblüffter Blick und ihre schnelle Antwort ließen Laurie seinen Fehler so schnell wie möglich korrigieren.

"Ich meinte den ersten Tanz. Gibst du mir die Ehre?"

"Die kann ich dir geben, wenn ich gleichzeitig den Grafen brüskiere. Er tanzt göttlich; aber er wird es mir vielleicht nachsehen, da du ein alter Freund bist", sagte Amy und hoffte, dass der Name des Grafen die beabsichtigte Wirkung haben und Laurie zeigen würde, dass er nicht mit ihr spielen sollte.

"Netter, kleiner Junge, aber ein eher kurzer Pole, um sich daran festzuklammern.

Das Arrangement, das gerade gespielt wurde, bestand aus englischen Werken, und Amy war gezwungen, einen anständigen Cotillon zu gehen, während sie sich eher nach einer rauschenden Tarantella sehnte. Laurie gab sie dem "netten kleinen Jungen" hin und ging, um seine Pflicht gegenüber Flo zu erfüllen. Darüber vergaß er leider, Amy um spätere Tänze zu bitten – ein Fauxpas, der sofort bestraft wurde, als sie sich bis zum Abendessen anderen

Tanzpartnern hingab; allerdings mit der Absicht nachzugeben, wenn er irgendwelche Anzeichen von Reue senden würde. Als er auf sie zu schlenderte, anstatt zu eilen, um sie um die nächste, herrliche Polka zu bitten, zeigte sie ihm mit nüchterner Genugtuung ihren Rücken; sein höfliches Bedauern beeindruckte sie nicht, und als sie mit dem Grafen weg galoppierte, sah sie, wie sich Laurie mit einem echten Ausdruck der Erleichterung zu ihrer Tante setzte.

Das war unverzeihlich und Amy ignorierte ihn nun eine lange Zeit völlig – außer einem Wort hin und wieder, wenn sie zwischen den Tänzen zu ihrer Begleitung kam, um dort etwas auszuruhen oder ihre Kleidung zu richten. Ihre Wut hatte jedoch auch etwas Gutes, denn sie versteckte sie unter einem lächelnden Gesicht und wirkte ungewöhnlich heiter und freudig. Lauries Augen folgten ihr anerkennend, denn weder tobte noch bummelte sie umher, sondern tanzte mit Esprit und Anmut und machte diesen herrlichen Zeitvertreib so zu dem, was er sein sollte. Es war für ihn ganz selbstverständlich, sie aus dieser neuen Perspektive zu studieren; und bevor der Abend halb vorbei war, war ihm klar, dass "die kleine Amy eine sehr charmante Frau werden würde".

Es war ein sehr lebendiges Schauspiel, denn bald nahm dieser besondere Geist der Weihnachtszeit jeden in Besitz und ließ die Gesichter leuchten, die Herzen jauchzen und die Beine schwingen. Die Musiker fiedelten, bliesen und schlugen, was das Zeug hielt; jeder, der tanzen konnte, war auf dem Parkett, und diejenigen, die dessen unfähig waren, bewunderten ihre Nachbarn ungewöhnlich liebevoll. Die Luft schwirrte vor jungen Fräuleins, und viele Gecken schlenderten durch den Saal wie eine Schar junger Giraffen. Der gewichtige Sekretär eilte wie ein Meteor durch den Raum, in seinen Armen eine schneidige Französin, die mit ihrer rosa Satinschleppe den Boden fegte. Der stille Deutsche fand das Büfett und war glücklich, als er sich quer durch die Speisekarte aß und die Garçons mit seiner Fresslust bestürzte. Auch der Freund des Kaisers bedeckte sich mit Ruhm, denn er tanzte einfach alles, egal, ob er die Schritte nun konnte oder nicht, und führte improvisierte Pirouetten durch, wenn ihn die Figuren gerade durcheinander brachten. Es war zauberhaft, die kindliche Hingabe dieses kräftigen Mannes mitanzusehen, denn obwohl er "gewichtig war", hüpfte er umher wie ein Gummiball. Er rannte, er flog dahin, er stolzierte, sein Gesicht leuchtete, sein kahler Kopf glänzte, seine Rockschöße wirbelten wild, seine Schuhe funkelten, und als die Musik aufhörte, wischte er sich die Schweißtropfen von seiner Stirn und strahlte seine Mitmenschen an wie ein französischer Pickwick ohne Brille.

Amy und ihr Pole zeichneten sich durch die gleiche Begeisterung, aber mehr anmutige Gelenkigkeit aus, und Laurie staunte, als er bemerkte, dass er unwillkürlich den Takt mitging, als die weißen Pantöffelchen rhythmisch an ihm vorbeizogen, als hätten sie Flügel. Als der kleine Wladimir Amy schließlich unter der Beteuerung, dass es "ihm unendlich leid tat, so früh gehen zu müssen" freigab, war sie bereit für eine Ruhepause und wollte sehen, wie ihr feiger Ritter seine Strafe ertragen hatte.

Sie war wohl erfolgreich gewesen; denn mit dreiundzwanzig Jahren wirkt eine fröhliche Gesellschaft wie Balsam auf zurückgewiesen Zuneigung, und junge Nerven werden begeistert sein, junges Blut wird tanzen wollen und junge Lebensgeister werden sich aufhellen, wenn sie dem Zauber von Schönheit, Licht, Musik und Bewegung ausgesetzt sind. Laurie sah hellwach aus, als er aufstand, um ihr seinen Platz anzubieten und sich davonmachte, um ihr etwas Abendessen zu bringen. Amy sagte mit zufriedenem Lächeln zu sich selbst:

"Ich wusste doch, das würde ihm gut tun!"

"Du siehst aus wie Balzacs "Femme peinte par elle-même", sagte er, als er ihr mit einer Hand Luft zufächelte und in der anderen ihre Kaffeetasse hielt.

"Aber *mein* Rouge wird nicht weggehen", antwortete Amy und rieb an ihrer glänzenden Wange und zeigte ihm ihren weißen Handschuh mit einer so ernsten Naivität, dass er lachen musste.

"Wie nennt man das Zeug?", fragte er und berührte eine Falte ihres Kleides, die über sein Knie gefallen war.

"*Illusion.*"

"Sehr passender Name; sehr schön – aber auch sehr neu, nicht wahr?"

"So alt wie die Welt; du hast es schon an Dutzenden Mädchen gesehen, und nie bemerkt, dass es schön ist – bis jetzt; ziemlich einfältig, oder?"

"Ich habe es noch nie an dir gesehen, was diesen Fehler erklärt, wie ich meine."

"Nicht mehr davon, das ist nicht erlaubt; im Moment ist mir Kaffee lieber als Komplimente. Und häng nicht so herum, das macht mich nervös."

Laurie saß kerzengerade aufrecht und nahm sanftmütig ihren leeren Teller entgegen; auf eine seltsame Art fand er es vergnüglich, sich von der "kleinen Amy" herumkommandieren zu lassen, denn sie hatte mittlerweile ihre Schüchternheit verloren und verspürte den unwiderstehlichen Wunsch, auf ihm herumzutrampeln, wie es Mädchen gerne tun, wenn die Herren der Schöpfung irgendwelche Zeichen von Unterwerfung zeigen.

"Wo hast du das alles gelernt?", fragte er spöttisch.

"Da "das alles" ein eher unpräziser Ausdruck ist, würdest du ihn mir bitte erklären?", antwortete Amy, obwohl sie genau wusste, was er meinte, ihn aber schelmisch dazu bringen wollte, das Unbeschreibliche zu beschreiben.

"Nun – deine Haltung, dein Stil, deine Selbstbeherrschung, deine – deine – Illusion - weißt du", lachte Laurie, der keinen Ausweg sah und versuchte, sich mit dem neuen Wort aus seiner Zwickmühle zu befreien.

Amy war hocherfreut, zeigte es aber nicht und antwortete bescheiden: "Das Leben in der Fremde gibt einem den Feinschliff, obwohl man es gar nicht bemerkt; ich beobachte alles und versuche mitzuspielen; und was das betrifft" – Amy zeigte kurz auf ihr Kleid - "naja, Tüll ist billig, Blumensträuße fast umsonst, und ich bin es gewohnt, das Beste aus meinen kleinen Dingen zu machen".

Amy bereute diesen letzten Satz sofort, weil sie ihn im Nachhinein für geschmacklos hielt; aber Laurie fand Amy deswegen nur noch toller und bewunderte und respektierte sowohl ihre tapfere Beharrlichkeit, die das Beste aus einer Gelegenheit machte, als auch ihre Frohnatur, die ihre Armut hinter Blumen bedeckte. Amy wusste weder, warum er sie so gütig ansah, noch warum er seinen eigenen Namen in ihr Ballbuch schrieb und sich ihr ganz hinreißend für den Rest des Abends widmete; aber der Impuls, der diese angenehme Veränderung hervorrief, war das Ergebnis eines der neuen Eindrücke, die beide unbewusst gaben und empfingen.

XXXVIII. IM REGAL.

In Frankreich ist es für junge Mädchen ziemlich langweilig, bis sie schließlich heiraten und "Vive la liberté" zu ihrem Motto wird. In Amerika hingegen nehmen sich Mädchen, wie jeder weiß, frühzeitig die Unabhängigkeitserklärung zu Herzen und genießen ihre Freiheit mit republikanischem Elan; aber die jungen Matronen entsagen diesen Freiheiten meist mit dem ersten Thronerben und entfliehen in eine Abgeschiedenheit, die fast so perfekt ist wie die eines französischen Nonnenklosters, wenn auch keineswegs so ruhig. Ob es ihnen gefällt oder nicht, sie werden praktisch ins Regal gestellt, sobald die Aufregungen der Hochzeit vorbei sind, würden die meisten gerne ausrufen, wie eine sehr hübsche Frau neulich: "Ich bin so attraktiv wie zuvor, aber niemand nimmt mich mehr wahr, bloß weil ich verheiratet bin."

Da Meg keine Grazie, ja noch nicht einmal eine modische Dame war, durchlebte sie diese Leiden erst, als ihre Babys ein Jahr alt waren, denn in ihrer kleinen Welt herrschten primitive Bräuche, und sie fühlte sich mehr verehrt und geliebt denn je zuvor.

Da sie zu den sehr weiblichen, kleinen Frauen zählte, war auch der mütterliche Instinkt sehr stark, und sie gab sich völlig ihren Kindern hin, bis sie alles andere um sich herum komplett vergessen hatte. Tag und Nacht brütete sie mit unermüdlicher Hingabe und Sorge über ihren Kindern und lieferte John dem liebevollen Gedeih und Verderb ihrer Haushaltshilfe aus, denn eine irische Dame führte nun das Regiment in der Küche. Da er sehr häuslich veranlagt war, vermisste John die liebgewonnenen Aufmerksamkeiten seiner Ehefrau entschieden; aber da er auch seine Babys liebte, verzichtete er notgedrungen eine Zeit lang auf seine Annehmlichkeiten, da er mit männlicher Ahnungslosigkeit davon ausging, dass der Frieden bald wiederhergestellt sein würde. Aber drei Monate vergingen, und die Ruhe kehrte nicht zurück; Meg sah müde und nervös aus, die Babys beanspruchten jede Minute ihrer Zeit, das Haus wurde vernachlässigt, und Kitty, die Köchin, die das Leben leicht nahm, hielt ihn ziemlich kurz. Wenn er morgens losging, verwirrte man ihn mit kleinen Besorgungen für die gefangene Mama; wenn er abends fröhlich heimkam, begierig darauf, seine Familie zu umarmen, wurde seine gute Laune durch ein "Still! sie schlafen endlich, nachdem sie den ganzen Tag für Umtrieb gesorgt haben " abgekühlt. Wenn er zu Hause für etwas Unterhaltung sorgen wollte: "Nein, das würde die Babys stören." Wenn er auf eine Vorlesung oder ein Konzert hinwies, bekam er einen vorwurfsvollen Blick als Antwort und hörte ein entschiedenes: "Meine Kinder um des Vergnügens willen alleine lassen, niemals". Sein Schlaf wurde durch das Schreien der Babys und Visionen einer Phantomgestalt unterbrochen, die in den Nachtstunden lautlos hin und her ging; seine Mahlzeiten konnte er selten beenden, da ihn der Appetit meist sofort verließ, wenn aus dem Nest im oberen Stockwerk auch nur ein leises Zirpen ertönte; und wenn er abends seine Zeitung las, stand Demis Bauchweh auf der Titelseite und Daisys Sturz beeinflusste die Aktienkurse, denn Mrs. Brooke interessierte sich nur für Nachrichten von zuhause.

Der arme Mann fühlte sich sehr unwohl, denn die Kinder hatten ihn seiner Frau beraubt; das Haus war nur noch ein einziges Kinderzimmer, und das ewige "Psssttt!!!" gab ihm das Gefühl, ein brutaler Eindringling zu sein, der die heiligen Bezirke von Babyland betreten hatte. Er ertrug alles geduldig etwa sechs Monate lang, und als keine Anzeichen einer Änderung auftauchten, tat er, was andere väterliche Vertriebene taten – er versuchte, an anderer Stelle ein wenig Trost zu finden. Scott war mittlerweile verheiratet, hatte seinen eigenen Hausstand ganz in der Nähe, und John machte es sich immer mehr zur Gewohnheit, abends für ein oder zwei Stunden zu ihm zu gehen, wenn seine eigene Stube leer war und seine Frau Schlaflieder sang, die kein Ende zu nehmen schienen. Mrs. Scott war ein lebhaftes, hübsches Mädchen, das nichts anderes zu tun hatte, als gefällig zu sein, und diese Mission erfüllte sie perfekt. Die Stube war immer aufgeräumt und charmant dekoriert, das Schachbrett aufgestellt, das Klavier gestimmt, es gab jede Menge lustigen Klatsch und Tratsch und immer ein nettes, kleines Abendessen, das verführerisch angerichtet war.

John hätte sein eigenes Kaminfeuer bevorzugt, wenn dieses nicht so einsam gewesen wäre; aber da er es nicht ändern konnte, nahm er dankbar die nächstbeste Gelegenheit an und genoss die Gesellschaft seines Nachbarn.

Meg fand diese neue Arrangement zunächst eher praktisch und es war ihr eine Erleichterung zu wissen, dass John sich amüsierte, anstatt in der Stube zu dösen, oder durch das Haus zu trampeln und die Kinder aufzuwecken. Aber nach und nach, als die Zeit des Zahnens vorbei war, die Lieblinge einigermaßen rechtzeitig einschliefen und die Mutter sich auch mal ausruhen konnte, fing sie an, John zu vermissen und ihren Handarbeitskorb langweilig zu finden, wenn er ihr nicht in seinem alten Morgenmantel gegenüber saß und gemütlich seine Pantoffeln auf den Fender vor dem Kamin legte. Sie wollte ihn einerseits nicht darum bitten, zu Hause zu bleiben, fühlte sich aber gleichzeitig verletzt, weil er nicht erahnte, dass sie genau dies wollte, und vergaß völlig die vielen Abende, die er vergeblich auf sie gewartet hatte. Sie war nervös und erschöpft vom vielen Aufpassen und den täglichen Sorgen, und in jener uneinsichtigen Gemütsverfassung, die auch die besten Mütter gelegentlich erleben, wenn die häuslichen Aufgaben einfach zu viel werden. Zu wenig Bewegung beraubt sie ihrer Heiterkeit, und zu viel Hingabe an das Idol aller amerikanischen Frauen, der Teekanne, vermittelt ihnen das Gefühl, als wären sie nur noch Nerven ohne Muskeln.

"Ja", sagte sie manchmal und schaute in ihr Glas, "ich werde alt und hässlich; John findet mich nicht mehr interessant, also verlässt er seine ausgemergelte Frau und geht zu seiner hübschen Nachbarin, die keine Sorgen hat. Nun, die Babys lieben mich; es ist ihnen egal, ob ich dünn und blass bin und keine Zeit habe, meine Haare zu bürsten; sie sind mein Trost, und eines Tages wird John schon sehen, was ich gerne für sie geopfert habe, nicht wahr, mein Schatz?"

Auf herzergreifende Reden dieser Art antwortete Daisy meist mit einem Glucksen und Demi mit einem Krächzen, was Megs Lamentieren in mütterliches Schwelgen übergehen ließ, das ihre Einsamkeit vorerst besänftigte. Aber der Schmerz nahm in dem Maß zu, wie die Politik John in Beschlag nahm, der immer wieder hinüberlief, um interessante Punkte mit Scott zu besprechen, sich der Tatsache überhaupt nicht bewusst, dass Meg ihn vermisste. Aber sie sagte kein Wort, bis sie ihre Mutter eines Tages in Tränen aufgelöst vorfand und darauf bestand, zu wissen, was los war, denn Megs Traurigkeit war ihrer Aufmerksamkeit nicht entgangen.

"Ich kann es niemandem außer dir sagen, Mutter; aber ich brauche wirklich einen Rat, denn wenn John noch lange so weitermacht, könnte ich genauso gut verwitwet sein", antwortete die tief verletzte Mrs. Brooke und trocknete ihre Tränen mit Daisys Lätzchen.

"Was bedeutet 'so weitermacht', meine Liebe?", fragte ihre Mutter besorgt.

"Er ist den ganzen Tag weg, und abends, wenn ich ihn bei mir haben will, ist er ständig bei Scott drüben. Es ist nicht fair, dass ich die ganze Arbeit und keinerlei Vergnügen habe. Männer sind sehr egoistisch, sogar die besten Exemplare."

"Frauen auch; gib John nicht die Schuld, bis du dir sicher bist, dass du nicht selbst welche hast."

"Aber es kann nicht richtig sein, dass er mich vernachlässigt."

"Vernachlässigst du ihn nicht auch?"

"Aber Mutter, ich dachte, du stehst auf meiner Seite!"

"Das tue ich, zumindest was das Mitleid angeht; aber ich denke, die Schuld liegt bei dir, Meg."

"Ich wüsste nicht, warum."

"Lass es mich dir zeigen. Hat John dich jemals, wie du es nennst, vernachlässigt, während du ihm abends, seiner einzigen Freizeit, Gesellschaft geleistet hast?"

"Nein; aber jetzt kann ich das nicht mehr – ich muss schließlich zwei Babys versorgen."

"Doch, ich denke, das könntest du, Liebes; und ich denke, das solltest du auch. Darf ich ganz offen sprechen, und wirst du dich daran erinnern, dass es deine Mutter ist, die dir die Schuld gibt, aber auch deine Mutter, die mit dir mitfühlt?"

"Natürlich werde ich das! Sprich mit mir, als wäre ich wieder die kleine Meg. Ich habe oft das Gefühl, dass ich mehr Unterweisung denn je brauche, da mich diese Babys bei allem brauchen."

Meg zog ihren Schaukelstuhl neben den ihrer Mutter, und nach einer kleinen gegenseitigen Umarmung schaukelten und sprachen die beiden Frauen liebevoll miteinander und spürten, dass das Band der Mutterschaft sie mehr einte als jemals zuvor.

"Du hast nur den Fehler gemacht, den die meisten jungen Frauen machen, - deine Pflicht gegenüber deinem Mann in deiner Liebe zu deinen Kindern vergessen. Ein ganz normaler und verzeihlicher Fehler, Meg, aber einer, der schnell behoben werden sollte, bevor jeder seine eigenen Wege geht; denn Kinder sollten euch näher zusammenbringen, anstatt euch zu trennen, als ob sie nur die deinen wären und John nichts anderes zu tun hätte, als sie zu unterstützen. Ich habe dies seit einigen Wochen bemerkt, aber nicht mit dir gesprochen, da ich mir sicher war, dass dieses Thema noch rechtzeitig aufkommen würde."

"Ich fürchte, das wird es nicht. Wenn ich ihn bitte, bei mir zu bleiben, wird er denken, dass ich eifersüchtig bin; und ich möchte ihn nicht mit einer solchen Vorstellung beleidigen. Er sieht nicht, dass ich ihn brauche, und ich weiß nicht, wie ich es ihm ohne Worte sagen kann."

"Mach es hier so angenehm, dass er gar nicht weggehen will. Meine Liebe, er sehnt sich nach seinem kleinen Zuhause; aber ohne dich ist er hier nicht zu Hause, und du bist ständig im Kinderzimmer."

"Muss ich dort etwa nicht sein?"

"Nicht die ganze Zeit; zu viel Enge macht dich gereizt, und dann kann man nichts mit dir anfangen. Außerdem schuldest du sowohl John als auch den Babys etwas; vernachlässige deinen Mann nicht für deine Kinder, schließe ihn nicht aus dem Kinderzimmer aus, sondern zeige ihm, wie man dort hilft. Sein Platz ist genauso dort wie deiner, und die Kinder brauchen ihn; lass ihn spüren, dass er seinen Teil zu tun hat, und er wird es gerne und liebevoll tun, und es wird euch beiden besser gehen."

"Denkst du das wirklich, Mutter?"

"Ich weiß es sogar, Meg, denn ich habe es selbst ausprobiert; und ich gebe selten Ratschläge, es sei denn, ich habe ihre Praktikabilität bewiesen. Als du und Jo noch klein wart, war ich genau wie du und fühlte mich, als ob ich meine Pflicht nicht getan hätte, wenn ich mich dir nicht ganz und gar gewidmet habe. Dein armer Vater beschäftigte sich mit seinen Bücher, nachdem ich alle seine Hilfsangebote abgelehnt hatte, und ließ mich mein Experiment allein ausprobieren. Ich kämpfte, so gut ich konnte, aber Jo war zu viel für mich. Ich hätte sie durch meine Nachsicht fast verwöhnt. Dir ging es nicht gut, und ich machte mir Sorgen um dich, bis ich selbst krank wurde. Da kam Vater zu meiner Rettung, kümmerte sich still um alles und war so hilfsbereit, dass ich meinen Fehler bemerkte und seither nicht mehr ohne ihn auskommen möchte. Das ist das Geheimnis unseres Familienglücks: Er lässt sich von seinen Geschäften nicht von den kleinen Dingen und Pflichten abbringen, die uns *alle* betreffen, und ich versuche im Gegenzug, mich trotz aller Haushaltssorgen auch für sein Streben zu interessieren. In vielen Dingen leistet jeder von uns seinen Teil allein, aber zu Hause arbeiten wir zusammen, immer."

"So ist es, Mutter; und mein großer Wunsch ist es, für meinen Mann und meine Kinder das zu sein, was du für deine warst. Zeig mir, wie es geht; ich tue alles, was du sagst."

"Du warst schon immer meine willige Tochter. Nun, Liebes, wenn ich du wäre, würde ich darauf achten, dass sich John mehr mit Demi abgibt, denn der Junge braucht eine führende Hand, und es ist nie zu früh, um damit zu beginnen. Dann würde ich tun, was ich oft vorgeschlagen habe: lass Hannah kommen und dir helfen; sie ist ein großartiges Kindermädchen, und du kannst ihr deine süßen Babys anvertrauen, während du mehr Hausarbeit machst. Du brauchst etwas Arbeit, Hannah würde die Ruhe genießen, und John könnte seine Frau wiederentdecken. Geh mehr raus; sei so fröhlich wie beschäftigt, denn du bist der Sonnenschein der Familie, und wenn du trübselig wirst, gibt es auch bei uns kein schönes Wetter. Schließlich würde ich versuchen, mich für das zu interessieren, was John mag – mit ihm darüber zu reden, ihn dir vorlesen zu lassen, Ideen auszutauschen und euch auf diese Weise gegenseitig zu helfen. Schließe dich nicht in einer Hutschachtel ein, bloß weil du eine Frau bist, sondern versuche zu verstehen, was überall passiert, und mach dich bereit, deinen Teil zur Arbeit der Welt beizutragen, denn alles hängt irgendwie mit allem zusammen – auch mit dir."

"John ist so schlau, ich fürchte, er wird mich für dumm halten, wenn ich Fragen über Politik und solche Dinge stelle."

"Ich glaube nicht, dass er das tun wird; Liebe verzeiht eine Vielzahl von Sünden, und bei wem könntest du freier um Verständnis bitten als bei ihm? Versuche es und sieh, ob er deine Gesellschaft nicht doch viel angenehmer findet als Mrs. Scotts Abendessen."

"Das werde ich. Armer John! Ich fürchte, ich habe ihn schlimm vernachlässigt, aber ich dachte, ich wäre im Recht, und er hat nie etwas gesagt."

"Er versuchte, nicht egoistisch zu sein, aber er hat sich ziemlich verlassen gefühlt, glaube ich. Das ist genau die Zeit, Meg, in der junge, verheiratete Menschen dazu neigen, sich auseinander zu leben, und auch die Zeit, in der sie am meisten zusammen sein sollten; denn die erste Zärtlichkeit lässt bald nach, es sei denn, man kümmert sich darum, sie zu bewahren; und keine Zeit ist so schön und kostbar für Eltern wie die ersten Jahre des kleinen Lebens, das ihnen geschenkt wurde. Lass nicht zu, dass John den Babys fremd wird, denn niemand ist besser dazu geeignet, ihn sicher und glücklich durch diese Welt der Prüfungen und Versuchungen zu führen als sie, und durch sie werdet ihr einander so kennen und lieben lernen, wie ihr es solltet. Jetzt, meine Liebe, auf Wiedersehen; denke über die Predigt deiner Mutter nach, handle danach, wenn sie dir gut erscheint, und Gott segne euch alle!"

Meg dachte darüber nach, fand sie gut und handelte danach, obwohl der erste Versuch nicht exakt so lief, wie sie ihn geplant hatte. Natürlich tyrannisierten die Kinder sie und regierten das Haus, als sie herausfanden, dass ihnen Strampeln und Schreien das einbrachte, was sie wollten. Mama war eine klägliche Sklavin ihrer Launen, aber Papa war nicht ganz so leicht zu bezwingen und peinigte seine zarte Ehefrau gelegentlich durch einen Versuch, seinen aufmüpfigen Sohn mit väterlicher Disziplin zu beeindrucken. Demi hatte eine Kleinigkeit von der Charakterstärke seines Vaters geerbt – nennen wir es mal nicht Sturheit – , und wenn er sich einmal dafür entschieden hatte, etwas haben oder tun zu wollen, konnte nichts auf der Welt diesen kleinen, hartnäckigen Zeitgenossen davon abbringen. Mama meinte, der Kleine sei noch zu jung, um zu lernen, wie man seine Voreingenommenheit überwand, aber Papa glaubte, dass es nie zu früh war, um Gehorsam zu lernen; so entdeckte Meister Demi früh, dass er immer den Kürzeren zog, wenn er sich mit "parpar" anlegte; und dennoch respektierte das Baby den Mann, der es besiegt hatte, und liebte den Vater, dessen ernstes "Nein, nein" beeindruckender war als alle Hätscheleien der Mutter.

Ein paar Tage nach dem Gespräch mit ihrer Mutter beschloss Meg, sich einen gemütlichen Abend mit John zu machen; also bestellte sie ein schönes Abendessen, brachte die Stube in Ordnung, zog sich hübsch an und brachte die Kinder früh zu Bett, damit nichts ihren Versuch stören würde. Aber leider hatte Demi an diesem Abend eine extreme Abneigung dagegen, ins Bett zu gehen, und für sich beschlossen, dies mit einem Wutanfall kundzutun; also sang und wiegte die arme Meg, erzählte Geschichten und versuchte jede List, die sich ein Sandmännchen nur ausdenken konnte. Aber es war alles umsonst, die großen Augen wollten sich nicht schließen; und lange, nachdem sich die gutmütige, kleine Daisy schon im Träumeland befand, lag der unartige Demi immer noch da und starrte mit einem entmutigenden, hellwachen Gesichtsausdruck das Licht an.

"Wird Demi ein guter Junge sein und ruhig liegenbleiben, während Mama runterläuft und dem armen Papa seinen Tee macht?", fragte Meg, als sich die Tür zur Diele leise schloss und die ihr bestens bekannten Schritte auf Zehenspitzen ins Esszimmer schlichen.

"Iss au' Tee!", sagte Demi in heller Vorfreude, am Festmahl teilzunehmen.

"Nein; aber ich hebe dir ein paar Küchlein fürs Frühstück auf, wenn du jetzt schläfst wie Daisy. Abgemacht, Liebling?"

"Jaaaa." Demi schloss schnell die Augen, damit er schlafen konnte und der heißbegehrte Tag schnell herbeikommen würde.

Meg nutzte die Gunst der Stunde, schlüpfte aus dem Zimmer und rannte hinunter, um ihren Mann mit lächelndem Gesicht und der kleinen, blauen Schleife im Haar zu begrüßen, die er so sehr an ihr mochte. Er bemerkte sie sofort und sagte sowohl erfreut als auch überrascht:

"Oh, kleine Mutter, wie hübsch wir heute Abend aussehen. Erwartest du Gesellschaft?"

"Nur dich, mein Schatz."

"Hat jemand Geburtstag, Jahrestag oder so etwas Ähnliches?"

"Nein, ich war es einfach leid, so schäbig rumzulaufen, also habe ich mich zur Abwechslung hübsch gemacht. Du ziehst dich fürs Essen immer um, egal wie müde du bist; warum also ich nicht auch, wenn ich Zeit habe?"

"Ich tue dies aus Respekt vor dir, meine Liebe", sagte der altmodische John.

"Dito, Mr. Brooke", lachte Meg und sah wieder jung und hübsch aus, als sie ihm über die Teekanne hinweg zunickte.

"Nun, das ist alles ganz wunderbar, wie in alten Zeiten. Es fühlt sich gut an. Ich trinke auf deine Gesundheit, Liebling." John trank seinen Tee mit Genuss, ja fast schon Verzückung – was jedoch von sehr kurzer Dauer war; denn als er seine Tasse abstellte, klapperte irgendwo geheimnisvoll eine Türklinke, und man hörte eine kleine Stimme, die ungeduldig sagte:

"Allo dort; iss komme!"

"Das ist doch dieser ungezogene Junge. Ich habe ihm gesagt, er solle allein schlafen gehen, und jetzt kommt er hier herunter und holt sich den Tod, weil er mit nackten Füßen über den Boden trappelt", rief ihm Meg zur Antwort entgegen.

"Jetz' Morgen", kündigte Demi freudig erregt an, als er in die Stube eintrat. Sein langes Nachthemd war anmutig über den Arm drapiert, und jede seiner Locken wackelte fröhlich, als er um den Tisch herumstolzierte und die Küchlein liebevoll anstarrte.

"Nein, es ist noch nicht Morgen. Du sollst ins Bett gehen und der armen Mama nicht auf die Nerven fallen; dann kannst du das Küchlein mit Zucker darauf haben."

"Iss Parpar liebhab", sagte der hinterlistige, kleine Kerl und machte sich daran, das väterliche Knie zu erklimmen, um in verbotenen Freuden zu schwelgen. Aber John schüttelte den Kopf und sagte zu Meg:

"Wenn du ihm gesagt hast, er soll da oben bleiben und allein schlafen gehen, dann muss er das auch tun, sonst wird er nie lernen, auf dich zu hören."

"Ja, natürlich. Komm, Demi." Meg, die den starken Wunsch verspürte, dem kleinen, neben ihr her hüpfenden Störenfried den Hintern zu versohlen, führte ihren Sohn weg, wohlwissend, dass sie ihm sein "Bestechungsgeld" verabreichen musste, sobald sie im Kinderzimmer waren.

Demi hingegen war gar nicht enttäuscht; denn diese kurzsichtige Frau gab ihm tatsächlich ein Stück Zucker, steckte ihn in sein Bett und verbot ihm bis zum Morgen weitere Ausflüge.

"Ja", sagte der eidbrüchige Demi, der selig an seinem Zucker nuckelte und seinen ersten Versuch als äußerst erfolgreich betrachtete.

Meg kehrte an ihren Platz zurück, und das Abendessen verlief sehr angenehm, bis der kleine Quälgeist wieder hereinspazierte und das mütterlichen Vergehen aufdeckte, indem er mutig forderte:

"Mehr Suckar, Marmar."

"So geht das nicht", sagte John, dessen Herz dem kleinen Sünder gegenüber wesentlich härter war. "Wir werden nie Ruhe haben, bis dieses Kind lernt, ordentlich zu Bett zu gehen. Du hast dich lange genug zur Sklavin gemacht; erteile ihm eine Lektion, und dann muss endlich gut sein. Leg ihn in sein Bett und komm wieder herunter, Meg."

"Er wird nicht drin bleiben; das tut er nie, es sei denn, ich setze mich zu ihm."

"Dann werde ich das übernehmen. Demi, geh nach oben und in dein Bett, wie Mama es dir gesagt hat."

"Nee!", antwortete der junge Rebell, schnappte sich eines der begehrten "Küchlein" und begann, dieses in aller Seelenruhe zu essen.

"Das darfst du nie zu Papa sagen! Ich werde dich rauftragen, wenn du nicht selbst gehst."

"Deh weg; iss liebe parpar nit;" woraufhin sich Demi um Schutz suchend an den Rockzipfel seiner Mutter begab.

Aber auch diese Zuflucht erwies sich als vergebens, denn prompt wurde er dem Feind übergeben, wenn auch mit einem "Sei lieb zu ihm, John." Dies stürzte den Täter in große Verzweiflung, denn wenn die Mutter ihm nicht mehr beistand, war der Tag des Jüngsten Gerichtes wohl gekommen. Der arme

Demi, seines Kuchens beraubt, seiner Scherze missverstanden und von einer starken Hand zu diesem verhassten Bett getragen, konnte seinen Zorn nicht mehr im Zaum halten und trotzte seinem Papa offen ins Gesicht, während er den ganzen Weg nach oben lustvoll um sich trat und schrie. In der Sekunde, in der ihn John auf der einen Seite ins Bett legte, krabbelte er auf der anderen Seite wieder heraus und machte sich auf den Weg zur Tür; aber nur, um jedes Mal schmählich am Zipfel seiner kleinen Toga geschnappt und wieder zurückgebracht zu werden – was so lange ging, bis die Kraft des jungen Mannes erschöpft war und er aus vollem Hals das Schreien anfing. Diese kleine Gesangsübung brachte Meg normalerweise zum Schmelzen; aber John saß so ungerührt da wie der Bettpfosten, der ja im Volksmund allgemein als taub bezeichnet wird. Kein Zureden, kein Zuckerchen, kein Schlaflied, keine Geschichte; selbst das Licht wurde gelöscht, und nur noch das rote Glühen des Feuers belebte das "große Dunkel", das Demi eher mit Neugierde als mit Angst betrachtete. Diese neue Ordnung der Dinge ekelte ihn an, und er heulte erbärmlich nach seiner "Marmar", bis seine Wut etwas nachließ und der gefangene Diktator sich wieder an seine zärtliche Leibeigene erinnerte. Das traurige Klagen, das auf sein wütendes Gebrüll folgte, ging Meg mitten ins Herz, und sie rannte hinauf, um flehentlich zu sagen:

"Lass mich bei ihm bleiben; er wird jetzt lieb sein, John."

"Nein, meine Liebe, ich habe ihm gesagt, dass er schlafen muss, wenn du es ihm sagst; und das muss er auch, und wenn ich die ganze Nacht hier bleibe."

"Aber er wird sich das Herz herausweinen", flehte Meg, die sich selbst Vorwürfe machte, dass sie ihren Jungen im Stich gelassen hatte.

"Nein, das wird er sicher nicht; er ist so müde, dass er bald einschlafen wird, und dann ist die Sache erledigt; und er muss verstehen, dass er zu gehorchen hat. Misch dich nicht ein; ich kümmere mich um ihn."

"Er ist mein Kind, und ich kann nicht zulassen, dass seine Gemütsart durch Härte gebrochen wird."

"Er ist auch mein Kind, und ich lasse mir sein Naturell nicht durch Nachsichtigkeit verderben. Geh runter, meine Liebe, und überlass den Jungen mir."

Wenn John in diesem belehrenden Ton sprach, gehorchte Meg immer und hatte ihre Fügsamkeit noch nie bedauert.

"Bitte lass mich ihn einmal küssen, John?"

"Sicherlich. Demi, sag 'Gute Nacht' zu Mama und lass sie gehen und sich ausruhen, denn sie ist sehr müde davon, sich den ganzen Tag um dich zu kümmern."

Meg bestand hinterher immer darauf, dass der Kuss alles zum Guten wendete; denn nachdem er gegeben worden war, schluchzte Demi etwas leiser und lag ganz still am Unterteil des Bettes, wohin er sich in seiner Wut gewunden hatte.

"Armer kleiner Mann, er ist erschöpft vor lauter Weinen. Ich werde ihn zudecken und Meg beruhigen", dachte John, als er ans Bett schlich und hoffte, seinen rebellischen Thronfolger schlafend vorzufinden.

Aber dem war nicht so; in dem Moment, in dem ihn sein Vater anschaute, öffnete Demi seine Augen. Dann fing sein kleines Kinn an zu zittern, er hob seine Arme und sagte mit reuevollem Schluchzen: "Iss lieb jetz".

Meg saß indessen draußen auf der Treppe und wunderte sich über die lange Stille, die dem Aufruhr folgte, und nachdem sie sich alle möglichen und unmöglichen Unglücke vorgestellt hatte, huschte sie in den Raum, um ihre Sorgen zu besänftigen. Demi schlief tief und fest, aber nicht wie üblich, alle vier von sich gestreckt, sondern eng zusammengekauert in den Armen seines Vaters, an den er sich gekuschelt hatte, und dessen Finger er festhielt in dem Gefühl, dass die Strafe von Barmherzigkeit abgelöst worden und er als traurigeres, aber auch als klügeres Baby eingeschlafen war. John hatte mit weiblicher Geduld darauf gewartet, dass die kleine Hand ihren Griff entspannte, und war währenddessen eingeschlafen, müder von dem Kampf mit seinem Sohn als von der Arbeit des Tages.

Als Meg die beiden Gesichter auf dem Kissen betrachtete, lächelte sie in sich hinein, schlüpfte wieder hinaus und sagte zufrieden:

"Ich muss nie befürchten, dass John zu hart zu meinen Babys ist. Er weiß, wie man mit ihnen umgeht, und wird mir eine große Hilfe sein, denn Demi wächst mir über den Kopf."

Als John schließlich herunterkam und erwartete, eine nachdenkliche und vorwurfsvolle Frau vorzufinden, war er angenehm überrascht, als sah, wie Meg gemütlich eine Haube kürzte, und mit der Bitte begrüßt wurde, ihr etwas über die Wahl vorzulesen, wenn er nicht zu müde war. John begriff sofort, dass gerade irgendeine Revolution stattfand, stellte aber klugerweise keine Fragen, da er wusste, dass Meg eine so durchschaubare kleine Person war, dass sie kein Geheimnis der Welt für sich bewahren konnte, und deswegen der Haken an der Sache sicher gleich auftauchen würde. Er las ihr mit allergrößter Bereitwilligkeit eine lange Debatte vor und machte dazu viele erklärende Anmerkungen, während Meg versuchte, hoch interessiert zu schauen, intelligente Fragen zu stellen und ihre Gedanken davon abzuhalten, vom Zustand der Nation zum Zustand ihrer Haube zu schweifen. Tief in ihrer Seele war sie jedoch der Meinung, dass Politik so doof war wie Mathematik, und dass die eigentliche Aufgabe von Politikern war, sich gegenseitig zu beschimpfen; aber sie behielt diese weiblichen Vorstellungen für sich, und als

John innehielt, schüttelte sie den Kopf und sagte mit vermeintlicher, diplomatischer Doppeldeutigkeit:

"Nun, ich weiß wirklich nicht, wie das weitergehen soll."

John lachte und beobachtete sie eine Minute lang, als sie eine hübsche, kleine Handarbeit aus Spitze und Blumen in ihrer Hand balancierte und sie mit dem Interesse betrachtete, das seine politischen Erklärungen nicht geweckt hatten.

"Sie versucht, sich um meinetwillen für Politik zu interessieren, also werde ich es versuchen, mich um ihretwillen für die Hutmacherei zu interessieren, das ist nur fair", dachte John der Gerechte und fügte laut hinzu:

"Das ist sehr hübsch; nennt man das nicht ein Frühstückskäppchen?"

"Mein lieber Mann, das ist eine Haube! Meine allerbeste Konzert- und Theaterhaube."

"Ich bitte um Verzeihung; sie ist so klein, dass ich sie für eines dieser neumodischen Teile hielt, die du manchmal trägst. Wie wird sie befestigt?"

"Diese Spitzenbändchen werden mit einer Rosenknospe unter dem Kinn befestigt", sagte Meg und veranschaulichte ihre Worte, indem sie die Haube aufsetzte und John mit unwiderstehlicher Gelassenheit betrachtete.

"Das ist eine sehr hübsche Haube, aber ich bevorzuge dennoch das Gesicht darin, denn es sieht wieder jung und glücklich aus." Mit diesen Worten küsste John das lächelnde Gesicht, sehr zum Nachteil der Rosenknospe unter dem Kinn.

"Ich bin froh, dass sie dir gefällt, denn ich möchte, dass du mich eines Abends mit zu einem dieser neuen Konzerte nimmst; ich brauche wirklich etwas Musik, um mich in Stimmung zu bringen. Würdest du mich mitnehmen?"

"Natürlich werde ich das, von ganzem Herzen, wo immer du hin willst. Du warst so lange so verschlossen, dass es dir über die Maße guttun wird – und das werde ich noch mehr genießen als die Musik. Wie ist dir denn so etwas eingefallen, kleine Mutter?"

"Nun, ich hatte neulich ein Gespräch mit Mami und erzählte ihr, wie gereizt und verärgert ich bin, und sie sagte, dass ich etwas Veränderung und weniger Sorgen brauchte; also soll Hannah mir mit den Kindern helfen, und ich kann mich ab und zu ein wenig amüsieren, um keine zappelige, ausgemergelte, alte Frau zu werden, bevor die Zeit dafür reif ist. Es ist nur ein Versuch, John, und ich will ihn genauso um deinetwillen als auch um meinetwillen wagen, denn ich habe dich in letzter Zeit schändlich vernachlässigt, und ich möchte unser Zuhause wieder so gestalten, wie es einmal war, wenn ich kann. Du hast nichts dagegen, hoffe ich?"

Egal, was John darauf gesagt hat, oder wie knapp die kleine Haube die Familie vor dem völligen Zerfall gerettet hat; alles, was wir wissen müssen, ist, dass John keine Einwände hatte, wenn man die Veränderungen betrachtet, die sich allmählich im Haus und in seinen Bewohner vollzogen haben. Es war keineswegs das Paradies, aber jedem Einzelnen ging es durch die Neuordnung und Aufteilung der Arbeit besser; die Kinder blühten unter der väterliche Herrschaft auf, denn der gewissenhafte und standhaft John brachte Ordnung und Gehorsam ins Babyreich, während Meg ihre Lebensgeister wiederfand und ihre Nerven durch viel gesunde Bewegung, ein wenig Vergnügen und viele vertrauliche Gespräch mit ihrem vernünftigen Ehemann wieder in den Griff bekam. Das Zuhause wurde langsam wieder ein Zuhause, und John hatte nicht mehr den Wunsch, es zu verlassen, es sei denn, Meg war bei ihm. Die Scotts kamen jetzt oft zu den Brookes, und jeder fand, dass das kleine Haus ein Ort voller Fröhlichkeit, Glück, Zufriedenheit und familiärer Liebe war. Sogar die lebenslustige Sallie Moffatt ging gerne dorthin. "Es ist hier immer so ruhig und angenehm, es tut mir gut, Meg", sagte sie und schaute sich mit wehmütigen Augen um, als ob sie den Zauber entdecken wollte, den sie vielleicht in ihr großes Haus, mitnehmen konnte, das voller Einsamkeit war; denn dort gab es keine aufrührerischen, strahlenden Babys, und Ned lebte in seiner eigenen Welt, in der es keinen Platz für sie gab.

Dieses heimische Glück kam nicht aufs Mal, aber John und Meg hatten den Schlüssel dazu gefunden, und jedes Jahr ihres Ehelebens lehrte die beiden, diesen Schlüssel zu benutzen, um die Schätze der echten Liebe und der gegenseitigen Hilfsbereitschaft zu entdecken, die selbst die Ärmsten besitzen und sich die Reichen nicht kaufen können. Dies ist die Art von Regal, auf das sich junge Frauen und Mütter gerne stellen, sicher vor dem unaufhörlichen Ärger und dem Chaos der Welt, und in ihren kleinen Söhnen und Töchtern, die sich an sie klammern, die Liebe wiederfinden, unerschrocken von Trauer, Armut oder Alter; wo sie mit einem treuen Mann Seite an Seite durch schönes und stürmisches Wetter gehen können, einem Mann, der ihnen gezeigt hat, dass das glücklichste Königreich einer Frau ihr Zuhause ist, und ihre höchste Ehre die Kunst, es zu regieren – aber nicht als Königin, sondern als weise Frau und Mutter.

XXXIX. FAULPELZ LAURIE

Laurie ging nach Nizza, wo er eine Woche bleiben wollte, aber einen Monat verbrachte. Er war es leid, allein herumzulaufen, und Amys vertraute Anwesenheit schien den fremden Landschaften um ihn herum einen heimischen Charme zu verleihen. Er hatte die "Streicheleinheiten", die ihm Amy früher zuteilwerden ließ, vermisst und genoss die kleinen Kostproben; denn keine noch so schmeichelhafte Aufmerksamkeit von Fremden war halb so angenehm wie die schwesterliche Verehrung der Mädchen zu Hause. Amy hatte ihn nie so schelmisch behandelt wie die anderen, aber sie war sehr froh, ihn jetzt bei sich zu haben, und klammerte sich sehr an ihn in dem Gefühl, dass er der Vertreter der lieben Familie war, nach der sie sich mehr sehnte, als sie sich eingestehen wollte. Jeder tröstete sich mit der Gesellschaft des anderen und sie verbrachten viel Zeit miteinander und gingen reiten, spazieren, tanzen oder bummeln, denn in Nizza kann niemand während der heiteren Zeit wirklich fleißig sein. Aber, während sie sich scheinbar sorglos amüsierten, machte jeder von ihnen insgeheim Entdeckungen und bildete Meinungen über den anderen. Amy stieg täglich in der Wertschätzung ihres Freundes, während er in ihrer sank, und jeder fühlte die Wahrheit, bevor ein Wort davon gesprochen wurde. Amy versuchte zu gefallen, und dies gelang ihr auch, denn sie war dankbar für die vielen Freuden, die er ihr schenkte, und zahlte es ihm mit den kleinen Diensten zurück, die weibliche Frauen mit unbeschreiblicher Anmut leisten können. Laurie unternahm diesbezüglich keinerlei Anstrengungen, sondern ließ sich so behaglich wie möglich treiben, versuchte zu vergessen und war sowieso der Meinung, dass ihm alle Frauen ein freundliches Wort schuldeten, weil ihm eine von ihnen die kalte Schulter gezeigte hatte. Es kostete ihn keine Mühe, großzügig zu sein, und er hätte Amy allen Plunder in Nizza gekauft, wenn sie ihn angenommen hätte; aber gleichzeitig spürte er, dass er die Meinung, die sie von ihm hatte, nicht ändern konnte, und er fürchtete eher die scharfen blauen Augen, die ihn halb bekümmert, halb verachtungsvoll zu beobachten schienen.

"Alle anderen sind heute nach Monaco gegangen; ich blieb lieber zu Hause und schrieb Briefe. Diese sind jetzt fertig, und ich will nach Valrosa, um zu zeichnen; gehst du mit?", fragte Amy, als Laurie eines schönen Tages wie gewohnt gegen Mittag bei ihr hereinschneite.

"Ja, klar, aber ist es nicht ziemlich warm für einen so langen Spaziergang?", antwortete er bedächtig, denn nach dem grellen Licht draußen, sah der schattige Salon auch sehr einladend aus.

"Ich werde die kleine Kutsche nehmen, und Baptiste kann fahren, also musst du nur deinen Regenschirm halten und auf deine Handschuhe aufpassen", erwiderte Amy mit sarkastischem Blick auf die makellosen Glacéhandschuhe, für die Laurie eine große Schwäche hatte.

"Dann komme ich gerne mit", sagte er und streckte seine Hand nach ihrem Skizzenbuch aus. Aber sie steckte es unter ihren Arm und antwortete scharf:

"Bemühe dich nicht, es ist keine Anstrengung für mich, aber du wirkst nicht gerade so."

Laurie hob seine Augenbrauen und folgte ihr in gemächlichem Tempo, als sie die Treppe hinunterlief; aber als sie in die Kutsche stiegen, nahm er selbst die Zügel und dem kleinen Baptiste blieb nichts anderes übrig, als seine Arme zu verschränken und auf seinem Sitzplatz einzuschlafen.

Die beiden stritten sich nie – Amélie war zu gut erzogen, und gerade jetzt war Laurie zu faul dafür; also lugte er eine Minute später fragend unter ihren Hutrand; sie antwortete mit einem Lächeln, und beide waren ab sofort wieder allerbeste Freunde.

Es war eine wunderschöne Fahrt, entlang kurvenreicher Straßen, reich an malerischen Szenen, die die dafür empfänglichen Augen erfreuten. Hier ein altes Kloster, von dem aus der feierliche Gesang der Mönche zu ihnen drang. Dort ein Hirte in kurzen Hosen und Holzschuhen, mit Spitzhut und derber Jacke über einer Schulter, der auf einem Stein saß, während seine Ziegen zwischen den Felsen umhersprangen oder zu seinen Füßen lagen. Zahme, mausgraue Esel, beladen mit Packtaschen mit frisch geschnittenem Gras, kamen vorbei, während weiter weg ein hübsches Mädchen mit einem Filzhut zwischen den grünen Haufen saß und eine alte Frau ihren Spinnrocken drehte, Braune Kinder mit Kulleraugen rannten aus den malerischen, steinernen Hütten heraus, und boten ihnen Blumensträuße oder Orangen an, die noch am Ast hingen. Knorrige Olivenbäume bedeckten die Hügel mit ihrem Laub, in den Obstgärten hingen goldene Früchte, und große scharlachrote Anemonen säumten den Straßenrand; während sich die Seealpen jenseits grüner Hänge und zerklüfteter Höhen scharf und weiß gegen den blauen italienischen Himmel erhoben.

Valrosa hatte seinen Namen wohlverdient, denn in diesem Klima ewigen Sommers blühten überall Rosen. Sie hingen über dem Torbogen, schoben sich, die Passanten begrüßend, zwischen die Gitterstäbe des großen Tores, säumten die Allee und schlängelten sich durch Zitronenbäume und federige Palmen bis zur Villa auf dem Hügel. Jeder schattige Winkel, in dem Sitze zum Verweilen einluden, war ein einziges Blütenmeer; jede kühle Grotte hatte ihre Marmornymphe, die aus einem Blumenvorhang herablächelte, und jeder Brunnen spiegelte purpurrote, weiße oder hellrosa Rosen wider, die sich nach unten lehnten, um über ihre eigene Schönheit zu lächeln. Rosen bedeckten die Wände des Hauses, drapierten die Brüstungen, kletterten die Säulen empor und belagerten die Balustrade der ausgedehnten Terrasse, von wo aus man auf das sonnige Mittelmeer und die weiß glänzende Stadt an seiner Küste hinunterblickte.

"Das ist ein echtes Paradies für Flitterwochen, nicht wahr? Hast du jemals solche Rosen gesehen?", fragte Amy, die auf der Terrasse innehielt, um die Aussicht zu genießen, und den vorbeiwehenden luxuriösen Parfümduft zu genießen.

"Nein, und auch noch nie solche Dornen gespürt", erwiderte Laurie mit dem Daumen im Mund, nachdem er vergeblich versucht hatte, eine der scharlachroten Blumen zu pflücken, die knapp außerhalb seiner Reichweite wuchs.

"Versuche es weiter unten und suche dir eine, die keine Dornen hat", sagte Amy und schnitt drei der kleinen, cremefarbenen Rosen ab, die sich an der Wand hinter ihr emporrankten. Nachdem sie die Blumen als Friedensangebot in Lauries Knopfloch gesteckt hatte, stand er eine Minute lang da und betrachtete sie mit einem äußerst merkwürdigen Gesichtsausdruck. Im italienischen Teil seines Wesens gab es einen Hauch von Aberglaube, und er befand sich genau in diesem Moment in jenem Zustand halbsüßer, halbbitterer Melancholie, in dem phantasievolle junge Männer selbst in Kleinigkeiten eine Bedeutung sehen und überall Nahrung für ihre romantische Ader finden. Als er nach der dornigen, roten Rose gegriffen hatte, waren seine Gedanken bei Jo, denn bunte Blumen standen ihr gut, und sie hatte oft welche aus dem Treibhaus zu Hause getragen. Die blassen Rosen, die Amy ihm gab, waren von der Art, die Italiener in die Hände der Toten legen und niemals in Brautkränzen verwenden. Für einen Moment fragte er sich, ob das ein Omen für Jo oder für sich selbst war, aber im nächsten Moment siegte sein amerikanischer Menschenverstand über die Sentimentalität und er lachte herzlicher, als Amy es jemals seit seiner Ankunft gehört hatte.

"Das ist ein gut gemeinter Ratschlag; du solltest ihn annehmen und deine Finger schonen", sagte sie in der Annahme, dass ihre Worte ihn zu Lachen gebracht hatten.

"Danke, das werde ich", antwortete er scherzhaft – ein paar Monate später sagte er es ernsthaft.

"Laurie, wann gehst du zu deinem Großvater?", fragte Amy kurz darauf, als sie sich auf einem rustikalen Sitz niederließ.

"Sehr bald."

"Das hast du in den letzten drei Wochen ein Dutzend Mal gesagt."

Vermutlich, weil kurze Antworten Ärger ersparen."

"Er erwartet dich, und du solltest wirklich zu ihm gehen."

"Du bist ein wirklich gastfreundliches Geschöpf! Ich weiß es doch."

"Warum tust du es dann nicht?"

"Angeborene Verdorbenheit, nehme ich an."

"Angeborene Faulheit, meinst du. Es ist wirklich schrecklich mit dir!", sagte Amy mit ernstem Gesichtsausdruck.

"Nicht so schrecklich, wie es scheint, denn ich gehe ihm nur auf die Nerven, wenn ich bei ihm bin, also kann ich genauso gut bleiben und dir noch ein bisschen zur Last fallen – du kannst es sicher besser ertragen als er; tatsächlich glaube ich, dass es dir hervorragend passt", erwiderte Laurie und legte sich für eine kleine Ruhepause auf das breite Sims der Balustrade.

Amy schüttelte ihren Kopf und öffnete leicht resigniert ihr Skizzenbuch; aber da sie sich entschlossen hatte, "diesen Jungen" zu belehren, begann sie in einer Minute von vorne.

"Was tust du da gerade?"

"Ich beobachte Eidechsen."

"Nein, nein; ich meine, was hast du vor und willst du tun?"

"Eine Zigarre rauchen, wenn du erlaubst."

"Wie provokant du bist! Ich mag keine Zigarren, und ich werde es dir nur unter der Bedingung erlauben, dass ich dich in meine Skizze einfügen darf; ich brauche eine Gestalt."

"Mit der allergrößten Freude. Wie willst du mich haben – in voller Größe oder dreiviertel, auf dem Kopf oder den Absätzen stehend? Ich würde, mit allem Respekt, eine liegende Haltung vorschlagen, in die du dich auch selbst einbringen kannst, und es "Dolce far niente?" nennen.

"Bleib, wie du bist, und schlaf ein, wenn du willst. Ich habe vor, hart zu arbeiten", sagte Amy sehr energisch.

"Was für ein entzückender Eifer!", meinte Laurie und lehnte sich mit übertriebener Gelassenheit an eine große Urne.

"Was würde Jo sagen, wenn sie dich jetzt so sehen würde?", fragte Amy ungeduldig und hoffte, ihn durch die Erwähnung des Namens ihrer noch energischeren Schwester aufzurütteln.

"Wie immer: 'Hau ab, Teddy, ich bin beschäftigt!' " Er lachte, während er sprach, aber das Lachen war nicht natürlich, und ein Schatten huschte über sein Gesicht, denn die Äußerung des wohlbekannten Namens berührte die Wunde, die immer noch nicht geheilt war. Amy bemerkte sowohl den Tonfall als auch den Schatten, denn sie hatte beides schon einmal gesehen und gehört, und in diesem Moment blickte sie rechtzeitig auf, um einen völlig neuen Ausdruck auf Lauries Gesicht zu erhaschen – einen starren, bitteren Blick, voller Schmerz, Missfallen und Bedauern. Aber er war schon wieder weg, bevor sie ihn näher betrachten konnte, und der lustlose Ausdruck war zurückgekommen. Amy beobachtete ihn einen Moment mit künstlerischem Vergnügen und dachte, dass er wie ein Italiener aussah, als er so mit unbedecktem Kopf und den Augen voller südlicher Verträumtheit in der Sonne lag; er schien sie vergessen zu haben und sich einer Träumerei hinzugeben.

"Du siehst aus wie das Abbild eines jungen Ritters, der auf seinem Grab schläft", sagte sie und zeichnete sorgfältig das gut geschnittene Profil ab, das sich gegen den dunklen Stein abhob.

"Ich wünschte, so wäre es!"

"Das ist ein törichter Wunsch, es sei denn, du hast dein Leben verhunzt. Du bist so verändert, manchmal denke ich – ." Amy hielt inne und hatte einen halb schüchternen, halb wehmütigen Blick in ihren Augen, der bedeutsamer war als ihr unvollendeter Satz.

Laurie sah auf, erkannte die liebevolle Besorgnis, die sie kaum ausdrücken konnte, und schaute ihr direkt in die Augen, als er sagte, so wie er es ihrer Mutter gesagt hatte:

"Es ist alles in Ordnung, Ma'am."

Damit gab sich Amy zufrieden und die Zweifel, die sie in letzter Zeit zu beunruhigen begonnen hatten, verstummten für den Moment. Sie war auch berührt, und sie zeigte dies durch den herzlichen Ton, in dem sie sagte:

"Darüber bin ich sehr froh! Ich habe nie geglaubt, dass du ein sehr unanständiger Junge gewesen bist, aber ich dachte, du hättest vielleicht Geld in diesem blöden Baden-Baden verprasst, dein Herz an eine charmante, verheiratete Französin verloren oder in einen Ärger geraten, den junge Männer offenbar für einen notwendigen Teil einer Auslandsreise halten. Bleib nicht da draußen in der Sonne, komm und leg dich auf das Gras hier und 'lass uns freundlich sein', wie Jo zu sagen pflegte, wenn wir in der Sofaecke saßen und uns Geheimnisse erzählten."

Laurie legte sich gehorsam auf den Rasen und begann sich damit zu vergnügen, Margeriten in die Bänder von Amys Hut zu stecken, der dort lag.

"Ich bin bereit für die Geheimnisse", sagte er und blickte sie mit einem höchst interessierten Ausdruck in seinen Augen an.

"Ich habe keine zu erzählen; du darfst anfangen."

"Ich habe selbst keine, mit denen ich angeben könnte. Ich dachte, du hättest vielleicht Nachrichten von zu Hause."

"Du hast schon alles gehört, was in letzter Zeit passiert ist. Bekommst du nicht selbst Briefe? Ich dachte, Jo würde dir ganze Bände schicken."

"Sie ist sehr beschäftigt, und ich komme so viel herum, dass es unmöglich ist, regelmäßig zu schreiben, weißt du. Wann fängst du eigentlich mit deinem großen Kunstwerk an, Raphaella", fragte er und wechselte damit nach einer weiteren Pause, in der er sich gefragt hatte, ob Amy sein Geheimnis kenne und darüber sprechen wolle, abrupt das Thema.

"Niemals", antwortete sie mit einem Anflug von Mutlosigkeit, aber auch Entschlossenheit. "Rom hat meine Einbildung diesbezüglich zerstört, denn nachdem ich die Wunder dort gesehen habe, fühle ich mich selbst zu unbedeutend, um zu leben, und habe all meine törichten Hoffnungen aufgegeben."

"Aber warum, du hast so viel Energie und Talent?"

"Das ist genau der Grund – Talent ist nämlich kein Genie, und keine Energie der Welt kann es daraus entstehen lassen. Ich will großartig sein, oder gar nichts. Ich will kein gewöhnlicher Schmierfink sein, also brauche ich es auch nicht zu versuchen."

"Und was willst du dann aus dir machen, wenn ich fragen darf?"

"Meine anderen Talente aufpolieren und ein Schmuckstück der Gesellschaft werden, wenn ich die Chance dazu habe."

Dies waren sehr charakteristische Worte, die äußerst verwegen klangen; aber Verwegenheit steht jungen Menschen, und Amys Ehrgeiz hatte eine gute Grundlage. Laurie lächelte, aber er mochte das Temperament, mit dem sie ein neues Ziel annahm, wenn ein lang gehegtes unerreichbar war, und keine Zeit mit Klagen vergeudete.

"Gut! Und hier kommt Fred Vaughn ins Spiel, schätze ich."

Amy schwieg diskret, aber in ihrem niedergeschlagenen Gesicht fand sich ein wissender Ausdruck, der Laurie dazu brachte, aufzusitzen und ernst zu sagen:

"Dann werde ich jetzt Bruder spielen und dir ein paar Fragen stellen. Darf ich?"

"Ich kann dir nicht versprechen, zu antworten."

"Dein Gesicht wird es, falls deine Zunge es nicht tut. Du bist noch nicht 'Frau von Welt' genug, um deine Gefühle zu verbergen, meine Liebe. Ich habe letztes Jahr Gerüchte über Fred und dich gehört, und es ist meine private Meinung, dass vielleicht etwas aus euch geworden wäre, wenn er nicht so plötzlich nach Hause gemusst hätte – oder?"

"Das kann ich nicht sagen", war Amys einsilbige Antwort; aber auf ihren Lippen zeigte sich ein Lächeln, und in ihren Augen war ein verräterisches Funkeln, das Laurie zeigte, dass sie ihre Macht kannte und das Wissen darüber genoss.

"Du bist nicht verlobt, hoffe ich?", sagte Laurie, der plötzlich sehr ernst und wirklich wie ein älterer Bruder wirkte.

"Nein."

"Aber du wirst es sein, wenn er zurückkommt und vor dir auf die Knie fällt , nicht wahr?"

"Sehr wahrscheinlich."

"Dann magst du den alten Fred?"

"Vielleicht, wenn ich es versuchen würde."

"Aber du hast nicht vor, es vor dem richtigen Zeitpunkt zu versuchen? Du lieber Gott, welch überwältigende Besonnenheit! Er ist ein guter Kerl, Amy, aber nicht der Mann, von dem ich dachte, dass du ihn mögen würdest."

"Er ist reich, ein Gentleman und hat wunderbare Manieren", begann Amy und versuchte, einigermaßen gelassen und würdevoll zu wirken, schämte sich aber trotz der Aufrichtigkeit ihrer Absichten dennoch ein wenig.

"Ich verstehe; die Königinnen der Gesellschaft können ohne Geld keine sein, also willst du eine gute Partie machen und so anfangen? Alles richtig und angemessen, und so ist der Lauf der Welt, aber es klingt seltsam aus den Lippen eines der Mädchen deiner Mutter."

"Stimmt aber trotzdem."

Ein kurzer Satz, aber die Entschiedenheit, mit der er ausgesprochen wurde, stand in merkwürdigem Gegensatz zur jungen Rednerin. Laurie spürte dies instinktiv und legte sich mit einem Gefühl der Enttäuschung, das er nicht erklären konnte, wieder hin. Sein Blick und sein Schweigen, sowie eine gewisse innere Selbstverleugnung, machten Amy unsicher und brachten sie dazu, ihre Predigt ohne jede weitere Verzögerung zu halten.

"Ich wünschte, du würdest dich für mich ein wenig zusammenzureißen", sagte sie scharf.

"Ganz allein für dich, das ist mal ein liebes Mädchen."

"*Ich* würde es, wenn ich an deiner Stelle wäre", antwortete Amy und sah aus, als wollte sie in diesem Moment damit beginnen.

"Dann versuche es, meine Erlaubnis hast du", sagte Laurie, der es genoss, jemanden zu haben, den er nach langer Abstinenz von seinem Lieblingszeitvertreib necken konnte.

"Du wärst in fünf Minuten wütend."

"Ich bin nie wütend auf dich. Es braucht zwei Feuersteinchen, um ein Feuer zu machen. Du bist so kühl und weich wie Schnee."

"Du weißt nicht, zu was ich fähig bin; Schnee kann auch ein Brennen und Kribbeln verursachen, wenn er richtig angewendet wird. Deine Gleichgültigkeit ist zur Hälfte aufgesetzt, und dich etwas in Wallung zu bringen, würde das beweisen."

"Tue dir keinen Zwang an; es wird mir nicht wehtun und dich amüsieren, wie der große Mann sagte, als seine kleine Frau ihn schlug. Betrachte mich als

Ehemann oder Teppich und hau drauf, bis du dessen müde bist, wenn dir diese Art Unterhaltung gefällt."

Da sie nun selbst gereizt war und sich danach sehnte, ihn von dieser Apathie zu befreien, die ihn so verändert hatte, schärfte Amy sowohl Zunge als auch Bleistift und begann:

"Flo und ich haben einen neuen Namen für dich; wir nennen dich 'Faulpelz Laurie.' Wie gefällt dir das?"

Sie dachte, dies würde ihn ärgern; aber er faltete nur seine Arme unter seinem Kopf und erwiderte gleichmütig: "Das ist nicht schlecht. Danke, meine Damen."

"Willst du ehrlich wissen, was ich von dir halte?"

"Ich sterbe vor Sehnsucht, es zu hören."

"Nun, ich verachte dich."

Wenn sie bockig oder kokett "Ich hasse dich" gesagt hätte, wäre Lauries Antwort vielleicht sogar ein Lachen gewesen; aber der ernste, fast traurige Tonfall ihrer Stimme ließ ihn seine Augen öffnen und schnell fragen:

"Warum, wenn ich bitten darf?"

"Denn bei jeder Gelegenheit, gut, hilfreich und fröhlich zu sein, bist du falsch, faul und unglücklich."

"Harte Worte, Mademoiselle."

"Wenn du möchtest, mache ich weiter."

"Bitte, ja, das ist ziemlich interessant."

"Ich dachte, dass du es so finden würdest; egoistische Menschen reden immer gerne über sich selbst."

"Bin ich egoistisch?" Die Frage entwich ihm unwillkürlich und in einem überraschten Ton, denn wenn er auf eine Tugend stolz war, dann war es seine Großzügigkeit.

"Ja, sehr egoistisch", fuhr Amy mit ruhiger, kühler Stimme fort; ein Tonfall, der in diesem Moment doppelt so wirkungsvoll war, wie wenn sie wütend gewesen wäre. "Ich werde dir zeigen, wie, denn ich habe dich beobachtet, während wir herumgealbert haben, und ich bin überhaupt nicht zufrieden mit dem, was ich gesehen habe. Du bist jetzt fast sechs Monate im Ausland gewesen und hast nichts anderes getan, als Zeit und Geld zu verschwenden und deine Freunde zu enttäuschen."

"Darf ein Kerl nicht etwas Spaß haben nach vier Jahren voller Torturen?"

"Du siehst nicht so aus, als hättest du viel Spaß gehabt, jedenfalls bist du nicht viel fröhlicher geworden, soweit ich sehen kann. Als wir uns das erste Mal trafen, sagte ich, dass du dich zum Guten verändert hast. Jetzt nehme ich alles zurück, denn ich finde dich nicht halb so nett wie damals, als ich mich zu Hause von dir verabschiedet habe. Du bist schrecklich faul geworden; du magst Klatsch und Tratsch und verschwendest Zeit mit albernen Dingen; du bist zufrieden damit, von törichten Leuten gehätschelt und bewundert zu werden, anstatt von weisen Menschen geliebt und respektiert zu werden. Mit Geld, Talent, Stellung, Gesundheit und Schönheit – ja, das gefällt dir, du eitler Fatzke! aber es ist die Wahrheit, also komme ich nicht umhin, sie auszusprechen – , mit all diesen herrlichen Dingen, die du besitzt und genießen kannst, fällt dir nichts anderes ein, als herumzutrödeln; anstatt der Mann zu sein, der du sein könntest und solltest, bist du nur –" Hier hielt sie inne und in ihrem Blick konnte man sowohl Schmerz als auch Mitleid lesen.

"Der Heilige Laurentius auf einem Grillrost", fügte Laurie hinzu und beendete den Satz regungslos. Aber die Predigt begann bereits zu wirken, denn seine Augen funkelten jetzt hellwach, und ein halb verärgerter, halb verletzter Gesichtsausdruck hatte die frühere Gleichgültigkeit verdrängt.

"Ich dachte, du würdest so reagieren. Ihr Männer sagt uns, dass wir Engel sind, und dass wir euch so formen können, wie wir wollen; aber in dem Moment, in dem wir ehrlich versuchen, euch etwas Gutes zu tun, lacht ihr uns aus und hört nicht zu – was wiederum beweist, wie viel eure Schmeichelei wert ist." Amy war bitter enttäuscht und drehte dem leidigen Märtyrer zu ihren Füßen den Rücken zu.

Sekunden später legte sich eine Hand auf ihre Seite, so dass sie nicht mehr zeichnen konnte, und Lauries Stimme, die sich anhörte wie die drollige Nachahmung eines reuigen Kindes, sagte:

"Ich werde mich bessern, oh, ich werde mich bessern!"

Aber Amy lachte nicht, denn ihr war es sehr ernst; und als sie mit ihrem Bleistift auf die ausgebreitete Hand klopfte, sagte sie nüchtern:

"Schämst du dich nicht für so eine Hand? Sie ist so weich und weiß wie die einer Frau und sieht aus, als hätte sie nie etwas anderes getan, als die besten Handschuhe von Jouvin zu tragen und Blumen für Damen zu pflücken. Immerhin bist du kein Geck, Gott sei Dank! Ich bin froh zu sehen, dass du keine Diamanten oder riesige Siegelringe trägst, sondern nur den kleinen, alten Ring, den Jo dir vor so langer Zeit gegeben hat. Großer Gott, ich wünschte, sie wäre hier, um mir zu helfen!"

"Ich auch!"

Die Hand verschwand so plötzlich, wie sie gekommen war, und das Echo auf ihren Wunsch war so energiegeladen, dass sogar Amy zufrieden war. Sie blickte mit einem neuen Gedanken in ihrem Kopf auf ihn herab; aber er lag nur da, sein Hut zur Beschattung halb ins Gesicht gezogen, und sein Schnurrbart verbarg seinen Mund. Amy sah nur seine Brust steigen und fallen, wie durch einen langen Atemzug, der ein Seufzer gewesen sein konnte, und wie die Hand, die den Ring trug, sich ins Gras schmiegte, als ob sie etwas verbarg, das zu kostbar oder zu zart war, um darüber zu sprechen. In dieser Minute nahmen alle möglichen Andeutungen und Lappalien in Amys Kopf Form und Bedeutung an, setzten sich zu einem Bild zusammen und erzählten ihr das, was ihre Schwester ihr nie anvertraut hatte. Sie erinnerte sich daran, dass Laurie nie von sich aus über Jo sprach; sie erinnerte sich an den Schatten auf seinem Gesicht, die Veränderung in seinem Charakter und den kleinen alten Ring, den er trug, obwohl er kein Schmuck für eine schöne Hand war. Mädchen sind gut darin, solche Zeichen zu lesen und ihre Bedeutung zu spüren. Amy hatte schon immer geglaubt, dass vielleicht ein Liebesleid seine Veränderung ausgelöst hatte, und jetzt war sie sich dessen sicher. Ihre scharfen Augen füllten sich mit Tränen, und als sie wieder sprach, war ihre Stimme so schön weich und freundlich, wie sie immer war, wenn sie dies wirklich wollte.

"Ich weiß, dass ich kein Recht habe, so mit dir zu reden, Laurie; und wenn du nicht der liebste Kerl der Welt wärst, würdest du jetzt sehr wütend auf mich sein. Aber wir haben dich alle so lieb und sind so stolz auf dich, dass ich es nicht ertragen könnte, wenn die Daheimgebliebenen genauso enttäuscht von dir wären wie ich – obwohl sie deine Veränderung vielleicht besser verstehen würden als ich."

"Ich glaube, das würden sie", kam unter dem Hut hervor. Lauries Tonfall war grimmig, aber genauso berührend wie ein gebrochener.

"Sie hätten es mir sagen und mich nicht blindlings schimpfen lassen sollen, obwohl ich eigentlich netter und geduldiger sein müsste denn je zuvor. Ich mochte diese Miss Randal nie, und jetzt hasse ich sie", sagte die gerissene Amy, die sich dieses Mal der Tatsachen sicher sein wollte.

"Hängt Miss Randal!" sagte Laurie und schlug sich den Hut mit einem Blick vom Gesicht, der keinen Zweifel an seinen Gefühlen gegenüber dieser jungen Dame ließ.

"Ich bitte um Verzeihung; ich dachte –", erwiderte Amy und hielt diplomatisch inne.

"Nein, dachtest du nicht; du wusstest sehr wohl, dass ich mich nie für jemanden außer Jo interessierte." Laurie sagte das in seinem alten, ungestümen Tonfall und drehte sein Gesicht weg, während er sprach.

"Ja, das stimmt; aber da mir nie jemand etwas darüber erzählt hat und du jetzt hier bist, nahm ich an, dass ich mich geirrt habe. Und Jo wollte dich nicht? Ich war mir sicher, dass sie dich sehr liebt."

"Sie war nett, aber nicht so, wie ich es erhofft hatte; und es ist ein Glück für sie, dass sie mich nicht liebt, wenn ich wirklich der Taugenichts bin, für den du mich hältst. Aber das ist ihre Schuld, und das kannst du ihr ruhig sagen."

Als Laurie das sagte, war der harte, bittere Blick wieder da, und dies beunruhigte Amy, denn sie wusste nicht, welchen Balsam sie nun auftragen sollte.

"Ich hatte Unrecht, weil ich es nicht wusste. Es tut mir sehr leid, dass ich so wütend war, aber ich kann mir nur wünschen, dass du darüber hinwegkommst, Teddy, mein Lieber."

"Nicht diesen Namen, so nennt nur sie mich!" Laurie machte eine schnelle Geste mit seiner Hand, um die Worte, die in Jos halb freundlichen, halb tadelnswerten Tonfall erklangen, zu unterbinden. "Warte, bis du es selbst einmal erlebt hast", fügte er mit leiser Stimme hinzu, während er mit seinen Händen Grasbüschel herausriss.

"Ich würde es nehmen wie ein Mann und zumindest respektiert werden wollen, wenn ich schon nicht geliebt werde", sagte Amy mit der Entschiedenheit eines Menschen, der keine Ahnung hatte.

Bisher hatte Laurie sich immer wieder selbst versichert, dass er sein Schicksal bemerkenswert gut ertragen hatte, nicht gestöhnt und schon gar nicht um Mitleid geworben und sich davongemacht hatte, um allein darüber hinwegzukommen. Amys Predigt rückte die Angelegenheit in ein neues Licht, und zum ersten Mal sah es schwach und egoistisch aus, beim ersten Misserfolg den Mut zu verlieren und sich in brütende Gleichgültigkeit zurückzuziehen. Er fühlte sich, als ob er plötzlich aus einem nachdenklichen Traum erwachen würde, und es ihm unmöglich war, wieder einzuschlafen. Schließlich setzte er sich auf und fragte bedächtig:

"Glaubst du, Jo würde mich genauso verachten wie du?"

"Ja, wenn sie dich jetzt so sehen würde. Sie hasst faule Menschen. Warum tust du nicht etwas Großartiges, sodass sie dich einfach lieben *muss*?"

"Ich tat mein Bestes, aber es nutzte nichts."

"Du meinst deinen guten Abschluss? Das war nicht mehr als gerechtfertigt, schon um deines Großvaters willen. Es wäre beschämend gewesen, wenn du gescheitert wärst, nachdem er so viel Zeit und Geld investiert hatte und jedem klar war, dass du gut sein würdest."

"Ich bin gescheitert, sag, was du willst, denn Jo will mich nicht lieben", erwiderte Laurie und stützte seinen Kopf mutlos auf seine Hand.

"Nein, bist du nicht, und das wirst du irgendwann auch sagen, denn es hat dir gut getan und du hast bewiesen, dass du etwas erreichen kannst, wenn du es versuchst. Wenn du dich nur einer weiteren Aufgabe widmen würdest, wärst du bald wieder dein herzliches, glückliches Selbst und könntest deine Probleme endlich vergessen."

"Das ist unmöglich."

"Probiere es aus und dann werden wir schon sehen. Du brauchst nicht mit den Schultern zucken und zu denken: 'Wo sie doch gar nichts über solche Dinge weiß.' Ich täusche keine Weisheit vor, aber ich beobachte, und ich sehe viel mehr, als du dir vorstellen kannst. Ich interessiere mich für die Erfahrungen und Widersprüchlichkeiten anderer Menschen; und obwohl ich es nicht erklären kann, erinnere ich mich an sie und nutze sie für mich selbst. Liebe Jo alle deine Tage, wenn du das willst, aber lass dich nicht dadurch verderben, denn es ist schlimm, wenn man so viele gute Talente wegwirft, bloß weil man nicht das haben kannst, was man will. Aber ich werde jetzt keine Vorträge mehr halten, denn ich weiß, dass du trotz dieses hartherzigen Mädchens aufwachen und ein Mann sein wirst."

Beide sagten mehrere Minuten lang kein Wort. Laurie saß da und drehte an dem kleinen Ring an seinem Finger, während Amy der Skizze, an der sie gearbeitet hatte, während sie sprach, den letzten Schliff verpasste. Bald legte sie sie auf sein Knie und sagte:

"Wie gefällt dir das?"

Er betrachtete das Bild und lächelte, weil er einfach nicht anders konnte, denn es war großartig geraten – die lange, faule Gestalt auf dem Gras, mit lustlosem Gesicht, halb geschlossenen Augen und einer Hand, die eine Zigarre hielt, aus der ein Rauchkringel entstieg, der den Kopf des Träumers umkreiste.

"Wie gut du zeichnest", sagte er mit echter Überraschung und Freude über ihr Können und fügte halb lachend hinzu:

"Ja, das bin ich."

"So wie du *jetzt* bist. Das ist, wie du einmal *warst*", erwiderte Amy legte eine weitere Skizze neben die, die er in Händen hielt.

Diese war nicht annähernd so gut gemacht, aber sie enthielt ein Lebendigkeit und eine Lebensfreude, die viele Fehlerchen wettmachten, und sie erinnerte so lebhaft an die Vergangenheit, dass eine plötzliche Veränderung über das Gesicht des jungen Mannes huschte, als er das Werk betrachtete. Es war nur eine grobe Skizze von Laurie, wie er ein Pferd zähmte; Hut und Mantel waren abgelegt, und jede Kontur der handelnden Figur, das entschlossene Gesicht und die dominante Haltung, war voller Energie und Bedeutung. Das schöne Tier, das gerade unterworfen worden war, stand mit einem Fuß unter dem eng gefassten Zügel, die Füße bearbeiteten ungeduldig den Boden, und die Ohren standen aufrecht, als ob es der Stimme lauschen würde, die ihn gemeistert hatte. In der zerzausten Mähne, den wehenden Haaren und der aufrechten Haltung des Reiters, lag ein Hauch plötzlich verharrter Bewegung, von Kraft, Mut und jugendlichem Übermut, der sich stark von der trägen Anmut der Skizze "Dolce far niente" abhob. Laurie sagte nichts; aber als sein Auge von einem Bild zum anderen wanderte, sah Amy, wie er errötete und seine Lippen zusammenbiss, als ob er die kleine Lektion, die sie ihm gerade gegeben hatte, verstand und akzeptiere. Das befriedigte sie; und ohne darauf zu warten, dass er sprach, sagte sie in ihrer lebhaften Art:

"Erinnerst du dich nicht an den Tag, an dem du Puck gebändigt hast und wir alle zusahen? Meg und Beth hatten Angst, aber Jo klatschte und tänzelte, während ich auf dem Zaun saß und dich malte. Ich habe die Skizze neulich in meiner Mappe gefunden, sie etwas nachgearbeitet und aufbewahrt, um sie dir zu zeigen."

"Vielen Dank. Du hast dich seither enorm verbessert, und dazu gratuliere ich dir. Darf ich dich darauf hinweisen, dass auch im 'Flitterwochenparadies' fünf Uhr die Stunde des Abendessens in deinem Hotel ist?"

Laurie erhob sich, während er sprach, gab die Bilder mit einem Lächeln und einer Verbeugung zurück und sah auf seine Uhr, als ob er sie daran erinnern wollte, dass selbst Moralpredigten ein Ende haben mussten. Er versuchte, seine frühere lockere, gleichgültige Haltung wieder aufzunehmen, aber jetzt wirkte das Ganze eher affektiert, denn Amys Ansprache war wirksamer gewesen, als er sich selbst eingestehen wollte. Amy fühlte diesen Hauch von Kälte in seiner Art und sagte zu sich selbst:-

"Jetzt habe ich ihn beleidigt. Nun, wenn es ihm gut tut, bin ich froh darüber; wenn er mich deswegen hassen sollte, tut es mir leid; aber alles ist wahr, und ich kann kein Wort davon zurücknehmen."

Sie lachten und plauderten den ganzen Weg nach Hause; und der kleine Baptist, der hinter ihnen saß, fand, dass Monsieur und Mademoiselle in ausgezeichneter Stimmung waren. Aber beide fühlten sich unwohl; die freundschaftliche Offenheit war gestört, über der Sonne lag ein Schatten, und trotz ihrer scheinbaren Ausgelassenheit herrschte eine geheime Unzufriedenheit im Herzen eines jeden.

"Werden wir dich heute Abend sehen, *mon frère*?" fragte Amy, als sie sich vor der Tür ihrer Tante trennten.

"Leider habe ich eine Verabredung. *Au revoir*, Mademoiselle." Laurie verbeugte sich, als ob er ihre Hand küssen wollte, und dieses fremdartige Gehabe stand ihm besser als vielen anderen Männern. Etwas in seinem Gesicht ließ Amy schnell und herzlich sagen:

"Nein, sei einfach und wie immer Laurie, und verabschiede dich auf die gute alte Art. Mir ist ein herzlicher englischer Händedruck lieber als all die sentimentalen Grüße Frankreichs."

"Auf Wiedersehen, meine Liebe." Mit diesen Worten und dem Tonfall, den Amy mochte, verließ Laurie sie, nach einem Handschlag, der in seiner Herzlichkeit fast schmerzhaft war.

Am nächsten Morgen erhielt Amy anstelle des üblichen Besuchs eine Nachricht, die sie am Anfang zum Lächeln und am Ende zum Seufzen brachte:

"Meine liebe Mentorin,
"bitte entbiete deiner Tante mein 'Adieu' und frohlocke, denn 'Faulpelz Laurie' ist zu seinem Großvater gegangen, ein ganz braver Junge. Ich wünsche dir einen angenehmen Winter, und mögen die Götter dir in Valrosa glückliche Flitterwochen bereiten! Ich denke, Fred würde auch von einer Strafpredigt profitieren. Sag ihm das, mit meinen besten Wünschen.
"Mit freundlichen Grüßen, Telemachus."

"Guter Junge! Ich bin froh, dass er weg ist", sagte Amy mit billigendem Lächeln; aber in der nächsten Minute verließ sie die Fröhlichkeit, als sie durch den leeren Raum blickte, und sie fügte mit einem unfreiwilligen Seufzer hinzu: "Ja, ich bin froh, aber wie ich ihn vermissen werde!"

XL. IM FINSTEREN TAL

Als die erste Bitterkeit vorüber war, akzeptierte die Familie das Unvermeidliche und versuchte, es fröhlich zu ertragen und sich gegenseitig mit der gesteigerten Hingabe zu helfen, die Familienmitglieder in Zeiten der Not zärtlich miteinander verbindet. Alle haben ihre Trauer abgelegt, und jeder hat seinen Teil dazu beigetragen, dass das letzte Jahr ein glückliches war.

Der schönste Raum im Haus war für Beth reserviert, und darin wurde alles gesammelt, was sie am meisten liebte – Blumen, Bilder, ihr Klavier, der kleine Arbeitstisch und die geliebten Kätzchen. Vaters beste Bücher fanden ihren Weg dorthin, Mutters Sessel, Jos Schreibtisch, Amys schönste Skizzen; und jeden Tag machte Meg mit ihren Babys eine liebevolle Pilgerreise, um Tante Beth Sonnenschein zu spenden. John legte still eine kleine Summe zur Seite, damit er sich das Vergnügen erlauben konnte, die Kranke mit den Früchten zu versorgen, die sie liebte und nach denen sie sich sehnte; die alte Hannah, die ihre Arbeit unter Tränen verrichtete, wurde nie müde, leckere Gerichte zuzubereiten, um damit den launenhaften Appetit hervorzulocken; und von jenseits des Meeres kamen kleine Geschenke und fröhliche Briefe, die scheinbar einen Hauch von Wärme und Düfte aus Ländern sandten, die keinen Winter kennen.

Hier, verehrt wie eine Familienheilige in seinem Schrein, saß Beth, ruhig und beschäftigt wie immer; denn nichts konnte ihr süßes, selbstloses Wesen verändern, und selbst während sie sich darauf vorbereitete, das Leben zu verlassen, versuchte sie, den Abschied für diejenigen, die zurückbleiben würden, einfacher zu machen. Die schwachen Finger waren nie untätig, und eines ihrer Vergnügen war es, kleine Dinge für die Schulkinder zu machen, die täglich draußen hin und her gingen, - für ein Paar bereits dunkelrote Hände ein Paar Handschuhe aus ihrem Fenster fallen zu lassen, ein Nadeletui für eine kleine Puppenmutter zu machen, Sammelalben für die Liebhaber von Bildchen zu fertigen – und viele angenehme Dinge mehr, bis die widerwilligen Kletterer auf der Leiter des Lernens ihren Weg sozusagen mit Blumen geschmückt vorfanden und die liebevolle Spenderin als eine Art gute Fee betrachteten, die dort oben saß und Geschenke verteilte, die wundersamerweise ihrem Geschmack und ihren Bedürfnissen entsprachen. Wenn Beth eine Belohnung wollte, fand sie sie in den fröhlichen, kleinen Gesichtern, die immer nickend und lächelnd zu ihrem Fenster hochschauten, und den lustigen, kleinen Briefen, die voller Tintenklecksen und Dankbarkeit zu ihr kamen.

Die ersten Monate waren sehr glücklich, und Beth schaute sich oft um und sagte: "Wie schön das alles ist!", wenn sie alle zusammen in ihrem sonnigen Zimmer saßen, die Babys auf dem Boden herumwuselten und krähten, Mutter und Schwestern in ihrer Nähe arbeiteten, und Vater mit seiner angenehmen Stimme aus den weisen, alten Büchern vorlas, die reich an guten und tröstlichen Worten schienen, die auch heute noch zutreffen, auch wenn sie vor Jahrhunderten geschrieben wurden; es war wie in einer kleinen Kapelle, in der ein väterlicher Priester seiner Herde die harten Lektionen lehrte, die alle lernen müssen, um ihnen begreiflich zu machen, dass in der Hoffnung Trost liegt und der Glauben den Abschied vereinfachen kann. Einfache Predigten, die direkt in die Seelen derjenigen gingen, die zuhörten; denn das Herz des Vaters war ganz mit der Religion des Priesters erfüllt, und das häufige Stocken seiner Stimme verlieh den Worten, die er sprach oder las, eine doppelte Beredtheit.

Es war gut für alle, dass ihnen diese friedliche Zeit als Vorbereitung auf die kommenden, traurigen Stunden gelassen wurde; denn irgendwann sagte Beth, die Nadel sei "so schwer" und legte sie für immer ab; Reden ermüdete sie, Gesichter belasteten sie, die Schmerzen beanspruchten sie für sich, und ihr friedvoller Geist wurde durch die Übel, die ihr schwaches Fleisch plagten, mehr und mehr getrübt. So schlimm! so schwere Tage, so lange, lange Nächte, solch schmerzende Herzen und flehende Gebete, als diejenigen, die sie so sehr liebten, gezwungen waren, die dünnen Hände zu sehen, die ihnen flehentlich entgegengestreckt wurden, den bitteren Schrei zu hören: "Helft mir, helft mir!", und gleichzeitig zu spüren, dass es keine Hilfe gab. Eine traurige Finsternis machte sich in der sonst so heiteren Seele breit, ein Zeichen des heftigen Kampfes des jungen Lebens mit dem Tod; aber diese Phase war barmherzigerweise sehr kurz, und als diese Rebellion des Körpers vorbei war, kehrte der alte Frieden schöner denn je zurück. Je mehr ihr zerbrechlicher Körper zerfiel, desto stärker wurde Beths Seele; und obwohl sie wenig sagte, spürten diejenigen um sie herum, dass sie bereit war; sie bemerkten, dass die erste abgerufene Pilgerin gleichzeitig die stärkste war, warteten mit ihr am Ufer und versuchten, die Lichtgestalten zu sehen, die sie empfangen würden, um mit ihr den Fluss zu überqueren.

Seit Beth gesagt hatte "Ich fühle mich stärker, wenn du da bist", hate Jo den Raum nicht für eine Stunde verlassen. Sie schlief auf einer Couch im Zimmer und wachte oft auf, um das Feuer nachzulegen, um das geduldige Geschöpf, das selten nach etwas fragte und versuchte "niemandem zur Last zu fallen", zu füttern, umzubetten oder zu bedienen. Den ganzen Tag über geisterte sie durch das Zimmer, war eifersüchtig auf jede andere Krankenschwester und stolzer darauf, auserwählt worden zu sein, als auf jede andere Ehre, die ihr das Leben bisher je erwiesen hatte. Es waren kostbare und hilfreiche Stunden für Jo, denn jetzt erhielt ihr Herz die Lehren, die es brauchte; die Lektionen in Geduld wurden ihr so süß vermittelt, dass sie gar nicht anders konnte, als sie zu lernen; Güte gegenüber allen, der wahre Geist, der vergeben und wirklich alle Lieblosigkeit vergessen machen kann; die Loyalität zur Pflicht, die das Schwierigste leicht macht, und der aufrichtige Glaube, der nichts fürchtet, aber ohne jede Zweifel vertraut.

Wenn Jo aufwachte, fand sie Beth oft in ihrem abgenutzten kleinen Buch lesend, hörte sie leise singen, um durch die schlaflose Nacht zu kommen, oder sah, wie sie ihr Gesicht in ihre Hände legte, während Tränen langsam durch die farblosen Finger liefen; dann lag Jo da und beobachtete sie voller Gedanken, die zu tief für Tränen waren, und spürte, dass Beth auf ihre einfache, uneigennützige Art versuchte, sich vom geliebten, alten Leben zu entwöhnen und sich durch heilige Worte des Trostes, stille Gebete und die Musik, die sie so sehr liebte, auf das kommende Leben vorzubereiten.

Diese Anblicke lösten in Jo mehr aus als die weisesten Predigten, die heiligsten Hymnen, oder die inbrünstigsten Gebete, die jede Stimme sprechen konnte; ihre Augen, welche durch die vielen Tränen nun klar sahen, und ihr Herz, das die liebevolle Trauer weichgemacht hatte, ließen sie die Schönheit des Lebens ihrer Schwester erkennen – ereignislos, anspruchslos, aber voller echter Tugenden, die "süß riechen und im Staub blühen", die Selbstlosigkeit, die die Demütigsten auf Erden im Himmel als erste in Erinnerung ruft, der wahre Erfolg, der für alle erreichbar ist.

Eines Nachts, als Beth die Bücher auf ihrem Tisch durchsuchte, um etwas zu finden, das sie die unendliche Müdigkeit vergessen ließ, die fast so schwer zu ertragen war wie die Schmerzen, blätterte sie in ihrem alten Lieblingsbuch "Die Pilgerreise" und fand dort ein kleines Stück Papier, das mit Jos Handschrift bekritzelt war. Der Name fiel ihr ins Auge, und die verschwommenen Zeilen ließen keine Zweifel daran, dass Tränen auf sie gefallen waren.

"Die arme Jo! Sie schläft fest, also werde ich sie nicht wecken, um sie um Erlaubnis zu bitten; sie zeigt mir all ihre Sachen, und ich glaube nicht, dass es ihr etwas ausmacht, wenn ich mir das hier ansehe", dachte Beth und betrachtete ihre Schwester, die auf dem Teppich lag, die Feuerzange neben ihr, immer bereit, in der Sekunde aufzuwachen, wenn das Feuerholz auseinander fiel.

"MEINE BETH.

"Du sitzt geduldig im Schatten.
Bis das gesegnete Licht kommt,

Deine stille und heilige Anwesenheit
Heiligt unser aufgeregtes Zuhause.
Irdische Freuden, Hoffnungen und Sorgen
Brechen wie Wellen am Ufer
Des tiefen und ehrwürdigen Flusses,
Wo deine willigen Füße jetzt stehen.
O meine Schwester, sie wird mich verlassen,
Alle Zwiste und Sorgen der Menschheit,
Mir als Geschenk diese Tugenden hinterlassen,
Die dein Leben verschönert haben.
Liebste, vermache mir diese große Geduld,
Die die Macht hat, einen fröhlichen,
Klaglosen Geist in diesem Gefängnis aus Schmerz
Aushalten zu lassen.

"Gib mir, denn ich brauche ihn dringend,
Von diesem Mut, so weise und süß,
Der den Weg der Pflicht unter deinen
Bereitwilligen Füßen grün gemacht hat.
Gib mir diese selbstlose Natur,
Die mit ihrer göttlichen Liebe.
Um der Liebe selbst willen Unrecht verzeihen kann.
Sanftmütiges Herz, vergib mir meines!

"So verliert unser Abschiednehmen täglich
Etwas von seinem bitteren Schmerz,
Und während ich diese harte Lektion lerne,
Wird mein großer Verlust zu meinem Gewinn.
Denn die Trauer wird mein wildes Wesen
Ruhiger und ausgeglichener machen.
Meinem Leben neue Hoffnungen,
Und neues Vertrauen in das Unsichtbare verleihen.

"Fortan werde ich jenseits des Flusses,
Für immer das geliebte Geschöpf sehen,
Das am Ufer auf mich wartet.
Hoffnung und Glaube, geboren aus meiner Trauer,
Werden zu meinen Schutzengeln werden,
Und die vor mir gegangene Schwester
Wird mich an ihren Händen nach Hause führen."

Obwohl die Zeilen unscharf, befleckt und nur schwach lesbar waren, ließen sie einen Ausdruck unerklärlichen Trostes in Beths Gesicht aufziehen, denn sie bedauerte sehr, dass sie so wenig erreicht hatte in ihrem kurzen Leben; und diese Worte schienen ihr zu versichern, dass ihre Zeit auf Erden nicht nutzlos gewesen war, dass ihr Tod nicht alle in die Verzweiflung stürzen lassen würde, die sie so sehr fürchtete. Als sie mit dem zwischen ihren Händen gefalteten Papier dasaß, fiel das verglühte Holzscheit auseinander. Jo sprang auf, richtete das Feuer und schlich sich in der Meinung, dass Beth schlief, zurück ins Bett.

"Ich schlafe nicht, bin aber so glücklich, meine Liebe. Sieh mal, ich habe das hier gefunden und gelesen; ich wusste, dass es dir recht sein würde. War ich all das für dich, Jo?", fragte sie voller wehmütigem, demütigem Ernst.

"Oh Beth, so viel und so viel mehr!" Jos Kopf fiel neben dem ihrer Schwester auf das Kissen.

"Dann habe ich nicht länger das Gefühl, dass ich mein Leben verschwendet habe. Ich bin nicht so gut, wie du mich beschrieben hast, aber ich habe versucht, alles richtig zu machen; und jetzt, wo es zu spät ist, um es noch besser zu machen, ist es ein großer Trost zu wissen, dass jemand mich so sehr liebt und sich fühlt, als hätte ich ihm geholfen."

"Mehr als jeder andere auf der Welt, Beth. Ich dachte immer, ich könnte dich nicht gehen lassen, aber langsam fühle ich, dass ich dich deswegen nicht verliere, dass du mehr für mich sein wirst als je zuvor, und dass uns der Tod nicht trennen kann, obwohl es so scheint."

"Ich weiß, dass er das nicht kann, und ich fürchte ihn nicht mehr, denn ich bin sicher, dass ich noch immer deine Beth sein werde, um dich mehr denn je lieben und dir helfen werde. Du musst meinen Platz einnehmen, Jo, und für Vater und Mutter da sein, wenn ich weg bin. Sie werden dich brauchen, lass sie nicht im Stich; und wenn es dir schwerfällt, allein zu sein, denk daran, dass ich dich nicht vergesse und dass deine Hingabe dich glücklicher machen wird, als großartige Bücher zu schreiben oder die ganze Welt zu sehen; denn die Liebe ist das Einzige, was wir mitnehmen können, wenn wir gehen, und sie macht das Ende so einfach."

"Ich werde es versuchen, Beth." In diesem Moment legte Jo ihre alten Ziele ab und verpflichtete sich selbst zu neuen und besseren, erkannte die Armseligkeit anderer Begehrlichkeiten und fühlte den seligen Trost eines Glaubens an die Unsterblichkeit der Liebe.

So kamen und gingen die Frühlingstage, der Himmel wurde klarer, die Erde grüner, die Blumen blühten schön und früh, und die Vögel kamen rechtzeitig zurück, um Beth Lebewohl zu sagen, die sich erschöpft, aber vertrauensvoll, wie ein Kind an den Händen festhielt, die sie ihr ganzes Leben lang geführt hatten, als Vater und Mutter sie hingebungsvoll durch das finstere Tal führten und sie Gott überantworteten.

Ganz selten, außer in Büchern, sagen die Sterbenden unvergessliche Worte, sehen Visionen oder gehen mit seligen Gesichtern von uns; und diejenigen, die viele scheidende Seelen begleitet haben, wissen, dass das Ende meistens so natürlich und einfach kommt wie Schlaf. Wie Beth gehofft hatte, lief die "Flut leicht aus"; und in der dunklen Stunde vor Tagesanbruch, nahm sie auf dem Busen, auf dem sie ihren ersten Atemzug gemacht hatte, leise ihren letzten, ohne Abschied, aber mit einem letzten, liebevollen Blick und einem kleinen Seufzer.

Unter Tränen und Gebeten bereiteten die zärtlichen Hände ihrer Mutter und Schwestern Beth auf den langen Schlaf vor, den der Schmerz nie wieder stören würde; mit dankbaren Augen betrachteten sie den Seelenfrieden, der auf Beths Gesicht schon bald die mitleiderregende Geduld ersetzte, die ihre Herzen so lange ergriffen hatte, und sie spürten mit ehrfürchtiger Freude, dass der Tod für ihre Schwester ein gütiger Engel gewesen war und kein furchtbares Phantom.

Als der Morgen kam, war zum ersten Mal seit vielen Monaten das Feuer aus, Jos Platz leer, und das Zimmer ganz still. Nur ein Vogel sang fröhlich auf einem knospenden Ast, ganz in der Nähe, die Schneeglöckchen blühten frisch am Fenster auf, und die Frühlingssonne strömte segensreich über das friedvolle Gesicht auf dem Kissen, ein Gesicht so voller schmerzlosen Friedens, dass diejenigen, die es am meisten liebten, durch ihre Tränen hindurch lächelten und Gott dafür dankten, dass es Beth endlich gut ging.

XLI. LERNEN ZU VERGESSEN

Amys Moralpredigt hatte Laurie gut getan, obwohl er das natürlich erst lange danach zugeben wollte; Männer tun das selten, denn wenn Frauen ihre Berater sind, nehmen die Herren der Schöpfung oftmals den Rat nicht an, bis sie sich selbst davon überzeugt haben, dass es genau das ist, was sie selbst im Sinn hatten; dann handeln sie danach, und wenn sie erfolgreich sind, bescheinigen sie dem schwächeren Geschlecht auch gerne die Hälfte des Verdienstes; wenn sie allerdings scheitern, geben sie großzügig auch mal die ganze Verantwortung dafür ab. Laurie ging zurück zu seinem Großvater und war mehrere Wochen lang so pflichtbewusst und aufopferungsvoll, dass der alte Herr meinte, das Klima von Nizza habe ihn auf wunderbare Weise verändert, und er sollte vielleicht noch einmal dorthin. Es gab nichts, was sich der junge Herr mehr gewünscht hätte, aber keine zehn Pferde hätten ihn nach der Schelte, die er erhalten hatte, zurückbringen können; sein Stolz verbot es ihm, und wann immer die Sehnsucht zu stark wurde, stärkte er seine Entschlossenheit, indem er die Worte wiederholte, die in ihm den tiefsten Eindruck hinterlassen hatten: "Ich verachte dich" und "Warum tust du nicht etwas Großartiges, sodass sie dich einfach lieben *muss*?"

Laurie dachte so oft über die Angelegenheit nach, dass er sich bald eingestehen musste, dass er wirklich egoistisch und faul gewesen war; aber wenn ein Mann eine so große Trauer fühlt, durfte er in seinen Augen auch alle möglichen Launen ausleben, bis er sie überwunden hatte. Laurie fühlte, dass die Erfahrung seiner zurückgewiesenen Liebe mittlerweile ziemlich lange her war; und obwohl er nie aufhören würde, deswegen zu trauern, sah er auch keinen Nutzen darin, weiter griesgrämig durch die Welt zu laufen. Jo wollte ihn nicht lieben, aber er könnte es immerhin schaffen, dass sie ihn respektiert und bewundert, indem er etwas tat, das bewies, dass das "Nein" eines Mädchens sein Leben nicht komplett aus der Bahn geworfen hatte. Er hatte immer vor gehabt, etwas in der Art zu tun, und deswegen war Amys Rat ziemlich unnütz. Er hatte nur gewartet, bis die oben genannten zurückgewiesenen Zuneigungen anständig begraben waren; nun fühlte er sich bereit, "sein gebrochenes Herz zu verbergen und sich weiter zu plagen".

So wie Goethe ein Lied schrieb, wenn er froh oder traurig war, beschloss Laurie, seinen Liebeskummer in Musik einzubalsamieren und ein Requiem zu komponieren, das Jos Seele berühren und das Herz eines jeden Zuhörers schmelzen lassen würde. Deshalb ging er das nächste Mal, als der alte Herr bemerkte, dass er unruhig und launisch wurde und ihn deswegen wegschickte, nach Wien, wo er musikalische Freunde hatte, und sich mit der festen Entschlossenheit, sich hervorzuheben, der Arbeit hingab. Aber, ob nun die Trauer zu groß war, um in Musik verkörpert zu werden, oder ob die Musik zu ätherisch war, um das Lied eines Sterblichen zu erheben, Laurie entdeckte bald, dass ein Requiem jenseits seiner Fähigkeiten lag, zumindest für den Moment. Es war offensichtlich, dass sein Verstand noch nicht ganz bei der Sache war, und er erstmal seine Vorstellungen definieren musste; denn oft, wenn er an einer traurigen Passage arbeitete, summte er eine lustige Melodie, die ihn lebhaft an den Weihnachtsball in Nizza erinnerte, insbesondere an den stämmigen Franzosen, und der tragischen Komposition vorerst einen wirkungsvollen Riegel vorschob.

Dann versuchte er sich an einer Oper, denn am Anfang schien nichts unmöglich zu sein; aber auch hier traf er auf unvorhergesehene Schwierigkeiten. Er wollte Jo zu seiner Heldin machen und suchte in seinem Gedächtnis nach zärtlichen Erinnerungen und romantischen Visionen seiner Liebe. Aber die Erinnerung erwies sich als Verräter und ließ ihn sich, als ob sie vom widerborstigen Naturell des Mädchens besessen gewesen wäre, nur an Jos Merkwürdigkeiten, Fehler und Launen erinnern. Er sah sie nur in den unmöglichsten Situationen und jedes Mal verdarb ein unwiderstehliches Lachen das nachdenkliche Bild, das er von ihr zu zeichnen versuchte. Jo wollte um keinen Preis Teil einer Oper sein, und er musste sie mit einem "Du lieber Gott, was für eine Qual dieses Mädchen ist" und einem Griff in seine Haare, so wie es abgelenkte Komponisten eben tun, aufgeben.

Als er sich nach einem anderen und weniger hartnäckigen Fräulein umsah, das er in einer Melodie verewigen konnte, zeigte ihm seine Erinnerung ihm immer wieder ein gewisses Bild auf. Dieses Phantom hatte viele Gesichter, aber immer goldene Haare, war von einer durchsichtigen Wolke umgeben und schwebte graziös vor seinem geistigen Auge in einem gefälligen Chaos aus Rosen, Pfauen, weißen Ponys und blauen Bändern. Laurie gab dem selbstzufriedenen Gespenst keinen Namen, aber er machte es zu seiner Heldin und fing sogar an, es zu mögen, so gut das eben ging; er verlieh der jungen Dame jede Gabe und Anmut unter der Sonne und ließ sie unversehrt Prüfungen bestehen, die jede sterbliche Frau ausgelöscht hätten.

Dank dieser Inspiration kam er eine Weile ausgesprochen gut voran, aber nach und nach verlor das Werk seinen Reiz, und er vergaß zu komponieren, während er grübelnd dasaß, den Stift in der Hand, oder durch die farbenfrohe Stadt streifte, um neue Ideen zu bekommen und seinen Geist zu erfrischen, der in diesem Winter in einem etwas unruhigen Zustand zu sein schien. Er tat nicht wirklich viel, aber er dachte viel nach und war sich bewusst, dass sich irgendeine Veränderung ereignet hatte, gegen die er nichts ausrichten konnte.

"Vielleicht ist es mein schwelender Schöpfergeist. Ich werde ihn schwelen lassen und sehen, was dabei herauskommt", sagte er, hatte aber bereits insgeheim den Verdacht, dass es kein Schöpfergeist war, sondern etwas viel Gewöhnlicheres. Was auch immer es war, es schwelte in ihm aus einem bestimmten Grund, denn er wurde immer unzufriedener mit seinem unglücklichen Leben, fing an, sich nach einer echten und aufrichtigen Arbeit für Seele und Körper zu sehnen, und kam schließlich zu dem weisen Schluss, dass nicht jeder, der Musik liebte, auch ein Komponist war. Zurück aus einer von Mozarts großen Opern, die in aller Pracht im Königlichen Theater aufgeführt worden war, betrachtete er sein eigenes Werk, spielte einige der besten Passagen und starrte auf die Büsten von Mendelssohn, Beethoven und Bach, die ihn immer wohlwollend anblickten; dann zerriss er plötzlich seine Notenblätter, eines nach dem anderen, und als ihm das letzte aus der Hand fiel, sagte er traurig zu sich: "Sie hat Recht! Talent hat nicht immer etwas mit Genialität zu tun, und man kann sie auch nicht daraus erschaffen. So wie Amy diesen Irrglauben in Rom verloren hat, hat mir meine Musik diese Einbildung genommen, und ich will kein Schwindler mehr sein. Aber was soll ich jetzt anfangen?"

Diese Frage war schwer zu beantworten, und Laurie begann sich zu wünschen, dass er für sein tägliches Brot arbeiten müsste. Jetzt, wenn überhaupt, war eine günstige Gelegenheit, um "zum Teufel zu gehen", wie er es einst brutal ausdrückte, denn er hatte viel Geld und nichts zu tun, und Satan liebt es sprichwörtlich, untätigen und faulen Händen Arbeit zu verschaffen. Der arme Kerl musste sich genügend äußeren und inneren Versuchungen stellen, aber er widerstand ihnen ziemlich gut; denn so sehr er die Freiheit auch schätzte, desto wichtiger war ihm der gute Glaube und das Vertrauen, und sein Versprechen an seinen Großvater und sein Wunsch, den Frauen, die ihn liebten, ehrlich in die Augen schauen und sagen zu können: "Alles ist gut", vermittelten ihm Sicherheit und Ruhe.

Vermutlich werden jetzt einige besserwisserische Damen anmerken: "Das glaube ich nicht; Jungs sind Jungs, junge Männer müssen ihre Hörner abstoßen und Frauen sollten keine Wunder erwarten." Ich behaupte zwar das Gegenteil, aber ein bisschen Wahrheit steckt doch darin. Frauen können auch Wunder bewirken, und ich bin der Überzeugung, dass sie sogar den Maßstab für Männlichkeit steigern können, indem sie sich weigern, solche Sprüche zu wiederholen. Lasst die Jungs sein, je länger, desto besser, und lasst die jungen Männer ihre Hörner abstoßen, wenn sie müssen; aber Mütter, Schwestern und Freunde können helfen, die daraus entstehenden Schäden zu begrenzen, indem sie an die Möglichkeiten der Tugendtreue, die Männer in den Augen guter Frauen am männlichsten machen, glauben und dies auch zeigen. Wenn es sich um eine weibliche Täuschung handelt, lasst sie uns genießen, solange wir können, denn ohne sie geht die Hälfte der Schönheit und der Romantik des Lebens verloren, und traurige Vorahnungen würden all unsere Hoffnungen auf die tapferen, zärtlichen kleinen Burschen verbittern, die ihre Mütter immer noch mehr lieben als sich selbst und sich nicht schämen, dies zuzugeben.

Laurie dachte, dass sein Vorhaben, seine Liebe zu Jo zu vergessen, all seine Kräfte für Jahre beanspruchen würde; aber zu seiner großen Überraschung entdeckte er, dass es von Tag zu Tag einfacher wurde. Er weigerte sich zunächst, dies zu glauben, wurde wütend auf sich selbst und konnte es nicht verstehen; aber unsere Herzen sind neugierig und gegensätzlich, und die Zeit heilt manche Wunden, obwohl wir es nicht bemerken. Lauries Herz schmerzte nicht mehr; die Wunde heilte mit einer Geschwindigkeit, die ihn erstaunte, und anstatt zu versuchen zu vergessen, versuchte er sich zu erinnern. Er hatte diese Entwicklung nicht vorhergesehen und war nicht darauf vorbereitet. Er war angewidert von sich selbst, überrascht von seiner eigenen Unbeständigkeit und in ihm brodelte eine seltsame Mischung aus Enttäuschung und der Erleichterung, dass er sich von einem so gewaltigen Schlag so schnell erholen konnte. Vorsichtig stocherte er in der Glut seiner verlorenen Liebe, aber sie wollte partout nicht in eine Flamme ausbrechen. Da war nur ein angenehmes Glühen, das wärmer wurde und ihm gut tat, ohne ihn in ein Fieber zu versetzen, und widerstrebend musste er zugeben, dass die kindliche Wut langsam in eine friedvollere Stimmung überging, sehr zärtlich, ein wenig traurig und immer noch ärgerlich; aber er war sich sicher, dass auch dies mit der Zeit vergehen und eine brüderliche Zuneigung hinterlassen würde, die bis zum Ende bestand.

Als ihm in einer dieser Tagträumereien das Wort "brüderlich" durch den Kopf ging, lächelte er und blickte auf das Mozartbild, das vor ihm lag:

"Nun, er war ein großer Mann; und als er die eine Schwester nicht haben konnte, nahm er die andere und war glücklich."

Laurie sprach diese Worte nicht aus, aber er dachte sie; und im nächsten Augenblick küsste er den kleinen, alten Ring und sagte zu sich:

"Nein, das werde ich nicht! Ich habe sie nicht vergessen, ich kann es noch nicht. Ich werde es noch einmal versuchen, und wenn das scheitert, warum, dann —— "

Er ließ seinen Satz unvollendet, ergriff Stift und Papier, schrieb an Jo und sagte ihr, dass er sich mit nichts anderem befassen könne, solange es noch die geringste Hoffnung gab, dass sie ihre Meinung änderte. Konnte sie das, wollte sie das, und durfte er nach Hause kommen und glücklich sein? Während er auf eine Antwort wartete, tat er nichts; aber das tat er mit aller Energie, denn er fieberte voller Ungeduld. Die Antwort kam schließlich und war in einem Punkt absolut klar und unwiderruflich: Jo konnte und wollte nicht. Sie war mit Beth beschäftigt und wollte das Wort "Liebe" nie wieder hören. Dann flehte sie ihn an, mit jemand anderem glücklich zu werden, aber immer einen kleinen Winkel seines Herzens für seine liebevolle Schwester Jo freizuhalten. In einem P.S. bat sie ihn, Amy nicht zu erzählen, dass es Beth schlechter ging; sie sollte im Frühjahr sowieso nach Hause kommen, und es bestand keine Notwendigkeit, ihr den Rest ihres Aufenthalts zu vermiesen. Es war noch Zeit genug, so Gott will, aber Laurie sollte ihr oft schreiben und sie nicht Einsamkeit spüren, Heimweh oder Angst haben lassen.

"Das werde ich tun, sofort. Armes, kleines Mädchen; das wird eine traurige Heimkehr werden, fürchte ich." Mit diesen Gedanken öffnete Laurie seinen Schreibtisch, als ob ein Brief an Amy der richtige Schluss des Satzes gewesen wäre, der einige Wochen zuvor unvollendet geblieben war.

Aber er schrieb diesen Brief nicht an diesem Tag; denn während er sein feinstes Papier suchte, stieß er auf etwas, das seine Absicht änderte. In einem Teil des Schreibtisches, zwischen Rechnungen, Pässen und Geschäftsdokumenten verschiedener Art, lagen mehrere von Jos Briefen, und in einem anderen Fach befanden sich drei Notizen von Amy, die sorgfältig mit einem ihrer blauen Bänder zusammengebunden waren und nach den kleinen Rosen im Inneren rochen. Mit halb reumütigem, halb amüsiertem Gesichtsausdruck nahm Laurie alle Briefe von Jo, glättete, faltete und legte sie ordentlich in eine kleine Schublade des Schreibtisches. Dann stand er eine Minute lang da, drehte nachdenklich den Ring an seinem Finger, zog ihn dann langsam ab, legte ihn zu den Briefen, schloss die Schublade, ging hinaus, um dem Hochamt im Stephansdom zu lauschen, und fühlte sich, als ob dort eine Beerdigung stattfinden würde; und, obwohl er nicht vom Leid überwältigt wurde, schien ihm dies eine angemessenere Art, den Rest des Tages zu verbringen, als Briefe an charmante junge Damen zu schreiben.

Der Brief ging dennoch ziemlich schnell auf die Reise und wurde prompt beantwortet, denn Amy hatte Heimweh und gestand Laurie dies auf ganz bezaubernde Weise. Der Briefwechsel nahm rasant zu, und die gegenseitigen Zeilen flogen mit unermüdlicher Regelmäßigkeit durch den in diesem Jahr zeitigen Frühling. Laurie verkaufte seine Büsten, machte aus seiner Oper Anzünder und ging zurück nach Paris, in der Hoffnung, dass dort bald noch jemand anders ankommen würde. Er sehnte sich danach, nach Nizza zu reisen, zierte sich aber, bis er darum gebeten werden würde; aber Amy wollte ihn nicht bitten, denn sie kämpfte gerade mit sich selbst, weswegen sie gerne die fragenden Augen "unseres Jungen" vermeiden wollte.

Fred Vaughn war zurückgekehrt und stellte ihr die Frage, auf die sie einst entschlossen geantwortet hatte: "Ja, bitte"; aber jetzt sagte sie: "Nein, danke", freundlich, bestimmt; denn als die Zeit gekommen war, ließ ihr Mut sie im Stich, und sie bemerkte, dass etwas mehr als Geld und gesellschaftlicher Rang nötig waren, um die neue Sehnsucht zu stillen, die ihr Herz mit zarten Hoffnungen und Ängsten erfüllte. Lauries Worte "Er ist ein guter Kerl, Amy, aber nicht der Mann, von dem ich dachte, dass du ihn mögen würdest", und sein Gesicht, während er sie aussprach, kehrten immer wieder zu ihr zurück, so hartnäckig wie ihre eigenen Gedanken, die sie nicht in Worten, aber mit Blicken äußerte: "Ich werde wegen des Geldes heiraten". Es quälte sie, sich daran zu erinnern, und Amy wünschte sich, sie könnte es zurücknehmen – es klang so unweiblich. Sie wollte nicht, dass Laurie sie für ein herzloses, profanes Geschöpf hielt; sie wollte jetzt nicht mehr eine Königin der High Society sein, sondern eine liebenswerte Frau; sie war so froh, dass er sie nicht für all die schrecklichen Dinge hasste, die sie gesagt hatte, sondern diese sehr gelassen nahm und sie freundlicher behandelte als je zuvor. Seine Schreiben waren ihr ein echter Trost, denn die Briefe von zuhause kamen nur sehr unregelmäßig und waren nicht halb so angenehm wie seine. Es war nicht nur ein Vergnügen, sondern auch ihre Pflicht, sie zu beantworten, denn der arme Kerl war so verzweifelt und brauchte ein paar Streicheleinheiten, da Jos Herz sich nicht erweichen ließ. Sie hätte sich ruhig etwas anstrengen können und versuchen, ihn zu lieben; es konnte ja nicht so schwer sein, viele Leute wären stolz und froh gewesen, wenn ein so lieber Junge sich für sie interessiert hätte; aber Jo hatte sich noch nie wie andere Mädchen verhalten, also gab es für sie nur die Möglichkeit, sehr freundlich zu sein und ihn wie einen Bruder zu behandeln.

Wenn man alle Brüder so gut behandeln würde wie Laurie zu dieser Zeit, wären sie viel fröhlichere Geschöpfe, als sie es tatsächlich sind. Amy hielt ihm keine Vorträge mehr; sie fragte ihn immer nach seiner Meinung; sie interessierte sich für alles, was er tat, machte ihm charmante, kleine Geschenke und schickte ihm jede Woche zwei Briefe, voller lebhaftem Klatsch, schwesterlichen Geheimnissen und fesselnden Skizzen der schönen Landschaft um sie herum. Da es nur für wenige Brüder ein Kompliment ist, wenn ihre Schwestern ihre Briefe mit sich herumtragen, sie fleißig immer wieder lesen, weinen, wenn sie kurz sind, sie küssen, wenn sie lang sind, und sie sorgfältig aufbewahren, wollen wir Amy nicht unterstellen, dass sie all diese liebevollen und törichten Dinge getan hat. Aber in diesem Frühjahr war sie ein wenig blasser und nachdenklicher als sonst, verlor viel von ihrem Verlangen nach der vornehmen Gesellschaft und ging oft allein los, um zu zeichnen. Sie hatte nie viel zu zeigen, wenn sie zurück nach Hause kam, aber ich schätze, sie studierte die Natur, während sie stundenlang mit gefalteten Händen auf der Terrasse in Valrosa saß oder geistesabwesend irgendeine Fantasie zeichnete, die ihr in den Sinn gekommen war – einen standhaften Ritter, den man in einem Grabstein verewigt hatte, einen jungen Mann, der im Gras schlief, den Hut über die Augen gezogen, oder ein lockiges Mädchen in wunderschönen Kleidern, das am Arm eines großen Gentlemans einen Ballsaal hinunterging, wobei beide Gesichter nach dem letzten Schrei der Kunst verschwommen blieben – was zwar sicher, aber nicht immer befriedigend war.

Ihre Tante war der Meinung, dass Amy ihr Verhalten Fred gegenüber leidtat; und da sie Leugnen für nutzlos und Erklärungen für nicht zweckdienlich hielt, ließ Amy sie denken, was sie wollte, und war eher darauf bedacht, dass Laurie erfuhr, dass Fred nach Ägypten abgereist war. Das war alles, aber er verstand die Bedeutung und sah erleichtert aus, als er zu sich sagte:

"Ich war mir sicher, dass sie es sich überlegen würde. Armer Kerl! Ich habe das alles auch durchgemacht und kann ihm nachfühlen."

Laurie entfuhr ein großer Seufzer, als er seine Füße entspannt auf das Sofa legte und genüsslich in Amys Brief las.

Während im Ausland diese Dinge passierten, war die Sorgen zu Hause groß; aber der Brief, in dem ihr mitgeteilt wurde, dass es Beth immer schlechter ging, erreichte Amy nie, und als ihr der nächste zugestellt würde, war das Gras über dem Grab ihrer Schwester bereits grün. Die traurige Nachricht traf sie in Vevay, denn die Hitze hatte sie im Mai aus Nizza vertrieben, und sie waren langsam über Genua und die italienischen Seen in die Schweiz gereist. Amy nahm die Nachricht sehr gefasst auf und unterwarf sich stillschweigend dem Wunsch der Familie, dass sie ihren Aufenthalt nicht verkürzen sollte; da es sowieso zu spät war, um Beth Lebewohl zu sagen, sollte sie besser bleiben und ihren Schmerz durch Abwesenheit lindern. Aber ihr Herz war sehr schwer; sie sehnte sich danach, daheim zu sein, und blickte jeden Tag wehmütig über den See in der Hoffnung, dass Laurie kommen und sie trösten würde.

Er kam auch bald darauf; auch an ihn war mit gleicher Post ein Brief gesandt worden, aber da er in Deutschland war, dauerte es einige Tage, bis er ihn bekam. Im selben Moment, als er ihn las, packte er seinen Rucksack, verabschiedete sich von seinen Mitwanderern und machte sich auf den Weg, um sein Versprechen zu halten, das Herz voller Freude und Trauer, Hoffnung und Spannung.

Er kannte Vevay gut; und sobald das Boot den kleinen Kai berührte, eilte er das Ufer entlang nach La Tour, wo die Carrols *en pension* lebten. Der Hausdiener war überaus betrübt, dass die ganze Familie am See spazieren gegangen war; ach nein, die blonde Mademoiselle könnte im Schlossgarten sein. Wenn sich Monsieur nur einen Moment hinsetzen würden, wäre er in Windeseile mit ihr wieder hier. Aber Monsieur wollte keinen Moment vergeuden und ging los, um Mademoiselle selbst zu finden, noch während der Hausdiener mit ihm sprach.

Es war ein schöner, alter Garten am Rande des schönen Sees, mit Kastanien, die über den Köpfen der Besucher raschelten, Efeu, das überall emporkletterte und dem schwarzen Schatten des Turms, der weit über das sonnige Wasser fiel. An einer Ecke der langen, niedrigen Mauer befand sich ein Sitzplatz, und dorthin kam Amy oft zum Lesen, Arbeiten, oder tröstete sich mit der Schönheit, die sie umgab. Auch an diesem Tag saß sie dort, den Kopf auf ihre Hand gestützt. Voller Heimweh und mit schweren Augen dachte sie an Beth und fragte sich, warum Laurie nicht kam. Sie hörte nicht, wie er den Hof hinter ihr durchquerte, sah ihn nicht im Torbogen innehalten, der vom unterirdischen Weg in den Garten führte. Er stand eine Minute lang da, betrachtete sie mit neuen Augen und sah, was noch nie jemand zuvor gesehen hatte – die zarte Seite von Amys Charakter. Alles an ihr deutete stumm Liebe und Trauer an – die befleckten Briefe auf ihrem Schoß, das schwarze Band, das ihr Haar zusammenhielt, der weibliche Schmerz und der Langmut in ihrem Gesicht; sogar das kleine Ebenholzkreuz an ihrer Kehle erschien Laurie herzergreifend, denn er hatte es ihr gegeben, und sie trug es als einzigen Schmuck. Wenn er irgendwelche Zweifel an dem Empfang hatte, den Amy ihm bereiten würde, waren sie in der Minute, in der sie aufblickte und ihn erkannte, beseitigt; denn als sie alles fallen ließ, um zu ihm zu rennen, rief sie in einem Tonfall untrüglicher Liebe und Sehnsucht aus:

"O Laurie, Laurie, ich wusste, dass du zu mir kommen würdest!"

Ich denke, in diesem Moment war alles gesagt und geklärt; denn als beide für einen Moment ganz still standen, und der dunkle Kopf sich schützend über den hellen beugte, fühlte Amy, dass niemand auf der Welt sie so gut trösten und stützen konnte wie Laurie – und Laurie war sich bewusst, dass Amy die einzige Frau auf der Welt war, die Jos Platz einnehmen und ihn glücklich machen konnte. Er sagte es ihr nicht, aber sie war deswegen nicht enttäuscht, denn beide fühlten die Wahrheit, waren zufrieden und überließen den Rest gerne dem Schweigen.

Dann ging Amy zurück zu ihrem Sitzplatz, und während sie ihre Tränen trocknete, sammelte Laurie die verstreuten Briefe ein und fand im Anblick einiger zerfledderter Seiten und zweideutiger Zeichnungen gute Vorzeichen für die Zukunft. Als er sich neben sie setzte, kehrte Amys Schüchternheit zurück und bei der Erinnerung an ihre impulsive Begrüßung errötete sie.

"Ich konnte nicht anders, ich fühlte mich so einsam und traurig und war so froh, dich zu sehen. Es war so eine große Überraschung, aufzuschauen und dich zu sehen, gerade als ich anfing zu befürchten, dass du nicht kommen würdest", sagte sie und versuchte vergeblich, ganz natürlich zu sprechen.

"Ich kam sofort, als ich es hörte. Ich wünschte, ich könnte irgendetwas sagen, das dich für den Verlust der lieben, kleinen Beth tröstet; aber ich kann nur fühlen, und – ." Er kam nicht weiter, denn auch er wurde plötzlich sehr verlegen und wusste überhaupt nicht mehr, was er sagen sollte. Er sehnte sich danach, Amys Kopf auf seine Schulter zu legen und ihr zu sagen, sie solle sich ausweinen, aber er traute sich nicht; also nahm er stattdessen ihre Hand und drückte sie mitleidsvoll, was besser war als alle Worte.

"Du brauchst nichts zu sagen; das tröstet mich sehr", sagte Amy leise. "Beth geht es jetzt gut und sie ist sicher glücklich, und ich darf sie mir nicht zurückwünschen; aber ich fürchte die Heimkehr, so sehr ich mich auch danach sehne, sie alle wiederzusehen. Aber lass und jetzt nicht darüber reden, denn es bringt mich zum Weinen, und ich will die Zeit mit dir genießen, solange du hier bist. Du musst nicht gleich wieder zurück, oder?"

"Nicht, wenn du es nicht willst, meine Liebe."

"Ich will, dass du bleibst, so sehr. Tante und Flo sind sehr freundlich zu mir, aber du gehörst irgendwie zur Familie, und es wäre so schön, dich für eine Weile bei mir zu haben."

Amy sprach und sah so sehr aus wie ein Kind, das krank vor Heimweh und dessen Herz bedrückt war, dass Laurie seine Verlegenheit sofort vergaß und ihr genau das gab, was sie brauchte – die Streicheleinheiten, an die sie gewöhnt war, und die freundlichen Worte, die sie aufmunterten.

"Arme, kleine Seele, du siehst aus, als wärst du fast krank vor Trauer! Ich werde mich um dich kümmern, also hör auf zu weinen, sondern komm und geh mit mir spazieren; denn der Wind ist zu kühl, als dass du hier stillsitzen solltest", sagte Laurie auf die halb liebkosende, halb befehlende Art und Weise, die Amy so sehr mochte. Dann band er ihren Hut, zog ihren Arm durch seinen und ging mit ihr den sonnigen Pfad unter den frisch belaubten Kastanien auf und ab. Er fühlte sich wohler, wenn er gehen konnte, und Amy empfand es als angenehm, einen starken Arm zum Anlehnen zu haben, ein vertrautes Gesicht, das sie anlächelte, und eine freundliche Stimme, die nur für sie allein sprach.

Der malerische alte Garten hatte schon viele Liebespaare gesehen und schien genau für solche gemacht, so sonnig und abgelegen war er, mit dem Turm, der alles überblickte, und dem ausgedehnten See, der das Echo ihrer Worte wegtrug, wenn er unten ans Ufer schwappte. Eine Stunde lang spazierte dieses neue Paar entlang und unterhielt sich, oder ruhte sich an der Mauer aus und genoss die süßen Eindrücke, die so einem Ort einen solchen Charme verliehen; und als die Essensglocke sie ganz unromantisch zum Kommen ermahnte, fühlte sich Amy, als ob sie ihre Einsamkeit und Trauer im Schlossgarten hinter sich lassen würde.

Als Mrs. Carrol das veränderte Gesicht des Mädchens sah, fiel es ihr wie Schuppen von den Augen und sie sagte zu sich: "Jetzt verstehe ich erst – das Kind sehnte sich nach dem jungen Laurence! Gott segne mich, das hätte ich nie gedacht!"

Mit lobenswerter Diskretion enthielt sich die gute Dame jeden Kommentars und verriet nichts von ihrer Erleuchtung; aber sie drängte Laurie überaus herzlich, zu bleiben, und bat Amy inständig, seine Gesellschaft zu genießen, denn seine Anwesenheit würde ihr viel mehr gut tun als die Einsamkeit. Amy war ein Vorbild an Fügsamkeit, und da ihre Tante sehr mit Flo beschäftigt war, blieb es ihr überlassen, ihren Freund zu unterhalten, und das tat sie mit mehr als dem üblichen Erfolg.

In Nizza hatte Laurie gefaulenzt und Amy ihn dafür getadelt; in Vevay war Laurie nie untätig, sondern war ständig unterwegs, ritt, fuhr mit dem Boot oder lernte, und dies alles so beflissen und energisch, dass Amy einfach alles bewunderte, was er tat, und seinem Beispiel folgte so gut sie konnte. Er sagte, dass die Veränderung auf das Klima zurückzuführen sei, und Amy widersprach ihm nicht, sondern freute sich über diese Erklärung, die sie nur zu gerne für ihre eigene Genesung und ihre neue Lebensfreude hernahm.

Die belebende Luft tat ihnen beiden gut, aber auch die viele Bewegung bewirkte gesunde Veränderungen in Geist und Körper. Dort oben zwischen den ewigen Hügeln schienen beide klarere Ansichten vom Leben und seinen Pflichten zu bekommen; die frischen Winde bliesen verzagende Zweifel, trügerische Fantasien und trübselige Nebel weg; der warme Sonnenschein des Frühlings brachte alle möglichen ehrgeizige Ideen, zärtliche Hoffnungen und glückliche Gedanken hervor; der See schien die Sorgen der Vergangenheit wegzuwaschen, und die großen, alten Berge sahen gütig auf sie herab, als ob sie sagen wollten: "Meine Kinder, liebt euch."

Trotz der noch frischen Trauer war es eine sehr glückliche Zeit – so glücklich, dass Laurie sie keinesfalls mit Worten zerstören wollte. Es dauerte eine Weile, bis er sich von seiner Überraschung über die schnelle Heilung seiner ersten und, wie er fest geglaubt hatte, seiner letzten und einzigen Liebe erholt hatte. Er tröstete sich für diese scheinbare Treulosigkeit mit dem Gedanken, dass Jos Schwester ja fast dasselbe war wie Jo selbst, und der Überzeugung, dass es unmöglich gewesen wäre, eine andere Frau als Amy so schnell und so tief zu lieben. Sein erstes Werben war eher stürmisch gewesen, und er blickte teils mitfühlend, teils bedauernd, darauf zurück, als sei es schon viele Jahre her. Er schämte sich nicht dafür, sondern nahm es als eine der bitter-süßen Erfahrungen seines Lebens, für die er dankbar sein würde, wenn der Schmerz nachließ. Er beschloss, dass sein zweites Werben so ruhig und einfach wie möglich sein sollte; es gab keine Notwendigkeit für große Szenen, oder gar Amy zu sagen, dass er sie liebte; sie wusste es auch ohne Worte und hatte ihm die Antwort schon vor langer Zeit gegeben. Alles passierte so natürlich, dass sich niemand beschweren konnte, und er wusste, dass alle zufrieden sein würden, selbst Jo. Wenn sich unser erster kleiner Liebessturm in Wind auflöst, sind wir alle geneigt, den zweiten Versuch vorsichtig und langsam anzugehen; also ließ Laurie die Tage verstreichen, genoss jede Stunde und überließ es dem Zufall, wann das Wort fallen würde, das dem ersten und süßesten Teil seiner neuen Romanze ein Ende setzen würde.

Laurie hatte sich vorgestellt, dass das *grande finale* auf anmutigste und schönste Art im Mondschein im Schlossgarten stattfinden würde; aber es kam genau umgekehrt, denn die Angelegenheit wurde eines Mittags mit ein paar kurzen Worten auf dem See geregelt. Sie fuhren den ganzen Morgen über auf dem Wasser herum, vom trüben St. Gingolf zum sonnigen Montreux, die Savoyer Alpen auf der einen Seite, Mont St. Bernard und den Dent du Midi auf der anderen, dem hübschen Vevay im Tal und Lausanne auf dem Hügel dahinter, einem wolkenlosen, blauen Himmel über und dem blauen See, übersät mit malerischen Booten, die wie Möwen mit weißen Flügeln aussahen, unter ihnen.

Sie hatten von Bonnivard gesprochen, als sie an Chillon vorbeiglitten, und von Rousseau, als sie nach Clarens aufblickten, wo er seine "Héloise" geschrieben hatte. Keiner von ihnen hatte das Werk gelesen, aber sie wussten, dass es eine Liebesgeschichte war, und jeder fragte sich insgeheim, ob es halb so interessant war wie ihre eigene. Amy hatte während der kleinen Pause, die dazwischen lag, ihre Hand im Wasser trieben lassen, und als sie aufblickte, lehnte sich Laurie auf seine Ruder. Er hatte einen Ausdruck in seinen Augen, der sie hastig sagen ließ, nur damit etwas gesagt war:

"Du musst müde sein; ruh dich ein wenig aus und lass mich rudern: Es wird mir gut tun; denn seit du gekommen bist, bin ich wirklich faul und motivationslos geworden."

"Ich bin nicht müde, aber du kannst eines der Ruder nehmen, wenn du willst. Es ist genug Platz, obwohl ich fast in der Mitte sitzen muss, sonst würde das Boot nicht trimmen", antwortete Laurie, dem dieses Arrangement sichtlich zu gefallen schien.

In dem Gefühl, dass ihre Worte nicht viel verändert hatten, nahm sie das angebotene Drittel eines Sitzes ein, schüttelte ihr Haar ins Gesicht und nahm ein Ruder. Sie ruderte so gut, wie sie viele andere Dinge tat; und obwohl sie beide Hände benutzte und Laurie nur eine, arbeiteten die Ruder im Takt, und das Boot glitt elegant durchs Wasser.

"Wie gut wir zusammen rudern, nicht wahr?", sagte Amy, der das Schweigen unangenehm war.

"So gut, dass ich mir wünsche, dass wir immer im selben Boot rudern würden. Möchtest du das, Amy?", erwiderte Laurie sehr zärtlich.

"Ja, Laurie", lautete die sehr leise Antwort.

Dann hörten beide auf zu rudern, und fügten den sich im See spiegelnden und sich auflösenden Ansichten ganz unbewusst ein hübsches, kleines Gemälde menschlicher Liebe und Glücks hinzu.

XLII. GANZ ALLEIN

Es war leicht, sich selbst zu verleugnen, solange das Selbst hinter einem anderen zurückstand und Herz und Seele durch ein süßes Vorbild geläutert wurden; aber sobald die hilfreiche Stimme schwieg, die tägliche Lektion entfiel, der geliebte Mensch verschwunden war und nichts als Einsamkeit und Trauer blieb, fiel es Jo sehr schwer, ihr Versprechen zu halten. Wie konnte sie "Vater und Mutter trösten", wenn ihr eigenes Herz vor unaufhörlicher Sehnsucht nach ihrer Schwester schmerzte; wie konnte sie "das Haus mit Fröhlichkeit erfüllen", wenn all sein Licht, seine Wärme und Schönheit es verlassen zu haben schienen, als Beth es verließ und in ein neues zog; und wo auf der ganzen Welt konnte sie "eine nützliche, glückliche Arbeit finden", die an die Stelle des liebevollen Dienstes treten würde, der ihr so viel Lohn gewesen war? Blind und aussichtslos versuchte sie, ihre Pflichten zu erfüllen, obwohl sie ständig heimlich dagegen rebellierte, denn es erschien ihr ungerecht, dass ihre wenigen Freuden immer weniger, ihre Lasten immer schwerer und das Leben immer härter und härter wurde, während sie versuchte, alles besser zu machen. Einige Leute schienen immer im Sonnenschein, andere nur im Schatten zu stehen; es war einfach nicht fair, denn sie versuchte mehr als Amy, gut zu sein, aber wurde dafür nie belohnt – sie erntete nur Enttäuschung, Ärger und harte Arbeit.

Arme Jo, das waren dunkle Tage für sie, denn so etwas wie Verzweiflung brach über sie herein, wenn sie daran dachte, ihr ganzes Leben in diesem stillen Haus verbringen zu müssen, das nur die eintönigen, täglichen Sorgen, ein paar kleine Freuden und viele Pflichten kannte, die nie einfacher zu werden schienen. "Ich kann das nicht. Ich war nie für ein solches Leben bestimmt, und ich weiß, dass ich ausbrechen und etwas Schlimmes tun werde, wenn niemand kommt und mir hilft", sagte sie immer wieder zu sich, wenn ihre Bemühungen wieder mal fehlschlugen, und sie in diesen launischen, elenden Geisteszustand verfiel, der uns oft überfällt, wenn selbst der stärkste Wille dem Unvermeidlichen nachgeben muss.

Aber jemand kam und half ihr, obwohl Jo ihre guten Engel nicht sofort erkannte, weil sie vertraute Gestalten hatten und die einfachen Zauber benutzten, die auf die geplagte Menschheit immer am besten wirkten. Oft schreckte sie nachts auf und dachte, Beth würde nach ihr rufen; und wenn der Anblick des kleinen, leeren Bettes sie vor lauter unnachgiebiger Trauer zum Weinen brachte, rief sie: "O Beth, komm zurück! Komm zurück!" Sie streckte ihre Arme nicht umsonst sehnsüchtig aus, denn so schnell sie früher das leiseste Flüstern ihrer Schwester gehört hatte, so schnell war ihre Mutter auch bei ihr , um sie zu trösten – nicht nur mit Worten, sondern auch mit der hingebungsvollen Zärtlichkeit, die durch Berührungen heilt, mit Tränen, die stumme Zeugen einer größeren Trauer als Jos waren, und gebrochenem Flüstern, das wortgewaltiger war als alle Gebete. Geweihte Momente, in denen in der Stille der Nacht ein Herz mit dem anderen sprach und Leiden in Segen verwandelte, der die Trauer eindämmte und die Liebe stärkte. Als sie dies spürte, schienen Jos Lasten leichter zu werden, ihre Pflichten einfacher, und das Leben sah insgesamt erträglicher aus, wenn sie es aus dem sicheren Schutz der Arme ihrer Mutter betrachtete.

Wenn es dem schmerzenden Herz besser ging, fand auch der unruhige Geist Hilfe, denn eines Tages ging sie ins Arbeitszimmer, lehnte sich über den grauhaarigen Kopf, der sich mit einem vielsagenden Lächeln zu ihrer Begrüßung erhoben hatte, und sagte sehr demütig:

"Vater, sprich mit mir, wie du mit Beth gesprochen hast. Ich brauche es mehr als sie, denn ich weiß nicht mehr weiter."

"Mein Liebes, nichts kann mich mehr trösten als das", antwortete er mit zögerlicher Stimme, und nahm sie in beide Arme, als ob auch er Hilfe bräuchte und keine Angst hatte, danach zu fragen.

Dann setzte sich Jo auf Beths kleinen Stuhl neben ihn und erzählte ihrem Vater ihre Sorgen – die an ihr nagende Trauer über ihren Verlust, die vergeblichen Bemühungen, die sie entmutigt hatten, der Mangel an Glauben, der das Leben so düster aussehen ließ, und all die schmerzliche Fassungslosigkeit, die wir Verzweiflung nennen. Sie vertraute ihm alles an, er gab ihr die Hilfe, die sie brauchte, und beide fanden dabei ihren Trost; denn es war die Zeit gekommen, in der sie nicht nur als Vater und Tochter, sondern auch als Mann und Frau miteinander sprechen konnten, dazu fähig und glücklich darüber, einander mit gegenseitigem Mitleid und Liebe zu helfen. Es waren glückliche, gedankenvolle Zeiten in dem alten Arbeitszimmer, das Jo "die Kirche mit nur einem Mitglied" nannte, und aus dem sie jedes Mal mit frischem Mut, wiedererlangter Fröhlichkeit und einer demütigeren Haltung herausging; denn die Eltern, die einem Kind beigebracht hatten, dem Tod ohne Angst zu begegnen, versuchten jetzt, ein anderes zu lehren, das Leben ohne Mutlosigkeit oder Misstrauen anzunehmen, und seine schönen Möglichkeiten voller Dankbarkeit und Kraft für sich zu nutzen.

Aber Jo hatte auch andere Hilfen – kleine, bescheidene, wohltuende Pflichten und Freuden, denen man ihre Rolle bei ihrer Genesung nicht absprechen sollte, und die sie langsam zu erkennen und zu schätzen gelernt hatte. Besen und Geschirrtücher waren nie mehr so geschmacklos wie früher, denn Beth hatte gerne mit beiden gearbeitet; und etwas von ihren hausfräulichen Fähigkeiten schien an dem kleinen Mopp und der alten Bürste haften geblieben zu sein, die nie weggeworfen wurden. Wenn Jo sie benutzte, summte sie die Lieder, die Beth zu summen pflegte, ahmte ihre Ordentlichkeit nach und verlieh allem den letzten Schliff, der alles frisch und gemütlich wirken ließ – was der erste Schritt dazu war, das Haus wieder hell und fröhlich zu machen, obwohl sie es nicht wusste, bis Hannah mit einem anerkennenden Händedruck sagte:

"Du umsichtiges Geschöpf, du möchtest unbedingt, dass wir unser liebes Lämmchen nicht vermissen, und tust alles dafür. Wir sagen nicht viel, aber wir sehen es, und der Herr wird dich dafür segnen, das wird er ganz bestimmt."

Als sie beim Nähen zusammensaßen, bemerkte Jo, wie sehr sich ihre Schwester Meg zum Positiven verändert hatte; wie gut sie sprechen konnte, wie viel sie über gute, weibliche Regungen, Gedanken und Gefühle wusste, wie glücklich sie mit ihrem Mann und den Kindern war und wie viel sie alle füreinander taten.

"Eine Ehe scheint eine ausgezeichnete Sache zu sein. Ich frage mich, ob ich genauso aufblühen würde wie du, wenn ich sie ausprobierte", sagte Jo, als sie im auf den Kopf gestellten Kinderzimmer einen Drachen für Demi baute.

"Es ist genau das, was du brauchst, um die zarte, weibliche Hälfte deines Wesens hervorzubringen, Jo. Du bist wie eine Kastanienschale, außen stachelig, aber innen seidig-weich und mit einem süßen Kern, wenn man ihn einmal erreicht hat. Die Liebe wird dich eines Tages dazu bringen, dein Herz zu öffnen, und dann wird die raue Schale abfallen."

"Der Frost öffnet Kastanienschalen, Ma'am, und man muss ordentlich schütteln, damit sie herunterfallen. Jungs sammeln sie auf, und ich habe keine Lust, von ihnen in eine Tasche gepackt zu werden", antwortete Jo und klebte weiter an dem Drachen, den kein Wind der Welt jemals hochtragen würde, weil Daisy hatte sich wie eine Ballongondel daran festgebunden hatte.

Meg lachte, denn sie war froh, einen kleinen Schimmer von Jos alter Lebensfreude zu sehen, aber sie betrachtete es als ihre Pflicht, ihre Meinung durch jedes in ihrer Macht stehende Argument durchzusetzen; und die schwesterlichen Gespräche waren nicht umsonst, zumal zwei von Megs effektivsten Argumenten die Babys waren, die Jo über alles liebte. Trauer ist der beste Herzensöffner, und Jos war fast bereit für die "Tasche." Ein wenig mehr Sonnenschein, um die Kastanie reifen zu lassen, und dann nicht das ungeduldige Schütteln eines Jungen, sondern die Hand eines Mannes, die nach oben griff, um sie sanft aus der Schale zu holen und den liebenswerten und süßen Kern zu finden. Wenn Jo das geahnt hätte, wäre ihre Schale noch verschlossener und stacheliger geworden denn je; aber zum Glück dachte sie nicht an sich, und als die Zeit kam, fiel die Kastanie herunter.

Nun, wenn sie die Heldin eines moralischen Geschichtsbuchs gewesen wäre, hätte sie in dieser Zeit einen Heiligenschein bekommen, der Welt entsagt und in einem demütigen Gewand und mit religiösen Schriften in der Tasche Gutes getan. Aber, naja, Jo war keine Heldin; sie war nur ein strauchelndes junges Mädchen, genau wie hunderte anderer, und benahm sich ihrer Natur entsprechend, traurig, verärgert, lustlos oder energiegeladen, je nach Stimmung. Es ist sehr tugendhaft zu sagen, gut sein zu wollen, aber wir können nicht alles auf einmal machen, und es benötigte einen langen und starken Ruck, bevor einige von uns überhaupt ihre Füße wieder auf den Boden bekommen. Jo war schon so weit gekommen, hatte gelernt, ihre Pflichten zu erfüllen und sich unglücklich zu fühlen, wenn sie es nicht tat; aber diese Pflichten fröhlich zu erledigen – ach, das war eine andere Sache! Sie hatte oft gesagt, dass sie etwas Großartiges tun wollte, egal wie schwer dies sein würde; und jetzt erfüllte sich ihr Wunsch, denn was könnte großartiger sein, als sein Leben Vater und Mutter zu widmen und zu versuchen, ihnen ein so glückliches Zuhause zu bieten, wie sie es bei ihr getan hatten? Und wenn es Schwierigkeiten benötigte, um die Größe dieser Anstrengungen noch zu erhöhen, was könnte für ein rastloses, ehrgeiziges Mädchen schwieriger sein, als seine eigenen Hoffnungen, Pläne und Wünsche aufzugeben und frohgemut für andere zu leben?

Die Vorsehung hatte sie beim Wort genommen; dies war ihre Aufgabe – nicht das, was sie erwartet hatte, sondern besser, denn ihr Selbst musste komplett zurückstehen; aber, konnte sie es schaffen? Sie entschied sich dafür, es zu versuchen, und prompt bekam sie dabei Hilfe.

"Warum schreibst du nicht wieder? Das hat dich immer glücklich gemacht", sagte ihre Mutter eines Tages, als die Verzagtheit Jo gerade wieder übermannt hatte.

"Ich habe kein Lust zum Schreiben, und selbst wenn ich welche hätte, niemand würde sich für mein Zeug interessieren."

"Wir schon; schreib etwas für uns und kümmere dich nicht um den Rest der Welt. Versuch es, Liebes; ich bin sicher, es würde dir gut tun und uns sehr gefallen."

"Glaub' nicht, dass ich das kann", erwiderte Jo, die aber trotzdem ihre Schreibsachen herausholte und begann, ihre halbfertigen Manuskripte zu überarbeiten.

Eine Stunde später lugte ihre Mutter herein und sah ihre Tochter, die in ihrem schwarzen Kittel und mit abwesendem Gesichtsausdruck wie besessen schrieb – was Mrs. March, die sehr erfreut war über die Wirkung ihres Vorschlags, zum Lächeln brachte. Und husch, war sie auch wieder weg. Jo hat nie begriffen, wie es geschah, aber in dieser Geschichte war etwas, das direkt in die Herzen derer ging, die sie lasen; und als ihre Familie darüber gelacht und geweint hatte, schickte ihr Vater sie, ganz gegen Jos Willen, an eine der beliebtesten Zeitschriften, und zu ihrer völligen Überraschung wurde sie nicht nur dafür bezahlt, sondern weitere Werke angefordert. Nach dem Erscheinen der kleinen Geschichte erhielt Jo lobende Briefe von vielen Menschen, Zeitungen übernahmen sie, und Fremde wie Freunde bewunderten ihr Werk. Für so eine kleine Sache war der Erfolg riesig; und Jo war noch erstaunter als bei ihrem Roman, der gleichzeitig gelobt und verdammt worden war.

"Ich kapiere es nicht. Was kann es in einer so einfachen, kleinen Geschichte geben, das die Leute sie so loben lassen", sagte sie ziemlich verwirrt.

"Es liegt Wahrheit darin, Jo, das ist das Geheimnis; Humor und Pathos machen sie lebendig, und du hast endlich deinen Stil gefunden. Du hast, ohne an Ruhm oder Geld zu denken, geschrieben und dein Herz eingebracht, meine Tochter; du bist durch bittere Zeiten gegangen, jetzt kommen süße. Gib dein Bestes und werde so glücklich mit deinem Erfolg wie wir."

"Wenn in dem, was ich schreibe, etwas Gutes oder Wahres liegt, stammt es nicht von mir; ich schulde es dir, Mutter und Beth", sagte Jo, die die Worte ihres Vaters mehr berührten als alles Lob der Welt.

Immer wieder angeregt von Liebe und Trauer schrieb Jo ihre kleinen Geschichten, schickte sie los, um Freunde für sich und sie selbst zu finden, und bemerkte, dass die Welt sehr wohltätig war zu solch demütigen Wanderern; denn ihre Werke wurden immer freundlich empfangen und schickten ihrer Mutter wohltuende Münzen nach Hause, wie pflichtbewusste Kinder, die ihr Glück gemacht hatten.

Als Amy und Laurie von ihrer Verlobung schrieben, befürchtete Mrs. March, dass es Jo schwer fallen würde, sich darüber zu freuen; aber ihre Ängste legten sich schon bald, denn obwohl Jo anfangs traurig wirkte, nahm sie es sehr gefasst auf und war voller Hoffnungen und Pläne für "die Kinder", bevor sie den Brief ein zweites Mal las. Es war eine Art geschriebenes Duett, in dem jeder den anderen auf liebevolle Weise verherrlichte, sehr angenehm zu lesen und noch angenehmer, daran zu denken, denn niemand hatte etwas dagegen.

"Gefällt dir das, Mutter?", fragte Jo, als sie die eng beschriebenen Blätter weglegte und sie sich ansahen.

"Ja, ich hoffte, dass es so kommen würde, seit Amy schrieb, dass sie Fred zurückgewiesen hatte. Ich war mir damals sicher, dass etwas Besseres als das, was du immer den "Söldnergeist" nennst, über sie gekommen war, und ein Hinweis hier und da in ihren Briefen ließ mich vermuten, dass die Liebe und Laurie eines Tages den Sieg davontragen würden."

"Wie clever du bist, Mami, und wie verschwiegen! Du hast nie ein Wort zu mir gesagt."

"Mütter brauchen scharfe Augen und verschwiegene Zungen, wenn sie Mädchen haben. Ich hatte etwas Angst, dir davon zu erzählen, damit du ihnen nicht schreiben und gratulieren würdest, bevor die Sache in trockenen Tüchern war."

"Ich bin kein so Schussel mehr, wie ich einst war; du kannst mir vertrauen, mittlerweile bin ich besonnen und vernünftig genug, um eine Vertrauensperson zu sein."

"Das bist du, Liebes, und ich hätte dich zu meiner machen können, wenn ich nicht auch gedacht hätte, es könnte dir wehtun, zu erfahren, dass dein Teddy eine andere liebt."

"Aber, Mutter, hast du wirklich geglaubt, ich wäre so dumm und egoistisch, nachdem ich seine Liebe zurückgewiesen habe, als sie am frischesten, wenn nicht sogar am größten war?"

"Damals wusste ich, dass du aufrichtig gehandelt hast, Jo, aber in letzter Zeit hatte ich den Eindruck, dass du ihm vielleicht eine andere Antwort geben würdest, wenn er zurückkommt und erneut fragt. Verzeih mir, Liebling, ich sehe doch, dass du sehr einsam bist, und manchmal liegt in deinen Augen ein so hungriger Blick, dass er mir sofort ans Herz geht; deswegen dachte ich, dass dein Junge vielleicht den leeren Platz füllen könnte, wenn er es nochmal versuchte."

"Nein, Mutter, es ist besser so, wie es jetzt ist, und ich bin froh, dass Amy ihre Liebe zu ihm gefunden hat. Aber du hast mit einer Sache recht: Ich bin einsam, und bei einem neuen Versuch hätte ich vielleicht "Ja" gesagt – aber nicht, weil ich ihn jetzt mehr liebe, sondern weil ich mehr geliebt werden möchte, als zum Zeitpunkt seines Abschieds".

"Darüber bin ich sehr froh, Jo, denn es zeigt, dass du etwas gelernt hast. Es gibt viele, die dich lieben, also versuche, mit Vater und Mutter, Schwestern und Brüdern, Freunden und Babys zufrieden zu sein, bis der beste Liebende von allen kommt, um dir deine Belohnung zu geben."

"Mütter sind die besten Liebenden der Welt; aber es macht mir nichts aus, Mami zuzuflüstern, dass ich alle anderen auch versuchen möchte. Es ist sehr merkwürdig, aber je mehr ich versuche, mich mit allen möglichen natürlichen Zuneigungen zu befriedigen, desto mehr scheine ich mir diese zu wünschen. Ich wusste nicht, dass ein Herz so viele davon aufnehmen kann; meines fühlt sich so elastisch an, dass es nie voll zu sein scheint, und ich war früher ganz zufrieden mit der Liebe meiner Familie. Ich verstehe es nicht."

"Aber ich", sagte Mrs. March und zeigte ihr weises Lächeln, als Jo die Blätter erneut umdrehte, um zu lesen, was Amy über Laurie sagte.

"Es ist so schön, so geliebt zu werden, wie Laurie es tut; er ist nicht sentimental, sagt nicht viel darüber, aber ich sehe und fühle es in allem, was er sagt und tut, und es macht mich so glücklich und demütig, dass ich nicht mehr das gleiche Mädchen zu sein scheine, das ich einmal war. Ich wusste bis jetzt gar nicht, wie gut, großzügig und zärtlich er ist, denn er lässt mich sein Herz lesen, und es steckt voller edler Regungen, Hoffnungen und Ziele –und ich bin so stolz zu wissen, dass es mir gehört. Er sagt, er fühle sich, als könnte er jetzt mit mir als seine Gefährtin zu einer erfolgreichen Reise aufbrechen, mit viel Liebe als Ballast. Ich hoffe, er tut es, und versuche, all das zu sein, was er in mir zu sehen glaubt, denn ich liebe meinen galanten Kapitän von ganzem Herzen, mit all meiner Seele und Kraft, und werde ihn nie im Stich lassen, solange Gott uns zusammen sein lässt. O Mutter, ich wusste nie, wie himmlisch diese Welt sein kann, wenn zwei Menschen einander lieben und füreinander leben!"

"Und das von unserer kühlen, zurückhaltenden und so abgeklärten Amy! Wahrhaftig, Liebe wirkt Wunder. Wie sehr, sehr, glücklich sie sein müssen!" Damit faltete Jo die raschelnden Blätter sehr vorsichtig zusammen, wie man den Einband einer schönen Romanze schließt, die den Leser bis zum Ende fesselt, und er sich plötzlich wieder im Alltag wiederfindet.

Jo streifte immer mehr oben im Haus umher, denn es regnete, und sie konnte nicht spazieren gehen. Ihre Stimmung war sehr unruhig, denn das alte Gefühl kam mehr und mehr zurück; es war nicht so verbittert wie früher, sondern eher ein trauriges, geduldiges Hinterfragen, warum eine Schwester alles haben sollte, was sie sich wünschte, und die andere nichts. Das war natürlich nicht wahr; Jo wusste das und versuchte, das Gefühl abzuschütteln, aber das natürliche Verlangen nach Zuneigung war stärker, und Amys Glück hatte in ihr die Sehnsucht nach jemandem, der "mit Herz und Seele liebt und an den man sich klammern konnte, solange Gott einen zusammen sein ließ", ins Unermessliche wachsen lassen.

Oben in der Dachkammer, wo Jos unruhige Wanderungen meist endeten, standen nebeneinander vier kleine Holzkisten, jede mit dem Namen ihres Besitzers versehen, und jede mit Relikten aus der Kindheit gefüllt, die nun für alle zu Ende war. Jo blickte in sie hinein, und als sie zu ihrer eigenen kam, legte sie ihr Kinn an den Rand und starrte geistesabwesend auf die chaotische Ansammlung, bis ihr ein Bündel alter Schulhefte ins Auge stach. Sie zog sie heraus, drehte sie um und erlebte noch einmal diesen angenehmen Winter bei Mrs. Kirke. Zuerst hatte sie gelächelt, dann wurde sie nachdenklich, schließlich traurig, und als sie eine kleine Notiz in der Handschrift des Professors erwischte, begannen ihre Lippen zu zittern, die Bücher rutschten aus ihrem

Schoß, und sie saß da und betrachtete die freundlichen Worte, als ob sie eine neue Bedeutung hätten und nun eine zarte Stelle in ihrem Herzen berührten.

"Warte auf mich, mein Freund. Ich werde mich vielleicht etwas verspäten, aber ich komme sicher."

"Oh, wenn er nur käme! Immer so freundlich, so gut, so geduldig zu mir; mein lieber alter Fritz, ich habe ihn nicht halb so hoch geschätzt, als ich ihn um mich hatte, als jetzt, wo ich ihn gerne sehen würde, da sich jeder von mir abzuwenden scheint und ich ganz allein bin."

Jo hielt das kleine Papier fest, als wäre es ein Versprechen, das noch nicht erfüllt war, legte ihren Kopf auf einen bequemen Lumpenbeutel und weinte, als ob sie damit gegen das Plätschern des Regens auf dem Dach antreten wollte.

War es nur Selbstmitleid, Einsamkeit oder Niedergeschlagenheit? Oder war es das Erwachen eines Gefühls, das seine Zeit so geduldig erwartet hatte wie sein Erwecker? Wer konnte dies sagen?

XLIII. ÜBERRASCHUNGEN

Jo lag allein in der Dämmerung auf dem alten Sofa, starrte ins Feuer und dachte nach. So verbrachte sie die Stunden zwischen Tag und Nacht am liebsten; niemand störte sie, wenn sie dort auf Beths kleinem roten Kissen lag, ihre Geschichten plante, in Träumen schwelgte oder liebevoll an die Schwester dachte, die nie weit weg schien. Ihr Gesicht sah müde, ernst und ziemlich traurig aus, denn morgen war ihr Geburtstag, und sie dachte darüber nach, wie schnell die Jahre vergingen, wie alt sie schon war und wie wenig sie erreicht zu haben schien. Fast fünfundzwanzig und nichts, was sie vorweisen konnte. Aber darin irrte Jo sich; sie hatte viel vorzuweisen, und nach und nach erkannte sie das auch und war dankbar dafür.

"Eine alte Jungfer – das ist es, was ich sein werde. Eine schriftstellerische Jungfer, mit einem Stift als Ehepartner, einer Reihe von Geschichten als Kinder, und in zwanzig Jahren vielleicht sogar eine berühmte Jungfer; wenn ich, wie der arme Johnson, alt bin und es nicht genießen kann, allein bin und es nicht teilen kann, unabhängig bin, obwohl ich es nicht will. Nun, ich muss weder eine säuerliche Heilige noch eine egoistische Sünderin sein; und ich schätze, dass sich alte Damen durchaus wohl fühlen, wenn sie sich einmal daran gewöhnt haben; aber – ." Jo seufzte, als ob die Aussicht nicht gerade einladend wäre.

Das ist sie tatsächlich nur selten, und dreißig scheint das Ende aller Dinge zu sein, wenn man fünfundzwanzig ist; aber es ist gar nicht so schlimm, wie es aussieht, und man kann damit auch glücklich leben, wenn man etwas in sich selbst hat, das einem Rückhalt bietet. Mit fünfundzwanzig Jahren beginnen Mädchen darüber zu sprechen, alte Jungfern zu werden, beschließen aber heimlich, dass sie es nie sein wollen; mit dreißig reden sie nicht mehr darüber, akzeptieren aber schweigend die Tatsache – und, wenn sie vernünftig sind, trösten sie sich, indem sie sich daran erinnern, dass sie noch zwanzig brauchbare, glücklichere Jahre haben, in denen sie vielleicht lernen, in Würde alt zu werden. Lacht nicht über die alten Jungfern, liebe Mädchen, denn oft sind sehr liebevolle, tragische Romanzen in ihren Herzen versteckt, die so leise unter den schlichten Kleidern schlagen, und viele stille Opfer der Jugend, der Gesundheit, des Ehrgeizes und der Liebe selbst machen ihre blassen Gesichter vor Gottes Augen schön. Selbst die traurigen, säuerlichen Schwestern sollten freundlich behandelt werden, denn sie haben den süßesten Teil des Lebens verpasst, wenn auch aus keinem anderen Grund; und wenn man sie mit Mitgefühl und nicht mit Verachtung betrachtet, sollten sich Mädchen in ihrer

Blüte daran erinnern, dass auch sie die Blütezeit verpassen könnten; dass rosige Wangen nicht ewig halten, dass sich silberne Fäden in das braune Haar unter der Haube verirren werden und dass Freundlichkeit und Respekt irgendwann genau so süß sein werden wie Liebe und Bewunderung jetzt.

Gentlemen, also ihr Jungs da draußen, seid höflich zu den alten Jungfern, egal wie arm, einfach und primitiv sie sein mögen, denn die einzige Ritterlichkeit, die es wert ist zu besitzen, ist die, die den Alten Respekt erweist, die Schwachen schützt und der Menschheit dient, unabhängig von Rang, Alter oder Hautfarbe. Erinnert euch nur an die guten Tanten, die nicht nur immer gepredigt und euch genervt, sondern euch auch erzogen und gestreichelt haben, zu oft ohne jeden Dank; an die misslichen Lagen, aus denen sie euch geholfen haben, an die "Tipps", die sie euch aus ihrem kleinen Vorrat gegeben haben, an die Stiche, die die geduldigen, alten Finger für euch genäht haben, an die Schritte, die die willigen, alten Füße gemacht haben, und erweist den lieben, alten Damen dankbar die kleinen Aufmerksamkeiten, die Frauen gerne erhalten, solange sie leben. Die Mädchen mit den leuchtenden Augen sehen solche Eigenschaften schnell und werden euch umso mehr deswegen mögen; und wenn der Tod, fast die einzige Macht, die Mutter und Sohn trennen kann, sie euch nehmen sollte, werdet ihr von irgendeiner Tante Priscilla, die den wärmsten Winkel ihres einsamen, alten Herzens für "den besten Neffen der Welt" bewahrt hat, sicher einen zärtlichen Empfang und mütterliche Wertschätzung erfahren.

Jo muss eingeschlafen sein (was meinem Leser während dieser kleinen Predigt vermutlich auch passiert ist), denn plötzlich schien Lauries Geist vor ihr zu stehen – ein beachtlicher, materieller, lebensechter Geist, der sich über sie lehnte, und sie genauso anblickte wie früher, als ob er etwas fühlte und es nicht gerne zeigen wollte. Aber, wie Jenny in der Ballade:

"Sie glaubte nicht, dass er es war,"

lag sie da und starrte ihn erschrocken an, bis er sich über sie beugte und sie küsste. Da erkannte sie ihn, sprang auf und rief freudig:

"O mein Teddy! O mein Teddy!"

"Liebe Jo, du freust dich, mich zu sehen?"

"Freuen? Mein liebster Junge, ich finde keine Worte für meine Freude. Wo ist Amy?"

"Deine Mutter und sie sind bei Meg. Wir schauten auf unserem Weg dort vorbei, und es war partout nicht möglich, meine Frau aus ihren Klauen zu befreien."

"Deine was?", rief Jo, denn Laurie sprach diese beiden Worte so voller unbewusstem Stolz und Genugtuung aus, dass sie ihn glatt verrieten.

"Oh, Mist! Jetzt ist es passiert", erwiderte Laurie und sah dabei so schuldig aus, dass Jo wie ein Blitz auf ihn herniederfuhr.

"Ihr habt geheiratet!"

"Ja, haben wir, aber ich werde es nie wieder tun", war Lauries Antwort. Dabei ging er auf die Knie, reuig seine Hände ringend und mit einer Mischung aus Übermut, Freude und Triumph in seinem Gesicht.

"Wirklich verheiratet?"

"Ganz genau, so ist es."

"Gnade uns Gott! Was wirst du als nächstes Schreckliches tun?" Jo fiel stöhnend in ihren Sitz.

"Eine charakteristische, wenn auch nicht gerade höfliche Gratulation", antwortete Laurie, immer noch in seiner unterwürfigen Haltung, aber vor Genugtuung strahlend.

"Was will man erwarten, wenn du mir den Atem raubst, dich wie ein Einbrecher hereinschleichst und solche Katzen aus dem Sack lässt? Steh auf, du lächerlicher Junge, und erzähl mir alles darüber."

"Kein Wort, wenn ich mich nicht an meinen alten Platz setzen darf und du versprichst, dich nicht zu verbarrikadieren."

Jo lachte, wie sie es schon seit vielen Tagen nicht mehr getan hatte, klopfte einladend auf das Sofa und sagte herzlich:

"Das alte Kissen ist auf dem Dachboden, aber wir brauchen es jetzt nicht; also komm und gestehe, Teddy."

"Wie gut klingt es, wenn du 'Teddy' zu mir sagst! Niemand nennt mich so, außer dir", sagte Laurie und setzte sich äußerst zufrieden hin.

"Wie nennt Amy dich denn?"

"Mein Herr."

"Das passt zu ihr. Auf jeden Fall siehst du so aus." Jos Augen konnten kaum verbergen, dass sie ihren Jungen gutaussehender als jemals zuvor fand.

Das Kissen war weg, aber es war trotzdem eine Barrikade da – eine natürliche, die durch Zeit, Abwesenheit und Sinneswandel entstanden war. Beide spürten sie, und schauten sich eine Minute lang gegenseitig an, als ob diese unsichtbare Barriere einen kleinen Schatten auf sie werfen würde. Doch dann war sie plötzlich weg und Laurie, dessen Versuch, würdevoll klingen zu wollen, vergeblich war, sagte:

"Sehe ich denn nicht aus wie ein verheirateter Mann und das Oberhaupt einer Familie?"

"Nicht ein bisschen, und das wirst du auch nie. Du bist größer und attraktiver geworden, aber du bist immer noch derselbe Taugenichts."

"Also wirklich, Jo, du solltest mich mit mehr Respekt behandeln", begann Laurie, der das alles sehr genoss.

"Wie soll das gehen, wenn schon die Vorstellung, dass du verheiratet und sesshaft bist, so unglaublich lustig ist, dass ich nicht ernst bleiben kann", antwortete Jo, deren ganzes Gesicht ein einziges, so ansteckendes Lächeln war, dass beide noch einmal herzhaft lachten und sich dann in ein gutes Gespräch vertieften, so angenehm und locker wie früher.

"Es hat keinen Sinn, wenn du in die Kälte rausgehst, um Amy zu holen, denn sie werden alle gleich hochkommen. Ich konnte einfach nicht warten; ich wollte derjenige sein, der dir die große Überraschung erzählt, und sozusagen 'den Rahm abschöpft', wie wir zu sagen pflegten, als wir uns um die Sahne stritten."

"Das war mir klar, dabei hast du dir deine Geschichte selbst verdorben, als du am falschen Ende angefangen hast. Jetzt fang mal von vorne an und erzähl mir, wie das alles passiert ist; ich sterbe vor Neugier."

"Nun, ich habe es getan, um Amy einen Gefallen zu tun", erzählte Laurie mit einem Augenzwinkern, das Jo ausrufen ließ:

"Flunkerei Nummer eins; Amy tat es, um dir einen Gefallen zu tun. Erzähl weiter, und nach Möglichkeit die Wahrheit, falls das möglich ist, Sir."

"Jetzt kommt langsam die Schulmeisterin durch; ist es nicht lustig, ihr zuzuhören?", sagte Laurie zum Feuer, das glühte und funkelte, als ob es ihm zustimmen wollte. "Es ist doch ganz egal, weißt du, sie und ich – wir sind eins. Wir wollten eigentlich mit den Carrols nach Hause kommen, vor einem Monat oder so, aber sie änderten plötzlich ihre Meinung und beschlossen, einen weiteren Winter in Paris zu verbringen. Aber Großvater wollte nach Hause; er hat die Reise unternommen, um mir einen Gefallen zu tun, und ich konnte ihn einfach nicht allein gehen lassen; aber Amy wollte ich auch nicht verlassen. Außerdem hatte Mrs. Carrol diese typisch englischen Anwandlungen von wegen 'Anstandswauwau' und so einem Unsinn und wollte Amy nicht mit uns kommen lassen. Also habe ich das Problem gelöst, indem ich sagte: 'Lass uns heiraten, denn dann können wir machen, was wir wollen.' "

"Natürlich hast du das, irgendwie laufen die Dinge immer in deinem Sinn."

"Nicht immer", antwortete Laurie und etwas in seiner Stimme ließ Jo hastig sagen:-

"Wie hast du Tantchen dazu gebracht, ihre Einwilligung zu geben?"

"Das war harte Arbeit; aber unter uns, wir haben sie einfach überredet, denn wir hatten jede Menge gute Gründe auf unserer Seite. Es blieb keine Zeit, zu schreiben und um Erlaubnis zu bitten, aber es war klar, dass es euch allen gefallen und ihr irgendwann zustimmen würdet; wir mussten also nur 'die Gelegenheit beim Schopf ergreifen', wie meine Frau sagen würde."

"Sind wir nicht alle stolz auf die Worte 'Ja, ich will', und würden wir sie nicht alle gerne sagen?", unterbrach ihn Jo, die jetzt ihrerseits ins Feuer blickte und mit Freude das glückliche Funkeln sah, das es in den Augen zu entzünden schien, die das letzte Mal, als sie sie sah, so tragisch düster dreinblickten.

"Eine Kleinigkeit vielleicht; sie ist so eine bezaubernde kleine Frau, ich kann einfach nur stolz auf sie sein. Nun, Onkel und Tante waren ja da, um Anstandsdamen zu spielen; wir waren so ineinander vertieft, dass wir einzeln überhaupt keinen Zweck erfüllt hätten, und dieses charmante Arrangement machte alles so einfach für uns; also haben wir es getan."

"Wann, wo, wie?", fragte Jo in einem Anflug weiblichen Interesses und Neugierde, denn sie konnte es einfach nicht fassen.

"Vor sechs Wochen vor dem amerikanischen Konsul in Paris; natürlich war es eine sehr stille Hochzeit, denn trotz unseres Glücks haben wir die liebe, kleine Beth nie vergessen."

Als er das sagte, legte Jo ihre Hand in seine, und Laurie glättete sanft das kleine, rote Kissen, an das er sich gut erinnerte.

"Warum habt ihr es uns hinterher nicht gesagt?", fragte Jo etwas leiser, nachdem sie eine Minute lang still dagesessen hatten.

"Wir wollten euch überraschen; wir wollten eigentlich sofort nach Hause fahren; aber sobald wir verheiratet waren, merkte der liebe alte Herr,, dass er mindestens noch einen Monat brauchen würde, und schickte uns los, um Flitterwochen zu verbringen, wo immer wir wollten. Amy hatte Valrosa einmal als 'echtes Paradies für Flitterwochen-Haus' bezeichnet, also gingen wir dorthin und waren so glücklich, wie Menschen es nur einmal in ihrem Leben sind. Großer Gott! Solch eine Liebe zwischen all den Rosen!"

Laurie schien Jo für eine Minute vergessen zu haben, und darüber war sie froh, denn die Tatsache, dass er ihr diese Dinge so ungezwungen und natürlich erzählte, zeigte ihr , dass alles zwischen ihnen vergeben und vergessen war. Sie versuchte, ihre Hand zurückzuziehen; aber als ob er den Gedanken erraten hätte, der diesen halb unfreiwilligen Impuls auslöste, hielt Laurie sie fest und sagte mit einer männlichen Würde, die sie noch nie zuvor in ihm entdeckt hatte:

"Jo, Liebes, ich möchte etwas sagen, und dann nie wieder darüber reden. Wie ich dir in meinem Brief versicherte, als ich schrieb, dass Amy so freundlich zu mir ist, werde ich nie aufhören, dich zu lieben; aber die Liebe hat sich verändert, und ich habe kapiert, dass es so besser ist als früher. Amy und du habt die Plätze in meinem Herzen getauscht, das ist alles. Ich denke, es sollte so sein, und es wäre sicher auch passiert, wenn ich auf dich gewartet hätte; aber ich konnte noch nie geduldig sein, und deswegen hatte ich viel Kummer. Ich war damals noch ein Junge, eigenwillig und stürmisch, und ich brauchte diese Lektion, um mir meiner Fehler bewusst zu werden. Denn es war einer, Jo, wie du gesagt hast, und ich bemerkte ihn, nachdem ich mich zum Narren gemacht hatte. Ehrlich, einmal war ich so durcheinander, dass ich nicht wusste, wen ich mehr liebte, dich oder Amy, und versuchte, euch beide gleichermaßen zu lieben; aber ich konnte es nicht, und als ich Amy in der Schweiz sah, schien sich alles aufzuklären. Ihr beide habt nun den richtigen Platz in meinem Herz gefunden. Ich war mir sicher, dass ich die alte Liebe abhaken musste, bevor ich mit der neuen anfing; das Ziel war, irgendwann mein Herz zwischen Schwester Jo und Ehefrau Amy aufteilen zu können und sie beide von Herzen zu lieben. Kannst du mir das glauben und mit mir in die glücklichen, alten Zeiten zurückkehren, als wir uns kennenlernten?"

"Ich glaube es, von ganzem Herzen; aber, Teddy, wir können nie wieder Junge und Mädchen sein. Die glücklichen, alten Zeiten werden nicht zurückkehren, und wir sollten das auch nicht erwarten. Wir sind jetzt Mann und Frau, die hart arbeiten müssen; die Zeit für Spiele ist vorbei, und wir werden nie wieder miteinander herumtoben wie früher. Ich bin sicher, dass du das auch fühlst; ich sehe die Veränderung in dir, und du wirst sie in mir sehen. Ich werde meinen Jungen vermissen, aber den Mann genauso lieben und ihn noch mehr bewundern, denn aus ihm ist das geworden, was ich erhofft habe. Wir können keine kleinen Spielkameraden mehr sein, dafür aber Bruder und Schwester, und uns unser ganzes Leben lang lieben und uns gegenseitig helfen, nicht wahr, Laurie?"

Er sagte kein Wort, sondern nahm die Hand, die sie ihm anbot, und legte sein Gesicht eine Minute lang darauf. Laurie fühlte, dass aus dem Grab einer kindlichen Leidenschaft eine schöne, starke Freundschaft entstiegen war, die sie beide segnete. Da sie nicht wollte, dass die Heimkehr eine traurige wird, sagte Jo kurz darauf:

"Ich kann es einfach nicht glauben, dass ihr Kinder wirklich verheiratet seid und eine Familie gründen werdet. Es scheint mir erst gestern gewesen zu sein, dass ich Amys Kittel zugeknöpft und dich an den Haaren gezogen habe, als du mich gehänselt hast. Guter Gott, wie die Zeit vergeht!"

"Da eines der Kinder älter ist als du selbst, solltest du nicht reden wie eine Großmutter. Ich bezeichne mich gerne schmeichelhaft als "gewachsener Gentleman ", wie Peggotty es über David sagte; und wenn du Amy siehst, wirst du sie eher für ein frühreifes Kind halten", sagte Laurie, der sich köstlich amüsierte über ihr mütterliches Auftreten.

"Du bist vielleicht ein wenig älter an Jahren, aber ich bin dir an Gefühl weit überlegen, Teddy. Das sind Frauen immer; und das letzte Jahr war so hart, dass ich mich wie vierzig fühle."

"Arme Jo! Du musstest alles allein ertragen, während wir uns amüsiert haben. Du bist älter; das stimmt, aber es stimmt auch, dass deine Augen traurig aussehen, wenn du nicht gerade lächelst, und als ich das Kissen berührte, fand ich eine Träne darauf. Du musstest viel durchmachen, und du musstest es ganz allein. Was für ein egoistischer Unhold ich war", sagte Laurie und zog sich selbst mit reumütigem Blick an den Haaren.

Aber Jo drehte das verräterische Kissen einfach nur um und antwortete in einem Tonfall, der fröhlich zu klingen versuchte:

"Nein, ich hatte Vater und Mutter, die mir halfen, die lieben Babys, die mich trösteten, und die Gedanken daran, dass du und Amy sicher und glücklich seid – und das machte die Sorgen hier leichter zu ertragen. Ich bin manchmal einsam, aber ich schätze, dass es gut für mich ist, und – "

"Das wirst du nie wieder sein", unterbrach Laurie ihren Satz und legte seinen Arm um sie, als ob er jedes menschliche Übel ausgrenzen wollte. "Amy und ich können es ohne deine Hilfe nicht schaffen, also musst du zu uns kommen und 'den Kindern' beibringen, wie man einen Haushalt führt und alles miteinander teilt, so wie wir es früher getan haben – und dich verhätscheln lassen, damit alle glücklich und nett zueinander sind."

"Wenn ich euch nicht im Weg bin, wäre das sehr liebenswürdig. Ich fühle mich jetzt schon viel jünger; irgendwie scheinen all meine Probleme wegzufliegen, seit du gekommen bist. Du warst mir immer ein Trost, Teddy." Damit legte Jo ihren Kopf auf seine Schulter, wie sie es vor Jahren getan hatte, als Beth krank war, und Laurie sagte, sie solle sich an ihm festhalten.

Er blickte auf sie herab und fragte sich, ob sie sich gerade an diese Zeit erinnerte, aber Jo lächelte in sich hinein, als ob tatsächlich all ihre Probleme mit seiner Ankunft verschwunden wären.

"Du bist immer noch wie früher Jo, eine Minute in Tränen aufgelöst und die nächste lauthals lachend. Aber du siehst gerade ein wenig schelmisch aus – was ist los, Oma?"

"Ich habe mich gefragt, wie du und Amy miteinander auskommen."

"Wie Engelchen!"

"Ja, natürlich, das ist am Anfang immer so; aber wer hat das Kommando?"

"Ich habe kein Problem damit, dir zu sagen, dass sie es hat; zumindest lasse ich sie das glauben – es gefällt ihr, weißt du. Irgendwann werden wir uns abwechseln, denn eine Ehe, sagt man, halbiert die Rechte und verdoppelt die Pflichten."

"Ihr werdet so weitermachen, wie ihr angefangen habt, und Amy wird dich an dein Lebensende regieren."

"Nun, sie tut es so unmerklich, dass ich nicht glaube, dass es mir etwas ausmachen würde. Sie ist die Art Frau, die weiß, wie man gut regiert; ich mag es sogar, denn sie wickelt einen so sanft und hübsch um ihren Finger wie einen Strang Seide und gibt einem die ganze Zeit das Gefühl, dass sie einem damit eigentlich einen Gefallen tut."

"Dass ich das noch erleben darf, dich als Pantoffelheld zu sehen, der das auch noch genießt", rief Jo mit erhobenen Händen.

Es war deutlich zu sehen, wie Laurie seine Schultern zusammenzog und höhnisch über diese Unterstellung lächelte. Dann antwortete er mit seinem typischen, großkotzigen Gehabe:

"Amy ist viel zu gut erzogen dafür, und ich bin nicht der Typ Mann, der sich einfach unterwirft. Meine Frau und ich respektieren uns gegenseitig zu sehr, um uns zu tyrannisieren oder miteinander zu streiten."

Jo gefiel das und sie fand, dass ihm diese neue Erhabenheit sehr gut stand – aber der Junge vor ihr schien sich sehr schnell in einen Mann zu verwandeln, und in ihr Vergnügen mischte sich mehr und mehr Bedauern.

"Dessen bin ich mir sicher; Amy und du haben nie so gestritten, wie wir früher. Sie ist die Sonne und ich der Wind, wie in der Fabel, und die Sonne hat den Mann am besten im Griff gehabt, wie ich mich erinnere."

"Sie kann ihn anpusten und auch auf ihn herunterscheinen", lachte Laurie. "Was für eine Predigt sie mir in Nizza gehalten hat! Auf Ehre und Gewissen, die war um einiges schlimmer als jede deiner Schelten – ein echter Wachrüttler. Ich werde dir irgendwann alles erzählen – sie wird es sicher nie tun, denn nachdem sie mir gesagt hat, dass sie mich verachtet und sich für mich schämt, hat sie ihr Herz an diesen verabscheuungswürdigen Schuft verloren und den Nichtsnutz geheiratet."

"Wie niederträchtig! Nun, wenn sie dich ausnutzt, komm zu mir und ich werde dich verteidigen."

"Sehe ich aus, als hätte ich das nötig?", fragte Laurie, stand auf und nahm eine Haltung ein, die sich schlagartig von "aufgeblasen" zu "entzückt" änderte, als man Amys Stimme rufen hörte:

"Wo ist sie? Wo ist meine liebe, alte Jo?"

Dann stampfte die ganze Familie herein und jeder wurde umarmt und geküsst. Nach mehreren vergeblichen Versuchen setzten sich die drei Weltreisenden und wurden ausgiebig betrachtet und bejubelt. Mr. Laurence, gesund und herzlich wie immer, hatte die Auslandsreise fast genauso verändert wie die anderen, denn sein mürrisches Wesen schien fast verschwunden zu sein, und seine altmodische Höflichkeit hatte so einen Feinschliff erhalten, dass sie netter denn je wirkte. Es war schön zu sehen, wie er "seine Kinder", wie er das junge Paar nannte, anstrahlte; und es war noch schöner zu sehen, wie Amy ihm die töchterliche Hingabe und Zuneigung zollte, die sein altes Herz im Sturm erobert hatte; das Beste von allem war jedoch, Laurie dabei zuzusehen, wie er um die beiden herumschwirrte, als ob er nie müde werden würde, das schöne Bild zu genießen, das sie abgaben.

In dem Moment, in dem sie Amy sah, wurde Meg bewusst, dass ihr eigenes Kleid keine Pariser Note hatte, dass die junge Mrs. Moffat von der jungen Mrs. Laurence völlig in den Schatten gestellt werden würde und dass "ihre Ladyschaft" eine vollkommene, sehr elegante und anmutige Frau war. Als sie das Paar betrachtete, dachte Jo: "Wie gut sie zusammen aussehen! Ich hatte recht, und Laurie hat das schöne, kultivierte Mädchen gefunden, das seinem Heim viel besser stehen wird als die ungehobelte, alte Jo, auf das er stolz sein kann und das keine Qual für ihn ist." Mrs. March und ihr Mann lächelten und nickten sich gegenseitig mit glücklichen Gesichtern zu, denn sie sahen, dass es ihrer Jüngsten gut ging, und das nicht nur in weltlichen Dingen, sondern auch durch eine Fülle von Liebe, Vertrauen und Glück.

In Amys Gesicht leuchtete diese zarte Weichheit, die charakteristisch ist für ein friedvolles Herz; ihre Stimme war ungewohnt zärtlich, und ihre kühle, prüde Körperhaltung hatte eine sanfte Würde gewonnen, die sowohl weiblich als auch anziehend war. Sie zeigte nicht die geringste Affektiertheit, und ihre herzliche Güte war bezaubernder als die neue Schönheit oder die alte Anmut, denn sie verlieh ihr das unverwechselbare Zeichen einer echten vornehmen Dame, die sie immer zu werden gehofft hatte.

"Die Liebe hat unser kleines Mädchen sehr verändert", sagte ihre Mutter leise.

"Sie hatte ihr ganzes Leben lang ein gutes Beispiel vor Augen, meine Liebe", flüsterte Mrs. March zurück und sein liebevoller Blick betrachtete das faltige Gesicht und den grau gewordenen Kopf neben ihm.

Daisy konnte ihren Blick nicht von der "hüpsen Tande" wenden und hing wie ein Schoßhund an der überaus reizvollen, vermeintlichen Schlossherrin. Demi überlegte noch, ob er die neue Verwandtschaft gut finden sollte, bevor er sich durch die vorschnelle Annahme eines Bestechungsgeschenks, das die verlockende Form einer Bärenfamilie aus Bern hatte, seinem Schicksal auslieferte. Eine kurze Finte führte jedoch zu seiner bedingungslosen Kapitulation, weil Laurie genau wusste, wie er ihn kriegen konnte.

"Junger Mann, als ich zum ersten Mal die Ehre hatte, deine Bekanntschaft zu machen, hast du mir ins Gesicht geschlagen: jetzt verlange ich die

Genugtuung eines Gentlemans!", konstatierte der große Onkel und begann, den kleinen Neffen so spielerisch herumzuschubsen und mit ihm zu raufen, dass die Würde seiner philosophischen Seele der Freude seines kindlichen Gemüts wich.

"Wenn das nicht Seide ist, in die sie von Kopf bis Fuß gehüllt ist? Es ist so herrlich mitanzusehen, wie sie dort sitzt, kerngesund und strahlend, und zuzuhören, wie die Leute die kleine Amy 'Miss Laurence' rufen", murmelte die alte Hannah, die nicht widerstehen konnte, immer wieder in den Raum zu lugen, als sie den Tisch auf eine ausgesprochen wilde und verwirrende Weise deckte.

Und wie viel sie geredet haben! Erst der eine, dann die andere, dann haben alle zusammen geplappert und versucht, die Geschichte von drei Jahren in einer halben Stunde zu erzählen. Es war ein Glücksfall, dass der Tee gerade fertig war, ihnen eine Ruhepause verschaffte und für Erfrischung sorgte, denn ohne diese wären sie sicher heiser und erschöpft geworden. Eine so glückliche Prozession, die sich in das kleine Esszimmer bewegte! Mr. March eskortierte stolz "Mrs. Laurence"; Mrs. March stützte sich mindestens genau so stolz auf den Arm "ihres Sohnes"; der alte Herr nahm Jo an seine Seite und flüsterte ihr zu: "Jetzt musst du mein Mädchen sein." Nachdem Jo einen Blick auf die leere Ecke beim Feuer geworfen hatte, flüsterte sie mit bebenden Lippen zurück: "Ich werde versuchen, ihren Platz einzunehmen, Sir".

Die Zwillinge stolzierten hinterher und waren im siebten Himmel, denn jeder war so sehr mit den Neuankömmlingen beschäftigt, dass sie nach Lust und Laune schwelgen konnten, und ihr dürft sicher sein, dass sie das Beste aus dieser Gelegenheit gemacht haben. Oh, wie oft haben sie am Tee genippt, sich nach Belieben Lebkuchen in die Münder gestopft, je einen heißen Keks bekommen, und als krönenden Abschluss beide ein bezauberndes, kleines Törtchen in den winzigen Taschen verschwinden lassen, das dort verräterisch zu kleben und zu zerbröckeln anfing und ihnen zeigte, dass sowohl die menschliche Natur als auch Gebäck zerbrechlich sind! Schuldig im Sinne der beschlagnahmten Törtchen und voller Angst, dass Dodos scharfe Augen die dünne Verkleidung aus Batist und Schafwolle, hinter der sich ihre Beute versteckte, durchbohren würden, klammerten sich die kleinen Sünder an "Opi", der seine Brille vergessen hatte. Amy, die wie eine Erfrischung herumgereicht wurde, kehrte an Vater Laurences Arm in die Stube zurück; die anderen gingen zusammen hinaus, wie sie hineingegangen waren, sodass Jo ohne Begleiter zurückblieb. Aber das machte ihr nichts aus, denn sie verweilte gerne, um Hannas begierige Frage zu beantworten:

"Wird Miss Amy in ihrem Coupé fahren und all das schöne Silbergeschirr mitnehmen, das da drüben für sie aufbewahrt wurde?"

"Würde mich nicht wundern, wenn sie sechs weiße Pferde vorgespannt hätte, von goldenen Tellern essen und jeden Tag Diamanten tragen würde. In Teddys Augen ist nichts gut genug für sie", antwortete Jo, die unendlich selig war.

"Das muss auch so sein! Willst du Kartoffelpuffer oder Fischbällchen zum Frühstück?", fragte Hannah, die gekonnt Poesie und Prosa miteinander vermischte.

"Ist mir egal", erwiderte Jo und schloss die Tür, da Essen für sie in diesem Moment ein eher nebensächliches Thema war. Sie stand eine Minute lang da und beobachtete, wie die Gruppe oben verschwand; und als Demis kurze, blasse Beine die letzte Stufe hinaufgingen, überkam sie plötzlich ein so starkes Gefühl der Einsamkeit, dass sie mit trüben Augen um sich herumblickte, als ob sie etwas zum Anlehnen finden wollte, denn nun hatte selbst Teddy sie verlassen. Wenn sie gewusst hätte, welches Geburtstagsgeschenk Minute für Minute näher und näher kam, hätte sie nicht zu sich selbst gesagt: "Ich werde ein paar Tränchen vergießen, wenn ich ins Bett gehe; jetzt ist nicht der Zeitpunkt, trübselig zu sein." Dann wischte sie mit ihrer Hand über die Augen, denn eine ihrer knabenhaften Angewohnheiten war, nie zu wissen, wo ihr Taschentuch war. Jo hatte es gerade noch geschafft, sich ein Lächeln ins Gesicht zu zaubern, als es an der Verandatür klopfte.

Sie öffnete sie voller gastfreundlicher Eile und zuckte zusammen, als ob gerade ein Geist angekommen wäre, um sie zu überraschen; denn da stand ein großer, bärtiger Herr, der sie aus der Dunkelheit heraus wie die Mitternachtssonne anstrahlte.

"O Herr Bär, ich bin so froh, Sie zu sehen", rief Jo und umarmte ihn so heftig, als ob sie fürchtete, die Nacht würde ihn wieder verschlingen, bevor sie ihn hereinziehen konnte.

"Und ich dich, Miss March, - oh, ihr feiert eine Party!", sagte der Professor und hielt inne, als ihm der Klang von Stimmen und das Trippeln tanzender Füße von oben entgegenhallte.

"Nein, wir feiern nicht, das ist nur die Familie. Meine Schwester und Freunde sind gerade nach Hause gekommen, und wir sind alle sehr glücklich. Kommen Sie rein und seien Sie auch dabei."

Obwohl er ein sehr geselliger Mann war, wäre Herr Bär am liebsten schicklich weggegangen und an einem anderen Tag wiedergekommen; aber wie hätte er das tun können, nachdem Jo die Tür hinter ihm schloss und ihm bereits seinen Hut abgenommen hatte? Vielleicht hatte ihr Gesicht etwas damit zu tun, denn sie vergaß völlig, ihre Wiedersehensfreude zu verbergen, und zeigte sie mit einer Offenheit, die für den einsamen Mann, dessen Empfang seine kühnsten Hoffnungen weit übertraf, unwiderstehlich war.

"Wenn ich wirklich nicht fehl am Platz bin, werde ich das gerne tun. Warst du krank, meine Liebe?"

Die Frage kam ziemlich abrupt, denn als Jo seinen Mantel aufhing, fiel das Licht auf ihr Gesicht, und Bär sah eine Veränderung darin.

"Nicht krank, nur müde und traurig. Es waren schwere Zeiten, seit ich Sie das letzte Mal gesehen habe."

"Ah, ja, ich weiß. Mein Herz war sehr traurig, als ich das hörte." Herr Bär schüttelte Jo erneut die Hände, dieses Mal mit einem so mitleidsvollen Gesicht, dass Jo das Gefühl hatte, als ob kein Trost der Welt dem Blick dieser freundlichen Augen und dem Griff der großen, warmen Hand gleichkommen würde.

"Vater, Mutter, das ist mein Freund, Professor Bär", sagte sie mit so viel unbändigem Stolz und Freude in ihrem Gesicht und ihrer Stimme, dass sie genauso gut eine Posaune geblasen und die Tür mit einem Tusch hätte öffnen können.

Hatte der Fremde irgendwelche Zweifel an seinem Empfang gehabt, waren diese in wenigen Sekunden durch die herzliche Begrüßung, die er erhielt, wie weggewischt. Zuerst begrüßte ihn jeder um Jos willen sehr freundlich, aber schon bald mochten ihn alle von ganzem Herzen. Sie konnten gar nicht anders, denn er trug den Talisman, der alle Herzen öffnete, und diese einfachen Menschen erwärmten sich sofort für ihn und waren umso freundlicher, da sie wussten, dass er arm war; Armut bereichert diejenigen, die darüberstehen, und ist ein sicherer Geleitbrief in die Herzen wirklich gastfreundlicher Menschen. Herr Bär fand sich bei den Marchs wieder wie ein Reisender, der an eine einsame Tür klopft und sich nach dem Öffnen sofort zu Hause fühlt. Die Kinder surrten um ihn herum wie Bienen um einen Honigtopf; und nachdem sie sich auf seinen Knien niedergelassen hatten, zogen sie ihn in ihren Bann, indem sie seine Taschen durchwühlten, an seinem Bart zogen und voller jugendlichem Tatendrang seine Uhr untersuchten. Die Frauen telegrafierten sich mit Blicken gegenseitig ihre Anerkennung zu, und Mr. March, der das Gefühl hatte, eine verwandte Seele getroffen zu haben, öffnete seine erlesensten Vorräte zum Wohle seiner Gäste Der stille John hörte nur zu und genoss das Gespräch, sagte aber kein Wort, während Mr. Laurence absolut nicht in der Lage war, zu Bett zu gehen.

Wäre Jo nicht anderweitig beschäftigt gewesen, hätte Lauries Verhalten sie belustigt; irgendetwas Undefinierbares – bestimmt keine Eifersucht, eher so etwas wie Misstrauen – ließ diesen Gentleman zunächst abseits stehen und den Neuankömmling mit brüderlicher Vorsicht beobachten. Aber auch bei Laurie dauerte es nicht lange. Unwillkürlich regte sich sein Interesse, und bevor er sich versah, zog es ihn in den Dunstkreis von Herrn Bär, denn dieser fand in dieser anregenden Atmosphäre die richtigen Worte und wurde seinem Ruf mehr als gerecht. Bär sprach selten mit Laurie, aber sah ihn oft an, und jedes Mal huschte ein Schatten über sein Gesicht, als ob er seiner eigenen, verlorenen Jugend nachtrauern würde, während er den jungen Mann in dessen Blütezeit beobachtete. Dann wandte sich sein wehmütiger Blick Jo zu, die diese stumme Frage sicherlich beantwortet hätte, wenn sie ihr aufgefallen wäre; aber Jo musste auf ihre eigenen Augen aufpassen, und da sie merkte, dass sie ihnen nicht trauen konnte, behielt sie sie bedacht auf der kleinen Socke, die sie – ganz die vorbildliche Tante – strickte.

Ein verstohlener Seitenblick hier und da erfrischte sie wie ein Schluck Wasser nach einem langen Spaziergang, denn sie sah dabei immer mehr günstige Vorzeichen. Herr Bärs Gesicht hatte den zerstreuten Ausdruck verloren und sah richtiggehend lebendig aus vor laute Interesse an dem rund um ihn stattfinden Gespräch – eigentlich sogar jung und gutaussehend, dachte sie und vergaß dabei, ihn mit Laurie zu vergleichen, wie sie es normalerweise bei fremden Männern tat, zu deren großen Nachteil. Dann schien er recht begeistert zu sein, auch wenn die Bestattungsgewohnheiten der antiken Völker, zu denen das Gespräch sich verirrt hatte, kein wirklich berauschendes Thema waren. Jo strahlte triumphierend, als Teddy in einer kurzen Debatte übertrumpft wurde, und dachte für sich, als sie das ins Gespräch vertiefte Gesicht ihres Vaters beobachtete: "Wie er es genießen würde, einen Mann wie meinen Professor zu haben, mit dem er jeden Tag reden könnte!" Außerdem trug Herr Bär einen neuen schwarzen Anzug, was ihn mehr denn je wie einen echten Gentleman aussehen ließ. Sein wuscheliges Haar, das sauber geschnitten und glatt gebürstet worden war, blieb nicht lange in dieser Ordnung, denn wenn er in Aufregung geriet, hatte er die Angewohnheit, es so zu zerraufen, dass es in alle Richtungen abstand – was Jo sowieso besser gefiel, weil sie dachte, seine feine Stirn sähe aus wie die von Jupiter. Arme Jo, wie sie diesen einfachen Mann verherrlicht hat, als sie so für sich dahingestrickt hat, ohne dabei etwas zu verpassen – nicht einmal die Tatsache, dass Herr Bär tatsächlich goldene Knöpfe in seinen makellosen Manschetten trug!

"Guter Kerl! Er hätte sich nicht mehr herausputzen können, wenn er auf Brautschau gegangen wäre", dachte Jo bei sich, und sofort darauf bei der plötzlichen Vorstellung, die aus diesen Worten geboren wurde, so schrecklich zu erröten, dass sie ihre Wolle fallen ließ und kurz abtauchen musste, um ihr Gesicht zu verstecken.

Dieses Manöver verlief jedoch nicht so, wie sie es sich vorgestellt hatte; denn, wenn man es metaphorisch betrachten will, ließ der Professor bei dem Versuch, Feuer an den Scheiterhaufen zu legen, seine Fackel fallen und bückte sich ebenfalls nach der kleinen blauen Kugel. Natürlich knallten beide mit ihren Köpfen zusammen, sahen Sterne, und kamen errötet und lachend, wenn auch ohne die Wolle, wieder hoch, um ihre Plätze einzunehmen und zu wünschen, sie hätten sie gar nicht erst verlassen.

Niemand wusste, was der Abend noch bringen würde; denn Hannah entführte die Babys ganz geschickt schon zu einer frühen Stunde und Mr. Laurence ging nach Hause, um sich auszuruhen. Die anderen saßen um das Feuer herum und redeten, völlig unbeeindruckt vom Lauf der Zeit, immer weiter, bis Meg, in deren mütterliche Vorahnung sich die Überzeugung eingeschlichen hatte, dass Daisy aus dem Bett gefallen war und Demi sein Nachthemd in Brand gesetzt hatte, nachdem er den Aufbau von Streichhölzern studiert hatte, die Absicht ankündigte, nach Hause gehen zu wollen.

"Wir müssen noch etwas singen, so wie früher, denn wir sind endlich wieder alle zusammen", sagte Jo, die der Meinung war, dass ein schönes Lied das perfekte Ventil für all die jubilierenden Emotionen in ihrer Seele wäre.

Aber es waren nicht alle da. Dennoch empfand niemand Jos Worte als gedankenlos oder falsch, denn Beth schien immer noch unter ihnen zu weilen, eine friedvolle Präsenz, unsichtbar, aber kostbarer denn je, denn der Tod konnte die Familienbande, die eine Liebe unauslöschlich machten, nicht durchbrechen. Der kleine Stuhl stand an seinem alten Platz; der ordentlich aufgeräumte Korb mit der Handarbeit, die sie unvollendet ließ, als die Nadel "so schwer" wurde, stand noch auf dem gewohnten Regal; das geliebte Instrument, das jetzt kaum jemand mehr brauchte, stand immer noch da; und über allem war Beths Gesicht, das wie in den frühen Tagen still und lächelnd auf sie herabblickte und zu sagen schien: "Seid glücklich. Ich bin hier."

"Spiel etwas, Amy. Lass uns hören, wie gut du geworden bist", sagte Laurie mit verzeihlichem Stolz auf seine verheißungsvolle Schülerin.

Aber Amy, der Tränen in den Augen standen, flüsterte, als sie den verblichenen Stuhl drehte:

"Nicht heute Nacht, Liebling. Ich will heute Nacht nicht spielen."

Aber Amy hatte etwas Besseres zu bieten als Brillanz oder Fertigkeit; denn sie sang Beths Lieder mit einem so sanften Klang in ihrer Stimme, den der beste Lehrer der Welt ihr nicht hätte beibringen können, und berührte die Herzen der Zuhörer mit einer süßeren Kraft, als jede andere Inspiration möglich gemacht hätte. Der Raum war sehr ruhig, als ihre klare Stimme während der letzten Zeile von Beths Lieblingskirchenlied plötzlich versagte. Es war schwer zu singen:

"Auf Erden gibt es keine Sorgen, die der Himmel nicht heilen kann."

Dann lehnte sich Amy an ihren Mann, der hinter ihr stand und spürte, dass das Willkommen zu Hause ohne Beths Kuss nicht ganz perfekt war.

"Jetzt lassen wir es mit "Mignons Lied" ausklingen, und das wird Herr Bär singen", sagte Jo, bevor die Pause schmerzvoll wurde. Herr Bär räusperte sich mit einem befriedigten "Äh-hem", ging in die Ecke, in der Jo stand und sagte:

"Du wirst mit mir singen? Wir werden ein hervorragendes Pärchen abgeben."

Was, nebenbei bemerkt, eine äußerst erbauende Vorstellung war, denn Jo hatte nicht mehr Ahnung von Musik als ein Grashüpfer. Aber sie hätte auch zugestimmt, wenn es um eine ganze Oper gegangen wäre, und mit ihm glückselig und losgelöst von Zeit und Stimmung vor sich hin geträllert. Es spielte sowieso keine Rolle; denn Herr Bär sang wie ein echter Deutscher, aus vollem Herzen und laut; und Jo verfiel bald in ein gedämpftes Summen, damit sie der sanften Stimme zuhören konnte, die nur für sie allein zu singen schien.

"Kennst du das Land,
wo die Zitronen blühn,"

Das war früher die Lieblingszeile des Professors, denn "das Land" bedeutete für ihn Deutschland; aber jetzt schien er mit besonderer Wärme und Melodik die Worte zu betonen:

"Dahin möcht' ich mit dir,
O mein Geliebter, ziehn."

Eine Zuhörerin, die sehr begeistert war von dieser zärtlichen Einladung, sehnte sich danach ihm zu sagen, dass sie dieses Land kannte und mit Freude dorthin reisen würde, wann immer er wollte.

Das Lied wurde ein großer Erfolg, und der Sänger zog sich, nachdem er mit Lobeshymnen förmlich überhäuft worden war, zurück. Aber wenige Minuten später vergaß Bär seine Manieren völlig und starrte Amy an, die gerade ihre Haube aufsetzte; sie war ihm einfach als "meine Schwester" vorgestellt worden, und niemand hatte sie seit seiner Ankunft bei ihrem richtigen Namen genannt. Das gleiche passierte ihm, als Laurie beim Abschied in seiner zuvorkommendsten Weise sagte:

"Meine Frau und ich sind sehr froh, Sie kennengelernt zu haben, Sir. Bitte denken Sie immer daran, dass Sie in unserem Haus drüben immer willkommen sein werden."

Der Professor dankte ihm sehr herzlich dafür und strahlte plötzlich so vor Freude, dass Laurie ihn für den nettesten und gefühlvollsten alten Kerl hielt, den er je getroffen hatte.

"Ich werde jetzt ebenfalls gehen; aber ich komme gerne wieder, wenn Sie erlauben, liebe Madame, denn ich habe noch einige Tage in der Stadt zu tun."

Er sprach zu Mrs. March, sah aber Jo dabei an, und die Stimme der Mutter antwortete ihm mindestens ebenso zustimmend herzlich wie die Augen der Tochter – denn Mrs. March war gar nicht so blind für die Belange ihrer Kinder, wie Mrs. Moffat immer annahm.

"Ich schätze, er ist ein sehr weiser Mann", bemerkte Mr. March, der behaglich und zufrieden auf dem kleinen Teppich vor der Feuerstelle stand, nachdem der letzte Gast gegangen war.

"Ich weiß, dass er ein guter Mann ist", fügte Mrs. March wohlwollend hinzu, als sie die Uhr aufzog.

"Ich wusste, ihr würdet ihn mögen", war alles, was Jo sagte, als sie sich in ihr Bett zurückzog.

Sie fragte sich, welche Geschäfte Herrn Bär in die Stadt verschlagen hatten, und kam schließlich zu dem Schluss, dass er irgendwo eine große Auszeichnung erhalten hatte, aber zu bescheiden war, diese Tatsache zu erwähnen. Hätte sie sein Gesicht gesehen, als er in seinem Zimmer das Bild einer ernsten und unbeugsamen jungen Dame betrachtete, die unter ihrer Haarpracht düster in die Zukunft blickte, wäre etwas Licht in die Angelegenheit gekommen, besonders nachdem er das Licht gelöscht und das Bild im Dunkeln geküsst hatte.

XLIV. MYLORD UND MYLADY

"Bitte, Frau Mutter, kann ich mir meine Frau für eine halbe Stunde ausleihen? Das Gepäck ist angekommen, und ich habe auf der Suche nach ein paar dringend benötigten Dingen Amys Schmuckstücke aus Paris total durcheinander gebracht", sagte Laurie, als er am nächsten Tag hereinkam und Mrs. Laurence auf dem Schoß ihrer Mutter sitzend vorfand – ganz so, als ob sie wieder "ein Baby" wäre.

"Sicherlich. Geh, meine Liebe; ich habe ganz vergessen, dass dein Zuhause jetzt ein anderes ist", sagte Mrs. March und drückte die weiße Hand, die den Trauring trug, als ob sie für ihre mütterliche Inanspruchnahme um Verzeihung bitten wolle.

"Ich wäre nicht herübergekommen, wenn ich eine andere Lösung wüsste; aber ohne meine kleine Frau bin ich auch nicht mehr als ein – ".

"Wetterhahn ohne Wind", warf Jo ein, als Laurie kurz nach einem passenden Vergleich suchte; seit Teddys Heimkehr war Jo wieder ganz ihr eigenes, freches Selbst.

"Genau; Amy lässt mich die meiste Zeit über aus Westen wehen, mit einer gelegentlichen Böe aus Süden, und seit meiner Heirat habe ich nicht mehr aus dem Osten geblasen und weiß nichts über den Norden – aber sonst bin ich eigentlich ganz lau und luftig; oder, Mylady?"

"Schönes Wetter bisher; ich weiß nicht, wie lange das noch anhalten wird, aber ich habe keine Angst vor Stürmen, denn ich lerne langsam, wie ich mein Schiff steuern kann. Ich komme rüber, Liebling, und werde deinen Stiefelknecht finden – ich nehme an, das ist es, wonach du unter meinen Sachen stöberst. Männer sind so hilflos, Mutter", sagte Amy so matronenhaft, dass es ihren Mann erfreute.

"Was werdet ihr unternehmen, nachdem ihr euch eingerichtet habt", fragte Jo, während sie Amys Umhang zuknöpfte, wie sie es mit ihren Kitteln tat.

"Wir haben schon Pläne geschmiedet, aber wir wollen noch nicht viel darüber sagen, denn wir sind ja gerade erst angekommen – aber wir werden sicher nicht faul sein. Ich werde mich so hingebungsvoll den Geschäften widmen, dass es Großvater eine echte Freude sein wird. Ich werde ihm beweisen, dass ich nicht verzogen bin. Ich brauche etwas, das mich auf Kurs hält. Ich bin es leid, herumzutrödeln und will arbeiten wie ein Mann."

"Und Amy – was wird sie tun?", fragte Mrs. March, die nicht nur über Lauries Entscheidung erfreut war, sondern auch über die Energie, mit der er sprach.

"Nachdem wir alle gesellschaftlichen Pflichten erledigt und mal wieder unsere besten Kleider ausgeführt haben, werden wir sie mit der Gastfreundlichkeit unserer eleganten Villa, der auserlesenen Gesellschaft, die wir um uns scharen, und den positiven Einfluss, den wir auf die gesamte Welt ausüben werden, überraschen. Das stimmt doch in etwa, oder, Madame Récamier?", fragte Laurie und warf Amy einen belustigten Blick zu.

"Die Zeit wird es zeigen. Kommt jetzt, Eure Impertinenz, und schockiert meine Familie nicht, indem Ihr mich vor ihren Augen beschimpft", antwortete Amy, die beschlossen hatte, dass es zuerst ein Heim mit einer guten Frau darin geben musste, bevor sie als Königin der Gesellschaft einen Salon eröffnen konnte.

"Wie glücklich die Kinder zusammen zu sein scheinen", bemerkte Mr. March, der Schwierigkeiten hatte, sich in seinen Aristoteles zu vertiefen, nachdem das junge Paar gegangen war.

"Ja, und ich denke, das wird so bleiben", fügte Frau March mit dem gelassenen Gesichtsausdruck eines Lotsen hinzu, der sein Schiff sicher in den Hafen gebracht hat.

"Ich weiß, dass es das wird. Glückliche Amy", seufzte Jo. Aber im nächsten Moment zog ein freudiges Lächeln über ihr Gesicht, als Professor Bär mit einem ungeduldigen Ruck das Tor öffnete.

Später am Abend, als er endlich seinen Stiefelknecht gefunden hatte, sagte Laurie plötzlich zu seiner Frau, die umherwirbelte und ihre neuen Kunstschätze aufstellte:

"Mrs. Laurence."

"Mylord!"

"Dieser Mann will unsere Jo heiraten!"

"Das hoffe ich doch; du nicht auch, Liebling?"

"Nun, mein Liebling, ich denke, er ist ein Volltreffer, im wahrsten Sinne dieses ausdrucksstarken Wortes, aber ich wünschte, er wäre etwas jünger und ein bisschen wohlhabender."

"Aber, Laurie, sei nicht zu anspruchsvoll und weltfremd. Wenn sie sich lieben, spielt es doch keine Rolle, wie alt und wie arm sie sind. Frauen sollten nie wegen des Geldes heiraten – ." Amy zuckte unwillkürlich zusammen, als ihr diese Worte entfleucht waren, und sah ihren Mann an, der mit hinterhältigem Ernst erwiderte:

"Sicher nicht, obwohl man manchmal ganz bezaubernde Mädchen sagen hört, dass sie es tun würden. Wenn mich mein Gedächtnis nicht ganz täuscht, hieltest du es auch einmal für deine Pflicht, einen reichen Mann zu erobern; das erklärt vielleicht, warum du einen Taugenichts wie mich geheiratet hast."

"O mein lieber Junge, sag das nicht – sag das nicht! Als ich "Ja" sagte, habe ich völlig vergessen, dass du reicht bist. Ich hätte dich auch geheiratet, wenn du keinen Penny besitzen würdest, und ich wünschte mir manchmal sogar, du wärst arm, damit ich zeigen könnte, wie sehr ich dich liebe." Amy, die in der Öffentlichkeit sehr würdevoll und im Privatleben sehr zärtlich war, lieferte auch gleich überzeugende Beweise für die Wahrheit ihrer Worte.

"Du glaubst doch nicht wirklich, dass ich immer noch die Söldnerbraut bin, die ich einst war, oder? Es würde mir das Herz brechen, wenn du mir nicht glaubtest, dass ich gerne im selben Boot mit dir fahre, selbst wenn du deinen Lebensunterhalt mit Rudern auf dem See verdienen müsstest."

"Bin ich ein Idiot und Unhold? Wie könnte ich das denken, wo du doch einen reicheren Mann für mich zurückgewiesen hast und du nicht mal die Hälfte von dem annehmen willst, was ich dir geben will, obwohl ich das Recht dazu habe? Aber Mädchen tun es wirklich jeden Tag, die armen Dinger, und man lässt sie glauben, dass es ihre einzige Rettung ist; aber du hattest bessere Lehrer, und obwohl ich einmal um dich gezittert habe, war ich nicht enttäuscht, denn die Tochter stand treu zu den Lehren der Mutter. Ich habe das gestern deiner Mama gesagt, und sie sah so froh und dankbar aus, als hätte ich ihr einen Scheck über eine Million gegeben, die für wohltätige Zwecke ausgegeben werden sollten. Du hörst meinen moralischen Bemerkungen ja gar nicht zu, Mrs. Laurence!" Laurie hielt inne, denn Amys Augen hatten einen abwesenden Blick, obwohl sie genau auf sein Gesicht gerichtet waren.

"Doch, das tue ich, und gleichzeitig bewundere ich das Grübchen in deinem Kinn. Ich möchte dich nicht eitel machen, aber ich muss gestehen, dass ich auf meinen gutaussehenden Mann stolzer bin als auf sein ganzes Geld. Lach nicht, aber deine Nase ist so tröstlich für mich", sagte Amy und streichelte das edel geschnittene Körperteil sanft und voller künstlerischer Hingabe.

Laurie hatte in seinem Leben schon viele Komplimente erhalten, aber nie ein schöneres – was er auch deutlich zum Ausdruck brachte, obwohl er über den eigentümlichen Geschmack seiner Frau lachen musste, während diese bedächtig sagte:

"Darf ich dir eine Frage stellen, Liebling?"

"Natürlich darfst du das."

"Würde es dir etwas ausmachen, wenn Jo Herrn Bär heiratet?"

"Aha, da liegt das Problem, nicht wahr? Ich dachte schon, da wäre etwas in meinem Grübchen, das dir nicht gefällt. Ich bin kein Neidhammel, sondern der glücklichste Kerl auf Erden, und versichere dir, dass mein Herz auf Jos Hochzeit genauso leicht sein wird wie meine Absätze beim Tanzen. Zweifelst du etwa daran, mein Liebling?"

Amy blickte zu ihm auf und war zufrieden; das letzte, kleine bisschen Eifersucht war für immer verschwunden, und als sie ihm dankte, lag in ihrem Gesicht ein Ausdruck echter Liebe und Vertrauens.

"Ich wünschte, wir könnten etwas für diesen großartigen, alten Professor tun. Sollten wir nicht einen reichen Verwandten erfinden, der sehr entgegenkommend in Deutschland stirbt und ihm ein echtes, kleines Vermögen hinterlässt?", sagte Laurie, als sie Arm in Arm den langen Salon hinunter spazierten – eine ihrer Lieblingsbeschäftigungen in Erinnerung an den Schlossgarten.

"Jo würde es merken und alles verderben; sie ist sehr stolz auf ihn, so wie er ist, und sagte gestern, dass Armut für sie etwas Schönes sei."

"Gott segne ihr liebes Herz! So wird sie aber nicht mehr denken, wenn sie einen literarischen Ehemann und ein Dutzend kleiner Professorinnen und Professoren hat, die sie durchbringen muss. Wir werden uns jetzt nicht einmischen, sondern auf unsere Chance warten und ihnen dann unwillkürlich einen guten Dienst erweisen. Ich schulde Jo einen Teil meiner Erziehung, und sie glaubt daran, dass Leute ihre Schulden ehrlich zurückzahlen sollten, also tue ich es auf diese Weise."

"Wie schön ist es, wenn man anderen helfen kann, nicht wahr? Es war immer einer meiner Träume, in der Lage zu sein, freizügig zu geben; und dank dir ist dieser Traum wahr geworden."

"Ah! Wir werden viel Gutes tun, nicht wahr? Es gibt eine Art von Armut, der ich besonders gerne helfe. Man kümmert sich immer um die echten Bettler auf der Straße, aber es geht auch vielen armen Familien schlecht, weil sie nicht nach Hilfe fragen wollen und die Menschen es nicht wagen, ihnen Almosen anzubieten; doch es gibt tausend Möglichkeiten, ihnen zu helfen, wenn man nur weiß, wie man es so behutsam macht, dass es sie nicht beleidigt. Was mich betrifft, ich helfe lieber einem alternden Gentleman als einem Süßholz raspelnden Bettler; ich nehme an, es ist falsch, aber es ist halt so, obwohl es schwieriger ist."

"Weil es einen Gentleman braucht, um es zu tun", fügte das andere Mitglied des häuslichen Vereins gegenseitiger Beweihräucherung hinzu.

"Danke, aber ich fürchte, ich verdiene dieses tolle Kompliment nicht. Aber ich wollte noch anmerken, dass ich, während ich im Ausland herumtrödelte, ziemlich viele talentierte junge Kerle sah, die alle möglichen Opfer brachten und echte Bürden tragen mussten, damit sie ihre Träume verwirklichen konnten. Einige von ihnen waren famose Kerle und arbeiteten wie besessen; sie waren arm und ohne Freunde, aber so voller Mut, Geduld und Ehrgeiz, dass ich mich schämte und mich danach sehnte, ihnen unter die Arme zu greifen. Das sind Menschen, denen es eine Genugtuung ist zu helfen, denn wenn sie wirklich talentiert sind, ist es eine Ehre, ihnen dienen zu dürfen, damit dieses Talent nicht verlorengeht, nur weil es an Brennstoff fehlt, um den Topf am Kochen zu halten; und wenn es nicht so ist, ist es ein Vergnügen, die armen Seelen zu trösten und sie vor Verzweiflung zu bewahren, wenn sie genau das herausfinden."

"Ja, da hast du recht; und es gibt noch andere Sorte Menschen, die nicht fragen und in Stille leiden. Ich kann davon ein Lied singen, denn ich gehörte zu ihnen, bevor du eine Prinzessin aus mir gemacht hast, wie es dem Aschenputtel im Märchen passiert ist. Ehrgeizige Mädchen haben es schwer, Laurie, und oft genug müssen sie zusehen, wie Jugend, Gesundheit und allerbeste Gelegenheiten an ihnen vorbeiziehen, nur weil sie nicht im richtigen Moment ein wenig Hilfe bekommen haben. Die Leute waren sehr freundlich zu mir; und wann immer ich Mädchen sehe, die so zu kämpfen haben wie wir früher, möchte ich meine Hand ausstrecken und ihnen helfen, wie mir geholfen wurde."

"Und das wirst du auch, wie ein Engel, der du bist", rief Laurie, der in diesem Moment mit einem Anflug philanthropischen Eifers beschloss, eine Institution zum ausdrücklichen Nutzen junger Frauen mit künstlerischem Talent zu gründen und mit Geldern auszustatten. "Reiche Menschen haben nicht das Recht, sich einfach hinzusetzen, sich zu amüsieren, oder ihr Geld zu horten, damit andere es verprassen können. Es ist nicht halb so sinnvoll, ein Testament zu hinterlassen, wenn man stirbt, als das Geld zu Lebzeiten weise zu verwenden und es zu genießen, seine Mitmenschen damit glücklich zu machen. Und selbst wird es immer prima gehen, und ein besonderes Vergnügen wird es sein, anderen Menschen selbstlos einen Geschmack davon zu geben. Möchtest du ein kleiner Dorcas sein, der einen großen Korb voller Bequemlichkeiten leert und ihn mit guten Taten füllt?"

"Von ganzem Herzen, wenn du ein tapferer St. Martin sein wirst, ritterlich durch die Welt reitest und anhältst, um deinen Umhang mit dem Bettler zu teilen."

"Dann ist das abgemacht, und wir werden das Beste daraus machen!"

Das junge Paar schüttelte sich die Hände und schlenderte dann fröhlich weiter. Beide hatten das deutliche Gefühl, dass ihr angenehmes Zuhause noch heimeliger werden würde, wenn sie die Heime anderer Menschen schöner machten; beide glaubten, dass ihre eigenen Füße auf dem blumigen Weg vor ihnen aufrechter gehen würden, wenn sie raue Wege für andere Füße ebneten; und beide fühlten, dass eine Liebe, die sich mitfühlend an die weniger Gesegneten erinnerte, ihre Herzen noch näher zueinander bringen würde.

XLV. DAISY UND DEMI

Ich glaube nicht, dass ich meine Pflicht als bescheidener Historiker der Familie March gänzlich erfüllt hätte, ohne mindestens ein Kapitel den beiden wertvollsten und wichtigsten Mitgliedern der Familie zu widmen. Daisy und Demi testeten nun immer mehr ihren Gestaltungsspielraum aus; denn in diesem rasend schnell verfliegenden Alter behaupten Kinder von drei oder vier Jahren ihre Rechte und bekommen sie auch –mehr, als es viele der älteren Kinder tun. Wenn es jemals ein Zwillingspaar gab, das Gefahr lief, durch Anbetung völlig verdorben zu werden, dann waren es diese plappernden Brookes. Natürlich waren sie die bemerkenswertesten Kinder, die je geboren wurden, was jeder verstehen wird, wenn ich erwähne, dass sie mit acht Monaten gehen konnten, mit zwölf Monaten fließend sprachen und mit zwei Jahren ihren Platz am Tisch einnahmen und sich so anständig benahmen, dass alle Betrachter verzaubert waren. Mit drei Jahren verlangte Daisy eine Nadel und fertigte tatsächlich mit vier Stichen eine Tasche an; im Büfett richtete sie ihre eigene Hauswirtschaft ein und betätigte dort einen mikroskopisch kleinen Herd mit einer Geschicklichkeit, die Tränen des Stolzes in Hannahs Augen trieb, während Demi seine Buchstaben beim Großvater paukte, der eine neue Art erfunden hatte, ihm das Alphabet beizubringen, indem er mit seinen Armen und Beinen das ABC formte und so Gymnastik für den Kopf mit der für den Körper in Einklang brachte. Der Junge entwickelte schon früh ein mechanisches Talent, das seinen Vater erfreute und seine Mutter irritierte, denn er versuchte, jede Maschine nachzubauen, die er sah, und machte mit seiner "Näh-schiene" aus dem Kinderzimmer das reinste Chaos – einer mysteriösen Konstruktion aus Schnüren, Stühlen, Wäscheklammern und Spulen, damit sich die Räder "immer trehn" konnten;" weiterhin hing über der Lehne eines großen Stuhls ein Korb, in den er vergeblich versuchte, seine zu vertrauenswürdige Schwester hineinzuhieven; als diese schließlich gerettet wurde, bemerkte der junge Erfinder empört: "Aber Mami, das iss mein Aufzuck, und ich will sie hochziehn."

Obwohl die beiden komplett unterschiedliche Charaktere hatten, kamen die Zwillinge bemerkenswert gut miteinander aus und stritten sich selten mehr als dreimal am Tag. Natürlich tyrannisierte Demi Daisy, verteidigte sie aber gleichzeitig sehr ritterlich vor jedem anderen Angreifer, während Daisy eine Galeerensklavin aus sich machte und ihren Bruder als das einzige perfekte Wesen auf der Welt verehrte. Daisy war eine rosiger, molliger, kleiner Sonnenschein, der seinen Weg in das Herz aller fand und sich dort einnistete.

Sie war eines dieser einnehmenden Kinder, die wie gemacht dafür sind, wie kleine Göttinnen geküsst und geknuddelt, geschmückt und angebetet und bei allen festlichen Anlässen zur allgemeinen Zufriedenheit vorgezeigt zu werden. Ihre kleinen Tugenden waren so süß, dass sie fast einem Engel gleich gewesen wäre, wenn sie nicht ein paar kleine Ungezogenheiten entzückend menschlich gemacht hätten. In ihrer Welt war immer schönes Wetter, und jeden Morgen kletterte sie in ihrem kleinen Nachthemd zum Fenster hinauf, um hinauszuschauen und zu sagen, ganz egal ob es regnete oder die Sonne schien: "Oh, söner Tag, oh, söner Tag!" Jeder war ihr Freund, und sie küsste einen Fremden so vertrauensvoll, dass selbst der unverbesserlichste Junggeselle nachgeben musste und Babyliebhaber zu ihren treuen Anbetern wurden.

"Ich habb alle lib", sagte sie einmal und öffnete ihre Arme, den Löffel in der einen Hand und den Becher in der anderen, als ob sie die ganze Welt umarmen und ernähren wolle.

Als sie größer wurde, begann ihre Mutter zu spüren, dass der "Taubenschlag" durch die Anwesenheit eines so liebevollen und heiteren Familienmitglieds, das dazu beigetragen hatte, das alte Haus zu einem Heim zu machen, gesegnet war, und betete, dass ihr ein Verlust wie der erspart bleiben würde, der ihnen allen erst kürzlich zeigte, wie lange sie unbemerkt einen Engel bei sich beherbergt hatten. Ihr Großvater nannte sie oft "Beth", und ihre Großmutter wachte mit unermüdlicher Hingabe über sie, als ob sie versuchte, einen Fehler der Vergangenheit zu sühnen, den kein Auge außer ihrem eigenen bemerkt hatte.

Demi war ein echter Yankee, hinterfragte alles, wollte alles wissen und war oft sehr verwirrt, weil er keine befriedigenden Antworten auf sein ewiges "Warum?" erhielt.

Aber Demi hatte auch eine philosophische Ader – zur großen Freude seines Großvaters, der mit ihm sokratische Gespräche führte, in denen der frühreife Schüler zur unverhohlenen Belustigung der anwesenden Frauen gelegentlich seinen Lehrer übertrumpfte.

"Warum könn' meine Beine gehn, Opi?", fragte der junge Philosoph und beobachtete nachdenklich die aktiven Teile seines Körpers, während er sich nach einem nächtlichen Herumtollen vor dem Zubettgehen ausruhte.

"Es ist dein kleiner Verstand, Demi", antwortete der Weise und streichelte respektvoll den blonden Kopf.

"Was iss ein kleiner Stand?"

"Es ist etwas, das deinen Körper sich bewegen lässt, ganz wie die Feder die Räder in meiner Uhr antrieb, als ich sie dir zeigte."

"Mach mich auf, will sehen, wie es geht."

"Ich kann das genauso wenig, wie du die Uhr öffnen kannst. Gott zieht dich auf, und du drehst dich, bis Er dich stehenbleiben lässt."

"Wirklich?" Demis braune Augen wurden groß und leuchteten, als er den neuen Gedanken verarbeitete. "Bin ich aufzogen wie Uhr?"

"Ja, aber ich kann dir nicht zeigen, wie es gemacht wird; denn es passiert, wenn wir es nicht sehen."

Demi fühlte seinen Rücken, als ob er erwartete, dass dieser der Uhr ähneln würde, und bemerkte dann ernst:

"Ich denk, Dott macht es, wenn ich schlaf."

Es folgte eine lange und ausführliche Erklärung, der Demi so aufmerksam zuhörte, dass seine besorgte Großmutter sagte:

"Mein Lieber, hältst du es für klug, mit dem Kleinen über solche Dinge zu reden? Seine Augen werden immer größer und seine Fragen werden immer schwieriger zu beantworten."

"Wenn er alt genug ist, um diese Fragen zu stellen, ist er auch alt genug, um aufrichtige Antworten zu bekommen. Ich setze ihm nicht irgendwelche Gedanken in den Kopf, sondern helfe ihm, die bereits dort vorhandenen zu entfalten. Diese Kinder sind klüger als wir denken, und ich habe keinen Zweifel daran, dass der Junge jedes Wort versteht, das ich zu ihm gesagt habe. Nun, Demi, sag mir, wo sich dein Verstand befindet?"

Hätte der Junge geantwortet wie Alcibiades: "Bei den Göttern, Sokrates, ich kann es dir nicht sagen", wäre sein Großvater nicht überrascht gewesen; aber nachdem er einen Moment lang wie ein nachdenklicher, junger Storch auf einem Bein gestanden hatte, antwortete er in einem Ton stiller Überzeugung: "In mein kleine Bauch." Da konnte sich der alte Herr nur noch Omas Lachen anschließen und den Unterricht in Metaphysik beenden.

Es hätte tatsächlich Grund zu mütterlicher Besorgnis gegeben, wenn Demi nicht immer wieder überzeugende Beweise dafür geliefert hätte, dass er nicht nur ein angehender Philosoph, sondern auch ein echter Junge war; denn jedes Mal, wenn Hannah nach einer Diskussion mit ihm sich dazu veranlasst sah, mit ominösen Nicken zu prophezeien: "Dieses Kind ist nicht von dieser Welt", drehte er sich um und bewies ihr durch einige der Streiche, mit denen liebe, verschlagene, ungezogene kleine Racker die Seelen ihrer Eltern verwirren und erfreuen, dass ihre Sorgen unberechtigt waren.

Meg hatte viele tugendhafte Regeln aufgestellt und versuchte, diese auch einzuhalten; aber welche Mutter war jemals gefeit gegen die siegreichen Listen, die genialen Ausweichmanöver oder die dreiste Verwegenheit der Miniaturmänner und -frauen, die sich so früh als vollendete Pfiffikusse erwiesen?

"Keine Rosinen mehr, Demi, dir wird noch schlecht", sagte Mama zu dem jungen Mann, der seine Dienste in der Küche mit unfehlbarer Regelmäßigkeit genau dann anbot, wenn Plumpudding zubereitet wurde.

"Mir is' gerne slecht."

"Aber mir nicht, also lauf los und spiel mit Daisy 'Backe-backe-Kuchen'."

Demi ging widerwillig los, aber sein Fehlschlag machte ihn übellaunig; und irgendwann, wenn sich eine Gelegenheit zur Beseitigung bot, überlistete er Mami mit einem cleveren Geschäft.

"Jetzt seid ihr liebe Kinder gewesen, und ich spiele mit euch alles, was ihr wollt", sagte Meg, als sie ihren Souschef nach oben führte, während der Pudding sicher in der Form aufging.

"Wirklich, Mami?", fragt Demi, der bereits eine ganz hervorragende Idee in seinem schlauen Kopf hatte.

"Ja, wirklich, alles, was du sagst", antwortete die unvorsichtige Mutter und bereitete sich darauf vor, ein halbes dutzendmal "Die drei kleinen Kätzchen" zu singen. Aber Demi trieb sie gekonnt in die Enge, indem er ganz gelassen sagte:

"Dann essen wir jetzt alle Rosinen auf."

Tante Dodo war die Lieblingsspielgefährtin und Vertraute beider Kinder, und das Trio stellte das kleine Haus regelmäßig auf den Kopf. Tante Amy war für sie bisher nur ein Name, Tante Beth verblasste bald zu einer angenehmen, aber immer weiter entfernten Erinnerung, aber Tante Dodo war lebendig und echt, und die Kinder nahmen sie voll in Beschlag, wofür sie sehr dankbar war. Aber wenn Herr Bär kam, vernachlässigte Jo ihre Spielkameraden sträflich, und Bestürzung und Trostlosigkeit übermannten ihre kleinen Seelen. Daisy, die gerne mit Küssen hausieren ging, verlor ihre beste Kundin und ging in Konkurs; Demis kindlicher Scharfsinn ließ ihn bald herausfinden, dass Dodo lieber mit "dem Bärenmann" spielte als mit ihm; aber obwohl er tief verletzt war, verbarg er seine Pein, denn er brachte es nicht übers Herz, einen Rivalen zu beleidigen, der Unmengen von Schokodrops in seiner Westentasche hatte, und eine Uhr besaß, die man aus ihrem Gehäuse nehmen konnte und die jeder glühende Bewunderer nach Lust und Laune schütteln durfte.

Einige Menschen mögen diese angenehmen Freiheiten als Bestechungsmethoden erachtet haben; aber Demi sah das Ganze natürlich nicht in diesem Licht und begegnete dem "Bärenmann" weiterhin mit nachdenklicher Leutseligkeit, während Daisy ihm immer mehr ihre kleinen Zuneigungen schenkte und seine Schulter als ihren Thron, seinen Arm als ihre Zuflucht und seine kleinen Geschenke als außerordentlich wertvoll betrachtete.

Manche Gentlemen werden manchmal von plötzlichen Begeisterungsstürmen für die jungen Verwandten der Damen überwältigt, die sie verehren; aber diese aufgesetzte Kinderliebe steht ihnen ausgesprochen schlecht und täuscht kein bisschen über ihre Absichten hinweg. Herrn Bärs Hingabe war aufrichtig, allerdings aber auch genauso effektiv, denn Ehrlichkeit ist nicht nur die beste Strategie vor dem Gesetz, sondern auch in der Liebe; er war einer der Männer, der mit Kindern umzugehen verstand, und besonders gut aussah, wenn kleine Gesichter einen angenehmen Kontrast zu seinem männlichen Antlitz bildeten. Seine Geschäfte, wie auch immer diese wohl aussahen, hielten ihn immer länger in der Stadt gebunden, und es verging kaum ein Abend, an dem er nicht vorbeikam, um – nun, er fragte immer nach Mr. March, also nehme ich an, war er der Grund dafür. Der geschmeichelte Papa unterlag dieser Illusion selbstverständlich gleichermaßen und schwelgte in langen Gesprächen mit dem verwandten Geist, bis ihn eine zufällige Bemerkung seines sehr aufmerksamen Enkels plötzlich erleuchtete.

Herr Bär kam eines Abends vorbei, hielt an der Schwelle des Arbeitszimmers inne und war vollkommen perplex über das Schauspiel, das sich ihm bot. Mr. March lag auf dem Boden, seine respektablen Beine in die Luft gestreckt, und neben ihm lag Demi, ebenfalls in Bauchlage, und versuchte, diese Haltung mit seinen kurzen, in roten Socken steckenden Beinen zu imitieren. Die beiden Kriecher waren so geistesabwesend, dass sie sich des Zuschauers überhaupt nicht bewusst waren, bis Herr Bärs sonores Lachen erklang, und Jo mit schockiertem Gesichtsausdruck schrie:

"Vater, Vater, da ist der Professor!"

Die schwarzen Beine gingen nach unten, der graue Kopf nach oben, und der Unterweiser sagte mit ungetrübter Würde:

"Guten Abend, Herr Bär. Entschuldigen Sie mich noch einen Moment; wir beenden gerade unseren Unterricht. Nun, Demi, mach den Buchstaben und sag mir seinen Namen."

"Ich weis' ihn!", meinte Demi, dessen rote Beine nach ein paar krampfhaften Bemühungen die Form zweier Zirkel annahmen und den intelligenten Schüler triumphierenden ausrufen ließen: "Iss ein Weh, Opi, iss ein Weh!"

"Er wird bestimmt mal Schriftsteller", lachte Jo, während ihr Vater langsam aufstand, und ihr Neffe versuchte, einen Kopfstand zu machen – die einzige Möglichkeit, seine Zufriedenheit darüber auszudrücken, dass die Schule vorbei war.

"Was hast du heute gemacht, Bübchen?", fragte Herr Bär und hob den Turner auf.

"War bei kleine Mary."

"Und was hast du da gemacht?"

"Hab sie geküsst", begann Demi, unverblümt und offen.

"Puh! Du fängst aber früh an. Was hat denn die kleine Maria dazu gesagt", fragte Herr Bär versuchte weiter, den jungen Sünder, der auf seinem Knie stand und die Westentasche durchsuchte, zu einem vollen Geständnis zu bewegen.

"Oh, 'fiel ihr, und sie küss mich, und mir 'fiel es auch. Kleine Jungs mögen keine kleine Mädchen?", fügte Demi mit vollem Mund und offener Genugtuung hinzu.

"Du altkluger Hosenmatz! Wer hat dir denn das in den Kopf gesetzt?", fragte Jo, die die unschuldigen Offenbarungen genau so sehr genoss wie der Professor.

"'Nit in mein Kopf, in mein Mund", antwortete Demi und streckte seine Zunge aus, weil er dachte, Jo würde auf den Schokodrops anspielen, und nicht auf seine Einfälle.

"Wir sollten etwas für deine kleine Freundin aufheben; Süßigkeiten für die Süßen, kleiner Mann", meinte Herr Bär bot Jo mit einem Lächeln, das sie glauben ließ, dass Schokolade der berühmte Nektar der Götter war, etwas zu naschen an. Auch Demi sah dieses Lächeln, war davon sehr beeindruckt und fragte rundheraus: "Mögen groß' Jungs auch groß' Mädchen, 'Fessor?"

Wie der junge Washington konnte auch Herr Bär "keine Lüge erzählen", sondern gab ihm etwas vage zur Antwort, dass das vermutlich manchmal schon so war – in einem Ton, der Mr. March dazu brachte, seine Kleiderbürste wegzulegen, einen Blick auf Jos Gesicht zu werfen und dann in seinen Stuhl zu sinken, als ob ihn der "altkluge Hosenmatz" gerade auf einen Gedanken gebracht hätte, der sowohl süß als auch sauer war.

Warum Dodo, als sie ihn eine halbe Stunde später im Porzellanschrank erwischte, ihm mit ihrer zärtlichen Umarmung fast den Atem aus dem kleinen Körper drückte, anstatt ihn dafür zu schütteln, dass er sich dort herumtrieb, und warum sie dieser sensationellen Vorstellung das unerwartete Geschenk einer großen Scheibe Brot mit Gelee folgen ließ, blieb eines der Probleme, über das sich Demi seinen kleinen Verstand zermarterte und die für ihn immer ungelöst blieben.

XLVI. UNTER DEM REGENSCHIRM

Während Laurie und Amy gemütlich über Samtteppiche schlenderten, während sie ihr Haus einrichteten und eine glückliche Zukunft planten, genossen Herr Bär und Jo Spaziergänge einer anderen Art, nämlich entlang schlammiger Straßen und durchnässter Felder.

"Ich gehe immer gegen Abend spazieren, und ich sehe nicht ein, warum ich das jetzt ändern sollte, nur weil ich oft den Professor auf seinem Heimweg treffe", sagte sich Jo, nachdem sie ihm zwei- oder dreimal begegnet war; denn obwohl es zwei Wege zu Meg gab, konnte sie sicher sein, ihn entweder auf dem Hin- oder Rückweg zu treffen, ganz egal welchen der beiden Möglichkeiten sie nahm. Er ging immer schnell und schien sie nie zu bemerken. Bis sie ganz nahe war. Dann tat er so, als hätten seine kurzsichtigen Augen die sich nähernde Dame erst in diesem Moment erkannt. Immer, wenn sie auf dem Weg zu Meg war, hatte er etwas für die Kinder; wenn ihr Gesicht in Richtung Heimat zeigte, war er lediglich kurz zum Fluss hinuntergegangen und gerade auf dem Weg zu ihrer Familie – natürlich nur, wenn sie seiner häufigen Besuche nicht müde waren.

Was konnte Jo unter diesen Umständen tun, außer ihn höflich zu begrüßen und ihn einzuladen? Wenn sie seiner Besuche wirklich müde gewesen wäre, verbarg sie dies perfekt und sorgte dafür, dass es zum Abendessen Kaffee gab, "weil Friedrich – ich meine, Herr Bär –keinen Tee mag."

Nach zwei Wochen wusste jeder genau, was los war, aber alle versuchten, so zu tun, als wären sie blind wie ein Maulwurf gegenüber den Veränderungen in Jos Gesicht. Sie fragten nie, warum sie während ihrer Arbeit sang, sich dreimal täglich die Haare frisierte und bei ihren abendlichen Betätigungen so aufblühte; niemand schien den geringsten Verdacht zu haben, dass Professor Bär, während er mit dem Vater über Philosophie sprach, der Tochter Unterricht in Liebe gab.

Jo konnte nicht einmal auf anständige Weise ihr Herz verlieren, sondern versuchte rigoros, ihre Gefühle zu unterdrücken; und da ihr das nicht gelang, führte sie ein ziemlich chaotisches Leben. Sie hatte große Angst davor, nach ihren vielen und wortgewaltigen Unabhängigkeitserklärungen aufgrund ihrer Kapitulation ausgelacht zu werden. Vor Laurie hatte sie besonders Angst; aber dank seiner neuen Chefin verhielt er sich mit lobenswertem Anstand, nannte Herrn Bär in der Öffentlichkeit nie "einen großartigen, alten Kerl ", spielte in keinster Weise auf Jos verbessertes Aussehen an oder zeigte sich gar überrascht, den Hut des Professors fast jeden Abend auf dem Tisch in der

Diele der Marchs zu sehen. Aber insgeheim jubelte er und sehnte sich nach der Zeit, in der er Jo ein Schild überreichen würde, das einen Bären und einem zerrissenen Stab als passendes Wappen zeigte.

Vierzehn Tage lang kam und ging der Professor mit der Regelmäßigkeit eines Liebhabers; dann war er drei Tage lang verschwunden und ließ nichts von sich hören – eine Vorgehensweise, die alle ernüchterte und Jo zuerst nachdenklich und später – ach ja, die Romanzen! – sehr ärgerlich werden ließ.

"Angewidert, würde ich sagen, und so plötzlich abgereist, wie er gekommen war. Macht mir natürlich nichts aus; aber ich hätte angenommen, dass er sich zumindest wie ein Gentleman von uns verabschieden würde", sagte sie zu sich, als sie an einem trüben Nachmittag ihre Sachen für den üblichen Spaziergang anzog und verzweifelt aufs Gartentor blickte.

"Du solltest den kleinen Regenschirm mitnehmen, Liebes, es sieht nach Regen aus", sagte ihre Mutter, der zwar aufgefallen war, dass Jo ihre neue Haube trug, aber nicht darauf anspielte.

"Ja, Mami; brauchst du etwas aus der Stadt? Ich muss sowieso hin und etwas Papier kaufen", antwortete Jo, die vor dem Spiegel die Schleife unter ihrem Kinn richtete und vermeiden wollte, ihre Mutter anzusehen.

"Ja, ich brauche etwas Zwirn, ein paar Nadeln mit der Nummer neun und zwei Meter schmales lavendelfarbiges Band. Hast du deine dicken Stiefel an, und trägst du etwas Warmes unter dem Umhang?"

"Ich glaube schon", antwortete Jo abwesend.

"Wenn du zufällig Herrn Bär treffen solltest, bring ihn mit zum Tee. Ich würde mich sehr freuen, den lieben Mann mal wieder zu sehen", fügte Mrs. March hinzu.

Jo hörte diese Worte, antwortete aber nicht darauf. Sie gab ihrer Mutter einen Kuss, eilte von dannen und dachte dankbar, trotz ihres Kummers:

"Wie gut sie zu mir ist! Was machen bloß die Mädchen, die keine Mütter haben, die ihnen bei ihren Problemen helfen?"

Die Kurzwarenläden befanden sich nicht in dem Bezirk, wo die Büros, Banken und Großhandelslager waren, und wo sich die Gentlemen meistens aufhielten; aber noch bevor sie eine einzige Besorgung erledigt hatte, fand sich Jo plötzlich genau in diesem Stadtteil wieder, drückte sich um die Ecken, als ob sie auf jemanden warten würde, und betrachtete mit höchst unweiblichem Interesse die technischen Instrumente in dem einen Fenster und die Wollproben im nächsten; sie stolperte über Fässer, wurde von herabgelassenen Stoffballen fast erdrückt, und von geschäftigen Männern, die aussahen, als ob sie sich fragten, "wie zum Teufel ist die hierhergekommen", von einer Stelle zur nächsten geschoben. Ein Tropfen Regen auf ihrer Wange führte Jo schließlich nicht nur zurück in die Realität, sondern ihre Gedanken auch von durchkreuzten Hoffnungen zurück zu kaputten Stoffbändern; denn die Tropfen fielen weiter, und da sie sowohl Frau als auch Verliebte war, bemerkte sie, dass es wohl zu spät war, um ihr Herz zu retten, nicht aber für ihre Haube. Nun erinnerte sie sich an den kleinen Regenschirm, den sie in der Eile ihres Abschieds vergessen hatte, aber ihr Bedauern half ihr nicht weiter, und es blieb ihr nichts übrig, außer einen zu leihen oder patschnass zu werden. Sie schaute auf den immer dunkler werdenden Himmel, dann auf die purpurrote Schleife, die bereits mit schwarzen Punkten gesprenkelt war, die schlammige Straße entlang und warf schließlich einen langen, prüfenden Blick zurück, bis sie das Schild eines schmutzigen Lagerhauses sah, auf dem "Hoffmann, Swartz, & Co." stand. Voller Selbstvorwürfe dachte sie bei sich:

"Geschieht mir recht! Was fiel mir ein, meine besten Sachen anzuziehen und in der Hoffnung, den Professor zu treffen, hierher zu kommen? Jo, Schande über dich! Nein, du sollst nicht dorthin gehen, um dir einen Regenschirm zu leihen oder bei seinen Freunden herauszufinden, wo er steckt. Du wirst schön weitertrotten und im Regen deine Besorgungen machen; und wenn du dir den Tod holst und deine schöne Haube ruinierst, ist es genau das, was du verdient hast. Also los!"

Damit eilte sie so ungestüm über die Straße, dass sie nur knapp einem vorbeifahrenden Lastwagen entkam, der sie mit Sicherheit voll erwischt hätte, und in die Arme eines stattlichen alten Herrn stürzte, der sagte, "Ich bitte um Verzeihung, Ma'am", und tödlich beleidigt aussah. Etwas entmutigt richtete sich Jo auf, breitete ihr Taschentuch über die geliebten Bänder aus, und eilte weiter. Die Feuchtigkeit an ihren Knöcheln nahm immer mehr zu und über ihrem Kopf rumpelten ständig irgendwelche Regenschirme aneinander. Dann fiel ihr auf, dass ein etwas verschlissener, blauer Schirm immer direkt über ihrer ungeschützten Haube stand. Dies erregte ihre Aufmerksamkeit; und als sie aufblickte, sah sie Herrn Bär, der zu ihr nach unten schaute.

"Ich glaube, ich kenne diese energische Dame, die tapfer unter so vielen Pferdenasen und so schnell durch den Schlamm geht. Was machst du hier unten, liebe Freundin?"

"Ich gehe einkaufen."

Herr Bär lächelte, als er von der Gurkenfabrik auf der einen Seite zum Fell- und Ledergroßhandel auf der anderen blickte; aber er sagte nur höflich:

"Du hast keinen Regenschirm. Darf ich mitgehen und dir die Päckchen tragen?"

"Ja, danke."

Jos Wangen waren so rot wie ihr Band, und sie fragte sich, was der Professor wohl von ihr dachte; aber es war ihr egal, denn schon nach einer Minute hatte sie sich beim Professor eingehakt und fühlte sich, als wäre die

Sonne plötzlich mit ungewöhnlicher Leuchtkraft durch die Wolkendecke gebrochen, als wäre die Welt wieder in Ordnung und als würde eine rundum glückliche Frau an diesem Tag durch die nassen Straßen gehen.

"Wir dachten, Sie wären abgereist", sagte Jo hastig, denn sie wusste, dass er sie ansah. Ihre Haube war nicht groß genug, um ihr Gesicht zu verbergen, und sie fürchtete, dass er die Freude, die sie sich darauf abzeichnete, als nicht schicklich erachten könnte.

"Hast du wirklich geglaubt, dass ich abreisen würde, ohne von denen Abschied zu nehmen, die so himmlisch nett zu mir waren?", fragte er so vorwurfsvoll, dass sie glaubte, sie hätte ihn mit ihrer Unterstellung beleidigt. Jo antwortete herzlich:

"Nein, habe ich nicht; ich wusste, dass Sie mit Ihren eigenen Angelegenheiten beschäftigt waren, aber wir haben Sie ziemlich vermisst – besonders Vater und Mutter."

"Und du?"

"Ich bin immer froh, Sie zu sehen, Sir."

Jos Angst, ihre Stimme ganz ruhig zu halten, machte sie stattdessen ziemlich kühl, und das frostige, kleine einsilbige Wort am Ende ihres Satzes schien den Professor frösteln zu lassen. Sein Lächeln verschwand und er sagte ernst:

"Ich danke dir und komme noch einmal vorbei, bevor ich gehe."

"Sie gehen also?"

"Ich habe hier nichts mehr zu tun, meine Angelegenheiten sind erledigt."

"Erfolgreich, hoffe ich?", sagte Jo, denn in seiner knappen Antwort lag bittere Enttäuschung.

"Das hoffe ich sehr, denn ich habe einen Weg gefunden, mit dem ich mein Brot verdienen und meine Jünglinge unterstützen kann."

"Erzählen Sie davon, bitte! Ich möchte gerne alles wissen über – die Jungs", sagte Jo begierig.

"Das ist sehr freundlich, und ich erzähle es dir gerne. Meine Freunde haben für mich einen Platz in einem College gefunden, wo ich wie zu Hause unterrichten kann, und genug Geld verdiene, um Franz und Emil auf ihrem Weg zu helfen. Dafür sollte ich dankbar sein, nicht wahr?"

"Das sollten Sie tatsächlich. Wie schön es sein wird, wenn Sie tun können, was Sie mögen, und Sie und die Jungs oft treffen zu können", rief Jo, die sich an die Jungs klammerte als Ausflucht für die Freude, die sie nicht verhehlen konnte.

"Ach! Ich fürchte, dass wir uns nicht oft treffen werden; mein Arbeitsplatz ist im Westen."

"So weit weg!", entfuhr es Jo, die ab sofort ihre Röcke ihrem Schicksal überließ, da es jetzt sowieso keine Rolle mehr spielte, was aus ihrer Kleidung oder ihr selbst wurde.

Herr Bär konnte mehrere Sprachen lesen, aber er hatte noch nicht gelernt, die Sprache der Frauen zu lesen. Er brüstete sich damit, dass er Jo ziemlich gut kannte und war daher sehr erstaunt über die widersprüchlichen Stimmlagen, Gesichtsausdrücke und Verhaltensweisen, die sie ihm an diesem Tag in rascher Folge aufzeigte, denn im Laufe einer halben Stunde durchlief sie etwa ein halbes Dutzend verschiedener Stimmungen. Als sie ihn getroffen hatte, sah sie überrascht aus, obwohl man nicht umhin kam zu vermuten, dass sie zu genau diesem Zweck unterwegs war. Als er ihr seinen Arm anbot, nahm sie ihn mit einem Blick an, der ihn mit Freude erfüllte; aber als er sie fragte, ob sie ihn vermisst hatte, gab sie eine so kühle, förmliche Antwort, dass er fast verzweifelte. Als sie von seinem Glück erfuhr, klatschte sie vor Freude fast in die Hände. Betraf diese Freude ausschließlich seine Jungs? Dann, als sie von seinem Ziel erfuhr, sagte sie enttäuscht "So weit weg!" und beförderte ihn auf den Gipfel seiner Hoffnungen; aber in der nächsten Minute stürzte sie ihn wieder davon hinunter, indem sie bemerkte, anscheinend vollends in ihre Angelegenheiten vertieft:

"Hier kann ich meine Besorgungen erledigen; wollen Sie mit hinein kommen? Es wird nicht lange dauern."

Jo war ziemlich stolz auf ihre Fähigkeiten als Einkäufer und wollte ihre Begleitung vor allem mit der Ordentlichkeit und Klugheit beeindrucken, mit der sie diese Tätigkeit verrichtete. Aber, dank ihrer Aufgeregtheit, ging einfach alles schief; sie warf das Tablett mit den Nadeln herunter, vergaß, dass der Zwirn gedreht sein sollte, bis er dann tatsächlich abgeschnitten war, gab beim Bezahlen die falsche Summe und errötete, als sie an der Kattunkasse nach lavendelfarbigem Band fragte. Herr Bär stand da und beobachtete ihre Parade durch die Fettnäpfchen; und je länger er zusah, desto mehr schien seine eigene Verwirrung nachzulassen, denn er begann zu verstehen, dass sich auch Frauen, wie Träume, bei manchen Gelegenheiten einfach auflösen.

Als sie herauskamen, steckte er das Päckchen ausgesprochen fröhlich unter seinen Arm und hüpfte durch die Pfützen, als ob er das schon seit jeher sehr genossen hätte.

"Sollen wir nicht noch etwas für die Kleinen einkaufen, und heute Abend ein Abschiedsfest feiern, wenn ich meinen letzten Besuch in deinem so angenehmen Zuhause abstatte?", fragte er und hielt vor einem Fenster voller Früchte und Blumen an.

"Was sollen wir kaufen?", fragte Jo, die den letzten Teil seiner Worte geflissentlich überhörte und die freudig die vielen, sich miteinander vermischenden Gerüche schnupperte, als sie in das Geschäft eintraten.

"Dürfen sie Orangen und Feigen essen?", fragte Herr Bär mit väterlicher Besorgnis.

"Sie essen sie, wenn sie welche bekommen können."

"Magst du Nüsse?"

"Wie ein Eichhörnchen."

"Hamburger Muskateller; sollen wir den nicht auf das Vaterland trinken?"

Jo runzelte die Stirn ob dieser Verschwendung und fragte, warum er nicht einfach nur eine kleine Kiste Datteln, eine Dose Rosinen und eine Tüte Mandeln kaufte? Woraufhin Herr Bär ihre Geldbörse beschlagnahmte, seine eigene hervorholte und das Gefeilsche damit beendete, dass er mehrere Pfund Trauben, einen Topf rosa Margeriten und ein hübsches Glas Honig kaufte – um es mit den Worten von Demijohn auszudrücken. Dann beulte er seine Taschen mit den knubbeligen Päckchen aus, gab ihr die Blumen zum Halten, spannte den alten Regenschirm auf und die Reise ging weiter.

"Miss March, ich muss dich um einen großen Gefallen bitten", begann der Professor, nachdem sie einen feuchten Spaziergang von etwa einem halben Block gemacht hatten.

"Ja, Sir", erwiderte Jo, deren Herz so heftig zu schlagen begann, dass sie Angst hatte, er würde es hören.

"Ich bin so frei, meinen Wunsch trotz des Regens zu äußern, denn mir bleibt so wenig Zeit."

"Ja, Sir", sagte Jo erneut und hätte mit ihrem festen Griff den kleinen Blumentopf fast zerquetscht.

"Ich möchte ein kleines Kleid für meine Tina kaufen, und ich bin zu dumm dafür, es allein zu kaufen. Würdest du mir bitte mit deinem Geschmack dabei helfen?"

"Ja, Sir", erwiderte Jo ein drittes Mal und war plötzlich so ruhig und kühl, als wäre sie in einen Kühlschrank getreten.

"Vielleicht auch einen Umhang für Tinas Mutter, sie ist so arm und krank, und ihr Mann ist so fürsorglich. Ja, ja, ein dicker, warmer Umhang würde der kleinen Mutter bestimmt sehr helfen."

"Es ist mir eine Freude, Herr Bär", fügte Jo für sich selbst hinzu; dann schüttelte sie sich mental einmal durch und trat so energiegeladen in das Geschäft ein, dass es eine wahre Freude war.

Da Herr Bär ihr alles überließ, wählte sie ein hübsches Kleid für Tina und fragte dann nach Umhängen. Der Angestellte, ein verheirateter Mann, ließ sich langsam dazu herab, das Paar zu bedienen, das für seine Familie einzukaufen schien.

"Vielleicht gefällt der Dame dieser hier; ein wunderschönes Teil, in einer hoch modischen Farbe, schlicht, aber sehr edel", sagte er und schüttelte einen bequemen, grauen Umhang auf und warf ihn über Jos Schultern.

"Gefällt Ihnen das, Herr Bär?" fragte sie und drehte ihm den Rücken zu, zutiefst dankbar für die Gelegenheit, ihr Gesicht zu verbergen.

"Hervorragend, das nehmen wir", antwortete der Professor und bezahlte lächelnd den Umhang, während Jo weiterhin wie ein echter Schnäppchenjäger die Theken durchsuchte.

"Sollen wir jetzt nach Hause gehen?", fragte er, als ob ihm diese Worte sehr gefallen würden.

"Ja, es ist spät und ich bin wirklich müde." Jos Stimme klang mitleiderregender, als ihr bewusst war; denn nun schien die Sonne so plötzlich verschwunden zu sein, wie sie herausgekommen war, die Welt war wieder matschig und jämmerlich, und zum ersten Mal bemerkte sie, dass ihre Füße kalt waren und ihr Kopf schmerzte – und nebenbei, dass ihr Herz noch kälter war als das Erst- und noch mehr schmerzte als das Letztgenannte. Herr Bär ging weg; er interessierte sich nur für sie als Freundin; das Ganze war ein Missverständnis, und je früher es vorbei war, desto besser. Mit diesen Gedanken winkte sie einem sich nähernden Omnibus so heftig, dass die Margeriten aus dem Topf fielen und ordentlich Schaden nahmen.

"Das ist nicht unser Omnibus", sagte der Professor, der das voll beladene Fahrzeug wieder fort winkte und anhielt, um die armen kleinen Blumen aufzuheben.

"Ich bitte um Verzeihung, ich habe den Namen nicht genau erkannt. Aber egal, ich kann ja laufen. Ich bin es gewohnt, im Schlamm herumzutrotten", antwortete Jo, die ständig zwinkern musste und lieber gestorben wäre, anstatt sich die Augen auszuwischen.

Obwohl sie ihren Kopf weggedreht hatte, bemerkte Herr Bär die Tropfen auf ihren Wangen; der Anblick schien ihn sehr zu berühren, denn er bückte sich plötzlich zu ihr herunter und fragte in einem sehr bedeutungsvollen Tonfall:

"Liebstes Mädchen, warum weinst du?"

Nun, wenn Jo diese Dinge nicht komplett neu gewesen wären, hätte sie gesagt, dass sie nicht weinte, eine Erkältung in ihrem Kopf hatte oder ihm irgendeine andere, weibliche Flunkerei erzählt, die gerade zum Anlass passte; stattdessen antwortete dieses würdelose Geschöpf unter unbändigem Schluchzen:

"Weil Sie weggehen."

"Ach, mein Gott, dann ist es ja gut", rief Herr Bär, der es schaffte, trotz des Regenschirms und der Päckchen unter dem Arm seine Hände zu ringen. "Jo, ich habe nichts als viel Liebe, die ich dir geben kann; ich kam, um herauszufinden, ob du mich auch magst und ob ich nicht doch etwas mehr als ein Freund bin. Bin ich das? Hast du in deinem Herz etwas Platz für den alten Fritz?", fügte er hinzu, ohne einmal Atem zu holen.

"Oh, ja!", sagte Jo; und Bär war sehr glücklich, denn sie faltete beide Hände über seinen Arm und blickte ihn mit einem Ausdruck an, der ihm deutlich zeigte, wie glücklich sie sein würde, neben ihm durchs Leben zu gehen, obwohl sie nicht mehr Schutz haben würden als den alten Regenschirm, den er trug.

Es war sehr schwierig, unter diesen Umständen, um ihre Hand anzuhalten, denn Herr Bär konnte wegen des Schlamms nicht auf die Knie gehen – selbst, wenn er dies beabsichtigt hätte; er konnte Jo auch nicht seine Hand anbieten, außer im übertragenen Sinne, denn beide waren voll; noch weniger konnte er sich auf offener Straße, obwohl er nah dran war, zärtlichen Liebesbezeigungen hingeben. Also war der einzige Weg, wie er seine Begeisterung ausdrücken konnte, sie mit einem so verherrlichten Gesichtsausdruck anzusehen, dass man hätte meinen können, es stünden kleine Regenbogen in den Tropfen, die in seinem Bart funkelten. Wenn er Jo nicht sehr geliebt hätte, glaube ich nicht, dass er sie so angeblickt hätte, denn sie sah alles andere als schön aus; ihre Röcke waren in einem erbärmlichen Zustand, ihre Gummistiefel bis zum Knöchel verspritzt und ihre Haube vollkommen ruiniert. Glücklicherweise betrachtete Herr Bär Jo aber als die schönste, lebende Frau, und sie fand ihn mehr "wie Jupiter" als je zuvor, obwohl seine Hutkrempe schlaff herunterhing, weil von ihr kleine Rinnsale auf seine Schultern tropften (denn er hielt den Regenschirm vollständig über Jo), und jeder Finger seiner Handschuhe geflickt werden musste.

Die Passanten hielten sie wahrscheinlich für ein Paar harmloser Verrückter, denn unsere beiden vergaßen völlig, einen Bus zu rufen, und schlenderten gemächlich weiter, ohne die einsetzende Dämmerung und den aufsteigenden Nebel zu bemerken. Sie kümmerten sich nicht darum, was irgendjemand dachte, denn sie genossen die glückliche Stunde, die meistens nur einmal im Leben kommt, den magischen Moment, der den Alten Jugend schenkt, den Einfachen Schönheit verleiht, die Armen reich werden lässt und den Menschen einen Vorgeschmack auf den Himmel gibt. Der Professor sah aus, als ob er ein Königreich erobert und die Welt ihm auf dem Weg zur Glückseligkeit nichts mehr zu bieten hätte, während Jo neben ihm her stapfte, sich fühlte, als ob ihr Platz schon immer da gewesen sei, und sich fragte, wie sie jemals ein anderes Los hätte wählen können. Natürlich war sie die Erste, die sprach –

verständlich, meine ich, denn die emotionalen Ausrufe, die ihrem ungestümen "Oh, ja!" folgten, wären hier schwer wiederzugeben gewesen.

"Friedrich, warum hast du nicht – "

"Gütiger Himmel, sie nennt mich bei dem Namen, den niemand mehr gesagt hat, seit Minna gestorben ist!", rief der Professor und hielt in einer Pfütze inne, um sie voller Dankbarkeit und Freude anzusehen.

"Ich nenne dich immer so, wenn ich allein bin – ich habe es schlicht vergessen; aber ich werde es nicht mehr tun, es sei denn, es gefällt dir."

"Ob es mir gefällt? Es hört sich süßer an, als ich beschreiben kann. So wie du es sagst, hört sich deine Sprache fast so schön an wie meine."

"Ist das nicht ein wenig sentimental?", fragte Jo, die seinen Namen für sehr schön hielt.

"Sentimental? Ja. Aber Gott sei Dank glauben wir Deutschen an Gefühle", meinte Herr Bär, in diesem Moment eher ein verliebter Student als ein seriöser Professor.

"Warum hast du mir das alles nicht schon früher gesagt?", fragte Jo verlegen.

"Nun, dann werde ich dir mein Herz ausschütten, und ich werde es gerne tun, weil du dich danach darum kümmern musst. Siehst du, meine Jo – ach, dieser liebe, lustige, kleine Name! – ich wollte dir noch etwas sagen, als ich mich in New York von dir verabschiedete; aber ich dachte, dein Freund wäre mit dir verlobt, und so schwieg ich. Hättest du damals "Ja" gesagt, wenn ich etwas gesagt hätte?"

"Ich weiß nicht; ich glaube nicht, denn ich hätte nicht den Mut dazu gehabt."

"Pah! Das glaube ich nicht. Es hat in dir geschlummert, bis der Märchenprinz durch den Wald kam und dich aufweckte. Nun, 'Die erste Liebe ist die beste;' aber das hätte ich nicht erwartet."

"Ja, die erste Liebe ist die beste; also sei glücklich, denn ich hatte nie eine andere. Teddy war nur ein Junge und kam bald über seine fixe Idee hinweg", sagte Jo, die bestrebt war, den Fehler des Professors zu korrigieren.

"Gut! dann werde ich glücklich und sicher sein, dass du mir alles gibst. Ich habe so lange gewartet, dass ich wirklich egoistisch geworden bin, wie du bald herausfinden wirst, Professorin."

"Das gefällt mir", rief Jo, die sich sehr freute über ihren neuen Namen. "Jetzt sag mir endlich, was dich hierhergebracht hat, gerade als ich dich am meisten brauchte?"

"Das hier", antwortete Herr Bär und zog ein kleines, verblichenes Papier aus seiner Westentasche.

Jo faltete das Papier auseinander und wurde sehr verlegen, denn es war einer ihrer eigenen Beiträge für eine Zeitung, die für Gedichte bezahlte, und der sie gelegentlich eines ihrer Werke schickte.

"Wie konnte dich das hierherbringen?", fragte sie und verstand nicht, was er damit meinte.

"Ich habe das Gedicht zufällig gefunden; ich erkannte den Schöpfer am Namen und den Initialen, und darin waren ein paar Zeilen, die mich zu rufen schienen. Lies und finde sie; ich bin sicher, du wirst sie nicht verfehlen."

Jo gehorchte und überflog hastig die Zeilen, die sie erschaffen hatte. Schnell wurde ihr bewusst, dass Friedrich nur diese Zeilen in dem Gedicht, das den Titel "In der Dachkammer" trug, meinen konnte:

" 'Jo' stand auf der nächsten Kiste,
Zerkratzt und verbeult,
Darin ein buntes Sammelsurium
Von kopflosen Puppen und zerrissenen Schulbüchern,
Vögel und Tiere, die nicht mehr sprechen;
Die Ausbeute eines Tags auf dem Spielplatz,
Den nur junge Füße betreten haben.
Träume von einer nie gefundenen Zukunft,
Erinnerungen an eine immer noch süße Vergangenheit;
Halb fertige Gedichte, wilde Geschichten,
Briefe aus dem April, warm und kalt,
Tagebücher eines eigensinnigen Kindes,
Gedanken einer vorzeitig gealterten Frau;
Eine Frau in einem einsamen Haus,
Deren trauriger Refrain ewig lauten wird:
"Sei der Liebe würdig, und sie wird kommen."
Im fallenden Sommerregen.

"Das ist sehr schlechte Poesie, aber ich habe genauso gefühlt, als ich sie geschrieben habe, eines Tages, als ich sehr einsam war und lange und ausführlich geweint habe. Ich hätte nie gedacht, dass es einmal irgendwo hin gelangen würde, wo man daraus Geschichten liest", sagte Jo und zerriss die Verse, die der Professor so lange kostbar aufbewahrt hatte.

"Lass es gehen, es hat seine Pflicht getan; ich werde mir ein neues Gedicht aussuchen, wenn ich das braune Buch gelesen habe, in dem du deine kleinen Geheimnisse bewahrt", sagte Herr Bär lächelnd, als er zusah, wie die Schnipsel mit dem Wind davonflogen. "Ja", fügte er ernster hinzu, "ich habe diese Geschichte gelesen, und mir gedacht: "Sie ist traurig und einsam und würde

Trost in wahrer Liebe finden. Mein Herz ist voller Liebe für sie; sollte ich nicht losgehen und ihr sagen: 'Wenn es nicht zu wenig ist, für das, was ich zu erhalten hoffe, dann nimm es in Gottes Namen?' "

"Und dann kamst du zu dem Schluss, dass es nicht etwa zu wenig war, sondern das Einzige, was ich brauchte", flüsterte Jo.

"Ich hatte zuerst nicht den Mut, so zu denken, so himmlisch nett, wie du mich willkommen geheißen hast. Aber bald wuchs die Hoffnung in mir, und dann sagte ich: 'Ich will sie haben, und wenn ich dafür sterbe', und da würde ich auch tun", rief Herr Bär mit trotzigem Nicken, als wären die Nebelwände, die sich um sie herum schlossen, Hindernisse, die er für sie überwinden oder tapfer niederreißen würde.

Jo fand das großartig und beschloss, ihres Ritters würdig zu sein, obwohl er nicht auf einem edlen Ross in glänzender Rüstung daherkam.

"Warum bist du so lange fortgeblieben?", fragte sie kurz darauf. Sie fand es so toll, vertrauliche Fragen zu stellen und entzückende Antworten zu erhalten, dass sie einfach nicht schweigen konnte.

"Es war nicht einfach, aber ich hatte nicht den Mut, dich von diesem so glücklichen Zuhause wegzulotsen, bis ich nicht selbst in der Lage sein würde, dir vielleicht nach langer Zeit und harter Arbeit ein eigenes zu geben. Wie hätte ich dich darum bitten können, so viel für einen armen, alten Kerl zu opfern, dessen einziger Reichtum seine Gelehrtheit ist?"

"Ich bin froh, dass du arm bist; ich könnte keinen reichen Ehemann ertragen", sagte Jo entschieden und fügte mit sanfterer Stimme hinzu: "Fürchte die Armut nicht; ich habe sie lange genug ertragen, um meine Angst davor zu verlieren und glücklich für diejenigen zu arbeiten, die ich liebe; und sag nicht, du wärst alt, denn vierzig ist die Blüte des Lebens. Ich würde dich auch lieben, wenn du siebzig wärst!"

Der Professor fand das so rührend, dass er sich über sein Taschentuch gefreut hätte, wenn er drangekommen wäre; als da das nicht ging, wischte Jo ihm die Augen ab und sagte lachend, während sie ihm ein oder zwei Päckchen abnahm:

"Ich mag willensstark sein, aber niemand kann sagen, dass ich gerade außerhalb meines Zuständigkeitsbereichs bin, denn die Spezialmission einer Frau ist Tränen zu trocknen und Lasten zu tragen. Ich werde meinen Anteil dazu beitragen, Friedrich, und mithelfen, unser Heim zu verdienen. Finde dich damit ab", fügte sie resolut hinzu, als er versuchte, seine Päckchen zurückzubekommen.

"Wir werden sehen. Hast du die Geduld, lange zu warten, Jo? Ich muss weggehen und meine Arbeit allein erledigen. Zuerst muss ich meinen Jungs helfen, denn selbst für dich darf ich mein Wort, das ich Minna gegeben habe, nicht brechen. Kannst du mir das vergeben und glücklich sein, während wir hoffen und warten?"

"Ja, ich weiß, dass ich das kann; denn wir lieben einander, und das lässt mich den ganzen Rest leicht ertragen. Auch ich habe meine Pflichten und meine Arbeit. Ich würde mich nicht wohlfühlen, wenn ich sie für dich vernachlässigen würde, also gibt es keinen Grund zur Eile oder Ungeduld. Du kannst deine Pflichten im Westen erfüllen, ich meine hier, und wir werden beide glücklich sein, auf das Beste hoffen und die Zukunft dem lieben Gott überlassen."

"Ach! Du gibst mir so viel Hoffnung und Mut, und ich habe nichts, was ich dir dafür zurückgeben kann, außer einem Herzen voller Liebe und diesen leeren Händen", rief der Professor aus, der völlig überwältigt war.

Jo würde nie lernen, sich angemessen zu benehmen; denn als er diese Worte sagte, standen sie auf der Treppe, sie legte einfach beide Hände in seine, flüsterte zärtlich, "Jetzt sind sie nicht mehr leer", und küsste ihren Friedrich unter dem Regenschirm. Es war nicht schicklich, aber sie hätte es auch getan, wenn die vielen Spatzen auf der Hecke Menschen gewesen wären, denn sie war in der Tat hin und weg und alles, außer ihrem eigenen Glück, war ihr völlig egal. Obwohl er so einfach daherkam, war dies der krönende Moment ihrer beiden Leben, als sie sich gemeinsam von Nacht, Sturm und Einsamkeit dem Licht, der Wärme und dem häuslichen Frieden zuwandten, und Jo ihren Geliebten mit einem frohen 'Willkommen zu Hause!' hereinführte und die Tür schloss.

XLVII. ERNTEZEIT

Ein Jahr lang arbeiteten und warteten Jo und ihr Professor, hofften und liebten, trafen sich gelegentlich und schrieben so umfangreiche Briefe, dass deswegen der Papierpreis stieg, wie Laurie meinte. Das zweite Jahr begann eher traurig, denn ihre Erwartungen an die Zukunft wurden nicht besser, und unerwartet starb noch Tante March. Aber als die erste Trauer vorbei war – denn alle liebten die alte Dame trotz ihrer scharfen Zunge – , gab es auch Grund zur Freude, denn Tantchen hatte Jo Plumfield hinterlassen, wodurch auf einmal viele angenehme Dinge möglich wurden.

"Es ist ein schönes, altes Anwesen und wird dir eine stattliche Summe einbringen; du beabsichtigst doch, es zu verkaufen?", fragte Laurie, als sie ein paar Wochen später über die Angelegenheit sprachen.

"Nein, tue ich nicht", war Jos entschiedene Antwort, als sie aus Respekt vor seinem bisherigen Frauchen den fetten Pudel streichelte, den sie adoptiert hatte.

"Du willst doch hier nicht etwa wohnen?"

"Doch, das will ich."

"Aber, mein liebes Mädchen, das ist ein riesiges Haus und wird Unmengen an Geld verschlingen, um es in Ordnung zu halten. Allein der Garten und die Obstbäume würden zwei oder drei Männer beschäftigen, und Landwirtschaft liegt den Bärs nicht gerade im Blut, schätze ich."

"Er wird es gerne versuchen, wenn ich es ihm vorschlage."

"Und du willst von den dort wachsenden Erzeugnissen leben? Nun, das klingt paradiesisch, aber du wirst sehen, dass es unendlich harte Arbeit ist."

"Die Saat, die wir ausbringen wollen, ist sehr profitabel", lachte Jo.

"Und woraus soll diese feine Saat bestehen, Ma'am?"

"Jungs. Ich möchte eine Schule für kleine Jungs eröffnen – eine gute, glückliche, heimelige Schule, in der ich mich um die Schüler kümmern und Fritz sie unterrichten wird."

"Das ist ja ein echter Plan à la Jo! Sieht ihr das nicht ähnlich?", rief Laurie und meinte damit die Familie, die genauso überrascht dreinblickte wie er.

"Ich finde ihn gut", sagte Mrs. March entschieden.

"Ich auch", fügte ihr Mann hinzu, der schon mit dem Gedanken spielte, die sokratische Methode der Erziehung an der modernen Jugend ausprobieren zu dürfen.

"So eine Schule wird eine große Belastung für Jo sein", sagte Meg und streichelte den Kopf ihres einzigen, sie vollständig in Beschlag nehmenden Sohnes.

"Jo schafft das und wird damit glücklich werden. Es ist eine großartige Idee. Erzähl uns alles darüber", rief Mr. Laurence, dem es ein Anliegen gewesen war, dem Liebespaar zu helfen, aber genauso gut wusste, dass es seine Hilfe ablehnen würde.

"Ich wusste, dass Sie zu mir halten würden, Sir. Amy auch – ich sehe es in ihren Augen, obwohl sie sich lieber nochmals alles durch den Kopf gehen lässt, bevor sie spricht. Nun, meine liebe Familie", fuhr Jo ernsthaft fort, "ihr solltet wissen, dass dies keine neue Idee von mir ist, sondern ein lang gehegter Plan. Bevor ich meinen Fritz fand, stellte ich mir immer vor, dass ich ein Vermögen machen und – wenn niemand mich mehr zu Hause brauchte – , ein großes Haus mieten und einige arme, verlassene kleine Jungs, die keine Mütter mehr hatten, aufnehmen, mich um sie kümmern und ihr Leben fröhlich machen würde, bevor es zu spät war. Ich sehe so viele, die zugrunde gehen, weil sie zur richtigen Zeit keine Hilfe bekommen; ich würde so gerne etwas für sie tun; ich scheine ihre Not zu fühlen und ihre Probleme zu verstehen, und, oh, ich würde ihnen so gerne eine Mutter sein!"

Mrs. March streckte Jo ihre Hand entgegen, die diese lächelnd, mit Tränen in den Augen, annahm und auf ihre alte, enthusiastische Weise weiterredete, die sie schon lange nicht mehr gehört hatten.

"Ich habe Fritz einmal meinen Plan erzählt, und er meinte, es sei genau das, was er sich wünscht, und war einverstanden damit, es auszuprobieren, wenn wir reich werden würden. Gott segne sein liebes Herz, er hat es sein ganzes Leben getan –armen Jungen zu helfen, meine ich, nicht reich zu werden; das wird er nie sein; Geld bleibt nie lange genug in seiner Tasche, um sich zu vermehren. Aber jetzt, dank meiner guten alten Tante, die mich mehr liebte, als ich je verdient habe, bin ich reich; zumindest fühle ich mich so, und wir können in Plumfield sehr gut leben, wenn unsere Schule gedeiht. Das Haus ist der perfekte Ort für Jungs; es ist groß, und die Möbel sind stabil und schlicht. Drinnen gibt es Platz für ein paar Dutzend davon, und draußen herrliche Anlagen. Sie könnten im Garten und in den Obsthainen helfen. Diese Arbeit ist gesund, nicht wahr, Sir? Dann kann Fritz unterrichten und lehren, wie er es für richtig hält, und Vater wird ihm dabei helfen. Ich kann sie füttern, pflegen, verhätscheln und ausschimpfen; und Mutter wird mir eine Stütze sein. Ich habe mich immer nach vielen Jungs gesehnt und nie welche gehabt; jetzt kann ich ein Haus damit füllen und die kleinen Schätzchen nach Herzenslust genießen. Welch Luxus –Plumfield meins und eine Horde Jungs, die es mit mir genießen werden!"

Als Jo mit den Händen herumfuchtelte und einen Schrei der Verzückung ließ, brach die Familie in einen Sturm der Heiterkeit aus – und Mr. Laurence lachte, bis alle dachten, er hätte einen Anfall.

"Was ist daran so lustig?", sagte sie ernst, als man sie wieder hören konnte. "Nichts könnte normaler oder richtiger sein, als wenn mein Professor eine Schule eröffnen und ich auf meinem eigenen Anwesen wohnen würde."

"Sie baut jetzt schon Luftschlösser", sagte Laurie, der die Vorstellung als riesengroßen Witz betrachtete. "Aber darf ich fragen, wie du deine Einrichtung finanzieren willst? Wenn alle Schüler Pupillen kleine Gassenjungen sind, fürchte ich, dass deine Ernte im weltlichen Sinne nicht wirklich profitabel sein wird, Frau Bär."

"Sei mal kein so Jammerlappen, Teddy. Natürlich werde ich auch reiche Schüler haben – vielleicht fange ich auch nur mit denen an; wenn ich einmal gut gestartet bin, kann ich auch ein oder zwei Gassenjungen aufnehmen, nur so zum Vergnügen. Die Kinder reicher Menschen brauchen oft genauso Fürsorge und Trost wie die Armen. Ich habe unglückliche, kleine Geschöpfe gesehen, die Dienern überlassen wurden, oder spätreife, die plötzlich nach vorne gedrängt wurden, was wirklich grausam ist. Einige sind unartig, weil sie schlecht erzogen oder vernachlässigt wurden, andere verlieren ihre Mütter. Außerdem müssen selbst die Besten durch die Pubertät, und das ist die Zeit, in der sie die meiste Geduld und Fürsorge brauchen. Die Leute lachen über sie und schubsen sie umher, versuchen, sie außer Sichtweite zu halten, und erwarten, dass sie sich mit einem Schlag von hübschen Kindern zu feinen jungen Männern entwickeln. Sie beschweren sich nicht wirklich – glückliche kleine Seelen – , aber sie fühlen es. Ich habe etwas Ähnliches durchgemacht, und ich weiß, wovon ich rede. Ich interessiere mich sehr für solche Jungs und möchte ihnen zeigen, dass ich ihre warmen, ehrlichen, wohlmeinenden Herzen sehe, und nicht die ungeschickten Arme und Beine und die Köpfe, in denen alles durcheinander gerät. Und ich habe auch Erfahrung damit, denn habe ich nicht einen Jungen großgezogen, der seiner Familie heute Stolz und Ehre erweist?"

"Ich kann bezeugen, dass du es zumindest versucht hast", sagte Laurie mit dankbarem Blick.

"Und ich habe meine Erwartungen sogar übertroffen; denn hier bist du nun, ein beständiger, vernünftiger Geschäftsmann, der mit seinem Geld jede Menge Gutes tut und sich mehr um die Armen kümmert statt um seine Dollars. Aber du bist nicht nur ein Geschäftsmann: Du liebst gute und schöne Dinge, genießt sie selbst und lässt andere daran teilhaben, wie du es auch früher schon immer getan hast. Ich bin stolz auf dich, Teddy, denn du wirst jedes Jahr besser, und jeder weiß es, obwohl du es nicht hören willst. Ja, und wenn ich einmal meine Herde habe, zeige ich auf dich und sage: 'Da ist euer Vorbild, Jungs.' "

Der arme Laurie wusste gar nicht, wo er hinsehen sollte; obwohl er nun ein Mann war, holte ihn etwas von der alten Verschämtheit ein, als dieser Lobesgesang alle Gesichter dazu brachte, sich ihm anerkennend zuzuwenden.

"Ich muss schon sagen, Jo, das ist etwas zu dick aufgetragen", begann er auf seine alte, knabenhafte Art. "Ihr habt alle mehr für mich getan, als ich euch je danken kann – außer, indem ich mein Bestes gebe und versuche, euch nicht zu enttäuschen. Du hast mich in letzter Zeit eher links liegen lassen, Jo, aber ich hatte trotzdem die beste Hilfe, die man kriegen kann; also, wenn aus mir überhaupt etwas geworden ist, kannst du diesen beiden dafür danken!" Damit legte er eine Hand sanft auf den weißen Kopf seines Großvaters und die andere auf Amys goldenen Schopf, denn die drei waren selten voneinander getrennt.

"Ich glaube, dass eine Familie das Schönste auf der ganzen Welt ist!", brach es aus Jo heraus, die gerade in einer außergewöhnlich leutseligen Verfassung war. "Wenn ich einen eigenen Jungen habe, hoffe ich, dass er so glücklich wird wie die drei, die ich am besten kenne und am meisten liebe. Wenn nur John und mein Fritz hier wären, es wäre ein kleiner Himmel auf Erden", fügte sie leiser hinzu. Und in dieser Nacht, als sie nach einem glückseligen Abend voller Familienräte, Hoffnungen und Plänen, auf ihr Zimmer ging, war ihr Herz so voller Glück, dass sie es nur beruhigen konnte, indem sie neben dem leeren Bett kniete, das immer noch in der Nähe ihres eigenen stand, und zärtliche an Beth dachte.

Es war insgesamt ein sehr erstaunliches Jahr, denn es verging ungewöhnlich schnell und erfreulich. Noch bevor sie wusste, wie ihr geschah, war Jo verheiratet und zog nach Plumfield um. Als nächstes schoss eine Gruppe von sechs oder sieben Jungen wie Pilze aus der Erde und gedieh dort hervorragend, sowohl arme als auch reiche, weil Mr. Laurence immer wieder einen rührenden Fall von Armut und Not fand und die Bärs anflehte, Mitleid mit dem Kind zu haben – wobei er gerne ein wenig für ihre Dienste zahlen würde. Auf diese Weise umging der schlaue alte Herr die stolze Jo und stattete sie insgeheim mit den Mitteln aus, die sie dringend brauchte.

Natürlich war es anfangs ein harter Kampf, und Jo machte sonderbare Fehler; aber der weise Professor führte sie immer wieder sicher in ruhigere Gewässer, und selbst der wildeste Gassenjunge wurde am Ende gezähmt. Jo genoss ihre "Herde von Jungs" und die liebe, arme Tante March hätte sich laut beklagt, wenn sie gesehen hätte, wie die geweihten Gründe des einfachen, ordentlichen Plumfield von Toms, Dicks und Harrys überrannt wurden! Aber irgendwo war es auch eine Art poetischer Gerechtigkeit, denn die alte Dame war viele Meilen weit der Schrecken aller Jungs gewesen; und jetzt durften die Verbannten nach Lust und Laune die verbotenen Pflaumen essen, ohne Tadel den Kies mit ihren derben Stiefeln aufwühlen, und auf dem großen Feld Cricket spielen, wo die reizbare "Kuh mit dem zerquetschten Horn" üblicherweise tobende Jugendliche dazu eingeladen hatte, herzukommen und herumgestoßen zu werden. Plumfield wurde zu einer Art Paradies für Jungs, und Laurie schlug vor, es den "Bärengarten" zu nennen, was sowohl zu seinen Bewohnern passte, als auch ein Kompliment für seinen Erschaffer war.

Es wurde nie eine Vorzeigeschule, und der Professor verdiente damit kein Vermögen, aber es war genau das, was Jo sich vorgestellt hatte, nämlich "ein glücklicher, heimeliger Ort für Jungs, die Unterricht, Fürsorge und Freundlichkeit brauchten". Bald war jeder Raum im großen Haus belegt; jedes noch so kleine Stück Grund im Garten hatte seinen Besitzer und in Scheune und Schuppen entwickelte sich eine regelrechte Menagerie, denn Haustiere waren erlaubt; und dreimal am Tag lächelte Jo ihren Fritz vom Kopf eines langen Tisches aus an, der auf beiden Seiten mit glücklichen jungen Gesichtern gesäumt war, die sich alle mit liebevollen Augen, vertrauensvollen Worten und dankbaren Herzen ihr zuwandten, voller Liebe für "Mutter Bär". Sie hatte jetzt genug Jungs und wurde ihrer nicht müde, obwohl sie keineswegs alle Engel waren, und einige sowohl dem Professor als auch Frau Professorin viel Ärger und Kopfzerbrechen bereiteten. Aber ihr Glaube an den guten Fleck, den es im Herzen selbst des unartigsten, frechsten, flegelhaftesten und widerspenstigsten kleinen Gassenjungen gibt, verlieh ihr Geduld, Geschicklichkeit und mit der Zeit auch Erfolg; denn kein sterblicher Junge konnte lange durchhalten, wenn Vater Bär ihn so wohlwollend wie die Sonne anstrahlte, und Mutter Bär ihm siebenundsiebzig Mal vergab. Für Jo war auch die Freundschaft mit den Jungs sehr kostbar; ihr reuiges Schniefen und Wimmern, nachdem sie Unrecht getan hatten; ihre drolligen oder berührenden kleinen Geheimnisse; ihre wohltuende Begeisterung, ihre Hoffnungen und Pläne; sogar ihre Missgeschicke, denn dieses machten sie ihr nur noch lieber. Es gab langsame und schüchterne Jungen; zahme und rebellische Jungen; Jungen, die lispelten und Jungen, die stotterten; ein oder zwei humpelnde und einen fröhlichen kleinen Mulatten, den man nirgendwo anders aufnehmen wollte, der aber im "Bärengarten" willkommen war, obwohl einige Leute voraussagten, dass er die Schule in den Untergang treiben würde.

Ja; Jo war dort eine sehr glückliche Frau, trotz der harten Arbeit, vieler Sorgen und ständigem Rabatz. Sie genoss es von Herzen und der Applaus ihrer Jungs befriedigte sie mehr als alles Lob der Welt; denn nun erzählte sie keine Geschichten mehr, außer zu ihrer Herde begeisterter Jünger und Bewunderer. Im Laufe der Jahre kamen zwei eigene kleine Burschen hinzu, die ihr Glück noch steigerten: Robert, der nach Opa benannt war, und Teddy, ein Glückspilz, der das sonnige Temperament seines Vaters und das lebendige Wesen seiner Mutter geerbt zu haben schien. Wie sie jemals in diesem Wirbelsturm aus Jungs gesund aufgewachsen sind, blieb für ihre Großmutter und ihre Tanten immer ein Rätsel; aber sie gediehen wie die Löwenzähne im Frühjahr, und ihre derben Kindermädchen liebten sie über alles.

Es gab sehr viele Feste in Plumfield, und eines der schönsten war die jährliche Apfelernte; denn dann rückten die Marchs, Laurences, Brookes und Bärs in voller Stärke aus und sorgten für allerlei Trubel. Fünf Jahre nach Jos Hochzeit fand eines dieser ausladenden Feste statt – ein milder Oktobertag mit einer so anregend frischen Luft, das die Geister unweigerlich auflebten und das Blut in den Adern tobte. Der alte Obstgarten hatte seine Festtagskleidung angelegt; Goldrauten und Astern säumten die moosigen Mauern; Grashüpfer sprangen lebhaft durchs Gras und Grillen zirpten wie der berühmte Rattenfänger auf einem Fest; Eichhörnchen waren mit ihrer kleinen Ernte beschäftigt; Vögel zwitscherten ihr "Adieu" von den Erlen am Weg; und jeder Baum stand bereit, um beim ersten Schütteln seinen Regen aus roten oder gelben Äpfeln auf die Erde herunterzuschicken. Alle waren da; alle lachten und sangen, kletterten irgendwo hoch und fielen wieder herunter; alle waren der Meinung, dass es noch nie einen so perfekten Tag oder ein so fröhliches Fest gegeben hatte, und jeder gab sich den einfachen Vergnügungen der Stunde hin, als ob es keinerlei Sorgen oder Nöte auf der Welt gäbe.

Herr March schlenderte gelassen umher und zitierte für Mr. Laurence Tusser, Cowley und Columella, während er den frischen Apfelsaft genoss.

Der Professor rannte wie ein beherzter deutscher Ritter, der eine Stange als Lanze trug, die grünen Pfade entlang, und führte die Jungs an, die Feuerwehreinsatz spielten und wahre Wunder vollbrachten, wenn es darum ging, die waghalsigsten Purzelbäume zu schlagen. Laurie widmete sich den Kleinen, trug seine kleine Tochter in einem Weidekorb umher, trug Daisy hinauf zu den Vogelnestern und bewahrte den abenteuerlustigen Rob davor, sich den Hals zu brechen. Mrs. March und Meg saßen zwischen den Apfelhaufen wie ein Paar römische Göttinnen und sortierten die ständig neu dazukommenden Früchte, während Amy mit ihrem schönsten, mütterlichen Gesichtsausdruck die verschiedenen Gruppen skizzierte und auf einen blassen Jungen aufpasste, der mit seiner kleinen Krücke neben ihr saß und sie anhimmelte.

Jo war an diesem Tag in ihrem Element und eilte herum, das Kleid hochgezogen, den Hut überall außer auf dem Kopf, das Baby sicher unter ihrem Arm tragend und bereit für jedes Abenteuer, das ihr in den Weg kommen würde. Der kleine Teddy hatte eine tolle Zeit, denn ihm passierte nie etwas, und Jo hatte selbst dann keine Angst, als er von einem Jungen in einen Baum gehoben wurde, auf dem Rücken eines anderen durch die Gegend galoppierte oder von seinem nachsichtigen Papa, der unter der typisch deutschen Wahnvorstellung litt, dass Babys alles verdauen könnten, von eingelegtem Kohl über Knöpfe, Nägel und ihren eigenen kleinen Schuhen, mit sauren Büffelbeeren versorgt wurde. Sie wusste, dass der kleine Ted irgendwann wieder auftauchen würde, gesund und mit roten Backen, schmutzig und voller Possen, und sie ihn so herzlich empfangen würde, wie sie es immer tat, denn Jo liebte ihre Babys sehr.

Gegen vier Uhr wurde es bedeutend ruhiger; die Körbe blieben leer, während die Apfelpflücker sich ausruhten und ihre Ernten und kleine Schrammen verglichen. Dann bereiteten Jo und Meg, zusammen mit einigen der größeren Jungen eine kleine Mahlzeit vor, und der Tee im Freien war immer die Krönung des Tages. Das Land floss bei diesen Gelegenheiten buchstäblich über vor Milch und Honig, denn die Jungs mussten nicht am Tisch sitzen, sondern sich ganz nach Belieben an den Erfrischungen laben –

wobei Freiheit immer noch der größte Genuss einer kindlichen Seele blieb. Sie nutzten dieses seltene Privileg über alle Maße; die einen versuchten das sehr lustige Experiment, Milch zu trinken, während sie auf dem Kopf standen; andere machten Bocksprünge, dem Mund voller Kuchen, überall auf den Feldern wurden Kekskrümel verstreut und die Apfelbutzen in den Bäumen sahen aus wie eine neue Art von Vögeln. Die kleinen Mädchen genossen ihre eigene Teegesellschaft und Ted schwelgte nach Lust und Laune in allem, was essbar war.

Als niemand mehr essen konnte, brachte der Professor den ersten Trinkspruch aus, der zu diesem Zeitpunkt fällig war: "Auf Tante March, Gott segne sie!" Ein Trinkspruch, den der gute Mann aus ganzer Seele sprach, denn Fritz hatte nie vergessen, wie viel er ihr schuldete. Alle tranken leise aus und behielten Tante March so in bester Erinnerung.

"Auf Großmutters sechzigsten Geburtstag! Hoch soll sie leben, dreimal hoch!"

Das war natürlich volle Absicht, wie man leicht erraten wird, und die einmal aufbrandenden Jubelschreie waren kaum mehr einzudämmen. Es wurde auf die Gesundheit aller getrunken, von Mr. Laurence, der als ihr besonderer Gönner galt, bis hin zu dem erstaunten Meerschweinchen, das auf der Suche nach seinem jungen Meister kurzerhand aus seinem Gehege ausgebüxt war. Demi, das älteste der Enkelkinder, überreichte der Königin des Tages dann verschiedene und so zahlreiche Geschenke, dass sie in einer Schubkarre zum Schauplatz der Festivität transportiert werden mussten. Manche Geschenke waren sehr lustig anzusehen, aber was für andere Augen Schrott gewesen wäre, war für Großmutter kostbar, denn die Geschenke der Kinder kamen von ganzem Herzen. Jeder Stich, mit dem Daisys geduldige, kleine Finger die Taschentücher gesäumt hatte, war für Mrs. March wertvoller als die schönste Stickerei; Demis Schuhkarton war ein Wunderwerk mechanischen Geschicks, obwohl der Deckel sich nicht schließen ließ; die Füße von Robs Hocker waren sehr ungleichmäßig, aber das deswegen entstehende Wackeln war ausgesprochen beruhigend; und keine Seite des kostbaren Buches, das Amys Kind ihr schenkte, war schöner als die Seite, auf der in krakeligen Buchstaben die Worte standen: "Für die liebe Oma, von ihrer kleinen Beth".

Während dieser Zeremonie verschwanden die Jungs auf mysteriöse Weise; und als Mrs. March versuchte, den Kindern zu danken, ihr dabei die Stimme versagte und Teddy ihre Tränen mit seinem Kittel abwischte, begann der Professor plötzlich laut zu singen. Dann nahm über ihm eine Stimme nach der anderen seine Worte auf und von Baum zu Baum erklang die Musik eines unsichtbaren Chores, als die Jungs aus ganzem Herzen das kleine Lied sangen, das Jo geschrieben, Laurie vertont, und der Professor ihnen so beigebracht hatte, dass es am wirkungsvollsten klang. Es war etwas ganz Neues, und es war ein großer Erfolg; denn Mrs. March war so überrascht, dass sie darauf bestand, jedem der federlosen Vögel, vom großen Franz bis zum kleinen Mulatten, der die süßeste Stimme von allen hatte, die Hand zu schütteln.

Danach zerstreuten sich die Jungs für einen letzten Jux und ließen Mrs. March und ihre Töchter auf dem Festplatz unter dem Baum zurück.

"Ich glaube nicht, dass ich mich jemals wieder "Unglückliche Jo" nennen werde, denn mein größter Wunsch wurde mehr als erfüllt", sagte Mrs. Bär und nahm Teddys kleine Faust aus dem Milchkrug, in den er immer wieder hineinpatschte.

"Und doch ist dein Leben ganz anders als das, das du dir vor so langer Zeit vorgestellt hast. Erinnerst du dich an unsere Luftschlösser?", fragte Amy lächelnd, als sie zusah, wie Laurie und John mit den Jungs Cricket spielten.

"Meine liebsten Menschen! Es tut mir im Herzen gut zu sehen, wie sie einmal ihre Geschäfte vergessen und sich einen Tag lang austoben können", antwortete Jo, die sich gerade als Mutter der ganzen Menschheit fühlte. "Ja, ich erinnere mich; aber das Leben, das ich damals begehrte, erscheint mir heute egoistisch, einsam und kalt. Ich habe die Hoffnung noch nicht aufgegeben, dass ich irgendwann ein gutes Buch schreiben werde, aber ich kann warten, und ich bin sicher, dass all diese Erfahrungen und Erlebnisse es noch besser machen werden." Bei diesen Worten zeigte Jo von den herumtobenden Jungs in der Ferne auf ihren Vater, der sich am Arm des Professors eingehakt hatte, mit ihm im Sonnenschein hin und her spazierte und tief in ein Gespräch vertieft war, das beide sehr genossen; dann blickte sie auf ihre Mutter, die inmitten ihrer Töchter thronte, und deren Kinder auf ihrem Schoß und zu ihren Füßen saßen, als ob sie alle Hilfe und Glück der Welt in dem Gesicht finden würden, das nie alt zu werden schien.

"Mein Schloss wurde am ehesten von allen realisiert. Natürlich wünschte ich mir Pracht und Herrlichkeit, aber in meinem Herzen wusste ich, dass ich auch mit einem kleinen Heim zufrieden sein würde, mit John und so lieben Kindern wie diese. Ich habe alles bekommen, Gott sei Dank, und bin die glücklichste Frau der Welt", sagte Meg und legte ihre Hand auf den Kopf ihres großen Jungen, ihr Gesicht voll zärtlicher und frommer Genugtuung.

"Mein Schloss ist sehr verschieden von dem, das ich einmal entworfen habe, aber ich möchte es trotzdem nicht ändern, und gebe nicht wie Jo alle meine künstlerischen Hoffnungen auf oder beschränke mich darauf, anderen dabei zu helfen, ihren Traum von Schönheit zu erfüllen. Ich habe angefangen, ein Bild meines Babys zu zeichnen, und Laurie sagt, es ist das beste Werk, das mir je gelungen ist. Ich sehe das genauso und möchte es gerne in Marmor umsetzen, damit ich, was auch immer passiert, zumindest das Bild meines kleinen Engels immer bei mir habe."

Während Amy sprach, fiel eine große Träne auf das goldene Haar des schlafenden Kindes in ihren Armen; denn ihre eine geliebte Tochter war ein schwächliches kleines Geschöpf, und die Angst, sie zu verlieren, lag wie ein Schatten über Amys Sonnenschein. Diese Bürde bewirkte viel bei Vater und Mutter, denn Liebe als auch Sorge verbanden sie eng miteinander. Amys Wesen war süßer, tieffühlender und zarter geworden; Laurie wurde ernster, stärker und standfester; und beide mussten lernen, dass Schönheit, Jugend, Wohlstand, noch nicht einmal die Liebe selbst, Sorge, Schmerz, Verlust und Trauer von den am meisten gesegneten Menschen auf der Welt fernhalten konnten; denn:

"In jedes Leben muss etwas Regen fallen.
Manche Tage müssen dunkel, traurig und trist sein."

"Es wird ihr langsam besser gehen, da bin ich mir sicher, meine Liebe. Verzweifle nicht, sondern hoffe und bleibe fröhlich", sagte Mrs. March, als sich die warmherzige Daisy von ihrem Knie herunterbeugte, um ihre rosige Wange gegen die blasse ihrer kleinen Cousine zu legen.

"Das würde ich nie tun, so lange ich dich habe, um mich aufzuheitern, Mami, und Laurie, der mir mehr als die Hälfte jeder Last abnimmt", antwortete Amy liebevoll. "Er lässt nie seine Sorgen durchblicken, ist so lieb und geduldig zu mir, so hingebungsvoll zu Beth und immer so ein Rückhalt und Trost für mich, dass ich ihn nicht genug lieben kann. Trotz meiner Bürde kann ich genau wie Meg sagen: "Gott sei Dank bin ich eine glückliche Frau.""

"Ich glaube, ich muss es nicht extra erwähnen, denn jeder kann sehen, dass ich viel glücklicher bin, als ich es verdiene", fügte Jo hinzu und blickte von ihrem guten Mann auf ihre molligen Kinder, die auf dem Gras neben ihr balgten. "Fritz wird langsam grau und beleibt, ich so dünn wie ein Schatten, obwohl ich erst dreißig bin; wir werden nie reich sein, und Plumfield kann jeden Abend abbrennen, weil dieser unverbesserliche Tommy Bangs wieder Zigarren aus Farnmyrte unter seiner Bettdecke raucht, obwohl er sie schon dreimal in Brand gesetzt hat. Aber trotz dieser unromantischen Tatsachen kann ich mich nicht beklagen und war in meinem Leben noch nie so fröhlich. Entschuldigt bitte meine Ausdrucksweise, aber wenn man unter Jungs lebt, kommt man nicht umhin, als ab und zu ihre Ausdrücke zu benutzen."

"Ja, Jo, ich denke, deine Ernte wird eine sehr gute sein", begann Mrs. March und verscheuchte eine große schwarze Grille, die Teddy erschreckt hatte.

"Nicht halb so gut wie deine, Mutter. Hier siehst du sie, und wir können dir nie genug danken für die geduldige Aussaat und Ernte, die du für uns geleistet hast", rief Jo, so liebevoll und ungestüm, wie sie immer gewesen war.

"Ich hoffe, dass es jedes Jahr mehr Weizen und weniger Unkraut geben wird", sagte Amy leise.

"Eine große Familie, aber ich weiß, dass in deinem Herzen Platz dafür ist, Mami, meine Liebe", fügte Megs zarte Stimme hinzu.

Mrs. March, deren Herz tief berührt war, konnte nur ihre Arme ausstrecken, als ob sie alle Kinder und Enkelkinder zu sich holen und mit mütterlicher Liebe, Dankbarkeit und Demut in Gesicht und Stimme sagen wollte:

"O, meine Mädchen, so lange ihr auch leben mögt, ich wünsche euch, dass ihr immer so glücklich sein werdet wie in genau diesem Moment."

Printed in Poland
by Amazon Fulfillment
Poland Sp. z o.o., Wrocław

72476066R00155